Julianne MacLean est une auteure américaine, qui vit avec son époux et sa fille en Nouvelle-Écosse. Elle a été finaliste des Rita Awards à trois reprises et a remporté de nombreux prix, dont le Booksellers' Best Award, le Book Buyer's Best Award et le Reviewer's Choice Award du *Romantic Times*.

Du même auteur, chez Milady :

Le Highlander :
1. *Captive du Highlander*
2. *Conquise par le Highlander*
3. *Séduite par le Highlander*

Ce livre est également disponible au format numérique

www.milady.fr

Julianne MacLean

Captive du Highlander

Le Highlander – 1

Traduit de l'anglais (États-Unis) par Sébastien Baert

Milady Romance

Milady est un label des éditions Bragelonne

Titre original : *Captured by the Highlander*

Suivi d'un extrait de : *Claimed by the Highlander*

ISBN : 978-2-8112-0851-6

Bragelonne – Milady
60-62, rue d'Hauteville – 75010 Paris

E-mail : info@milady.fr
Site Internet : www.milady.fr

Pour Stephen et Laura,
qui me comblent de joie et d'éclats de rire.

Remerciements

Je souhaite remercier tout particulièrement les archivistes du réseau des bibliothèques publiques Halifax Regional Library et de celles de Dalhousie University d'avoir réservé une place aux ouvrages de référence indispensables aux auteurs de fiction historique. Vous êtes des perles.

Merci également à mon agent, Paige Wheeler, pour son indéfectible soutien et ses remarques toujours justes. Cela fait désormais treize ans. Merci de m'avoir aidée à rester sur les rails.

Merci à toi, Deborah Hale, pour m'avoir fait profiter non seulement de tes livres sur l'Écosse, mais également de ton imagination et de tes idées. C'est vraiment grâce à toi que j'ai pu trouver le cœur et l'âme de cette histoire. Sans ta contribution, elle aurait été très différente.

Kelly Boyce, tu es toujours montée au créneau au bon moment, et tu n'as jamais hésité à tout laisser tomber pour me donner un coup de main.

Gayle Callen et Laura Lee Guhrke, vous avez toutes les deux su faire preuve de générosité, et vous montrer d'un grand secours en m'apportant l'inspiration à un moment crucial. Merci.

À ma cousine Julia Smith, qui est une sœur pour moi. Merci de m'avoir inspirée grâce à ton blog, *A Piece of My Mind*, qui met en valeur l'art et la vie de la façon la plus éloquente qui soit. Et à ma cousine Michelle Phillips, qui est aussi une sœur pour moi ainsi que ma meilleure critique : tu es une véritable amie. Nous partageons de si belles choses. Enfin, je voudrais remercier mes parents, Charles et Noel Doucet, ainsi que mon cher frère Charlie. Nous formons la plus belle des familles.

« Certains prétendent qu'il se bat pour la liberté des Écossais. D'autres soutiennent que ce n'est qu'un sauvage assoiffé de sang. Je l'appelle le "Boucher des Highlands", et vous ne connaîtrez de lui que le souffle de sa hache quand il l'abattra sur vous. »

Anonyme

Chapitre premier

Fort William, Highlands, Écosse.
Août 1716.

Aussi monstrueux qu'imposant, les lèvres retroussées comme les babines d'un animal sauvage, le Boucher se redressa de sa charge et regarda le soldat anglais s'écrouler sans vie à ses pieds. D'un mouvement de tête, il repoussa ses cheveux humides de son visage, avant de s'agenouiller et de s'emparer des clés, dans la poche du cadavre. Il poursuivit sa progression en silence dans le couloir glacial de la caserne, sans tenir compte de l'odeur nauséabonde – un mélange de sueur et de rhum –, à la recherche de l'escalier qui le mènerait jusqu'à son ennemi.

Sachant qu'il pouvait mourir à tout instant, il s'arma de courage et gravit les marches quatre à quatre avant de s'immobiliser devant la lourde porte en chêne du quartier des officiers. Il prit le temps de guetter l'arrivée inopportune d'un autre garde mais, savourant d'avance le moment de sa vengeance, il n'entendit aucun autre bruit que ceux de son souffle haché et des battements de son cœur.

Il ajusta le bouclier sur son dos puis serra dans sa main le manche scié de sa hache de Lochaber. Après avoir passé des journées entières en selle et des nuits à dormir dans l'herbe, il avait la chemise noire de crasse et de sueur, mais il ne regrettait rien, car cela faisait fort longtemps qu'il attendait cet instant. Il allait enfin pouvoir se débarrasser de son ennemi et oublier ce qui s'était produit dans la pommeraie, en cette froide journée de novembre. Cette nuit-là, il tuerait pour son clan, pour son pays et pour sa bien-aimée. Il ne ferait aucun quartier. Il frapperait, et frapperait vite.

D'une main ferme, il tourna la clé dans la serrure, pénétra dans la pièce et referma la porte derrière lui. Il attendit un moment que sa vision s'adapte à l'obscurité, puis se dirigea sans un bruit vers le lit dans lequel dormait son ennemi.

Lady Amelia Templeton rêvait d'un papillon qui voletait dans un pré de bruyère couvert d'une nappe de brouillard quand un bruissement la fit remuer dans son lit. Ou peut-être ne s'agissait-il pas d'un bruit, mais d'une sensation. D'un sentiment lugubre. Son cœur se mit à battre, et elle ouvrit les yeux.

C'était encore ce cauchemar. Cela faisait des années qu'elle ne l'avait plus fait, depuis son enfance, à l'époque où les images de l'épouvantable massacre dont elle avait été témoin à l'âge de neuf ans la hantaient sans relâche. En ce jour sinistre, elle avait collé son petit nez contre la vitre du coche et suivi du début à la fin la bataille sanglante qui avait opposé une bande de Highlanders insurgés aux soldats anglais qui les escortaient, sa mère et elle, jusqu'en Écosse. Elles allaient rendre visite à son père, un colonel de l'armée anglaise.

Amelia avait vu ces sales Écossais égorger les soldats et leur broyer le crâne avec de grosses pierres qu'ils avaient trouvées sur la route. Elle avait entendu leurs cris de douleur, leurs appels désespérés à la clémence, mais on les avait rapidement réduits au silence en les passant au fil de l'épée. À peine avait-elle cru que tout était terminé, alors que les cris et les sanglots s'étaient tus, qu'un horrible sauvage maculé de sang avait soudain ouvert la portière du coche et l'avait regardée fixement.

Terrorisée, elle s'était cramponnée à sa mère. L'homme avait examiné Amelia d'un regard incandescent pendant ce qui lui avait semblé durer une éternité, avant de lui claquer la portière au visage et de s'enfuir dans la forêt avec ses complices. Ils avaient disparu dans la brume chatoyante des Highlands comme une meute de loups.

L'impression de terreur qu'Amelia ressentait à présent était identique, sauf qu'elle était mêlée de colère. Elle voulait tuer ce sauvage qui avait jadis ouvert la portière de son coche. Elle voulait se révolter et hurler contre lui, le faire périr de ses propres mains. Prouver qu'il ne lui faisait pas peur.

Le plancher se mit à grincer, et elle tourna la tête sur l'oreiller.

Non, c'était impossible. Elle devait être en train de rêver…

Dans l'obscurité, un Highlander venait vers elle. Elle était sur le point de céder à la panique, et plissa les yeux pour mieux percer l'obscurité.

Elle perçut le bruit léger de ses pas, et, soudain, il se retrouva à côté d'elle, brandissant une hache au-dessus de sa tête.

— Non ! s'écria-t-elle en tendant les mains pour parer le coup, même si elle savait très bien que ses doigts ne pourraient rien contre la lourde lame.

Elle ferma les yeux très fort.

Le coup fatal tardant à venir, Amelia les rouvrit. Le sauvage tout en muscles se tenait juste à côté du lit, le souffle court. Il brandissait toujours sa hache, dont la lame reflétait l'éclat de la lune, qui dardait ses rayons par la fenêtre. Il avait de longs cheveux trempés de crasse, de sueur ou de l'eau du fleuve – elle n'aurait su dire lequel. Mais surtout, les flammes de l'enfer semblaient danser dans son regard étincelant.

— Vous n'êtes pas Bennett, dit-il avec un accent écossais à couper au couteau.

— Non, répondit-elle.

— Qui êtes-vous ?

— Amelia Templeton.

Il n'avait pas encore baissé son arme macabre, et elle avait toujours les mains tendues.

— Vous êtes anglaise, constata-t-il.

— Absolument. Qui ose s'introduire dans ma chambre au beau milieu de la nuit ?

Elle ignorait où elle avait trouvé le courage ou même l'idée de s'enquérir de son identité de manière si effrontée, alors que son cœur battait à tout rompre.

Le Highlander recula d'un pas et baissa sa hache. Il avait la voix effroyablement grave.

— On m'appelle « le Boucher ». Et si vous réclamez de l'aide, ma belle, ce seront vos dernières paroles.

Elle tint sa langue, car elle avait déjà entendu parler du Boucher des Highlands, un être aussi cruel qu'assoiffé de sang, à qui l'on devait d'horribles actes de traîtrise et qui avait commis de nombreux massacres sur son passage. D'après la légende, il descendait de Gillean à la Hache d'armes, qui avait jadis réduit à néant une flotte d'envahisseurs vikings. Le Boucher ne se séparait jamais de son arme funeste et était un traître de jacobite jusqu'au bout des ongles.

— Si vous êtes vraiment celui que vous prétendez, pourquoi ne m'avez-vous pas encore tuée ? demanda-t-elle, la peur et le doute suintant de chacun des pores de sa peau.

— C'était quelqu'un d'autre que j'avais l'intention de tuer, cette nuit.

Il parcourut la pièce d'un regard perçant, presque animal, à la recherche de la moindre trace de la personne qu'il était venu massacrer.

— À qui est cette chambre ?

— Il n'y a que moi, ici, lui assura-t-elle. (Il tourna son regard incandescent dans sa direction, cherchant à l'obliger à répondre de manière plus précise à sa question.) Si c'est le lieutenant-colonel Richard

Bennett que vous cherchez, navrée de vous décevoir, mais il s'est absenté du fort.

— Où est-il ?

— Je l'ignore.

Il la toisa à la lueur de la lune.

— Êtes-vous sa putain ?

— Je vous demande pardon ?

— Si c'est le cas, je ferais peut-être bien de vous trancher la tête et de la laisser sur la table, dans une boîte, pour qu'il puisse l'admirer à son retour.

En imaginant sa propre tête dans une boîte, elle fut prise de violentes nausées. Où mettrait-il le reste de son corps ? Le jetterait-il par la fenêtre ?

Elle s'efforça de respirer calmement.

— Je ne suis pas la putain du colonel Bennett. Je suis sa fiancée. Mon père, le cinquième duc de Winslowe, était colonel dans l'armée anglaise. Donc, si vous avez l'intention de me tuer, monsieur, qu'on en finisse. Vous ne me faites pas peur.

Il s'agissait d'un mensonge éhonté, mais elle se refusait à trembler de peur devant lui.

Il changea d'expression. Il serra le manche de sa hache dans l'une de ses grosses mains et déposa son arme sur le bord du lit. Sans un mot, la jeune femme contempla le dangereux crochet à sa pointe, pressé contre la cuisse de l'intrus. Elle remarqua la présence d'une énorme épée large, dans son fourreau, à son côté, et celle d'un pistolet à silex à son ceinturon.

— Levez-vous, lui ordonna-t-il en la poussant du bout des doigts. Je veux vous regarder.

Amelia parvint à déglutir malgré un insupportable nœud d'effroi dans la gorge. Avait-il l'intention d'abuser d'elle avant de la tuer ?

S'il tentait quoi que ce soit, que Dieu leur vienne en aide à tous les deux.

Quand il se mit à la pousser plus fort, elle s'extirpa prudemment des couvertures et posa les pieds par terre. Le regardant droit dans les yeux, une main serrée sur le décolleté de sa chemise de nuit, elle se leva.

— Approchez.

En obtempérant, elle remarqua qu'il avait des traits élégamment dessinés, que son visage anguleux ne souffrait d'aucun défaut, et que son regard brillait d'une fureur bouillonnante comme elle n'avait jamais eu l'occasion d'en voir. Elle fut envoûtée par l'intensité qui émanait de cet homme. Elle avait l'impression d'être prise à la gorge, d'être otage de son influence.

Le Boucher recula, et elle le suivit. Elle huma le parfum musqué de sa sueur. Il avait de larges épaules, de formidables biceps et d'énormes mains calleuses. Des mains de guerrier, endurcies par des années de batailles et de massacres.

Elle reporta son attention sur l'expression féroce de son remarquable visage et se sentit frémir des pieds à la tête. Si valeureuse aurait-elle voulu se montrer à cet instant – et, dans ses rêves, elle avait toujours fait preuve d'un grand courage –, elle savait qu'elle n'était rien face à cette brute. Il était peu probable qu'elle parvienne à prendre le dessus, quelles que soient ses intentions. Si ce sauvage avait dans l'idée de la violer ou de la tuer, rien ne l'en empêcherait. D'un seul coup de cette hache d'armes meurtrière, il la mettrait à terre. Elle serait impuissante, face à lui.

— Pour ce qui est de votre fiancé, dit-il d'un ton cru, il va falloir que j'aiguise ma hache.

— Avez-vous l'intention de l'aiguiser sur moi ?

— Ma décision n'est pas encore prise.

Paniquée, elle avait du mal à respirer. Elle aurait voulu appeler à l'aide, mais elle avait l'impression d'être paralysée par une étrange force presque hypnotique qui transformait ses muscles en guimauve.

Il la contourna lentement.

— Ça fait un moment que je n'ai pas eu de femme.

Il repassa devant elle, soupesa son arme et en approcha le crochet de l'épaule de la jeune femme. Quand il fit glisser l'acier lisse sur sa peau, elle se sentit gagnée par une vague de frayeur.

— Êtes-vous sa bien-aimée ? demanda le Boucher.

— Naturellement, répondit-elle fièrement. Et il est le mien.

Elle aimait Richard de tout son cœur. Son père aussi l'avait apprécié. Et que Dieu vienne en aide à ce sale jacobite quand son fiancé apprendrait que...

— C'est vrai ?

Elle le regarda dans les yeux.

— Oui, monsieur. C'est la vérité. Même si je doute que vous connaissiez la signification du terme « aimer ». Je crains qu'il n'échappe à votre entendement.

Il se pencha et approcha les lèvres de son oreille. Son souffle chaud et humide la fit frissonner.

— Parfaitement, ma belle. Je n'ai besoin ni de tendresse ni d'affection, et vous feriez bien de vous en souvenir. J'ai pris ma décision. En son absence, c'est vous que je tuerai.

Elle était terrorisée. Il allait le faire. Il allait vraiment l'assassiner.

— Je vous en prie, monsieur, chuchota-t-elle en s'efforçant d'étouffer toute trace d'animosité dans sa voix.

Peut-être parviendrait-elle à détourner son attention en implorant sa clémence. Avec un peu de chance, quelqu'un aurait remarqué son intrusion dans le fort et viendrait à son secours.

— Je vous en supplie.

— Vous me suppliez ? gloussa-t-il, l'air grave. Vous ne me semblez pourtant pas être du genre à supplier qui que ce soit...

Il se faisait plaisir, prenait cela pour un jeu et n'éprouvait aucune compassion. Vraiment aucune.

— Pour quelle raison voulez-vous tuer mon fiancé ? demanda-t-elle, espérant pouvoir retarder l'inéluctable.

Mon Dieu, je vous en prie, faites que quelqu'un frappe à la porte. Une servante. Mon oncle. La cavalerie. N'importe qui !

— D'où le connaissez-vous ? poursuivit-elle.

Le Boucher releva sa hache et l'appuya sur son épaule. Il continua de faire le tour de la jeune femme, comme un loup examinant sa proie.

— J'ai combattu contre lui à Inveraray, lui expliqua-t-il. Et aussi à Sheriffmuir.

Les jacobites avaient été vaincus à Sheriffmuir. C'était sur ce champ de bataille que Richard avait sauvé la vie de son père. C'était la raison pour laquelle elle était tombée amoureuse de lui. Il s'était battu avec cœur et bravoure, en faisant honneur à la Couronne, contrairement à ce sauvage qui lui tournait autour et qui ne paraissait pas comprendre les règles de la guerre. Il paraissait uniquement disposé à assouvir une sinistre vengeance personnelle.

— Avez-vous l'intention de tuer tous les soldats anglais contre lesquels vous vous êtes battu ce jour-là ? voulut-elle savoir. Parce que ça risque de vous prendre un moment. Et il y avait des Écossais, aussi, là-bas, qui luttait pour la Couronne anglaise. Les Campbell, il me semble. Allez-vous également tous les massacrer ?

Il s'immobilisa devant elle.

— Non. Il n'y a que votre bien-aimé que je voulais tailler en pièces, cette nuit.

— Eh bien, je suis navrée de vous décevoir.

Des images de guerre et de meurtre lui revinrent en mémoire. Comme tout cela était injuste. Ça ne faisait qu'un mois que son père était mort, et elle était venue là, à Fort William, sous la tutelle de son oncle, pour épouser Richard. Son protecteur.

Qu'allait-il se passer, à présent ? Allait-elle trouver une mort atroce, là, dans cette chambre, au fil de la lame glacée d'un Highlander, exactement comme dans les cauchemars qu'elle avait faits étant petite ?

Ou la laisserait-il en vie avant de se remettre à la recherche de Richard et d'assassiner l'homme qu'elle aimait ?

— Mais je ne suis pas déçu, ma belle, dit-il en lui prenant le menton dans sa main calleuse pour l'obliger à redresser la tête et à le regarder dans les yeux. Parce que, cette nuit, j'ai découvert nettement plus intéressant à faire que de mettre froidement fin aux jours de mon pire ennemi. J'ai découvert quelque chose qui le fera souffrir bien plus longtemps.

— Vous allez me tuer, alors ?

À moins qu'il ne fasse allusion à autre chose…

S'efforçant de faire abstraction du nœud qui lui tordait l'estomac, elle lui lança un regard de haine.

— Je suis fiancée à l'homme que j'aime, monsieur. Donc, si vous avez l'intention de me violer, je vous promets de hurler à pleins poumons. Et tuez-moi si ça vous chante, parce que je préfère mille fois subir un horrible trépas plutôt que de me faire souiller par vous !

Il plissa les yeux, puis jura en gaélique et lui lâcha le menton. Il se dirigea ensuite à grands pas vers sa garde-robe.

Après avoir passé en revue ses coûteuses toilettes de soie et de dentelle, il les flanqua par terre, au centre de la pièce, et jeta son dévolu sur une jupe brune toute simple, en laine épaisse. Il s'en empara, ainsi que d'une culotte et d'un corset, enjamba les autres robes et lui lança la tenue qu'il avait choisie.

— Enfilez ça, lui ordonna-t-il. Vous avez besoin d'une bonne leçon. Alors, vous allez venir avec moi.

Il recula et attendit qu'elle s'habille devant lui.

L'espace d'un instant, elle réfléchit aux possibilités qui lui étaient offertes et en déduisit qu'il était sans doute préférable d'obéir, ne serait-ce que pour gagner du temps. Mais quand il fallut mettre la jupe et lacer le corset sous ses yeux – pour qu'il puisse l'emmener dans les montagnes et faire Dieu sait quoi avec elle –, elle en fut incapable. Plutôt se faire réduire en bouillie.

Amelia redressa les épaules. Cet homme la terrifiait, c'était indéniable, mais elle était si furieuse qu'elle en oublia sa peur. Avant qu'elle ait eu le temps d'envisager les conséquences de son acte, elle jeta les vêtements par terre.

— Non. Je ne les mettrai pas. Et je ne quitterai pas ce fort avec vous. Libre à vous de tenter de m'y obliger, mais je vous ai prévenu, je n'hésiterai pas à hurler si vous posez les mains sur moi. Et, si vous ne quittez pas cette chambre sur-le-champ, je vais le faire. Je vous promets que je crierai et qu'on ne tardera pas à vous tuer.

Pendant ce qui lui sembla durer une éternité, il la dévisagea d'un air perplexe, manifestement surpris par sa réaction. Puis il changea d'expression. Il s'approcha lentement d'un pas, et leurs corps se frôlèrent.

— Ainsi, vous êtes la fille de Winslowe…, déclara-t-il à voix basse. Le célèbre héros de guerre anglais.

Elle sentit le souffle chaud du Boucher sur sa tempe, et son tartan contre sa chemise de nuit.

Il était si proche que le cœur de la jeune femme s'emballa. On aurait dit une sorte de montagne de muscles vivante. À cause des effets grisants de sa présence, elle avait du mal à penser et même à respirer. Il était si près.

— Oui.

— Vous êtes aussi intrépide que lui. J'aime les femmes qui ont de l'audace.

Il lui prit une mèche de cheveux dans la main, la fit glisser entre ses doigts puis la porta à ses narines et ferma les yeux. Il sembla se délecter de son parfum. Puis il lui frôla la joue du bout des lèvres et murmura :

— Et vous sentez bon.

Amelia garda le silence. Elle était incapable de réfléchir. Elle avait l'impression d'être paralysée par la terreur et le désarroi. La chaleur lui donnait le vertige.

— À présent, ôtez votre chemise de nuit, lui ordonna-t-il doucement. Et sans tarder, sinon je l'arrache moi-même.

Elle finit par recouvrer la voix et quelques bribes de courage. Elle releva la tête et le regarda droit dans les yeux.

— Non, monsieur. C'est hors de question.

— Seriez-vous en train de me mettre à l'épreuve, ma belle ?

— C'est une façon de voir les choses.

Il la dévisagea un instant, puis baissa les yeux sur ses seins. Elle éprouva une curieuse sensation dans son ventre et tenta de prendre ses distances, mais il la saisit par le bras et la plaqua contre lui. Il poursuivit en lui effleurant les lèvres :

— Dernier avertissement : j'ai dit « déshabillez-vous ». Et si vous continuez à me mettre au défi, on ne pourra pas me tenir pour responsable de ce que je vous ferai ensuite.

Amelia le regarda et secoua la tête.

— Et je le répéterai cent fois s'il le faut. La réponse est « non ».

Chapitre 2

Amelia n'oublierait jamais le bruit horrible du tissu que l'on déchire. Elle y repenserait jusqu'à la fin de ses jours. La chemise de nuit glissa par terre, et l'air frais de la nuit fit frissonner la jeune femme. Elle se recroquevilla aussitôt pour dissimuler sa poitrine.

— Vous auriez mieux fait de m'obéir, déclara le Boucher en jetant un bref coup d'œil à son corps nu avant de ramasser la chemise de nuit et de la réduire en lambeaux d'un coup de dents rageur.

Il se plaça derrière elle et la bâillonna à l'aide d'une bande de tissu qu'il lui noua derrière la tête. Il posa ses mains brûlantes sur les épaules de la jeune femme et lui susurra à l'oreille d'un ton rassurant :

— Tant que vous m'obéirez, je ne vous ferai aucun mal, ma belle. Vous pouvez faire ça pour moi ?

S'accrochant au soupçon de clémence qu'elle avait cru discerner dans sa voix, elle acquiesça.

Il se dirigea vers la garde-robe, en tira une chemise propre et la lui tendit.

— Maintenant, enfilez ça. À moins que vous ne préfériez que je vous fasse sortir d'ici nue.

Cette fois, elle obtempéra. Elle passa aussitôt la chemise, puis la culotte, et laça le corset. Sans un mot, le Boucher se glissa derrière elle et le serra.

Quand elle eut passé la jupe et un corsage, il se servit des bandes de tissu de la chemise de nuit pour lui ligoter les poignets dans le dos.

— Où sont vos chaussures ? demanda-t-il en regardant un peu partout dans la pièce.

D'un signe de tête, elle lui indiqua le mur du fond, où elle les avait rangées avant de se coucher. Sous le portrait du roi George.

En allant les chercher, le Boucher jeta un rapide coup d'œil au tableau, puis il retourna auprès de la jeune femme et s'agenouilla devant elle. Après avoir déposé sa hache par terre, à ses pieds, il glissa la main sous sa jupe et la posa sur la peau nue de son mollet. L'incroyable chaleur de sa main sur sa jambe lui fit perdre l'équilibre, et elle dut prendre appui sur l'épaule du Highlander.

Il lui souleva la jambe et fit glisser son pied dans la chaussure, puis il réitéra l'opération pour son autre pied. Il récupéra finalement sa hache et se releva. Tout s'était déroulé très rapidement, sans qu'aucun d'eux ne pense un instant qu'il aurait été judicieux d'enfiler des bas. Cette expérience avait énormément perturbé et choqué la jeune femme. Elle n'avait jamais eu l'occasion de se trouver nue face à un homme. Et c'était la première fois que quelqu'un passait la main sous sa jupe.

Elle releva la tête et se mit à suçoter son bâillon en tissu.

— Je sais qu'il est serré, déclara-t-il, comme s'il lisait dans ses pensées. Mais je veux m'assurer que vous allez vous tenir tranquille.

Il se pencha vers elle, lui enroula un bras musculeux autour de la taille et la hissa sur son épaule. Elle s'y était si peu attendue qu'elle en eut le souffle coupé. Elle pria en son for intérieur pour que quelqu'un les aperçoive et parvienne à faire échouer leur fuite. Ou pour qu'elle puisse avoir l'occasion d'attirer l'attention d'un garde.

Sa hache dans une main, le Boucher ouvrit la porte et s'engagea sans un bruit dans le couloir, où Amelia remarqua la présence du cadavre d'un soldat, devant sa chambre.

Abasourdie, elle contempla bêtement la dépouille du malheureux, jusqu'à ce que son ravisseur et elle atteignent l'escalier. Ils longèrent ensuite un autre couloir, plongé dans l'obscurité, et passèrent devant deux autres corps inanimés avant de gagner une porte, à l'arrière de la caserne. Elle ne savait même pas qu'elle existait. Comment ce rebelle pouvait-il connaître son existence ? Qui lui avait expliqué comment trouver la chambre de Richard, et comment avait-il su que ce dernier était censé être là ? S'il s'était absenté, ce n'était dû qu'à un appel aux armes de dernière minute. Et il avait insisté pour qu'Amelia dorme dans sa chambre. Elle y serait plus en sécurité, avait-il cru.

À l'extérieur de la caserne, ils se retrouvèrent dans un épais brouillard. Tandis que la jeune femme se débattait et lui donnait des coups de pied, le Boucher la porta jusqu'en haut du rempart herbeux et se dirigea vers la muraille extérieure. Quand il la reposa par terre, elle remarqua à ses pieds un grappin à quatre pointes enfoncé dans le sol, prolongé par une corde. Avant d'avoir pu s'en rendre compte, elle glissait déjà le long du mur, sur le dos du Boucher, malgré ses protestations étouffées à la limite de l'inconvenance.

Quand elle toucha de nouveau terre, elle se retourna et se retrouva face à un cheval de première qualité à la robe luisante aussi noire que la nuit. Il hennit doucement et remua la tête. Une légère buée blanche se formait devant ses naseaux, contrastant avec le ciel nocturne. Ce ne fut qu'alors qu'Amelia prit conscience que son ravisseur était en train de la libérer de ses entraves. Il glissa sa hache dans l'une des sacoches de selle et se hissa sur la monture.

— Donnez-moi votre main, dit-il en tendant la sienne.

Elle secoua rageusement la tête et mordit dans son bâillon, dont la pression sur sa langue lui soulevait le cœur.

— Donnez-moi la main, ma belle, ou je descends vous assommer.

Il la saisit par le bras et la projeta derrière lui avant de piquer des deux. La monture s'élança au galop, et Amelia fut contrainte de se cramponner de toutes ses forces au torse ferme et musculeux de son ravisseur si elle voulait éviter de basculer dans l'eau glaciale du fleuve.

La jeune femme se rendit compte à quel point le torse du Boucher était athlétique, solide comme le roc, et elle fut à la fois troublée et ennuyée par sa force extraordinaire. Elle parvint néanmoins à rester plus ou moins concentrée et à suivre leur progression. Elle s'efforça de se souvenir de tous les points de repère qui jalonnaient leur chemin : le petit bosquet de jeunes chênes, le pont de pierre qu'ils avaient franchi une demi-lieue auparavant, et les cinq meules de foin espacées de façon régulière dans cet immense champ.

Il ne reprit la parole qu'au bout d'une demi-heure de trajet dans la bruine et l'obscurité précédant le lever du soleil. Elle trouva alors extrêmement difficile de se concentrer sur autre chose que le timbre de sa voix grave et la manière dont ses longs cheveux lui effleuraient la joue quand il tournait la tête sur le côté.

— On ne vous entend plus, ma belle. Vous êtes encore en vie ?

À cause de son bâillon, elle dut se contenter de pousser un grognement d'exaspération.

— Oui, je sais, acquiesça-t-il comme s'il avait compris ce qu'elle voulait dire. J'avais l'intention de vous l'ôter, mais quelque chose me dit que vous avez eu le temps de dresser une liste de réclamations, donc, si ça ne vous fait rien, je vais attendre qu'on soit un peu plus loin avant de vous le retirer. Comme ça, personne n'entendra vos petits cris perçants.

Elle essaya de protester, mais ne parvint qu'à émettre un grondement étouffé.

— Comment ? Vous trouvez que ce serait plus sage ? Oui, je suis entièrement de votre avis.

Elle fut tentée de lui donner un coup dans le bras, ou de lui marteler le dos des deux poings, mais elle se ravisa, car il s'agissait après tout d'un tueur sanguinaire armé d'une hache.

Ils franchirent un bosquet de conifères puis s'engagèrent dans un autre champ. Amelia scruta le brouillard et remarqua une minuscule lueur, dans le lointain. *Une lanterne à la fenêtre d'une fermette, sans doute. Ou une compagnie de soldats anglais ?*

Elle comprit qu'il s'agissait d'une occasion de fuir, et, avant même d'avoir eu le temps d'élaborer la moindre stratégie, elle tira sur le bâillon au goût infect. Elle réussit à détendre juste assez le morceau d'étoffe pour le faire glisser sur son menton. Son plan consistant simplement à se jeter du cheval en mouvement, elle se retrouva bientôt à courir dans le champ détrempé par la bruine, en direction de la source lumineuse.

— Au secours ! À l'aide !

Elle était naturellement consciente que le Boucher se lancerait à sa poursuite, mais elle se raccrocha à l'espoir improbable qu'il puisse tomber de cheval et s'ouvrir le crâne sur une pierre.

Elle l'entendit sauter à bas de sa monture et céda à la panique. Quelques secondes plus tard, il la rattrapait. Il lui passa un bras autour de la taille et la projeta par terre.

L'instant d'après, il était à califourchon sur elle et la clouait au sol, lui maintenant les bras au-dessus de la tête.

— Lâchez-moi !

Elle lui donnait des coups de pied et hurlait, refusant de capituler. Elle lui assena des coups de genou, se débattit pour regagner sa liberté et lui cracha au visage.

Le Boucher poussa un grondement et se laissa tomber sur elle de tout son poids, la plaquant au sol avec une puissance incroyable. Elle sentit la dureté de sa virilité. *Trop près, trop tendue, trop irrésistible.* Au bord de la crise de nerfs, elle lui lança avec colère :

— Lâchez-moi, espèce de brute ! Je ne me laisserai pas faire !

La bruine faisant place à la pluie, elle eut rapidement la chair de poule et les cheveux trempés, ce qui ne l'empêcha pas de résister de toutes ses forces. Elle cligna des yeux pour repousser les gouttelettes argentées qui s'accumulaient sur ses cils. De l'eau froide ruisselait sur ses hanches nues, car elle s'était tant débattue que sa jupe s'était retroussée autour de sa taille. Elle continua à s'agiter, à lui décocher des coups de poing et des gifles.

Elle ne tarda cependant pas à faiblir face à l'endurance sans faille de son adversaire. À bout de souffle et épuisée, elle transpirait abondamment. Elle était anéantie.

Le ciel s'éclaircissait. Le soleil n'allait pas tarder à se lever.

— Je vous en prie..., le supplia-t-elle en le haïssant de la réduire à de telles extrémités.

Si seulement elle avait été plus forte.

— Vous ne pourrez pas me résister indéfiniment, ma belle, même si j'admire votre opiniâtreté.

Elle tenta derechef de se libérer, mais il lui maintenait les bras le long du corps et lui enserrait les jambes à l'aide des siennes.

Ils étaient tous les deux trempés jusqu'aux os, l'averse redoublant d'intensité. Elle leva les yeux vers lui et sentit son souffle chaud contre ses lèvres. Elle avait l'impression d'être prisonnière de ses yeux bleus soulignés de cils bruns, comme dans un rêve éveillé. Il était incroyablement beau, et elle trouvait cela si injuste – le fait qu'un démon comme lui puisse bénéficier d'une telle perfection – que les larmes lui montèrent aux yeux. La vie était manifestement très injuste. Elle était perdue.

Amelia poussa un soupir dans la fraîcheur matinale, se détendit et desserra les poings. Il ne lui restait plus qu'à capituler. Du moins, pour le moment.

Il relâcha lui aussi ses muscles et lui effleura la joue du bout du nez.

— Sage décision, ma belle.

Elle abandonna toute velléité de résistance puis sentit de nouveau l'érection du Highlander contre son bassin. Elle en fut si choquée qu'elle manqua de s'étouffer, et son cœur s'affola. Elle s'était doutée du caractère inéluctable de cette issue, mais pas tout de suite… pas encore…

— S'il vous plaît…, geignit-elle.

— Qu'est-ce qu'il y a, ma belle ?

Il lui frôla les lèvres avec les siennes, et elle ne put retenir un petit gémissement.

— Vous allez de toute façon finir par vous calmer, dit-il. Ne serait-il donc pas plus facile et plus agréable pour nous deux que vous le fassiez tout de suite ?

— Je ne me calmerai jamais ! rétorqua-t-elle, regrettant d'être dans l'incapacité de se maîtriser.

Quand il fit glisser sa main le long de la hanche de la jeune femme et s'étendit sur elle, elle sentit un brasier naître dans son ventre.

— Cessez de me toucher comme ça, le pria-t-elle.

— Comme quoi ? Vous préféreriez que ce soit d'une autre manière ?

— Je préférerais que vous vous en absteniez complètement.

Il posa sur elle son regard bleu si désarmant aux premières lueurs du jour. Elle aurait tant aimé pouvoir y échapper. Mais elle se sentit de nouveau prise au piège. Elle était incapable de lui résister.

— Voilà qui est mieux, approuva-t-il en lui déposant de doux baisers sur la joue.

— J'ignore ce que vous attendez de moi.

Elle ferma les yeux au contact de ses lèvres.

— Je souhaite simplement que vous abandonniez toute résistance.

Impuissante et vaincue, elle tourna la tête sur le côté et demeura bouche bée en apercevant une paire de bottes de cuir à moins d'un pas de son visage.

Prise de panique, elle cligna des yeux pour chasser les gouttelettes de pluie et tenter de déterminer si ce n'était pas son imagination qui lui jouait des tours. Mais ce n'était pas le cas. Elle voyait vraiment les deux jambes poilues d'un individu, enfoncées dans des bas de laine qui tombaient sur ses bottes, ainsi que le kilt en tartan vert qui lui arrivait aux genoux.

— Dieu du ciel ! s'exclama-t-elle quand le Highlander éclata d'un rire aussi sonore qu'inattendu.

Elle était définitivement perdue. Il ne lui restait plus aucun espoir.

Le Boucher se releva, et elle fut soulagée qu'il cesse de l'écraser sous son poids, ce qui lui permit de reprendre et son souffle et ses esprits.

— J'aurais dû me douter que tu préférerais te taper une petite dans les champs plutôt que de faire un aller-retour à Fort William, déclara l'homme. (Il leva les yeux vers le ciel pluvieux.) Même si ce n'est pas vraiment un temps idéal pour baiser.

Encore sur le dos, les mains pressées contre son front, Amelia se tourna vers le second Highlander mais, à son plus grand désarroi, elle se retrouva face à deux Écossais, qui se renvoyaient le Boucher l'un à l'autre, comme deux brutes dans une cour d'école.

— Foutez-moi la paix, gronda-t-il.

Que Dieu leur vienne en aide, il allait y avoir un bain de sang.

Elle jeta un coup d'œil inquiet à la hache, dans la sacoche de selle, à quelques pas de là. Peut-être pourrait-elle s'en emparer…

Amelia se mit à genoux, mais quand elle se tourna de nouveau vers les trois sauvages – constatant que les deux nouveaux venus étaient armés de pistolets et de claymores –, elle comprit qu'il serait futile de croire qu'elle serait en mesure de les vaincre à la hache. C'étaient des guerriers. Ce serait du suicide.

— Eh ben, il a peut-être eu le temps de faire quelques allers-retours, cet enfoiré ! s'esclaffa le deuxième Highlander.

Il faisait au moins un mètre quatre-vingts et avait la figure couverte de taches de rousseur, une barbe rousse et une crinière hirsute, ce qui aurait pu lui donner un air moins menaçant s'il n'avait eu une cicatrice en travers du visage, d'un de ses sourcils à son nez. À la lueur du jour naissant, ses yeux verts brillaient comme deux billes.

Sans cesser de rire, il s'éloigna du Boucher en titubant et tira une flasque en étain de son sporran. Il la porta à ses lèvres, but une gorgée et la lui tendit.

Le Boucher s'en saisit et y but avec avidité.

— Tu parles de la petite ou du fort, Gawyn ? En ce qui concerne ce dernier, j'ai largement eu le temps de m'y introduire. Je n'ai pas eu cette chance avec la demoiselle, en revanche.

Il lui rendit le flacon, s'essuya la bouche du revers de la main et se dirigea vers Amelia qui, encore assise dans l'herbe, tentait d'évaluer la situation. Il la saisit par le bras et la força à se lever.

— Et il ne s'agit pas de n'importe quelle donzelle, leur expliqua-t-il. Ce petit lot vaut son pesant d'or.

Amelia tenta de se libérer de son emprise, mais il avait une poigne d'acier.

— Lâchez-moi, lui ordonna-t-elle entre ses dents.

Le premier Highlander, un petit Écossais trapu aux cheveux clairs et au faciès de bouledogue, sortit lui aussi une flasque de son sporran.

— Il faut reconnaître qu'elle est pugnace.

— Ouais, mais elle tremble comme un lapin écorché, constata le deuxième. Qu'est-ce que tu lui as fait ?

— Rien, se défendit le Boucher. Elle a froid, et elle est trempée, voilà tout.

— Eh ben, elle n'aurait pas dû se rouler dans l'herbe, dit le grand. Elle est idiote ou quoi ?

Le Boucher la conduisit jusqu'à sa monture et s'abstint de répondre.

— Vous pourriez aussi me traîner par les cheveux, lui suggéra-t-elle d'un ton irrité, en essayant toujours de se libérer, grelottant et commençant à claquer des dents. Ce n'est pas ce que vous faites habituellement, vous, les barbares ?

Les deux autres échangèrent un regard et éclatèrent de rire, mais le Boucher n'esquissa même pas un sourire.

— Ne restons pas là, se contenta-t-il de déclarer. Il va bientôt faire jour, et les Anglais patrouillent juste derrière la forêt. (Il la souleva une nouvelle fois pour la mettre en selle et la regarda d'un air malicieux.) Mais ne vous faites pas d'idées, ma belle. Un seul coup d'œil, et on vous écorche vive. Je serai d'ailleurs ravi de le faire moi-même.

Au même instant, des bruits de sabots résonnèrent sous la pluie. Un quatrième Highlander vint à leur rencontre et mit pied à terre alors que sa monture gris clair était encore au trot.

Ce nouveau venu avait une longue chevelure dorée et un regard turquoise aussi malicieux que déterminé. Il était lui aussi très grand – immense –, et bestial.

— Il est mort ? demanda-t-il en accourant.

Le Boucher lui lança un rapide coup d'œil.

— Non. Il n'était pas là.

— Il n'était pas là ?

L'Écossais à la tignasse dorée se tourna vers Amelia. Elle se redressa sur la selle et baissa les yeux sur lui tandis que le Boucher lui ligotait solidement les poignets à l'aide d'une cordelette grossière.

— Qui c'est, elle ? insista-t-il.

— C'est la future épouse de Bennett.

Incrédule, le rebelle fronça les sourcils.

— Sa future épouse ? Il est fiancé ? Merde, Duncan, pourquoi est-ce que tu ne t'es pas contenté de l'égorger ?

En entendant les paroles incroyablement dures du Highlander, Amelia frissonna, puis s'aperçut que le Boucher avait un nom. *Duncan.*

— J'ai eu une meilleure idée.

Il se mit à son tour en selle, derrière elle.

Elle décela une certaine hostilité dans la voix de l'autre homme.

— T'aurais dû la décapiter et laisser sa tête pourrir dans une boîte. Qu'est-ce qui t'a pris ?

Le Boucher passa la main autour de la taille d'Amelia pour s'emparer des rênes.

— Fais-moi confiance, Angus. Tu sais très bien que je n'ai pas failli. Et que je ne faillirai pas. Pas tant que ce démon d'Anglais sera en Écosse.

— Ou n'importe où ailleurs.

Quand le cheval se cabra avec une certaine nervosité, Angus s'écarta.

— On ferait bien de se séparer, déclara le Boucher d'un ton aussi tranchant qu'une lame, dissipant la tension qui flottait dans l'air. Faites attention à vous, les gars. On se revoit au campement.

Il éperonna sa monture, qui s'élança, abandonnant les autres.

Le Boucher et Amelia chevauchèrent un moment au galop dans le champ détrempé, avant de se diriger au trot vers la lisière indistincte de la forêt. La pluie s'était calmée, et le ciel avait pris une étrange teinte rosâtre.

Trempée jusqu'aux os, Amelia tremblait comme une feuille. Sans dire un mot, le Boucher enveloppa leurs épaules à tous les deux de son tartan. Elle sentit sur la laine son parfum viril et sauvage, et dans son dos la chaleur de son large poitrail. Elle lui en fut reconnaissante, même si cette situation l'effrayait.

— Qu'est-ce que vous avez, vous, les Highlanders ? demanda-t-elle acerbe en claquant des dents. Vous ne pensez qu'à couper des têtes et à les mettre dans des boîtes. S'agirait-il d'une sorte de tradition écossaise ?

— Ça ne vous regarde pas, lui rétorqua son ravisseur. Et je vous demanderai d'éviter de reposer cette question.

Elle se tint tranquille pendant quelques minutes, la chaleur du tartan commençant doucement à faire son effet.

— Il vous a appelé Duncan, reprit-elle. Je l'ai entendu. Vous ne redoutez pas que je révèle la véritable identité du Boucher des Highlands à quelqu'un ?

— Il y a des centaines de Duncan, dans les Highlands, ma belle. Donc, non, ça ne m'empêchera pas de dormir. Et en continuant à m'interroger, vous ne craignez pas que je change d'avis et que je vous tranche la gorge, finalement ? (Il marqua une pause.) Puisque vous savez comment je m'appelle.

Elle déglutit avec difficulté.

— Sans doute un peu.

— Alors, cessez de poser des questions dont vous ne voulez pas entendre les réponses.

Elle ajusta le tartan sur ses épaules et tenta de faire abstraction de la brûlure irritante des liens à ses poignets.

— Je présume qu'il s'agissait de votre fameuse bande de rebelles, poursuivit-elle, souhaitant continuer à le faire parler. (Elle voulait connaître la raison de son enlèvement, et savoir où ces sauvages avaient l'intention de l'amener.) J'aurais cru qu'ils seraient plus nombreux. D'après les histoires que l'on m'a racontées, vos amis et vous auriez massacré des armées entières d'Anglais en moins de trois minutes.

— Il ne faut pas croire tout ce que l'on entend.

Elle se tourna pour s'adresser à lui par-dessus son épaule.

— Il vous faut donc plus de trois minutes pour anéantir une armée ?

Il marqua une pause.

— Non. Trois minutes nous suffisent.

À cette simple idée, elle secoua la tête.

— Mais on ne s'attaque pas aux armées, rectifia-t-il. On n'est pas complètement idiots.

— Non. Ce n'est certainement pas le terme que j'emploierais pour vous décrire.

Ils franchirent un ruisseau peu profond, leur monture ne manquant pas de les éclabousser d'eau particulièrement fraîche. Amelia resserra davantage le tartan sur sa poitrine.

— Quel terme utiliseriez-vous ? demanda le Boucher dans le creux de son oreille, ce qui donna la chair de poule à la jeune femme.

Il avait pris cette ennuyeuse habitude, et elle aurait bien aimé que cela cesse.

— Il y a bien quelques expressions imagées qui me viennent à l'esprit, mais je ne les dirai pas à haute voix, car vous pourriez changer d'avis et finalement décider de m'égorger. (Elle tourna de nouveau la tête, et leurs nez se touchèrent presque.) Vous voyez, moi non plus, je ne suis pas complètement idiote.

Elle s'était moquée de lui, et elle fut surprise de l'entendre glousser doucement dans son oreille.

— Vous êtes trop intelligente pour partager la couche de Bennett, proclama-t-il.

— Comme je vous l'ai dit, nous allons nous marier, et si j'étais dans son lit… (Elle s'interrompit, ne sachant comment formuler la suite.) Ce n'est pas ce que vous croyez. C'est mon oncle, le duc de Winslowe, l'héritier de mon père et à présent mon tuteur, qui m'a accompagnée ici. Hier soir, Richard a dû s'absenter du fort, et il a tout fait pour que je puisse m'installer confortablement, en lieu sûr.

— Eh bien, au moins, vous étiez correctement installée.

Sentant la colère monter en elle, elle serra les dents.

— Jusqu'à ce que vous vous introduisiez par effraction dans ma chambre et interrompiez mes doux rêves de bonheur conjugal.

— Je ne suis pas entré par effraction, ma belle, riposta-t-il. J'avais la clé.

— Ah oui, celle que vous avez volée au soldat, dans le couloir. Celui que vous avez assassiné de sang-froid.

— Ce n'était pas un assassinat, se défendit-il après un long silence. Nous sommes en guerre. Ce type a signé pour se battre, et c'était un combat à la loyale.

— Personne ne signe pour se faire tuer.

— Les Highlanders, si. En cas de nécessité.

Elle changea de position sur la selle.

— Comme c'est courageux de votre part. Dommage que vous commettiez une telle trahison en accomplissant ces impressionnants actes de bravoure.

Il remua à son tour sur la selle.

— Vous n'avez pas la langue dans votre poche, lady Amelia. Je vous avoue que ça m'excite.

« Ça m'excite. » Aucun homme ne s'était jamais montré si effronté en sa présence, ni n'avait pris tant de libertés avec elle. Choquée, elle se sentit devenir écarlate.

— Je crois que je vais me taire, alors, monsieur le Boucher. Parce que je n'ai vraiment pas l'intention d'éveiller votre désir.

— En êtes-vous sûre ?

Quand il lui chuchota dans le creux de l'oreille, elle perçut la chaleur de ses lèvres, ce qui lui donna de nouveau la chair de poule. Elle maudit son corps : comment pouvait-il répondre de manière si énervante ?

— Vous semblez être une femme passionnée, lady Amelia, poursuivit-il. Vous devriez aimer la vigueur avec laquelle les Highlanders font l'amour. Nous ne sommes pas comme vos respectueux gentilshommes anglais. Nous n'avons peur ni de grogner, ni de donner des coups de reins, ni de nous servir de notre langue pour satisfaire nos femmes.

Elle se sentit envahie par une bouffée de chaleur. Elle eut soudain de nouveau envie de sauter de cheval et de courir jusqu'à Londres, mais sa précédente tentative lui avait servi de leçon. Si elle recommençait, il la plaquerait encore une fois dans l'herbe, et elle n'imaginait pas pouvoir survivre à un nouvel incident de la sorte sans perdre la raison.

— Je ne vous parle plus.

Elle se redressa sur la selle, afin que son dos ne soit plus en contact avec le puissant poitrail de son ravisseur, mais cela ne fit rien pour apaiser son anxiété.

Il se pencha vers elle et lui chuchota un avertissement à l'oreille :

— Sage décision, ma belle, il n'y a que de cette façon que je pourrai résister. Votre petite langue pleine d'entrain pourrait me pousser à bout. Ah, regardez. Nous y sommes. Voici mon palais.

Il tira sur les rênes de sa monture.

Bouleversée, Amelia eut du mal à se concentrer sur leur environnement. Le « palais » en question n'était qu'une grotte. Une caverne obscure et glaciale creusée dans le granit à flanc de montagne, au milieu de la mousse et du lichen.

C'étaient vraiment des barbares. Ils vivaient comme des animaux dans leurs terriers. Des filets de brume s'enroulaient de manière inquiétante autour des jambes du cheval.

— Voici le repaire du Boucher, déclara son ravisseur en récupérant son tartan.

Elle ressentit aussitôt l'air frais matinal sur sa peau trempée. Il mit pied à terre en jetant l'étoffe de laine par-dessus son épaule.

Tandis qu'elle observait, fascinée, l'entrée obscure de la grotte, il récupéra sa hache dans la sacoche, la glissa dans son ceinturon et tendit les bras vers elle.

— Venez, ma belle. Je vais nous faire un feu, et vous pourrez vous blottir dans un bon couchage de fourrure. Ensuite, je vous ferai un joli collier avec tous les petits os des soldats que j'ai tués cette nuit.

Elle le regarda d'un air horrifié, pas tout à fait certaine qu'il plaisantait.

Au même instant, l'Écossais à la crinière de lion qui voulait l'égorger les rejoignit au galop.

Le Boucher le regarda approcher en plissant les yeux, puis il s'adressa à Amelia d'un ton ferme et autoritaire.

— Descendez de là, ma belle. Mon ami désirant vous tuer, il serait préférable que vous alliez m'attendre dans la grotte pendant que nous en discutons, lui et moi.

Ses envies de fuite redoublèrent quand elle se laissa glisser de la selle et se précipita vers l'entrée de la grotte. Elle demeura un moment dans l'ouverture, le temps que sa vision s'adapte à la pénombre, pendant que l'autre Highlander immobilisait sa monture, derrière elle, et mettait pied à terre. Elle chercha autour d'elle tout ce qui pourrait lui servir d'arme, et se mit à tirer frénétiquement sur ses liens.

Chapitre 3

Angus se laissa glisser de sa selle et atterrit avec un bruit sourd. Sa crinière dorée, ébouriffée et trempée, lui tombait sur le front, et sa monture s'éloigna vers les hautes herbes en trottinant.

— Merde, Duncan ! s'exclama-t-il. Qu'est-ce qui t'a pris ? Ça fait presque un an qu'on suit la trace de Bennett. Je croyais qu'on était d'accord.

— C'est le cas.

Duncan mena son cheval jusqu'à un baquet d'eau, près de l'entrée de la grotte.

Il n'était pas d'humeur. Il venait d'abattre cinq hommes, et ses vêtements empestaient le sang, la crasse et la mort. Il mourait d'envie d'aller à la rivière, de se laver les mains, de nettoyer ses armes, et de se débarrasser de la couche de sueur et de saleté dont sa peau était couverte. Par-dessus tout, il rêvait de pouvoir s'étendre quelque part et de dormir. Durant de longues, longues heures.

— J'ai suivi le plan à la lettre, expliqua-t-il à Angus, son meilleur ami, l'intrépide guerrier qui lui avait tant de fois sauvé la vie sur le champ de bataille qu'il en avait perdu le décompte. Mais Bennett n'était pas là. C'est la seule raison pour laquelle il est encore en vie. (Duncan se tourna face à Angus.) Mais si tu me contredis encore une fois devant les autres, je jure devant Dieu et tous Ses saints que je te réduis en charpie.

Angus le toisa un long moment avant de se tourner vers la paroi rocheuse de la montagne et de poser une main abîmée sur le granit. Il s'exprima paisiblement, d'un ton passablement agacé.

— Je voulais sa tête cette nuit.

— Moi aussi, qu'est-ce que tu crois ? rétorqua Duncan. Je ne t'explique pas ce que j'ai ressenti quand j'ai soulevé ma hache et que je me suis retrouvé face à une innocente !

Angus s'éloigna de la paroi rocheuse.

— Elle n'est pas si innocente que ça. C'est la fiancée de cette ordure.

— Peut-être.

Duncan sentit une soudaine pointe d'agacement à la mention de la situation de la jeune femme, ce qui le perturba au plus haut point. Dès qu'il l'avait vue, elle avait déclenché quelque chose en lui. Son regard émeraude si pénétrant et son courage l'avaient rendu idiot. Il avait passé bien trop de temps à étudier la courbe rebondie de ses seins et son ardente chevelure rousse. Elle lui avait fait perdre ses moyens, et c'était le genre de faiblesse qu'il ne pouvait pas s'accorder. Pas maintenant. Pas si près du but. Il ne pouvait tout simplement pas se permettre de se laisser distraire.

— Peut-être ? C'est une Anglaise, Duncan ! Elle m'a pris de haut, comme si j'étais un moins-que-rien et que c'était la reine d'Angleterre !

— Elle est un peu hautaine, admit Duncan.

Il débarrassa sa monture de sa lourde selle, qu'il déposa par terre, puis de son harnachement.

— C'est parce que c'est la fille d'un grand homme, poursuivit-il. Le duc de Winslowe. (Il adressa à Angus un coup d'œil entendu.) Tu te souviens certainement de lui. Il était à la tête d'un bataillon, à Sheriffmuir.

Le Highlander écarquilla les yeux.

— Le duc ? Celui que mon père a failli tuer sur le champ de bataille ?

— Celui-là même.

Duncan passa la main sur le flanc musclé de sa monture, débarrassant cette dernière de l'écume humide et froide tout en essayant d'éviter de penser à la fille du célèbre colonel, qui l'attendait dans la grotte.

Angus poussa un sifflement.

— Je comprends, maintenant, pourquoi tu ne l'as pas tuée. Du moins, pour l'instant. (Déconcerté, il fronça les sourcils.) Mais elle va se marier avec Bennett ?

— Oui. C'est la raison pour laquelle elle était à Fort William, rêvant manifestement de ses futures noces quand j'ai manqué de la décapiter.

Angus se mit à faire les cent pas devant l'entrée de la caverne.

— Tu crois que c'est un mariage d'amour ? J'ai des doutes.

— C'est pourtant ce qu'elle prétend.

— Ah ! Elle l'a déjà rencontré ?

Duncan poussa un profond soupir de frustration. Il n'avait aucune réponse à lui fournir, car il avait du mal à expliquer qu'une femme, quelle qu'elle soit, puisse désirer épouser cette brute de Richard Bennett.

Angus regarda Duncan droit dans les yeux.

— Tu crois qu'elle sait ce que son fiancé a fait à notre Muira ? Tu ne penses tout de même pas que c'est elle qui l'a poussé à agir ainsi, hein ? À cause de ce que mon père a tenté de faire au sien sur le champ de bataille…

Il s'agissait d'une possibilité troublante – certainement invraisemblable –, mais Duncan y réfléchit néanmoins longuement avant de secouer la tête.

— Non, j'en doute. Elle ne m'a pas semblé être animée par la vengeance.

— Quel est son intérêt, alors ? s'étonna Angus. Que fait-elle avec Bennett ?

Au moins, il était aisé d'imaginer ce qui avait attiré l'attention de Bennett. Non seulement lady Amelia était la fille d'un duc, ce qui lui garantirait de nombreuses relations dans la haute société, mais elle était également superbe.

Duncan se remémora ce qui s'était passé entre eux dans le champ, quand il l'avait plaquée au sol et qu'elle s'était débattue contre lui. Cela l'avait excité à un tel point qu'il avait dû faire appel à tout son sang-froid pour se retenir de la prendre sur-le-champ. Il ignorait ce qui se serait produit si Fergus et Gawyn n'étaient pas arrivés à ce moment-là, car il avait encore envie d'elle.

Focalisant son attention sur le bouchonnage de Turner, il s'interdit de penser de cette façon à sa prisonnière. Ce n'était qu'un pion, pour lui. Une ennemie, et un appât. Rien de plus. Il ne fallait pas qu'il l'oublie.

— Je n'en sais rien, répondit-il. Mais j'ai bien l'intention de le découvrir.

Angus se dirigea à grands pas vers la grotte et regarda à l'intérieur.

— Alors, quoi ? C'est œil pour œil ?

Le cœur de Duncan se souleva. C'était un sale boulot, qu'il détestait faire.

— Je n'ai pas encore pris ma décision. (Il laissa son animal libre de brouter.) Va attendre les autres sur la crête. Je vais avoir besoin de passer un peu de temps avec elle.

— Longtemps ?

— Quelques heures, au moins.

Quand il pénétra dans la grotte obscure, il sentit le regard d'Angus se poser sur son dos.

— Pour quoi faire, Duncan ?

— Je te l'ai dit, je ne le sais pas encore. Mais je suis fatigué et irritable. Alors, fiche-moi la paix jusqu'à ce que je prenne une décision.

Ce fut un jeune soldat posté sur le mur nord de Fort William qui repéra le premier, dans le lointain, le régiment du Royal North British Dragoons.

— Le lieutenant-colonel Bennett est de retour ! s'écria-t-il.

S'ensuivit une agitation soudaine dans la cour, en contrebas. Des palefreniers se hâtèrent d'aller remplir des seaux dans des tonneaux d'eau, et des fantassins s'alignèrent, leur mousquet sur l'épaule, les lanières de leur musette croisées sur leur poitrine.

Le grondement assourdissant des sabots annonça qu'il était temps d'ouvrir les portes, et l'impressionnant régiment de cavaliers pénétra dans le fort au galop.

Le lieutenant-colonel Richard Bennett fut le premier à mettre pied à terre. Il vida l'important contenu de ses sacoches de selle, puis tendit les rênes de sa monture à un garçon d'écurie. Il se dirigea ensuite d'un pas preste vers les quartiers du colonel Worthington en ôtant ses gants et son casque de cavalerie.

Son sabre rebondissant contre sa cuisse, il semblait déterminé à trouver Worthington au plus vite, car il avait des informations à lui communiquer. Il avait réduit en cendres une autre fermette, dans laquelle il avait trouvé des cartes, des armes, et des lettres provenant d'un certain nombre de jacobites connus.

Richard fut bientôt reçu par son supérieur. Quand il pénétra dans la pièce, il ne s'attendait pas à la vision troublante qui l'attendait.

Le duc de Winslowe à la chevelure blanche, était assis dans un fauteuil, et le colonel se tenait devant lui, lui tendant un verre d'eau-de-vie, que le duc semblait incapable de prendre tant il était bouleversé.

— Dieu merci, vous êtes de retour, déclara Worthington en se détournant de Winslowe. Il s'est produit un événement terrible, et nous allons avoir besoin de toute votre discrétion et de toute votre détermination pour tirer les choses au clair, Bennett.

— Vous pouvez compter sur moi, colonel Worthington.

— Ça concerne lady Amelia.

Worthington marqua un temps d'arrêt, et Richard déglutit bruyamment, se préparant à la terrible nouvelle que le colonel paraissait réticent à lui annoncer.

— Que s'est-il passé ?

L'officier poussa un profond soupir avant de finir par lui révéler les faits.

— Votre fiancée s'est fait enlever, cette nuit.

Richard demeura immobile, les mâchoires serrées, jusqu'à ce qu'il puisse recouvrer le sang-froid et la maîtrise nécessaires pour s'exprimer calmement.

— Enlever ? Par qui ?

— Tout nous porte à croire qu'il s'agit du Boucher des Highlands.

Richard sentit tressauter sa lèvre supérieure. Il s'approcha d'un pas.

— Vous êtes en train de me dire que ce sauvage est venu chercher ma fiancée à l'intérieur même des murailles de Fort William, au nez et à la barbe de toute une garnison ?

Le duc corpulent leva les yeux vers lui et acquiesça.

— Ma nièce, soupira-t-il. La fille unique de mon frère… Je l'ai connue alors qu'elle n'était encore qu'un nourrisson dans les bras de sa mère. Il nous faut réagir, Bennett. C'est moi qui l'ai amenée ici, et s'il devait lui arriver quoi que ce soit, je ne me le pardonnerais jamais.

À peine capable de voir plus loin que le voile de colère écarlate qui lui brûlait les yeux, Richard saisit la poignée de son épée et recula.

— Qui est le responsable ? Qui était de garde la nuit dernière ?

Ils le regardaient tous les deux avec inquiétude, mais voyant qu'ils hésitaient à lui répondre, il leur hurla :

— Qui, bordel ?!

— Ils sont tous morts, répondit le colonel.

Richard recula jusqu'à la porte.

— Je la retrouverai, promit-il. Et quand ce sera fait, je découperai ce traître de jacobite en rondelles. Pas uniquement pour Amelia, mais également pour mon roi et mon pays.

Richard quitta la pièce à grands pas, se débarrassant aussitôt de la boule de détresse qui s'était formée dans sa gorge, car il n'était pas le genre d'homme à céder à de telles faiblesses.

Amelia s'assit par terre, luttant pour chasser cet accablant sentiment d'échec. Quelle que soit la force avec laquelle elle tirait sur la cordelette qui lui liait les poignets, elle était incapable de s'en défaire. Elle était prise au piège, telle une biche sans défense dans la tanière d'un loup. Bientôt, son ravisseur reviendrait et ferait ce dont il rêvait depuis le début, depuis le moment où il s'était introduit dans la chambre de son fiancé.

Puis, soudain, Duncan fut là, devant elle, s'agenouillant en sortant un poignard de sa botte. Elle succomba à la terreur.

— Je vous en supplie, l'implora-t-elle en s'acharnant plus que jamais sur ses liens. Si vous possédez ne serait-ce qu'un soupçon d'humanité, laissez-moi partir. Il le faut.

Il brandit son couteau dans la pénombre, et, juste au moment où elle crut qu'il allait l'égorger, il lui trancha ses liens. Ceux-ci tombèrent doucement par terre.

— Vous êtes une battante, hein ? (Il lui saisit les deux mains et lui examina l'intérieur des poignets.) J'admire votre ténacité, mais regardez le résultat.

Un mince filet de sang lui coulait le long du bras. Il saisit un morceau d'étoffe, le trempa dans le récipient d'eau suspendu à un crochet au-dessus du feu éteint et l'appliqua sur ses poignets. Il nettoya doucement la plaie.

— Allez-vous me tuer ? s'enquit-elle en jetant un coup d'œil inquiet à son épée. Parce que si je devais mourir, j'aimerais bien le savoir.

Il resta concentré sur sa tâche.

— Je ne vais pas vous tuer.

Elle en fut soulagée, naturellement, mais elle était encore loin d'être rassurée.

— Et l'autre Highlander ? On dirait qu'il ne m'apprécie guère, lui fit-elle remarquer en se tournant vers l'entrée de la grotte.

— Vous avez raison. Il vous déteste au plus haut point.

Le Boucher plia le linge et continua de lui essuyer l'avant-bras avec le côté propre.

— Pourquoi ? Parce que je suis anglaise ou parce que je suis fiancée au colonel Bennett ?

Duncan hésita.

— À mon avis, ce sont les deux raisons qui le poussent à vouloir vous tuer sur place.

Il toucha avec le morceau de tissu un endroit sensible du bras d'Amelia, et celle-ci retira vivement la main.

Duncan la regarda intensément et parvint, sans dire un mot, à la persuader d'accepter de subir cette gêne sans se plaindre. Elle céda, comme s'il avait réussi à l'apprivoiser.

— Pour quelle raison haïssez-vous tous les deux mon fiancé à ce point ? voulut-elle savoir, s'efforçant de garder les idées claires même si elle lui tendait de nouveau son bras. (Elle observa les filets d'eau qui ruisselaient sur sa chair à vif et se concentra sur le mouvement des mains du Highlander.) Qu'a-t-il bien pu vous faire, en plus de se battre pour notre roi ?

Duncan ouvrit de grands yeux.

— Notre roi ? Faites-vous allusion à l'Allemand insignifiant qui s'est assis sur votre trône ? La marionnette du Parlement ? Le petit gars qui parle français ?

— Il s'agit du roi légitime de Grande-Bretagne, soutint-elle. Grande-Bretagne à laquelle, d'après le traité d'Union, appartient l'Écosse, au cas où vous l'ignoreriez. Mais ce n'est pas le sujet. C'est mon fiancé qui est votre cible. Pourquoi ?

— Je n'ai pas envie de parler de ça avec vous.

— Et pour quelle raison ?

— Parce que je doute que vous ayez envie d'entendre certaines choses.

Elle se redressa sur ses genoux.

— Et pourquoi ça ? Je veux savoir ce qui vous conduit à me garder prisonnière.

Le Boucher leva la tête et la dévisagea minutieusement.

— Certes, mais êtes-vous certaine de vouloir tout connaître de votre fiancé ? Ça pourrait avoir des conséquences sur vos sentiments pour lui. Je risquerais de briser les rêves si romantiques que vous nourrissez à propos de votre merveilleux prince charmant sur son bel étalon blanc. Ensuite, que feriez-vous ? Vous seriez complètement perdue.

— Bien sûr que j'en suis certaine, répliqua-t-elle, refusant de se laisser intimider par son ton condescendant. De plus, rien de ce que vous me direz ne pourra altérer les sentiments que j'éprouve envers lui, parce que je sais au fond de moi que Richard est un noble et courageux soldat. Il est fâcheux qu'il soit votre ennemi, mais il se contente d'accomplir son devoir, voilà tout.

Duncan termina de soigner les blessures de la jeune femme, roula le linge en boule et le jeta dans le récipient.

— Très bien. Je vais vous expliquer pourquoi vous êtes là, même si je n'entrerai pas dans les détails, car il vaut mieux pour vous que vous ignoriez l'identité des personnes impliquées. Mais voici ce que vous devez savoir : votre fiancé est un despote, un violeur, et un tueur de femmes et d'enfants. Il a réduit en cendres toutes les fermes paisibles d'Écosse qui se trouvaient sur son chemin.

Elle se rassit et gloussa.

— C'est ridicule. Il est évident que vous vous méprenez.

— Absolument pas.

Le Boucher se leva et se dirigea vers le fond de la grotte, où étaient entreposées les victuailles. Il semblait la jauger, malgré la pénombre.

Amelia secoua la tête.

— Oh que si. Je connais Richard. C'est quelqu'un de bien et un soldat honnête. Il a servi sous les ordres de mon père, qui était lui aussi un homme bon et perspicace. Il n'aurait jamais donné sa bénédiction à nos fiançailles si Richard avait été une personne sans scrupules. Mon père m'adorait et prenait énormément soin de moi. Il ne souhaitait que mon bonheur et ma sécurité. Il n'a jamais rêvé rien d'autre pour moi. Je peux donc vous assurer que vous vous trompez.

Forcément.

— Je ne me trompe pas.

— Si.

Elle le regarda prendre une miche de pain, dans un panier, et en arracher un morceau. Il traversa la grotte et le lui tendit.

— Et vous avez l'audace d'accuser un autre homme d'être un tyran et un assassin ! s'exclama-t-elle en acceptant la nourriture. C'est vous, le Boucher des Highlands, non ? Votre brutalité est légendaire, et j'en ai moi-même été le témoin privilégié. Non seulement vous m'avez enlevée, mais vous avez aussi tué Dieu sait combien de soldats avant d'arriver à ma chambre, et vous aviez également l'intention de décapiter Richard, une fois là-bas. Je n'écouterai donc pas une minute de plus ces allégations fallacieuses. Vous ne réussirez pas à me convaincre qu'il s'agit d'un oppresseur alors que j'en ai manifestement un en face de moi en ce moment même.

Elle mordit dans le pain et ce ne fut qu'alors qu'elle se rendit compte, avec une certaine angoisse, avec quelle effronterie elle venait de s'adresser à l'infâme Boucher.

Il la regardait mâcher et déglutir avant de retourner en silence vers le panier de victuailles. Il coupa un nouveau bout de pain.

Il demeura un long moment sans rien dire, et elle prit désagréablement conscience de la présence de l'imposante épée large à son côté et de l'incroyable force de ses bras musculeux.

Même s'il s'agissait de son ennemi, elle ne pouvait que reconnaître l'incontestable vérité : c'était un magnifique spécimen, un guerrier-né. Dans le champ, il l'avait complètement immobilisée, visiblement amusé par ses efforts pour le repousser. C'était d'ailleurs probablement ce qui l'avait incitée à capituler.

Mais quand il lui avait nettoyé les bras, quelques instants auparavant, il lui avait montré qu'il était également capable de faire preuve d'un peu de douceur.

— Levez-vous, lui ordonna-t-il en lui tournant le dos. J'ai besoin de sommeil.

— Et que va-t-il advenir de moi pendant que vous dormez ? demanda-t-elle. Allez-vous encore me ligoter ? Et si l'autre Highlander revient ?

Elle jeta un coup d'œil inquiet à l'entrée de la grotte, par laquelle s'engouffraient à présent de chatoyantes brumes matinales, tandis que le Boucher s'enfonçait dans les profondeurs de sa tanière, vers un couchage de fourrure.

— Vous allez vous étendre à côté de moi, ma belle. Gentiment et tout près.

Amelia se raidit aussitôt.

— C'est hors de question.

— Vous n'avez pas le choix. (Il ôta son fourreau de cuir et le déposa par terre, ainsi que son pistolet, près du couchage.) Venez vous coucher.

Me coucher ?

— Je suis vierge, laissa-t-elle soudain échapper. J'ignore si ça signifie quelque chose à vos yeux – probablement pas –, mais j'aimerais assez le rester.

Il la considéra d'un air contrarié.

— Vous vous préservez pour Bennett ?

Elle aurait souhaité pouvoir répondre à sa question d'une manière différente, d'une manière qui lui aurait permis d'échapper aux foudres de sa vengeance, mais c'était impossible.

— Oui, je désire me préserver pour le mariage.

Il tourna la tête vers l'entrée de la caverne, comme s'il réfléchissait avec soin à sa réponse.

— Si vous me laissez ma vertu, ajouta-t-elle, je vous promets de… (Elle ne savait que lui proposer en échange d'un tel acte de bonté de sa part.) Je vous offrirai cinq cents livres. Enfin, mon oncle vous les paiera.

Son tuteur ne manquerait certainement pas d'honorer cet accord.

Le Boucher plissa les yeux.

— Épargnez-vous ce type de négociation. J'ai déjà décidé de lui demander bien plus.

Elle fut ravie, au moins, d'avoir avancé sur ce point, de pouvoir discuter des détails pratiques de sa libération.

— Ainsi, c'est une rançon que vous voulez ? En espèces ou en terres ? Souhaitez-vous un titre ? Parce que je ne crois pas que mon oncle soit en mesure d'en octroyer. Mais il pourrait certainement…

— Ce ne sont pas des terres que je veux, ma belle. Ni un titre.

— Que voulez-vous, alors ?

Le silence se fit pesant. Le Highlander se leva dans la lumière grisâtre du matin.

— Je veux que votre fiancé vienne vous chercher.

— Pour que vous puissiez le tuer.

— Oui, mais en combat singulier. Je lui permettrai de se défendre avant de le tailler en pièces. À présent, levez-vous, et venez là. (Il s'assit sur les peaux de bêtes, adossé à la paroi rocheuse.) La nuit a été longue, et je suis las de parler. Je veux sentir votre petit corps contre le mien, pour me réchauffer.

Elle se redressa et s'approcha de lui.

— Ne craignez-vous pas que je m'empare du poignard, dans votre botte, et que je vous égorge dès que vous aurez trouvé le sommeil ?

Il ébaucha un sourire, comme si cette idée l'amusait.

— Je vous serrerai dans mes bras. Donc, si vous bougez, ne serait-ce que d'un cheveu, je le saurai. (Il sourit de toutes ses dents.) Je le sentirai juste là, sous mon kilt.

Elle jeta un coup d'œil dans la grotte, espérant y trouver le moyen d'éviter de devoir se coucher auprès de lui – parce qu'elle savait très bien ce qu'il dissimulait sous ce kilt –, mais dut se résoudre au fait que de tels espoirs étaient vains. Il ne lui restait plus qu'à se soumettre à l'inévitable. Il lui faudrait s'allonger à côté de lui et tenter de dormir, aussi longtemps qu'elle le pourrait.

Elle se laissa tomber à genoux puis s'étendit sur la douce fourrure. Il se coucha derrière elle, dos au mur, et enroula ses bras autour de la taille de sa captive.

Quand il l'attira encore plus près de lui, le cœur de la jeune femme, peu habituée à tant d'intimité, s'emballa soudain. Elle n'avait jamais partagé sa couche avec un homme, même avec Richard. C'était un gentilhomme, il n'aurait jamais pu lui suggérer une telle chose avant leur mariage. Mais voilà qu'elle était étendue, ce matin-là, avec un monstrueux Highlander pressé contre son dos.

Il enfouit son nez dans sa chevelure, et, à son contact, elle fut parcourue de picotements le long de ses bras et de ses jambes.

— Vous tremblez, constata-t-il.

— Je ne peux pas m'en empêcher. J'ai froid.

Mais c'était bien plus que cela. Il était très audacieux, très sensuel. Il n'avait cure des convenances et des règles de décence, et, à chacun de ses mouvements, Amelia en avait le souffle coupé. Tout cela lui semblait très charnel et primitif, au-delà de tout ce qu'elle avait cru possible dans sa vie de demoiselle civilisée.

Elle se rendit soudain compte que plus rien dans son existence ne serait pareil. Pas après cela.

Il s'approcha d'elle petit à petit, blottissant ses hanches contre les siennes. Le rythme cardiaque d'Amelia s'accéléra encore.

— Vous vous réchaufferez bien assez tôt, fit-il. Et cessez de trembler. Ce n'est pas ce matin que je vais vous tripoter, ma belle. Je vous ai dit que j'étais épuisé.

Elle tenta de se détendre, mais elle était incapable de s'empêcher de frissonner.

— Je suppose que je dois vous remercier ?

— Me remercier ? s'étonna-t-il en dressant la tête.

— Oui. De ne pas me déposséder de ma vertu. Je vous en suis très reconnaissante. Merci.

Il gloussa et pressa ses genoux derrière les siens, avant de blottir de nouveau son nez contre sa tête.

— Ne me remerciez pas trop vite, ma belle, lui conseilla-t-il d'une voix de plus en plus paisible, au fur et à mesure qu'il commençait à s'assoupir. Parce que je ne vous ai jamais fait cette promesse.

Chapitre 4

Amelia fut incapable de fermer l'œil. Le Boucher, quant à lui, sombra sans difficulté dans un profond sommeil réparateur.

Manifestement, cet homme avait la conscience tranquille. Ni les soldats qu'il avait tués au cours de la nuit ni le fait d'avoir enlevé la fiancée d'un éminent officier anglais, qui était très certainement en train de le traquer comme un chien à l'heure qu'il était, ne semblaient le préoccuper le moins du monde. Il ne paraissait nullement craindre qu'elle puisse déjouer sa surveillance et s'échapper durant son sommeil. Non, le Boucher se reposait paisiblement, serein et tranquille dans sa tanière secrète, persuadé que sa prisonnière, si terrifiée soit-elle, ne céderait pas à la panique et ne le poignarderait pas dans le dos s'il avait le malheur de relâcher son emprise ne serait-ce qu'une fraction de seconde.

Il était peu probable que cela se produise, naturellement. Il ressentirait effectivement le moindre des mouvements de la jeune femme, car il avait noué ses bras autour de sa taille et la maintenait contre lui. Le simple bruit de son souffle – si proche, si régulier et si profond que l'on aurait dit le bruit du ressac de l'océan contre la grève – l'empêchait de bouger, de peur de le réveiller.

En silence, sans remuer un seul muscle, elle parcourut du regard la grotte plongée dans la pénombre, à la recherche d'une arme éventuelle. Elle ne vit que le feu éteint et le récipient en fonte, le panier à pain, quelques couvertures, la hache et l'épée du Boucher, non loin de l'endroit où ils étaient couchés.

Elle tendit la main avec précaution vers la hache, plus par curiosité qu'autre chose, mais sentit aussitôt le subtil rappel à l'ordre de son ravisseur. Il avança les hanches, et elle se figea, s'efforçant de maîtriser son souffle, car il serait certainement en pleine forme après son petit somme. Il pourrait décider qu'il avait assez de forces pour ne pas se contenter de rester allongé auprès d'elle, après tout. Il pourrait choisir de lui ôter sa vertu et de lui faire avec vigueur toutes les choses perverses dont il lui avait parlé quand ils étaient à cheval.

En se remémorant leur conversation, elle eut un subit haut-le-cœur. Elle semblait incapable d'en chasser le souvenir de son esprit.

Si seulement elle pouvait trouver le sommeil. Elle aurait besoin d'avoir les idées claires durant les jours à venir, et elle ne pourrait pas se permettre de fonctionner au ralenti.

Un bruit sourd, à l'extérieur de la grotte, la fit sursauter. Son cœur se mit à battre la chamade, et, les yeux écarquillés, elle scruta la brume à la recherche de l'autre Highlander, celui qui voulait la tailler en pièces et qui était probablement revenu mettre ses projets à exécution.

Mais il ne s'agissait que du cheval noir du Boucher, qui errait en liberté, broutant où bon lui semblait. Quand elle perçut le bruit de l'animal qui arrachait l'herbe, elle laissa échapper un soupir inquiet et sentit son ravisseur se blottir davantage contre elle, comme s'il avait perçu son anxiété et l'encourageait à se détendre.

Une heure avait dû s'écouler, et elle continuait à regarder fixement la lumière extérieure, les yeux rougis. Puis, soudain, le Boucher remua et prit une profonde inspiration.

— Ah, ça va mieux, murmura-t-il en remontant les genoux derrière elle. Vous avez dormi, ma belle ?

— Non, lui répondit-elle sèchement, sentant la rigidité de son excitation.

Il se hissa sur un coude.

— Pourquoi ? Le lit n'est pas assez moelleux à votre goût ? (Il s'interrompit et se pencha au-dessus d'elle, l'étudiant soigneusement.) Quel âge avez-vous, ma belle ?

— J'ai vingt-deux ans. Même si ça ne vous regarde pas.

Il passa la main sur le galbe de sa hanche et de sa cuisse, et elle éprouva une étrange sensation au creux du ventre.

— Vous êtes une adulte, alors. Vous avez de l'expérience…

Elle déglutit avec inquiétude.

— Une adulte, oui. Et avec suffisamment d'expérience pour savoir reconnaître un gentilhomme d'un sauvage.

— Inutile, donc, que je vous apprenne comment les différencier l'un de l'autre ?

— Complètement inutile.

Le Boucher marqua une pause, baissant les yeux sur les jambes de la jeune femme tout en rassemblant les pans de sa jupe dans sa main. Pendant qu'il les remontait, petit à petit, découvrant ses mollets puis ses genoux, il déclara dans un soupir éraillé :

— C'est vraiment dommage, ma belle, parce que je suis un excellent professeur. Et vous sentez divinement bon.

— Vraiment ?

Elle lui avait répondu d'un ton blasé, même si elle avait l'impression que sa poitrine était sur le point d'exploser.

Lentement, il lui caressa l'épaule avec son menton, comme s'il voulait savoir comment elle réagirait à son contact.

Amelia demeura immobile, la joue sur ses mains, faisant l'effort surhumain de se comporter comme si de rien n'était. Elle ne réagirait pas à ses propositions, ne montrerait pas sa peur et ne repousserait pas les mains de l'homme, pour éviter qu'il ne prenne cela pour une provocation de sa part. Avec un peu de chance, si elle affichait un certain ennui et une profonde indifférence, cela calmerait ses ardeurs – quelles qu'elles soient.

— Oui, vous êtes aussi fraîche qu'une pâquerette au printemps, la complimenta-t-il. C'est très tentant, de bon matin.

Il continua de lui caresser l'épaule avec son menton, la jeune femme ayant l'impression d'être un renard pourchassé par une meute de chiens tant son cœur battait vite.

— En revanche, vous n'êtes pas le moins du monde attirant, le railla-t-elle. Vous seriez même plutôt repoussant, à vrai dire.

— Vous dites ça à cause de la manière dont nous nous sommes rencontrés ? Sans avoir été correctement présentés ?

Elle se retourna pour lui lancer un regard noir.

— Vous êtes venu tuer mon fiancé, et vous avez failli me trancher la tête !

Il laissa échapper un soupir.

— Je savais que j'aurais dû mettre ma veste en soie. Voilà que j'ai tout gâché.

Seigneur Dieu ! Était-il vraiment en train de se moquer d'elle ? Ou était-il simplement dérangé ?

— Debout ! l'enjoignit-il en l'enjambant avant de se lever complètement et de boucler son ceinturon, auquel était fixé son fourreau.

Amelia se hissa sur ses deux coudes.

— Pourquoi ?

Elle le regarda s'emparer de sa hache et se diriger vers l'entrée de la grotte. Il porta deux doigts à ses lèvres et siffla. Il se tourna vers elle, sa silhouette se détachant sur la brume, son kilt et sa chevelure ondoyant au gré de la légère brise.

— Parce que j'ai l'intention d'aller jusqu'au bout de mon plan retors, bien sûr.

— Allez-vous prévenir le fort que vous me détenez ? demanda-t-elle, ne sachant toujours pas ce qu'il fallait qu'elle pense de lui quand il parlait de cette façon.

Il se pencha, ramassa ses sacoches de selle, revint dans la caverne et commença à emballer la nourriture.

— Pas tout de suite. Je veux que Bennett se fasse un peu de souci pour vous, pendant quelques jours.

Quelques jours...

Amelia examina les plaies à ses poignets et se souvint de l'envie désespérée de fuir qu'elle avait eue en mettant les pieds dans cet antre. Cela faisait moins de six heures qu'elle était prisonnière du Boucher, mais elle avait l'impression d'avoir échappé au pire à chaque instant. Comment allait-elle pouvoir survivre à quelques jours de plus – et à quelques nuits de plus, surtout ?

— Qu'est-ce qui vous fait croire que l'armée anglaise n'a pas déployé toutes ses forces, à l'heure qu'il est, pour partir à ma recherche ? le provoqua-t-elle. Comment savez-vous que Richard n'a pas déjà découvert votre piste ou même appris la connaissance de cette cachette ? Il a un motif pour interroger la population, à présent. Quelqu'un connaît sûrement l'existence de cette tanière.

— C'est la raison pour laquelle nous en partons.

— Où allons-nous ?

— Au nord. Plus haut dans les montagnes.

Elle jeta de nouveau un coup d'œil derrière lui, vers l'entrée de la grotte.

— Vos amis vont-ils nous rejoindre ?

— Ils ne seront pas loin, répondit-il. Mais nous ne voyagerons pas ensemble. On nous repérerait trop facilement.

Soudain, les deux Highlanders qu'ils avaient croisés dans le champ pénétrèrent dans la caverne. Le Boucher jeta une couverture au grand rouquin à la barbe et aux taches de rousseur.

— On part, dit-il. Faites vos sacs. On se retrouve à Glen Elchaig à la tombée de la nuit.

Le Highlander commença à rouler sa couverture, scrutant Amelia avec son intense regard vert.

— Elle vient avec nous ?

— Oui.

Il lui adressa un signe de tête.

— Je m'appelle Gawyn. (Il désigna ensuite son acolyte.) Et l'affreux, là, c'est Fergus.

Ce dernier répondit par un rot et gratifia la jeune femme d'un terrifiant sourire en coin qui la fit reculer d'horreur.

— Il est juste jaloux de mon charme sensuel.

Profondément perturbée et faisant tout son possible pour se tenir à distance, Amelia se leva et observa les rebelles vider la tanière de ses provisions. Tandis qu'elle restait adossée à la paroi de la grotte, gardant le silence et s'efforçant de ne pas attirer leur attention, ils vaquaient à leurs occupations avec rapidité et efficacité.

Le Boucher jeta ses sacoches de selle sur son épaule puis s'approcha d'elle.

— Il est temps de partir.

Il la saisit par le bras et la conduisit à l'extérieur.

Quand ils se retrouvèrent à l'air libre, Amelia, qui trottinait pour pouvoir suivre l'allure de son ravisseur, huma le parfum saumâtre du brouillard. La brume se déplaçait et s'enroulait au sommet des monts rocheux. Elle sentit l'air frais sur sa peau.

Pendant que les deux autres Highlanders garnissaient leurs sacs et leurs sacoches de vivres, le Boucher sella sa monture. Amelia contempla le paysage montagneux, à la recherche du blond, Angus, mais il semblait avoir disparu dans la brume. Ils formaient une équipe sacrément louche, ces rebelles des Highlands.

— Vous feriez bien d'aller vous soulager avant de partir, lui conseilla le Boucher. Il y a un rocher, là. Et ne songez même pas à vous enfuir.

Il lui indiqua un énorme bloc de pierre avant de se détourner.

C'est un cauchemar, se dit Amelia. *Si seulement je pouvais me réveiller…*

Au bout de quelques minutes, elle termina son affaire du matin et alla retrouver les autres.

— Est-il nécessaire que je vous ligote pour le trajet ?

Son ravisseur la regarda avec un air de défi en enfonçant un mousquet dans l'une des sacoches de selle.

Elle porta la main à son poignet, encore douloureux et toujours à vif, puis secoua la tête.

—Non.

—Je vous laisse l'occasion de mériter ma confiance, lui expliqua-t-il. Mais, si vous me décevez, je vous laisserai attachée et bâillonnée jusqu'à ce que j'aie tué votre fiancé, ce qui pourrait demander encore quelques jours, compte tenu de la direction que nous prenons.

Elle jeta un coup d'œil au sommet des montagnes et frissonna.

—Je ne tenterai pas de m'échapper. Vous avez ma parole.

—Tu crois la parole des Anglais, maintenant ? demanda Fergus en se mettant en selle et en ajustant la corne de poudre qu'il portait au côté.

—Je pourrais en dire autant à votre sujet, les rebelles écossais, lui répondit-elle laconiquement.

—Du calme, lui recommanda doucement le Boucher dans le creux de l'oreille, d'un ton amusé. Inutile d'engager un débat politique avec Fergus. Il vous réduirait en miettes.

Duncan lui passa ses larges mains autour de la taille, mais Amelia les chassa d'une tape.

—Je sais monter à cheval, se défendit-elle. Je ne suis plus une enfant.

Il recula en feignant de capituler.

Dès qu'il lui eut laissé suffisamment de place, elle glissa son pied dans l'étrier et se mit en selle. Le Boucher fixa son bouclier sur son dos et se hissa derrière elle.

— Je croyais que les demoiselles anglaises convenables ne montaient qu'en amazone, murmura-t-il, parce qu'elles préfèrent garder les jambes serrées.

Pourquoi se sentait-il constamment obligé de lui parler de façon si vulgaire ? Et pourquoi fallait-il qu'il lui souffle sans cesse dans l'oreille, comme si ce qu'il avait à lui dire était un secret intime entre deux amants ?

— Comme vous le savez, rétorqua-t-elle, mon père était colonel dans l'armée. Il aurait aimé avoir un garçon. Mais, vu qu'il a été privé de cette occasion, j'ai eu la chance de pouvoir jouer aux soldats quand j'étais petite, au grand dépit de ma mère.

— Il vous a appris à monter comme un soldat ?

— Entre autres choses.

— Je saurai m'en souvenir.

Il fit tourner sa monture dans la direction opposée à celle par laquelle ils étaient arrivés, tandis que Fergus et Gawyn disparaissaient vers l'est au galop, préférant gagner Glen Elchaig par un autre chemin. Elle se réjouit de leur départ, car elle en savait moins à leur sujet que sur le Boucher, qui, à sa grande surprise, ne lui avait pas encore fait le moindre mal alors qu'il en avait eu maintes fois l'occasion. Elle était moins sûre des autres.

Puis elle leva les yeux et aperçut Angus sur son cheval gris clair, l'homme les observant depuis le bord d'un affleurement rocheux. Il portait son tartan comme un capuchon, et les pointes de ses longs cheveux dorés ondoyaient comme de légers rubans dans la brise.

— Voilà votre ami, dit-elle d'un ton méfiant.

— Oui.

Elle suivit le Highlander du regard jusqu'à ce qu'il fasse exécuter un demi-tour à sa monture et disparaisse du promontoire. Elle avait cependant la nette impression qu'il ne se tiendrait pas loin. Il resterait à proximité tout au long de leur trajet, les surveillant dans la brume, lançant des regards méchants dans sa direction. Elle espérait seulement qu'il n'attendait pas l'instant propice, quand le Boucher aurait le dos tourné, pour s'approcher d'elle et l'étrangler.

Ils chevauchèrent un long moment en silence, et, le cheval progressant d'un pas lent, la berçant d'avant en arrière sur la selle, elle commença à s'assoupir. Quand sa tête s'affaissa, elle se redressa aussitôt, se secouant pour se réveiller, luttant contre cette forte envie de dormir, jusqu'à ce que le Boucher lui pose la paume de la main sur le front. Elle lui sembla étonnamment chaude, sur sa peau.

— Appuyez votre tête sur mon épaule, lui proposa-t-il.

Elle voulut résister, mais elle manquait tant de sommeil qu'elle était prise de vertiges. Elle jugea plus sage de suivre son conseil, car elle savait qu'elle ne serait bonne à rien dans un tel état de fatigue.

L'instant d'après, elle se mit à rêver d'une salle de bal illuminée par la lueur tourbillonnante de bougies.

Y résonnait la musique d'un orchestre, au son duquel elle dansait.

Il flottait dans l'air un puissant arôme de rose et de parfum. Elle avait poudré ses cheveux et appliqué sur ses lèvres un rouge d'un ton criard. Elle grimaçait à cause de ses ampoules aux pieds, qui la faisaient souffrir comme si elle avait des tisonniers incandescents dans chacune de ses chaussures étroites, enchaînant malgré tout les menuets les uns après les autres.

Puis, soudain, elle se mit à voler dans le ciel, tel un oiseau, au-dessus des montagnes et à l'intérieur des nuages. Était-elle morte ? S'agissait-il du paradis ?

Elle se réveilla en sursaut. Le cœur battant, sans se rappeler où elle était, elle se redressa d'un coup et se cramponna aux bras puissants qui la retenaient fermement et l'empêchaient de tomber de cheval.

La mémoire lui revint quand elle entendit le martèlement sourd des sabots de la monture sur le chemin. Elle prit conscience de son environnement – la voûte formée par le feuillage, au-dessus de sa tête, et le ciel radieux, encore au-dessus. Ils étaient dans la forêt, à présent, chevauchant péniblement sur le sol moussu. Une volée de fauvettes pépiait bruyamment à la cime des arbres.

— Combien de temps ai-je dormi ?

— Un peu plus d'une heure, lui répondit le Boucher.

— Une heure ? Certainement pas.

— Eh si. Vous murmuriez mon nom et disiez : « Oh, oui, Duncan. Oui, oui. Encore, encore… »

Amelia lui jeta un coup d'œil par-dessus son épaule en fronçant les sourcils.

— Vous mentez. Jamais je ne dirais ça. Et je sais à peine comment vous vous appelez. Vous êtes juste le Boucher, pour moi.

— Mais vous avez appris mon nom ce matin, vous vous rappelez ?

— Bien sûr que je m'en souviens ! Mais je ne l'aurais pas prononcé durant mon sommeil, sauf pour vous faire mes adieux avant de vous régler votre compte avec ce pistolet, à votre ceinture.

Il gloussa, balançant son corps d'avant en arrière au gré des mouvements de leur monture.

— Vous avez gagné, ma belle. Je le reconnais. Vous ne prononciez pas mon nom. Vous êtes restée aussi muette qu'une tombe, dormant comme un cadavre.

— Quelle belle image !

Elle espérait que ce n'était pas un présage de ce qui l'attendait.

Ils poursuivirent leur chevauchée en silence pendant un petit moment.

— Où sommes-nous ? demanda-t-elle. Sommes-nous bientôt arrivés ?

Ils n'avaient pas encore mangé, et son ventre commençait à gronder.

— Nous sommes à mi-chemin, mais nous allons bientôt faire une halte pour nous reposer et nous restaurer.

— Vous avez de quoi manger ?

Elle se mit à saliver.

— Oui. Je ne pouvais pas vous laisser mourir de faim.

— Eh bien, je suis censée vous remercier, non ?

— C'est inutile, ma belle. J'ai simplement l'intention de vous garder en vie. Vous êtes mon appât, après tout.

Ils baissèrent la tête pour franchir un épais fourré. Le cheval brisa net des brindilles et des bouts de bois sous ses sabots, et le Boucher protégea le visage d'Amelia à l'aide de ses bras, écartant les branches sur leur passage.

— Puis-je vous poser une question, ma belle ? demanda-t-il quand ils débouchèrent dans une clairière.

— Je suppose.

— Depuis combien de temps connaissez-vous votre fiancé ?

Elle prit une profonde inspiration, se remémorant ces jours heureux, si différents de ceux qu'elle vivait aujourd'hui.

— J'ai fait sa connaissance il y a un an, en juillet, lors d'un bal, à Londres. Il servait sous les ordres de mon père, et ils avaient tous les deux décidé de rentrer chez eux pour leur permission. Ils ne pouvaient guère s'attarder, cependant, à cause de la rébellion, ici, en Écosse. Toutes les troupes devaient regagner leur poste.

— Ainsi, c'est la faute de l'Écosse s'il n'a pas pu vous faire la cour plus longuement ?

— En quelque sorte, oui.

— Si vous aviez passé plus de temps avec votre bien-aimé, peut-être ne voudriez-vous plus l'épouser.

Amelia se tourna légèrement sur la selle pour lui parler par-dessus son épaule.

— Que les choses soient claires, monsieur : j'ai passé suffisamment de temps avec Richard Bennett, et je sais exactement ce que je fais. C'est vous qui ignorez tout de l'homme que vous considérez comme votre ennemi, car c'est un grand héros de guerre. Il a sauvé la vie de mon père au cours d'une bataille, et sans la blessure mortelle qu'il a reçue au printemps en se faisant tirer dessus par un rebelle jacobite de votre acabit… (Elle s'interrompit un instant, incapable de poursuivre.) Qui sait, c'est peut-être même vous qui l'avez tué.

Duncan s'emporta.

— Non, ma belle. Je vous garantis que ce n'était pas moi !

La véhémence de son démenti fut plus que suffisante pour la convaincre. Elle changea donc de sujet.

— Au moins a-t-il pu passer pour la dernière fois un joyeux Noël à la maison, ajouta-t-elle, sachant qu'on prendrait soin de moi. Que Richard veillerait sur moi.

Elle prévoyait que le Boucher lui fasse encore remarquer que Richard avait échoué dans sa mission, mais il déclara tout autre chose :

— Vous avez de la chance d'avoir eu un tel père.

Elle se retourna brusquement sur la selle.

— Pourquoi dites-vous ça ? L'avez-vous déjà rencontré ?

Elle était incapable d'en expliquer la raison, mais elle ressentait le besoin désespéré d'établir une relation, ou un lien, entre ce sauvage et son père. Elle aurait voulu que son père soit là, avec elle, sous une forme ou sous une autre, pour qu'il puisse exercer une influence, même négligeable, sur son ravisseur.

Mais il n'y avait rien d'extraordinaire dans l'expression du Boucher. Il était toujours aussi calme et impassible.

— Je vous ai dit que j'avais combattu à Sheriffmuir. Je sais donc que votre père était un soldat remarquable et un chef estimable. C'était un combat régulier, malgré son issue défavorable pour nous. (Il marqua une pause et prit un ton un peu plus serein.) Je sais aussi qu'après avoir récupéré de ses blessures, après le Noël qu'il a passé en votre compagnie, il a regagné son poste et a tenté de négocier avec les nobles écossais afin de leur offrir une seconde chance d'accepter l'union et la paix.

Surprise, elle fronça les sourcils.

— Vous êtes au courant de ses réunions et de ses négociations avec le comte de Moncrieffe ?

— Oui.

— Comment ça se fait ?

Il éclata de rire.

— Les Highlanders communiquent entre eux, ma belle. Et les clans aussi. Nous ne vivons pas tous dans des grottes, et ne sommes pas tous des brutes analphabètes.

Elle regarda droit devant elle.

— Non, bien sûr que non. Mon père disait beaucoup de bien du comte de Moncrieffe, qui est un Highlander, comme vous. Il affirmait que c'était un fervent collectionneur d'art italien, et le décrivait comme un homme sévère mais juste. Il racontait que sa demeure ressemblait à un palais. (Elle se tourna de nouveau sur la selle.) Avez-vous eu l'occasion de rencontrer le comte ?

— Oui, répondit le Boucher. Mais les choses ne sont pas aussi simples que vous le pensez. Ici, en Écosse, rien n'est tout noir ou tout blanc. Votre père a sans doute jugé que le comte était quelqu'un d'intègre et de civilisé – un gentilhomme, d'après vos critères –, mais, en négociant avec les Anglais et en entretenant ses jardins comme s'il s'agissait d'une propriété anglaise, il s'est fait quantité d'ennemis. De nombreux Écossais – ceux qui veulent se battre pour avoir un Stuart comme roi – le considèrent comme un couard et un traître. Ils sont persuadés qu'il ne cherche qu'à agrandir ses terres, et il y a sans doute un peu de vérité là-dedans.

— Et vous, que croyez-vous ?

Il resta silencieux un moment.

— Je crois que chacun a ses raisons d'agir, de choisir une voie plutôt qu'une autre. Et que personne n'est en mesure de savoir ce qu'un autre pense au plus profond de son cœur. Vous pouvez le juger comme bon vous semble, à distance, mais vous ne connaîtrez jamais les motifs qui le poussent à agir, à moins qu'il ne vous fasse suffisamment confiance pour vous les révéler.

— Vous ne croyez donc pas que Moncrieffe est un traître à la cause de l'Écosse ? Vous pensez qu'il a des raisons valables de vouloir négocier avec les Anglais ?

— Ce n'est pas ce que j'ai dit.

— Vous ne connaissez donc pas vraiment le comte. Pas si bien que ça.

Il se tut un long moment, tandis que le cheval traversait la clairière d'un pas lent.

— Je crois que personne ne le connaît vraiment.

Et est-ce que quelqu'un vous connaît, vous ? se demanda-t-elle soudain.

— Faisons une halte, proposa-t-il.

Ils gagnèrent un petit ruisseau, et le Boucher dirigea sa monture à un endroit où l'eau était vive et claire. Il attendit que Turner ait terminé de s'abreuver avant de mettre pied à terre, puis tendit les mains à Amelia. Elle hésita avant d'accepter son aide.

— Ne soyez pas si entêtée, ma belle.

— Je ne suis pas entêtée.

— Alors, appuyez-vous sur moi. Je ne vais pas vous dévorer toute crue. Pas plus que je ne vais me laisser emporter par mon violent désir de vous déflorer.

À contrecœur, elle prit appui sur ses larges épaules et se laissa glisser en douceur le long de son corps, jusqu'à ce que ses pieds touchent le sol. Elle demeura immobile quelques secondes, scrutant son visage

– les pommettes saillantes –, parfait dans ses moindres détails. Il avait des lèvres charnues et douces, et ses yeux étaient parsemés de paillettes argentées qu'elle n'avait pas remarquées jusqu'alors.

— Je suppose que vous n'avez jamais chevauché de cette manière avec votre bien-aimé, déclara Duncan en laissant ses mains sur les hanches de la jeune femme.

Elle recula aussitôt d'un pas, agacée par son ton charmeur.

— Bien sûr que non. Comme je vous l'ai dit, Richard est un gentilhomme. Il ne m'aurait jamais suggéré une chose pareille. (Elle regarda le Boucher ôter les sacoches de selle du dos de la monture.) Vous pouvez me croire.

Il s'empara d'un pichet de vin et d'un peu de pain dans le sac de cuir, et s'installa sur un tronc d'arbre près d'un saule pleureur.

— Au moins, vous êtes fidèle.

— J'ai de bonnes raisons de l'être. Et je compte tout faire pour vous en convaincre.

Son ravisseur arracha le bouchon du broc avec les dents puis tourna la tête sur le côté et le recracha.

— Pour que je vous laisse partir ?

— Pour que vous cessiez de pourchasser Richard, précisa-t-elle en le regardant boire. C'est quelqu'un de bien, Duncan. Il a sauvé la vie de mon père.

C'était la première fois qu'elle l'appelait par son prénom, et cela ne passa pas inaperçu. Le regard du Highlander se mit à scintiller, et il fronça les sourcils.

— Cette conversation commence à me taper sur les nerfs.

Il porta le pichet à ses lèvres et but à grandes goulées avant de s'essuyer du revers de la main. Il lui tendit le vin, l'air à la fois agité et furieux, la regarda fixement et attendit.

Au bout d'un moment, elle finit par s'en emparer. Le grès était froid, entre ses mains. Elle avait l'intention de n'en prendre qu'une petite gorgée, mais quand le breuvage écossais corsé s'écoula sur ses lèvres, puis sur sa langue, elle se rendit alors compte à quel point elle avait soif. Elle l'imita et en but de longues lampées.

Elle n'avait encore jamais eu l'occasion de boire au goulot, de façon si grossière, mais les bonnes manières n'étaient pas d'usage, dans ces montagnes, supposa-t-elle. Pas avec cet homme assis sur un tronc d'arbre dans la forêt qui lui donnait l'impression de vouloir soit l'étrangler, soit la plaquer au sol et la prendre sur place.

— Avant d'en terminer avec vous, dit-il avec une effroyable détermination, je vous montrerai que vos officiers anglais, dans leurs jolies tuniques rouges, peuvent se montrer aussi violents que n'importe quel Écossais en kilt.

Elle fut prise au dépourvu, troublée par une telle idée, mais elle fut interrompue dans ses pensées par un bruit de sabots. Elle baissa le pichet, et reconnut Gawyn et Fergus, qui galopaient dans la clairière, dans leur direction.

Le Boucher se leva, lui arracha le vin des mains et alla à leur rencontre.

— J'ai cru que vous n'arriveriez jamais, soupira-t-il d'un air bougon. Il faut que j'aille pisser.

Sur ce, il la bouscula d'un coup d'épaule et se dirigea vers un bosquet de conifères plutôt dense.

— Qu'est-ce que tu veux qu'on fasse d'elle ? lui cria Fergus.

— Je suis sûr que vous trouverez bien quelque chose, répondit leur chef sans se donner la peine de se retourner avant de s'enfoncer dans les branches.

Fergus bondit de sa monture et esquissa un sourire en coin. Gawyn mit pied à terre et resta derrière elle. Elle se sentait complètement cernée.

Soudain, le calme se fit. C'était trop calme. Même les feuilles des arbres semblaient retenir leur souffle.

Espérant que le Boucher n'avait pas décidé de la laisser seule trop longtemps, elle se tourna face aux autres. Ensuite, comme si la situation n'était pas déjà suffisamment désagréable, Angus surgit d'un buisson au triple galop, dans un vacarme effroyable. Il se jeta de sa monture et recouvra rapidement l'équilibre, malgré son élan, au bout de quelques pas seulement dans l'herbe. Il se retrouva nez à nez avec Amelia.

Les poings serrés, elle fit de son mieux pour rassembler son courage pendant que les trois redoutables Highlanders l'encerclaient. Ce n'était pas tâche aisée, cependant, deux d'entre eux semblant vouloir la dévorer vivante, et le troisième paraissant prêt à la découper en rondelles.

Chapitre 5

Duncan se jucha sur un rocher, au bord de l'eau, but une nouvelle gorgée de vin, puis se pencha pour appuyer ses coudes sur ses genoux. La tête baissée, il regretta qu'il n'y ait pas suffisamment d'alcool dans le pichet pour se soûler. Mais, même si ça avait été le cas, cela n'aurait rien arrangé. Rien ne lui aurait permis d'échapper à ses tourments.

Il avait cru que tout serait terminé, à l'heure qu'il était, et que, ce jour-là, il aurait recouvré la tranquillité qu'il avait jadis connue, avant le début de cette guerre. C'était un calme intérieur qu'il avait considéré comme acquis et qu'il n'avait peut-être jamais su apprécier à sa juste valeur.

Mais la vie ne se déroulait pas toujours selon ses plans, avait-il découvert. Sinon, il ne serait pas assis là, sur ce rocher glacial, un broc à moitié vide dans la main, les cheveux dans les yeux, pour réfléchir à ce qu'il pourrait bien faire de cette femme entêtée mais diablement jolie, malheureusement fidèle à son ennemi juré.

Non, pas simplement fidèle. Elle était également amoureuse de lui.

Dieu du ciel, comme il lui en voulait de défendre ainsi ce monstre ! Pourtant, quand il s'était réveillé, le matin même, dans cette grotte, il avait éprouvé pour elle un immense désir. Et, pour la deuxième fois, il avait dû résister à l'envie de la plaquer sur le dos et de la prendre, de lui prouver qu'elle n'appartenait plus à son ennemi. De la faire sienne.

Mais il trouvait ce furieux besoin de conquérir et de posséder plutôt troublant, car la première raison pour laquelle il recherchait Richard Bennett, c'était parce qu'il méprisait les hommes qui faisaient usage de leur force sur les femmes.

Duncan but une nouvelle gorgée de vin et contempla l'eau qui s'écoulait autour des pierres, dans le ruisseau.

Peut-être lui serait-il impossible d'échapper un jour à cet horrible ouragan de colère qui tourbillonnait en lui. N'était-il pas, après tout, le fils bâtard d'une putain et d'une brute ? Dans ses veines coulaient des sentiments violents et une incontrôlable soif de vengeance.

Il n'en avait jamais douté, mais tout était plus difficile, cette fois. Il n'avait jamais eu tant de mal à résister à une femme. Dans l'ensemble, les jeunes filles écossaises étaient des proies faciles, et c'était plutôt lui qui devait les éconduire. Mais cette Anglaise hautaine et exaspérante qui le méprisait – à juste titre – lui rappelait qu'il était un homme et qu'il avait lui aussi des désirs à satisfaire. La politique et la vengeance n'avaient rien à voir avec tout cela.

Au moins, les autres étaient arrivés à temps, ce coup-ci. Sinon, il ne serait sans doute pas assis là en train de contempler un ruisseau en sirotant du vin. Il serait sans doute dans la clairière, secouant la fille pour lui faire entendre raison, lui énonçant clairement, mot après mot, les effroyables détails concernant son précieux bien-aimé. Il lui aurait donné une bonne leçon sur la différence entre les héros et les méchants.

Il porta de nouveau le pichet à ses lèvres et but à grands traits, puis se frotta la poitrine avec la paume en décrivant de petits cercles pour soulager la douleur qui s'y était soudain installée.

Il se demanda si Bennett savait à quel point il était chanceux de pouvoir profiter des sentiments d'une femme telle que lady Amelia. Pourtant il ne méritait pas son amour, ni celui de quelque femme que ce soit, d'ailleurs. Ce qu'il méritait, c'était qu'on le débarrasse de sa fiancée, qu'elle sorte de sa vie. Vite et de manière brutale, sans avertissement ni espoir de la récupérer.

Œil pour œil.

Duncan redressa la tête, accepta la réalité de son humeur exécrable, comme si on venait de lui donner un coup de marteau sur le crâne, et but une nouvelle gorgée de vin.

Amelia voulait fuir mais avait l'impression que ses muscles étaient en pierre. Elle était si terrifiée qu'elle était incapable de bouger, de s'exprimer ou même de respirer.

Angus, le blond, se tenait devant elle, pieds écartés, le visage à quelques centimètres seulement du sien. Si près qu'elle percevait le rythme effréné de son souffle sur ses joues. Une brise se leva soudain au sommet des arbres et se mit à tourbillonner dans la clairière. La jeune femme sentait son cœur qui battait à tout rompre contre ses côtes.

Avec un certain ridicule, elle entama une prière silencieuse. Elle implora le Boucher de se montrer, et de venir s'interposer entre ces trois sauvages de Highlanders et elle. *Je vous en supplie, mon Dieu…*

Mais Dieu ne l'écoutait pas.

Angus pencha la tête de côté et commença à humer le parfum de la captive avant de la toiser de haut en bas. Il s'agissait d'une tentative délibérée de l'intimider. Elle s'en rendit compte, et cela fonctionna – aucun doute n'était permis –, même si cela déclencha en elle un puissant sentiment de colère.

Elle ne leur avait rien fait. Ni à lui ni aux autres rebelles. C'était une victime innocente, dans cette histoire. Et elle méprisait ce qu'ils représentaient. Elle haïssait leurs manières aussi répugnantes que violentes, et leur engouement malsain pour les carnages et la brutalité. Inutile de se demander pourquoi l'Angleterre jugeait à ce point nécessaire d'écraser cette rébellion écossaise.

— Vous n'allez pas me tuer, déclara-t-elle en prononçant chaque mot distinctement, s'efforçant de prendre confiance en elle.

— Vous en êtes certaine ? rétorqua-t-il en chuchotant d'une voix étonnamment douce.

— Oui, parce que vous avez besoin de moi, poursuivit-elle. Je suis votre appât. C'est Duncan qui l'a dit.

Angus esquissa à dessein un sourire sinistre.

— Oui, c'est parce qu'il a l'intention de se servir de vous pour régler ses comptes.

Il se tourna vers les deux autres, qui avaient assisté à l'échange avec une certaine inquiétude, puis recula doucement.

La main sur la poignée de son épée large, il s'éloigna dans l'autre direction. Sa monture lui emboîta le pas, trottinant docilement derrière lui. Quand il atteignit la lisière de la clairière, il chercha de quoi manger dans ses sacoches de selle, s'installa par terre et s'adossa au tronc noueux d'un marronnier pour déjeuner seul.

— Vous avez faim, lady Amelia ? s'enquit Gawyn.

Elle fut soudain surprise par tant de politesse de sa part.

— Oui.

— Vous feriez bien de manger, alors. (Fergus se dirigea vers son cheval et récupéra son propre sac de vivres.) On n'a pas grand-chose – juste quelques biscuits et du fromage –, mais ça vous remplira le ventre en attendant que Gawyn vous prépare quelque chose de chaud.

— Quelque chose de chaud, répéta-t-elle. J'avoue que je me laisserais bien tenter.

Même si elle ignorait ce que cela pouvait cacher, ou même s'ils avaient des ustensiles de cuisine. Elle s'imagina accroupie à côté d'un feu, rongeant l'os d'un animal quelconque.

— Venez vous asseoir, l'invita Gawyn en déployant sur l'herbe une couverture en tartan.

Il lui proposa quelques gâteaux secs tandis que Fergus lui servait du vin dans un gobelet en étain.

— Je vous remercie.

Ils dégustèrent les biscuits en silence. Amelia observa les hommes d'un air inquiet, et ils en firent autant à son égard, lui jetant de fréquents coups d'œil avant de détourner le regard. Afin d'éviter tout maladroit contact oculaire, elle se mit à étudier la clairière, dans toutes les directions, regrettant de tout ignorer de l'endroit où elle se trouvait. Elle s'accrochait à l'espoir que Richard était parti à sa recherche, ou qu'elle pourrait de nouveau tenter de s'enfuir dès que ses ravisseurs auraient le dos tourné. Mais pour aller où ? Elle ne survivrait sans doute pas dans cette nature sauvage. Elle pourrait mourir de faim, se faire dévorer par un loup ou déchiqueter par un sanglier.

Sans prévenir, Gawyn lui posa alors une question personnelle.

— Vous aviez l'intention de vous marier au fort ? (Il la dévisagea en fronçant les sourcils.) Votre père n'est mort que depuis un mois, ma belle. N'avez-vous pas songé à porter le deuil convenablement avant de prêter un serment si important ?

Prise au dépourvu, Amelia saisit un nouveau biscuit.

— Vous savez quand mon père est mort ?

— Oui. Angus nous a expliqué de qui il s'agissait, et on le connaissait bien, dans les clans.

Elle soupira et répondit à sa première question.

— Contrairement à ce que vous semblez croire, j'ai beaucoup réfléchi à ce mariage. Et je ne suis pas encore convaincue d'avoir pris la bonne décision en me précipitant en Écosse si vite après la mort de mon père. Mais quelque chose me poussait à venir. Mon père nous avait donné sa bénédiction, et je me suis dit que c'était ce qu'il aurait souhaité : que je sois en sécurité avec quelqu'un pour s'occuper de moi. Il ne voulait pas que je reste seule.

— Mais votre oncle veillait sur vous, lui rappela Gawyn. Et vous avez certainement de la famille. Vous n'avez ni frères ni sœurs, ma belle ? Ni des cousins ?

Semblant déceler de la pitié dans sa voix, elle les regarda tour à tour avant de se tourner vers Angus, qui l'observait encore comme un animal affamé.

— Je suis fille unique, répondit-elle. Je n'ai donc ni frères ni sœurs. J'ai des cousins qui étaient prêts à m'accueillir, mais je n'ai jamais été très proche d'eux, et je ne voulais pas demeurer si loin de mon fiancé.

Elle était à peu près certaine qu'Angus n'entendait pas ce qu'elle disait, pourtant, il semblait l'écouter depuis l'autre bout de la clairière, l'air menaçant.

Gawyn, qui était assis en tailleur, appuya ses coudes sur ses genoux et son menton dans ses mains.

— Oui, je vois ce que vous voulez dire, ma belle. Rien ne saurait résister à l'amour.

Fergus lui donna une bourrade.

— Mais qu'est-ce que tu racontes ? Elle parle du colonel Bennett, espèce de crétin !

Gawyn se redressa.

— Oui, Fergus, mais l'amour est aveugle. Tu le sais aussi bien que moi.

— Je ne suis pas aveugle, se défendit-elle. Je suis tout à fait consciente que mon fiancé est votre ennemi mais, comme je l'ai déjà fait remarquer à Duncan, c'est la guerre. Le colonel Bennett est un soldat et doit remplir son devoir pour le roi. D'ailleurs, vous êtes tous les deux mal placés pour le montrer du doigt puisque, en tant que rebelles impitoyables du Boucher, vous massacrez tous les soldats anglais sans défense qui croisent votre chemin.

— C'est vraiment ce qu'on raconte ? s'enquit Gawyn. Qu'on est impitoyables ?

Elle porta son regard d'un jeune Écossais à l'autre. Ils étaient si enthousiastes qu'elle reconsidéra la première impression qu'ils lui avaient laissée, jusqu'à ce qu'elle jette un rapide coup d'œil à l'autre bout de la clairière et se rappelle qu'il ne fallait pas qu'elle baisse sa garde ni qu'elle tienne quoi que ce soit pour acquis.

— Pourquoi me déteste-t-il autant ? demanda-t-elle, sans quitter Angus des yeux.

— Ce n'est pas vous qu'il déteste, tenta de lui expliquer Fergus. C'est votre fiancé.

— Mais sa haine déborde sur elle, précisa Gawyn en portant son regard vert comme la mousse sur la jeune femme. Il est persuadé que Duncan n'aurait pas dû vous laisser la vie sauve.

— C'est ce que j'avais cru comprendre.

— Ne vous méprenez pas : il vous déteste, intervint froidement Fergus en croquant dans un biscuit. Mais qui pourrait lui en vouloir ? Votre fiancé a violé et tué sa sœur.

Soudain, la clairière sembla se mettre à tournoyer devant les yeux d'Amelia. En encaissant la remarque que Fergus avait prononcée d'un ton léger, elle eut l'impression d'avaler une pierre aux bords tranchants.

— Je vous demande pardon ?

— Puis il l'a décapitée, ajouta Gawyn avec la même nonchalance, en croquant à son tour dans son biscuit.

Sans voix, et choquée au point d'en avoir la nausée, Amelia dut lutter pour répondre.

— Vous n'êtes pas sérieux. Je ne sais quelle rumeur vous avez entendue, ni ce que le Boucher vous a raconté, mais c'est faux. Si une telle horreur s'est effectivement produite, mon fiancé n'y est certainement pas impliqué. Vous avez dû le confondre avec quelqu'un d'autre.

Son Richard ? Seigneur Dieu ! Il ne ferait pas une chose pareille. Jamais de la vie. Ils devaient faire erreur. Sûrement.

Les branches des arbres s'agitèrent soudain, et Duncan en surgit. Elle se tourna vers lui. Il avait le regard noir et l'air sinistre.

— Faites vos sacs, dit-il à Fergus et à Gawyn. On y va.

Ils se levèrent, rangèrent le reste des vivres dans les sacoches et se dirigèrent d'un pas vif vers leurs montures.

— C'est vrai ? demanda Amelia en se levant elle aussi. Est-ce pour cette raison que vous êtes si déterminé à tuer Richard ? Parce que vous croyez qu'il a tué la sœur de votre ami ? Et… et qu'il l'a violée ?

Elle eut du mal à terminer sa phrase.

— Oui, c'est vrai. (Il baissa d'un ton.) Et ces deux-là sont trop bavards.

Elle était à la fois bouleversée et perplexe. Il lui était impossible de les croire – c'étaient ses ennemis –, pourtant, au fond d'elle, elle était incapable de ne pas tenir compte de l'intensité de leur haine. Quand on voulait se venger de quelqu'un avec une telle obsession, il fallait bien avoir une raison.

— Mais comment pouvez-vous être certain qu'il s'agit de Richard ? insista-t-elle, se cramponnant toujours à l'espoir qu'il s'agisse d'une erreur ou d'un simple malentendu. Y étiez-vous ? Parce que j'ai du mal à croire qu'il permettrait qu'une telle atrocité puisse se produire.

— C'est pourtant ce qui s'est passé.

Il se dirigea vers son cheval à grands pas.

— Y étiez-vous ?

— Non.

Amelia se mit à trottiner pour le rattraper.

— Alors, comment savez-vous que c'est ce qui s'est réellement produit ? Peut-être Richard a-t-il tenté de s'interposer. Ou peut-être n'était-il pas au courant de ce qui se passait jusqu'à ce qu'il soit trop tard. Angus a-t-il été témoin de la scène ?

— Bien sûr que non. Sinon, votre fiancé serait déjà mort.

Duncan enfonça le pichet de vin vide dans une sacoche.

— Alors, comment pouvez-vous en être si convaincu ? s'obstina-t-elle, incapable de se résoudre à y croire.

Elle refusait d'y croire. Son instinct et son cœur la pressaient de repousser cette idée. Parce que, si c'était vrai, elle ne pourrait plus jamais se fier à son propre jugement. Et il faudrait également qu'elle se méfie de celui de son père, ce qui lui briserait le cœur, parce qu'elle gardait un excellent souvenir de lui. C'était son héros. Il était impossible qu'il se soit trompé à propos du vaillant officier qu'il l'avait encouragée à épouser. Son père était quelqu'un de bien. Et elle avait toujours remis son propre bonheur entre ses mains. Il n'aurait jamais accordé la main de sa fille à un monstre. Si ?

— Parce que vous semblez sûr de vous, ajouta-t-elle d'une voix tremblante.

Il s'immobilisa et la dévisagea un long moment avec une certaine tension, jusqu'à ce que l'impatience que l'on pouvait lire dans son regard fasse place à un autre sentiment. Une certaine réticence. Et de la mélancolie.

— J'ai vu sa tête dans une boîte, finit-il par répondre. Et il y avait un mot, décrivant ce qui s'était produit, et pour quelle raison.

Amelia fut prise de nausée et de vertiges. Elle porta la main à son ventre.

— Et quelle est cette raison ? Il faut que je le sache.

Il baissa les yeux et serra la poignée de son épée.

— Je vais satisfaire votre curiosité, ma belle, uniquement parce que je suis sûr que lorsque vous aurez entendu la vérité, vous saurez tenir votre langue et vous taire. Surtout devant Angus.

Elle retint son souffle, attendant que Duncan poursuive.

— S'il a tué Muira, c'est pour punir le père d'Angus, qui est un puissant chef de clan, un seigneur de guerre renommé et un jacobite obstiné, franc et direct. C'est lui qui a levé l'armée qui a combattu à Sheriffmuir, et c'est également lui qui a terrassé votre père, sur le champ de bataille.

Amelia tressaillit. Elle n'avait rien à voir avec tout cela – elle détestait tout ce qui était lié à la guerre et à la mort –, pourtant, elle faisait bel et bien partie de ce schéma de vengeance aussi complexe que vulgaire, comme ils l'étaient tous.

— Vous croyez que Richard cherchait à se venger… à cause de moi ?

Duncan s'empara d'un pistolet dans une des sacoches, et le glissa dans son ceinturon.

— J'ignore la réponse à cette question. Tout ce que nous savons, c'est que le père d'Angus se tenait au-dessus du vôtre en brandissant son épée, sur le point de lui assener le coup de grâce, quand votre fiancé a surgi d'un nuage de fumée et s'est jeté sur lui. Quelques semaines plus tard, la sœur d'Angus trouvait la mort, et, manifestement, votre père approuvait vos fiançailles.

— Vous croyez donc qu'il a sauvé la vie de mon père dans le seul but d'assurer son ascension sociale.

— Oui.

— Croyez-vous également que mon père soit impliqué dans la mort de cette femme ?

— Non. Votre père était quelqu'un de bien. Je sais qu'il était juste. Je ne le soupçonne nullement d'avoir participé à une telle perfidie.

Elle poussa un profond soupir.

— Mais il n'en est pas de même pour Richard.

Il secoua la tête.

Amelia leva les yeux vers le ciel gris. Un cercle parfait formé par la cime des arbres.

— Je ne sais que penser de tout cela.

Elle était incapable d'interpréter ses sentiments. Elle était bouleversée et perdue. Le seul homme censé voler à son secours, tel un chevalier en armure étincelante, était en fait accusé d'avoir commis d'effroyables actes d'infamie.

— Je me sens très naïve, poursuivit-elle. Je m'en suis remise à mon père pour qu'il me trouve un époux, mais je dois à présent accepter qu'il ait pu avoir un mauvais jugement. À qui se fier, alors ? Qui croire ?

Duncan s'approcha d'elle.

— Ne vous fiez qu'à vous, ma belle. À personne d'autre.

Elle détourna le regard du ciel et vit qu'il avait l'air inquiet. Ses paroles étaient sages, elle le savait, mais ce qui la marqua le plus, sur le moment, fut la petite étincelle de compassion qu'elle décela dans ses yeux et le battement assourdissant de son propre cœur. Elle l'observa avec curiosité et émerveillement, laissant son regard parcourir les traits de son visage, et eut l'impression qu'il comprenait ce qu'elle ressentait.

Il détourna les yeux et se lança dans la contemplation des arbres. Un muscle de sa mâchoire se crispa. Il prit une profonde inspiration, gonflant la poitrine. Amelia était toujours aussi captivée, frappée de l'envie de savoir : à quoi pouvait-il bien penser ?

Il s'approcha.

— Il vous reste encore beaucoup de choses à apprendre, ma belle.

Plus que jamais, Amelia se sentit à des lieues de son existence confortable et bien réglée, et dut reconnaître qu'il avait raison, car tout cela était très différent de ce qu'elle avait vécu, à l'abri du danger dans un univers manifestement défaillant.

Puis il tendit la main vers elle, et, pour une raison inconnue, elle n'eut pas du tout peur quand il lui effleura les lèvres avec son pouce. Il la dévisagea, un oiseau se mit à pépier au sommet d'un arbre, puis Duncan se pencha et approcha délicatement sa bouche de la sienne.

Elle trouva cela très réconfortant, ce qui lui sembla incompréhensible. Tout cela n'avait aucun sens.

Elle recula aussitôt de quelques pas, mais il la suivit. Tous les sens de la jeune femme se mirent à bourdonner, et elle eut l'impression de se dissoudre. Elle était incapable de réfléchir.

Il la regarda, des étincelles dans les yeux, comme si ce baiser l'avait surpris autant qu'elle. Puis il se retourna et reporta son attention sur ses sacoches, serrant les sangles et rassemblant les rênes dans sa main.

Elle s'essuya les lèvres.

— Pourquoi avez-vous fait ça ?

Il ne se donna pas la peine de lui répondre. Il se contenta de guider son cheval jusqu'à la lisière de la clairière.

— J'aimerais bien que vous me laissiez partir, ajouta-t-elle doucement en le suivant. Je n'ai rien à voir avec tout ça. Quoi que Richard ait pu faire, ce n'est pas ma faute. J'ignore tout de ses affaires. Et je ne comprends pas pourquoi Angus me déteste tant, puisque c'est son père qui s'en est pris au mien. Il mélange tout ! Ce serait plutôt à moi de lui en vouloir, non ?

Duncan s'immobilisa sous un arbre et se tourna vers elle.

— Il est impossible de mettre des mots sur la rage qui consume Angus. C'est une fureur qui nous ronge tous, mais que vous ne pouvez pas comprendre.

Elle se rappela le sentiment de colère qu'elle avait éprouvé quand il s'était introduit dans sa chambre.

— Vous me mésestimez sûrement.

— Non, ma belle. Vous êtes encore innocente. Il faudrait déjà que vous ayez vécu l'enfer pour comprendre ce que je veux dire.

Elle remarqua quelque chose de noir et d'inquiétant dans son regard. Elle fronça les sourcils.

— Je crois que je ne veux pas en entendre davantage.

— Alors, ne posez plus de questions. Vous en savez déjà trop. (Il s'approcha d'elle, la saisit par le bras et la guida d'un air impatient vers la monture.) Vous voulez que je vous jette encore une fois là-haut, ou vous pouvez vous mettre en selle toute seule ?

— Je vais le faire moi-même, répondit-elle, ne souhaitant plus discuter avec lui, du moins pas pour le moment, tant qu'il serait fâché et qu'elle serait aussi confuse quant à ce qui venait de se produire entre eux.

Elle ne parvenait pas non plus à cesser de penser à ce qui était arrivé à la sœur d'Angus. Elle ne supportait pas d'imaginer la souffrance de cette jeune femme.

Au moins, à présent, Amelia comprenait pourquoi Duncan et Angus haïssaient à ce point Richard. Leur envie d'écraser les Anglais était profondément enracinée.

Elle se mit en selle, et Duncan se hissa derrière elle. Ils quittèrent bientôt la clairière et prirent la direction du nord.

— Ne dites plus rien, lui intima-t-il. Contentez-vous de vous taire, parce que ma patience a des limites. Et si vous me reparlez de ça, je serai tenté de vous enfoncer encore une fois un bâillon dans la bouche.

La fermeté de son ordre la fit frémir.

Les autres avaient déjà déserté la clairière. Ils avaient disparu dans les bois comme des volutes de brume spectrale, et Amelia commençait elle-même à avoir le sentiment d'être un fantôme. Elle avait l'impression de s'engouffrer dans un monde et une existence qu'elle ne comprenait pas vraiment.

Ils atteignirent Glen Elchaig à la tombée de la nuit, au moment même où la lune entamait son itinéraire nocturne. Des étoiles scintillaient dans le ciel, et un loup hurlait, quelque part dans le lointain.

Les autres Highlanders avaient gagné l'abri de la vallée avant eux et avaient allumé un feu. Amelia huma le fumet appétissant de la viande qui rôtissait et faillit bondir de la monture tant elle avait envie d'un plat chaud.

— C'est du lapin, que je sens ? demanda-t-elle, affamée au point d'en devenir presque folle.

Mais pas complètement, car rien ne pourrait la distraire de ce qui s'était produit dans la clairière un peu plus tôt. Elle ne s'en était pas encore remise.

— Oui. Gawyn est un véritable chef dès qu'il s'agit de dîner rapidement. Il est capable de dénicher n'importe quoi, de le tuer, de le dépecer en moins d'une minute et de le faire rôtir sur une broche en un clin d'œil.

Duncan lança sa monture au galop, et Amelia sentit l'animal se soulever entre ses cuisses, comme s'ils allaient décoller. Ils arrivèrent au campement et mirent pied à terre, et, la première chose qu'Amelia remarqua fut qu'elle avait les jambes engourdies à force d'être restée si longtemps en selle. Elle parvenait à peine à marcher.

Pendant qu'elle se dirigeait vers la belle flambée, Duncan s'occupa de son cheval. Des étincelles crépitaient et s'élevaient vers le ciel qui commençait à s'assombrir, tandis que des gouttes de graisse s'écoulaient de la viande rôtie en grésillant et en sifflant sur les braises incandescentes. Elle tendit les mains pour se les réchauffer.

— Vous avez faim, lady Amelia ? s'enquit Gawyn.

Il lui avait posé exactement la même question un peu plus tôt dans la journée, avec la même sollicitude.

— Oui. Ça sent très bon.

Il se mit à piquer la viande. Il la renifla comme s'il se prenait pour un chien, et elle le soupçonna de se servir de son nez comme n'importe quel célèbre cuisinier français de Paris ou de Londres.

Ils furent bientôt tous rassemblés autour du feu, dégustant la viande goûteuse et savourant des gobelets de vin corsé. Amelia était soulagée d'avoir un verre, une assiette, et une pierre pour s'asseoir. Elle n'était pas obligée de s'accroupir, comme elle l'avait redouté. Elle était installée de manière relativement confortable, même, malgré ses muscles endoloris et ses nombreuses inquiétudes. Elle était forcée de reconnaître que ce lapin était si tendre qu'elle avait l'impression de ne jamais en avoir goûté de meilleur.

Duncan fut le premier à terminer son repas. Il se leva et jeta son gobelet ainsi que son assiette dans un chaudron d'eau chaude, suspendu au-dessus du feu.

— Je prends le premier tour de garde.

Il dégaina son épée de son fourreau en lui faisant décrire un vaste arc de cercle, et s'éloigna.

Amelia cessa de mâcher et le suivit du regard. Elle tentait toujours de comprendre ce qui s'était passé entre eux, ce jour-là, et la raison pour laquelle il l'avait embrassée alors qu'il semblait détester tout ce qu'elle pouvait représenter et qu'il la prenait pour une idiote d'avoir accepté d'épouser Richard Bennett.

Ce qui la surprenait le plus, sans doute, c'était la délicatesse avec laquelle il s'était alors comporté, en parfaite contradiction avec ce qu'elle savait et pensait de lui. Il était impossible qu'elle se soit trompée ; c'était bien de la compassion qu'elle avait devinée dans ses yeux, et cela la rassurait.

Reportant son attention sur les autres, elle se laissa soudain prendre au piège du regard d'Angus, aussi cinglant qu'une tempête de neige. Il avait fini de manger et était étendu sur un coude, se curant les dents avec un petit os.

— Toutes mes condoléances pour votre sœur, déclara-t-elle, faisant appel à toute la courtoisie dont elle disposait pour lui adresser la parole.

Il l'observa en fronçant les sourcils puis se leva.

— Je ne vous ai rien demandé, à vous. Vous feriez mieux de garder ça pour vous.

Imitant Duncan, il dégaina son épée large en faisant racler le métal sur le cuir de son fourreau, puis s'éloigna dans la direction opposée. Elle commença à ressentir la fraîcheur de la nuit, tel un nuage de brume glaciale.

— Ne faites pas attention à lui, milady, tenta de la rassurer Gawyn. Il ne s'en est pas encore complètement remis.

— Vous voulez parler de l'assassinat de sa sœur ?

— Oui.

Elle termina de manger et reposa son assiette.

— Je comprends. Je n'envisage pas que l'on puisse se remettre d'une telle tragédie. Comment s'appelait-elle, déjà ?

— Muira.

Amelia se tourna dans l'autre direction, vers l'endroit où Duncan était parti. Ce dernier les observait depuis un affleurement rocheux, un peu plus haut.

— Il va revenir avant qu'il fasse complètement nuit ? risqua-t-elle.

— Difficile à dire. Il passe énormément de temps tout seul, ces jours-ci.

— Pourquoi ?

— Parce que lui non plus ne s'est pas encore remis de la mort de Muira.

Tandis qu'Amelia était en train d'assimiler l'insinuation évidente selon laquelle Duncan avait eu une liaison avec Muira et en avait peut-être même été amoureux, quelque chose en elle se mit à frémir.

Cela expliquerait beaucoup de choses, songea-t-elle avec une troublante pointe de gêne en l'imaginant aimer une femme si profondément et avec un tel dévouement qu'il se sentait obligé de venger sa mort en tuant celui qui en était responsable.

Le propre fiancé d'Amelia.

Elle prit une profonde inspiration et s'efforça de se concentrer sur la simple tâche de s'humecter les lèvres en regardant Duncan, sur la saillie rocheuse.

Elle se morigéna aussitôt de tant se soucier des circonstances de sa vie et de ses affaires de cœur passées. C'était son ravisseur et son ennemi, et le fait qu'il l'ait embrassée et qu'il se soit montré compréhensif envers elle n'y changeait rien. Il s'agissait d'un seul moment qui ne devait pas masquer tous les autres.

Elle ne pouvait se permettre de se laisser distraire par une quelconque attirance envers lui, si troublante soit-elle. Il fallait qu'elle demeure concentrée sur sa survie et sa fuite.

Elle but encore une gorgée de vin et se retint de regarder une nouvelle fois dans sa direction.

Chapitre 6

— Je suis navré, lady Amelia, déclara Gawyn, mais Duncan m'a demandé de vous attacher les poignets pour la nuit.

— Vous allez encore me ligoter ? s'emporta-t-elle. Est-ce vraiment nécessaire ?

Ses plaies commençaient seulement à guérir.

— Il dit que c'est pour votre bien, parce que, si vous tentez de vous échapper, vous risquez de vous perdre et de vous attirer des ennuis.

— Je vous promets de ne pas m'enfuir, insista-t-elle en le regardant tirer la cordelette grossière d'une de ses sacoches, et en grimaçant en se souvenant qu'elle était encore ligotée, le matin même. Où diable voulez-vous que j'aille ? Voilà des lieues que nous n'avons pas vu âme qui vive. Je ne suis pas idiote, Gawyn.

— Sans doute, mais qui nous dit que vous n'allez pas céder à la panique, cette nuit, intervint Fergus, ou tenter de nous égorger dans notre sommeil.

— Ne soyez pas ridicules. Je ne suis pas une sauvage.

Fergus esquissa un sourire en coin.

— Mais vous êtes en compagnie de sauvages, ma belle, et vous ne savez pas que nos manières sont contagieuses ?

Tandis qu'il ficelait ses poignets encore endoloris à l'aide de la cordelette, elle observa son visage rougeaud.

— Je ne sais jamais, Fergus, si vous êtes sérieux ou si vous plaisantez.

Il sourit de nouveau.

— Ça vous donnera matière à réflexion, ma belle, avant de partir pour le royaume des songes.

Ce fut le soleil qui tira Amelia de sa nuit agitée. Elle s'assit sur le matelas de fourrures et découvrit que le feu crépitait déjà. Quelqu'un avait mis des œufs à frire.

— Gawyn, avez-vous des poules dans vos sacoches ? s'enquit-elle en baissant les yeux sur ses poignets et en remarquant qu'ils n'étaient plus entravés.

Quelqu'un l'avait débarrassée de ses liens pendant son sommeil, et elle ne l'avait même pas remarqué.

Gawyn jeta la tête en arrière et éclata de rire.

— Des poules ! Ah, lady Amelia, ne soyez pas ridicule !

Elle cilla, puis, soudain, Duncan se planta devant elle, lui tendant un gobelet en étain abîmé. Elle n'était pas encore bien réveillée, et dut tendre le cou et plisser les yeux pour détourner son regard de ses jambes musclées et des plis de son tartan vert, et le poser sur son visage, illuminé par les rayons matinaux.

Il était plus séduisant que jamais, viril et presque mythique, un doigt dans l'anse du gobelet bosselé, l'autre main sur le manche de sa hache, les cheveux ondoyant légèrement au gré de la brise.

— Vous êtes obligé de toujours porter cette chose ? lui demanda-t-elle, en ayant assez de voir ces armes morbides.

Il secoua la tête pour débarrasser son épaule de ses cheveux en désordre.

— Oui. Prenez ça et buvez.

— Qu'est-ce que c'est ?

— Du café.

Se redressant tant bien que mal, elle accepta le breuvage fumant. Duncan s'installa auprès d'elle.

Gawyn était occupé à retourner ses œufs, et Fergus se trouvait un peu plus loin, s'entraînant à l'épée large, travaillant sa fente déjà puissante.

— Il s'entraîne pour quelque chose de précis ? voulut-elle savoir en prenant une gorgée de café.

— Non, rien en particulier.

— Juste l'habituelle escarmouche mortelle quotidienne, je suppose.

Duncan la regarda de travers mais ne fit aucun commentaire.

— Est-ce vous qui m'avez détachée ? Je devais dormir profondément pour ne pas l'avoir remarqué.

— Oui. Vous avez dormi à poings fermés toute la nuit.

Elle ne quittait pas Fergus du regard, qui continuait à manier son arme.

— Et vous le saviez depuis le sommet de la montagne ?

— Je suis redescendu après m'être assuré que tout était calme.

— Vous avez donc rôdé autour du camp et m'avez observée dormir ?

— Oui. (Il accepta un autre gobelet de café de la part de Gawyn et souffla dessus.) Je ne vous ai pas quittée des yeux de la nuit, ma belle, et il est de mon devoir de vous informer que vous ronflez comme un bœuf.

— Certainement pas !

— Demandez à Gawyn. (Il haussa la voix.) Hein, Gawyn ? Toi aussi tu as entendu lady Amelia ronfler comme un bœuf, cette nuit ?

— Ah oui, vous m'avez empêché de dormir, ma belle.

Amelia remua d'un air gêné sur la fourrure moelleuse et but une autre gorgée.

— Eh bien, je n'ai pas l'intention de discuter de ça avec vous deux.

Duncan croisa ses longues jambes musclées.

— Sage décision, ma belle. Il vaut parfois mieux savoir capituler dès le début.

Elle gloussa d'un air amer.

— Hmm, c'est ce que j'ai appris hier, n'est-ce pas ? Quand vous m'avez plaquée au sol sous la pluie.

Gawyn, qui était en train de casser deux autres œufs dans la poêle, leva brièvement les yeux.

— Au moins, vous avez retenu la leçon, la félicita Duncan. Il est important de reconnaître la défaite quand elle est inévitable.

Amelia secoua la tête, refusant de répondre à sa provocation.

— Et qu'est-ce que le puissant conquérant a prévu pour sa prisonnière, aujourd'hui ? s'enquit-elle, déterminée à changer de sujet. Je suppose que vous allez me traîner plus haut encore dans les montagnes ? Même si je n'en saisis pas vraiment la raison, puisque vous voulez que Richard nous trouve. Mais peut-être ne le souhaitez-vous pas tant que ça…

Il la regarda de nouveau de travers.

— Oh que si, ma belle. Je veux juste qu'il souffre un peu plus longtemps en se demandant ce que vous devenez. J'aime à l'imaginer en train de se tourner et de se retourner dans son lit, nuit après nuit, ignorant si vous êtes encore en vie ou non. Ou tentant de se figurer de quelle manière j'ai déchiré votre robe avec ma hache, vous devinant tremblante, recroquevillée sous ma main, implorant ma pitié avant de finalement m'enjoindre à vous satisfaire encore et encore.

Elle lui décocha un regard désobligeant.

— Vous vous faites des illusions, Duncan, si vous croyez que c'est ce qui va se passer.

Il but une gorgée de café sans quitter des yeux Fergus, qui s'entraînait toujours à l'épée.

— Je ne vais pas tarder à envoyer un message à Bennett.

— Un message ? Comment ? Quand ? Je n'ai vu aucune plume. Ni papier ni encrier, d'ailleurs. Il n'y a pas de bureau de poste dans les environs, ni d'estafette pour livrer la dépêche.

Il évitait encore de croiser son regard.

— Comme si j'allais vous révéler quoi que ce soit…

Elle accepta l'assiette que Gawyn lui tendit.

— Remplissez-vous bien le ventre, ma belle, lui conseilla-t-il avec un sourire encourageant. C'est une longue journée qui nous attend.

Elle s'empara de la cuillère et se mit à manger.

— À quel point étiez-vous proche de la sœur d'Angus ? demanda-t-elle à Duncan, plus tard dans la matinée, après qu'ils eurent remballé leurs provisions et quitté la clairière, les rebelles s'étant éparpillés dans toutes les directions comme les branches d'un éventail. Gawyn m'a dit que…

— Gawyn est trop bavard.

La réponse de Duncan résonna dans son esprit comme un coup de marteau.

Décelant une certaine impatience dans le ton de sa voix, Amelia se racla la gorge et recommença.

— Sans doute, mais nous sommes seuls, à présent, Duncan, et j'aimerais en savoir plus sur ce qui s'est passé. Est-ce la mort de Muira qui est la cause de ce déchaînement sanglant ? Ou vous appelait-on déjà le « Boucher » avant ça ?

Il resta silencieux un long moment, et Amelia se contenta d'attendre. Et d'attendre.

— J'ignore qui est à l'origine de ce surnom, finit-il par dire. Ça ne vient pas de nous. C'est sans doute dû à un jeune soldat anglais qui se sera réfugié derrière un tonneau pendant l'attaque de son camp.

— Quelqu'un qui a survécu pour pouvoir en parler, lui fit-elle remarquer.

— Et qui a cru bon d'exagérer la situation.

Sentant une lueur d'espoir, elle se retourna sur la selle et le regarda dans les yeux.

— D'exagérer ? Tout n'est donc pas vrai ?

Il immobilisa sa monture.

— C'est en grande partie fondé sur des faits réels, ma belle. Ne vous emballez pas.

Ils reprirent leur progression. Le cheval avançait sur l'herbe d'un pas tranquille, tandis qu'une épaisse nappe de brume commençait à s'enrouler autour du sommet des montagnes.

— Mais vous n'avez toujours pas répondu à ma question, insista-t-elle. À propos de la sœur d'Angus. Étiez-vous proches l'un de l'autre ?

Il expliqua d'un ton paisible :

— Nous étions sur le point de nous marier.

Amelia soupçonnait déjà que sa vengeance n'était pas seulement due à sa loyauté envers un ami mais, en l'entendant l'admettre ouvertement, elle eut l'impression de recevoir un coup de poing dans le ventre. Elle était incapable d'en comprendre la raison. Cela devrait lui être égal, mais ce n'était pas le cas, surtout à présent, alors qu'elle était en train de se détendre dans la chaleur de son corps, se sentant parfaitement en sécurité dans ses bras.

Elle leva les yeux vers les nuages bas qui filaient dans le ciel et comprit qu'ils n'allaient pas tarder à masquer le soleil. Un merle ne cessait d'y pénétrer et d'en ressortir, ce qui donna de nouveau l'impression à la jeune femme de se trouver dans un autre monde, un lieu de complexité et de douleur. Même si cette dernière lui semblait presque omniprésente – elle la ressentait elle-même de différentes façons, toutes plus troublantes les unes que les autres –, en même temps, elle admettait que ces majestueuses montagnes, loin de tout, étaient d'une beauté divine. Il faisait frais et sec, les rivières et les cours d'eau étaient aussi limpides que du verre. Elle trouvait tout cela extrêmement contradictoire et étrangement enthousiasmant.

Le reste de la matinée, après leur conversation au sujet de Muira, Amelia et Duncan ne s'adressèrent que rarement la parole. Ce dernier parut s'enfermer dans l'isolement de l'indifférence, ce qu'elle tenta de considérer comme une bénédiction, car c'était son ravisseur, et elle était complètement idiote de s'autoriser à ressentir de la sympathie pour son passé, ou, pire, de croire qu'elle commençait à éprouver une certaine attirance pour lui. Il valait mieux qu'ils se taisent.

Plus tard, il la laissa seule un court moment. Ils s'arrêtèrent près d'une rivière pour avaler quelques bouchées de pain rassis ainsi que du fromage, et permettre à leur monture de se désaltérer. Duncan ne mangea pas avec elle, et, pendant ces quelques secondes de liberté fugace, elle regarda autour d'elle, songeant à s'enfuir, mais elle y renonça, ne sachant rien de leur position et ignorant même ce qui l'attendait derrière le sommet suivant.

Mieux vaut connaître son ennemi, finit-elle par se dire quand elle s'imagina en train de filer dans les montagnes et d'y chercher une cache. Et si elle tombait sur une bande de sauvages encore moins hospitaliers ? Une autre brochette de voyous qui n'hésiteraient pas un instant à abuser d'elle ? Ou sur un animal affamé aux longs crocs ?

Ainsi, elle s'abstint de fuir, cet après-midi-là. Elle s'installa tranquillement sur une pierre, attendit le retour de Duncan, et fut grandement soulagée de le revoir.

Le soir, après le dîner – dans une autre clairière très semblable à la précédente –, étendue sur les fourrures à côté du feu qui s'éteignait lentement, Amelia fit tout son possible pour garder son calme, essayant de songer à des souvenirs joyeux. Elle se rappela les tartes à la framboise que la cuisinière leur préparait, à Londres, son oreiller en plumes préféré, et le bruit de leur bonne, quand elle entrait sur la pointe des pieds dans sa chambre, tôt le matin, son petit déjeuner sur un plateau.

Elle se remémora également la voix douce et rassurante de son père, son rire, sonore et joyeux, le soir, quand il fumait la pipe près de la cheminée.

Une douloureuse boule de nostalgie se forma dans sa gorge, mais elle la repoussa, car elle refusait de s'effondrer maintenant. Elle avait tenu jusque-là, elle tiendrait jusqu'au bout.

Remontant la couverture jusque sous son menton, elle ferma les yeux et tenta de trouver le sommeil. Au moins, Angus était absent, cette nuit-là. Il était parti en éclaireur dans la forêt, de l'autre côté de la clairière.

Quant à Duncan, il était assis sur un affleurement rocheux, au-dessus d'eux, exactement comme la veille, à l'affût du moindre danger. Même s'il était nettement plus probable qu'il soit simplement en train de s'assurer qu'elle ne se lève pas en pleine nuit pour les assommer à coups de pierre.

Mais serait-elle vraiment capable de tuer un homme, si l'occasion s'en présentait ?

Oui, décida-t-elle. *Oui, j'en suis parfaitement capable.*

Cette idée morbide en tête, elle sombra dans un sommeil agité et se réveilla dans la nuit au son de bruits de pas précipités et de chuchotements.

Elle commença à prendre peur. Aussitôt en pleine possession de ses moyens, elle demeura immobile, pétrifiée d'inquiétude.

— On repart dans le Sud dans la matinée, dit Fergus en s'allongeant par terre et en remontant son tartan sur ses épaules. On retourne à Moncrieffe.

Moncrieffe ? La résidence du comte ?

Elle ouvrit grandes les oreilles.

— Mais je croyais que Duncan voulait attendre le bon moment, lui répondit Gawyn en chuchotant.

— C'est le cas, mais Angus a repéré des tuniques rouges, au loch. Il faut qu'on fasse demi-tour.

Elle entendit Gawyn se redresser.

— Le loch Fannich n'est plus très loin d'ici. Duncan ne préfère-t-il pas qu'on parte dès à présent ?

Fergus se redressa à son tour.

— Non. Angus a dit que les soldats n'étaient que cinq, et ils sont tous imbibés de rhum. Ils dorment.

Gawyn s'étendit de nouveau.

— Eh bien, c'est déjà ça.

— Parle pour toi. Et tu n'as pas entendu Angus et Duncan se disputer pour savoir ce qu'on allait faire de la lady. (Il baissa d'un ton et s'appuya sur son coude.) J'ai cru qu'ils allaient s'étriper, poursuivit-il. Angus veut la tuer cette nuit et laisser son cadavre devant le campement anglais.

La peur au ventre, Amelia ne bougea pas.

Gawyn se redressa une nouvelle fois.

— Mais c'est la fille d'un duc.

— Chut. (Fergus marqua une pause.) Mieux vaut ne pas en parler.

— Qu'ont-ils décidé ?

— Je n'en sais rien.

Ils se turent un moment, puis Fergus s'étendit et remonta son tartan jusqu'à son front.

— Quoi qu'il en soit, on ne nous demande pas notre avis, alors arrête de parler dans le vide, vieux cheval borgne. Il faut que je dorme.

— Moi aussi, cul qui pue. Et c'est toi qui as commencé.

Une heure plus tard, Amelia courait dans l'obscurité, hors d'haleine, trébuchant sur des pierres, et bondissant au-dessus du sol accidenté. Sa jupe voletait à chacune de ses enjambées, et elle était dans un état de panique redoutable.

Elle priait pour que Duncan n'ait pas encore repéré son absence, et espérait de toute son âme qu'elle ne tomberait pas nez à nez avec Angus, qui explorait les bois en éclaireur et qui mourait d'envie de livrer son cadavre aux Anglais. Elle avait pris un risque terrible, parce que si ses ravisseurs découvraient sa fuite avant qu'elle ait eu le temps de gagner le campement des tuniques rouges, elle n'avait pas idée de ce dont ils seraient capables.

Je vous en supplie, Dieu, faites que je trouve le campement. Je ne veux pas mourir ici.

Puis elle sentit une présence…

Elle perçut des bruits de pas dans la clairière, approchant furtivement, rapides et assurés dans la nuit, comme une sorte d'animal fantôme. Ils approchaient par-derrière.

Ou de côté… ou de biais… à moins qu'ils ne soient devant !

Se précipitant droit devant elle aussi vite qu'elle le pouvait, elle jeta un coup d'œil par-dessus son épaule.

— Halte ! ordonna la voix.

— Non !

Avant qu'elle puisse reconnaître quoi que ce soit dans l'obscurité, quelque chose la percuta de plein fouet.

Elle s'écroula, le souffle coupé, puis entra dans une fureur noire quand elle comprit ce qui était en train de se produire. Elle était de nouveau prise au piège sous le corps musculeux de Duncan. D'où avait-il surgi ? Elle était certaine d'avoir réussi à lui échapper. Avait-il des yeux derrière la tête ?

— Avez-vous perdu l'esprit ? demanda-t-il en se redressant à quatre pattes au-dessus d'elle, ses cheveux lui tombant sur le visage.

Il portait son bouclier sur son dos, son épée au côté, sa hache dans son ceinturon.

— Lâchez-moi ! s'écria-t-elle souhaitant plus que jamais s'échapper et gagner un lieu sûr.

Elle heurta une pierre de la main et, avant d'avoir pu réfléchir à la situation, elle la brandit dans les airs et l'abattit sur la tempe de Duncan.

Il poussa un gémissement et bascula à la renverse, portant la main à sa tête. Il tomba sur le dos. Du sang se mit à suinter entre ses doigts.

Horrifiée, Amelia se releva tant bien que mal.

Il tentait de remuer, et le sang coulait à flots, ruisselant le long de ses doigts et de son bras. Dieu du ciel ! Qu'avait-elle fait ?

Elle jeta un coup d'œil par-dessus son épaule, en direction de la lisière de la forêt, sachant que le lac se trouvait non loin derrière. Il y avait des soldats anglais, là-bas. Elle pouvait encore les rejoindre.

Elle ne savait plus quoi faire. Elle était bouleversée par ce qu'elle venait de faire à Duncan ; elle ignorait qu'elle était capable d'une telle violence. Mais quel choix lui avait-on laissé ?

Il gémit encore, puis perdit connaissance. L'avait-elle tué ?

Secouée, désorientée et soudain terrifiée à l'idée qu'Angus puisse surgir de nulle part et lui faire payer sa bravade, elle s'élança vers les bois.

Elle ne le regretterait pas. Elle s'était fait enlever par des Highlanders ennemis. Elle n'avait pas le choix, il fallait qu'elle se sauve. Au moins, à présent, elle avait une chance de survivre et de rejoindre ses compatriotes. Elle pourrait revoir son oncle, et retourner chez elle en Angleterre. Dormir de nouveau dans son lit. Se sentir enfin en sécurité.

Quand elle atteignit les arbres, elle s'arrêta dans un dérapage. Il faisait nuit noire, dans la forêt. Comment ferait-elle pour trouver sa route ?

Son cœur battait à tout rompre. Puis, soudain, elle s'élança à l'aveuglette, les branches enchevêtrées, les feuilles et les épines pointues des pins lui fouettant le visage. Elle chuta à de si nombreuses reprises qu'elle en perdit le compte. Mais, chaque fois qu'elle heurtait le sol, elle parvenait, sans vraiment savoir comment, à se relever et à continuer.

Haletante, elle refusait d'abandonner. Elle se fraya un chemin dans l'obscurité jusqu'à ce qu'elle aperçoive la lueur de la lune, entre les arbres. Une nappe de brume sur l'eau. Des vaguelettes scintillantes.

Elle jaillit d'un fourré, et s'écroula à quatre pattes sur l'herbe. Un feu de camp brûlait comme un fanal sur la grève. Ce n'était plus très loin. Il y avait une tente. Il y avait des chevaux et un chariot. Des tonneaux. Une mule. Des sacs de grain…

Toujours à quatre pattes, elle posa le front par terre. *Merci, mon Dieu.*

Amelia se releva. Elle se dirigea vers la plage de galets. Elle était en sécurité.

Faible et épuisée, elle prit la direction du campement anglais et tenta d'oublier l'homme qu'elle venait d'abandonner à son sort, inconscient et saignant à mort dans la clairière. Elle essaierait d'oublier sa douleur, ou son regard stupéfait quand il s'était rendu compte de ce qu'elle lui avait fait. Elle le chasserait de sa mémoire. C'était son ennemi. Elle ne penserait plus jamais à lui.

Chapitre 7

Dans la tente, cinq soldats étaient endormis dans leurs sacs de couchage, et Amelia – maintenant d'une main le rabat ouvert – dut se racler la gorge à deux reprises avant que trois d'entre eux se réveillent en sursaut. Ils se levèrent d'un bond, dans un grand désordre, et, l'instant d'après, elle se retrouva face à trois pistolets, qu'ils armèrent tous simultanément.

Elle hoqueta et s'écria :

— Je suis anglaise !

Les trois qui étaient debout mirent un moment à assimiler ses paroles, tandis que les deux autres protestaient dans leur sommeil.

— Qu'est-ce qui se passe ? demanda l'un des soldats, les yeux plissés, en se tournant vers Amelia, qui se tenait à l'entrée de la tente, près d'une lanterne.

— J'ai grand besoin de votre aide et de votre protection, leur expliqua-t-elle. Je suis la fiancée de Richard Bennett, lieutenant-colonel du neuvième Dragoons. Je me suis fait enlever à Fort William par le Boucher des Highlands.

— Le Boucher ? (Le soldat le plus éloigné lutta pour s'extirper de son couchage et se mit à chercher à tâtons une arme qu'il ne semblait pas trouver.) Seigneur !

Que Dieu leur vienne en aide. Que Dieu les protège tous.

— Je vous en prie, les implora-t-elle. Je crois qu'il serait préférable que nous partions d'ici le plus vite possible. Je vois que vous avez des chevaux…

— Ça ouais, on en a, fit l'un d'eux en se précipitant vers l'entrée de la tente et en la bousculant pour passer. Où est mon cheval ?

Tandis qu'il titubait sur la plage éclairée par la lune, l'odeur caractéristique du rhum dans son haleine chatouilla les narines de la jeune femme.

Ce n'était pas bon signe. Elle s'était imaginé qu'elle tomberait sur une brigade d'intrépides héros anglais aux aguets, les armes à la main, ravis de pouvoir arracher une dame de l'aristocratie des griffes d'un rebelle jacobite bien connu, un ennemi de la Couronne. Il semblait toutefois qu'elle ait atterri sur un groupe d'ivrognes aussi pleutres qu'incompétents.

— Du calme, espèces d'imbéciles, dit un autre, dans la tente en baissant son arme. Le Boucher, c'est une histoire à dormir debout. C'est juste un conte de fées que les MacLean ont inventé pour nous empêcher d'aller sur leurs terres, et tout le monde sait que les MacLean ne sont que des voleurs de moutons.

— J'ai entendu dire que c'étaient les MacDonald.

— Eh bien, moi, j'ai entendu dire que c'était vrai, fit remarquer un autre.

Il était encore étendu sur sa couche mais s'appuya sur un coude pour s'emparer d'une bouteille, derrière son oreiller. Il la porta à ses lèvres et la secoua, mais rien n'en sortit.

— Mon cousin l'a vu, un jour, reprit-il. Il était dans un camp avec l'armée régulière, aux portes d'Édimbourg, et il a vu le Boucher tuer dix hommes à lui tout seul, avant de trancher la tête de l'officier et de la donner à manger à son cheval.

L'un d'eux s'esclaffa, tandis qu'un autre se ruait à son tour à l'extérieur, manquant de faire tomber Amelia en lui passant devant. Elle le suivit sur la plage, où le feu brûlait toujours. Le premier soldat était déjà loin.

— Attendez ! s'écria-t-elle en courant derrière lui.

— Oh, pour l'amour de Dieu, gémit un autre en sortant de la tente et en braquant son arme dans toutes les directions. Quel froussard ! Il va se prendre un arbre.

Amelia se tourna vers lui.

— Qui est le chef, ici ? voulut-elle savoir. Est-ce vous, monsieur ?

— Oui.

Il tituba légèrement et sembla avoir des difficultés à se focaliser sur son visage.

— Comment vous appelez-vous, et quel est votre grade ?

Il cilla lentement.

— Je suis le commandant Curtis, à votre service.

— Je ne t'ai jamais pris pour un poète, Jack, déclara l'un d'eux en lui jetant une poignée de cailloux.

Frustrée comme jamais, Amelia poursuivit d'un ton sévère :

— Je vous certifie, monsieur, que le Boucher existe bel et bien, et je crois que… (Elle hésita et se retourna.)… je crois que je l'ai tué.

En le disant à haute voix, elle eut la nausée.

Un autre soldat émergea de la tente, buvant directement à la bouteille.

— C'est une blague, dit-il. Quelqu'un est en train de se foutre de nous. Regardez-moi cette fille. Ça n'a jamais été la fiancée d'un officier. Elle est aussi crasseuse qu'une poissonnière. On n'a qu'à s'amuser un peu avec elle…

— Je ne plaisante pas, lui assura-t-elle. Je me suis fait enlever à Fort William. Je suis fiancée à Richard Bennett, lieutenant-colonel du neuvième Dragoons, et le Boucher et sa bande de rebelles ne sont pas loin d'ici. Il faut partir au plus vite et signaler ce qui s'est produit.

Celui qui tenait la bouteille s'approcha d'elle en titubant.

— Viens par ici, ma chérie. Embrasse-moi.

— Je vous interdis de poser vos sales pattes sur moi !

Elle recula et jeta un coup d'œil par-dessus son épaule, cherchant par où fuir. Ce ne fut qu'alors qu'elle regretta de ne pas avoir dérobé la hache du Boucher. Pourquoi ne l'avait-elle pas fait ?

— Restez où vous êtes, monsieur, ajouta-t-elle.

Il se jeta cependant sur elle sans attendre. Il referma brutalement les mains sur le haut de ses bras et approcha ses lèvres charnues de sa joue. Il l'embrassa, dardant sa langue humide et lui léchant le visage. Écœurée par son haleine et son odeur corporelle, Amelia entra dans une colère noire.

Elle se débattit et tenta de lui assener un coup de poing, mais il maintenait sa prise avec une poigne de fer. C'était un type carré et solide qui n'avait aucune peine à la maîtriser, même complètement ivre.

Les autres surgirent de la tente, et se mirent à pousser des cris et à applaudir, amusés de voir Amelia lutter bec et ongles.

— Lâchez-moi ! s'écria-t-elle.

Mais elle se retrouva aussitôt par terre, sur le dos, se débattant et repoussant de toutes ses forces l'ignoble individu qui pesait de tout son poids sur elle.

— À moi, après ! cria un autre soldat.

Puis les oreilles de la jeune femme commencèrent soudain à siffler et elle n'entendit plus rien, à l'exception de ses propres battements de cœur et de la férocité de ses hurlements.

Tout autour d'elle, retentissaient des gémissements, des chocs, et de terribles bruits sourds. Puis, le tas de chair flasque sous lequel elle était prisonnière s'envola. Elle le regarda s'élever vers le ciel, décrire une parabole et retomber dans le lac dans un « plouf » retentissant.

Elle se redressa et aperçut Duncan, au-dessus d'elle, les pieds écartés, la hache à la main, sa large poitrine se soulevant de manière régulière, montrant les dents comme un animal. Elle croisa son regard et le soutint, malgré la rage qu'elle y décela, et ses envies de tuer.

Il avait la chevelure et le visage maculés de sang, telles d'horribles peintures de guerre. Elle ne distinguait que le blanc de ses yeux. Son estomac se noua.

Des bruits d'éclaboussures attirèrent son attention vers le loch.

Sa claymore se balançant dans son fourreau, Duncan se dirigea vers la rive à grands pas. Il entra dans les vagues éclairées par la lune, à la poursuite du soldat qui s'était attaqué à elle.

L'homme se mit à sangloter.

— Non, je vous en supplie, non !

Il trébucha en reculant et disparut sous la surface de l'eau avant de se redresser et de se mettre à nager dans la direction opposée, loin du bord, luttant désespérément contre le courant.

Duncan s'enfonça dans le lac, nullement gêné par la résistance de l'eau. Il brandit sa hache au-dessus de sa tête.

Horrifiée, Amelia se releva aussitôt. C'était insoutenable. Malgré tout ce que cet individu venait de lui faire subir, elle ne supporterait pas la vue du massacre brutal d'un homme, de sang-froid, juste sous ses yeux.

— Non, Duncan ! s'écria-t-elle en s'approchant d'un air inquiet.

Au son de sa voix, il sembla se figer net. Il baissa les yeux sur son kilt, qui flottait tout autour de lui. Il eut l'impression qu'elle l'avait tiré d'une sorte de transe.

Il se retourna, sortit du lac et siffla sa monture. Turner surgit des arbres en trottant, sans selle ni brides. Duncan glissa la hache dans sa ceinture et se hissa sur le dos du grand animal noir. Il chevaucha à cru jusqu'à Amelia, qui se tenait devant la tente, au milieu de trois cadavres de soldats. Il baissa les yeux vers elle et lui tendit la main.

Elle hésita.

Puis l'un des soldats poussa un gémissement et se retourna, derrière elle. Elle sursauta et jeta un coup d'œil par-dessus son épaule. Un autre commençait à ramper sur la grève, à l'écart du camp, comme s'il voulait aller chercher refuge dans les buissons.

Ainsi, ils n'étaient pas morts. Même si leur chef, le commandant Curtis, se débattait encore au milieu du lac et ne tarderait sans doute pas à se noyer.

— Venez avec moi, maintenant, gronda Duncan, à moins que vous ne préfériez tenter votre chance avec ces hommes.

Celui qui se trouvait le plus près d'elle s'était redressé à quatre pattes. Elle saisit aussitôt la main du Highlander et se hissa à son tour sur le cheval.

Duncan fit passer son bouclier par-dessus sa tête et le lui tendit.

— Mettez ça. Attachez-le sur votre dos.

Elle obtempéra, enroula les bras autour de sa taille, et ils partirent au galop en direction des arbres.

À l'instant précis où ils pénétrèrent dans la forêt, Amelia regarda par-dessus son épaule et aperçut quelque chose filer sur la plage. C'était Angus, sur sa monture gris clair, sa chevelure dorée au vent, faisant tournoyer son épée large au-dessus de sa tête. Il galopait à la poursuite du soldat poltron qui avait été le premier à fuir le campement.

Que Dieu vienne en aide à ce misérable.

Puis, soudain, les ténèbres engloutirent tout ce qui se trouvait dans le champ de vision de la jeune femme, et ils filèrent entre les branches, bondissant par-dessus les souches. Tout était calme, dans les bois, à l'exception du martèlement des sabots sur le sol, et du craquement des brindilles et des feuilles mortes. Le vent se mit à fouetter le visage d'Amelia, et elle se cramponna avec plus de fermeté au corps robuste de Duncan.

— Baissez la tête, lui recommanda-t-il.

Elle enfouit son visage dans la laine douce du tartan du Highlander, qui lui enveloppait les épaules et tombait en travers de son dos musculeux. Elle ferma les yeux et se concentra pour cesser de trembler, mais en vain. C'était une réaction tardive à la terreur dont elle venait d'être saisie, alors que cet homme odieux se trouvait au-dessus d'elle, lui déchirant les vêtements en bavant sur elle.

Reconnaissante et soulagée, elle se cramponna plus fort à Duncan. *Dieu merci, il n'est pas arrivé trop tard.* Mais, en même temps, elle était désorientée par le revirement de ses émotions.

C'était son ravisseur. C'était avant tout sa faute si elle était là, et, peu de temps auparavant, il l'avait lui-même plaquée au sol tandis qu'elle se débattait et tentait de le repousser.

Toutefois, d'une certaine manière, ce qui venait de se produire avec les soldats anglais lui semblait très différent, et elle avait du mal à le comprendre, dans l'état de panique où elle se trouvait. Quand Duncan l'avait jetée à terre, dans le champ, ce matin-là, elle avait été à la fois furieuse et effrayée, mais elle avait toujours eu le sentiment qu'il s'amusait avec elle comme avec un jouet. Elle avait eu l'impression qu'il attendait le moment propice, lui permettant de se débattre et de le griffer jusqu'à ce qu'elle soit à bout de forces. Il avait précisément eu pour objectif d'attendre qu'elle cède. Qu'elle finisse par se rendre.

Cela n'avait pas du tout été le cas avec le soldat ivre. Il l'aurait sans aucun doute violée. Il serait en train de le faire, à ce moment précis, si Duncan n'était pas arrivé et ne l'avait pas jeté dans le lac.

Alors, que ressentait-elle, exactement, à présent ? Duncan était-il son sauveur ? Son protecteur ?

Non, rien de tout cela. Il l'avait arrachée à son lit dans une forteresse anglaise. Il voulait tuer son fiancé. Il avait déjà abattu des centaines d'hommes. C'était un guerrier violent et vindicatif, et elle n'était pas totalement sûre qu'il ne finirait pas par l'éliminer. Peut-être l'avait-il sauvée cette nuit-là uniquement parce qu'elle lui servait d'appât. Il avait encore besoin d'elle pour attirer Richard dans son piège.

Quand bien même, elle n'était pas encore prête à relâcher sa prise, et si quelqu'un avait tenté de la séparer de lui, à cet instant, il n'y serait pas parvenu. Elle le serrait de toutes ses forces et avait l'impression qu'elle aurait été incapable de le lâcher, si elle l'avait voulu. Elle se sentait plus en sécurité là que sur la plage. Alors même qu'elle filait à travers la forêt obscure à la vitesse d'une balle de mousquet.

Elle ignorait depuis combien de temps ils chevauchaient dans les bois. Elle ne voulait pas s'arrêter. Elle voulait continuer. Aussi loin que possible. Mais, bientôt, Duncan se pencha en arrière et mit la monture au trot. Elle ouvrit les yeux.

— Holà, s'exclama Duncan avec son habituel ton calme et autoritaire.

Ils firent halte dans une clairière éclairée par la lune, non loin du murmure d'un ruisseau.

Duncan était haletant. Elle sentait son torse se soulever sous ses bras.

— Descendez, grogna-t-il.

Elle fit basculer une jambe par-dessus la croupe de l'animal, se laissa glisser au sol et ajusta la sangle du bouclier qu'elle portait sur son dos. Il mit pied à terre à côté d'elle et donna une claque sur l'arrière-train de son cheval. L'animal trotta jusqu'au cours d'eau pour s'y désaltérer.

Duncan se tourna brusquement vers elle.

— Ne refaites plus jamais ça !

— Promis, lui assura-t-elle, sans savoir exactement à quoi il faisait allusion.

Sa fuite en général ? Ou le moment où elle lui avait assené un coup de pierre sur le crâne ?

Il porta la main à son ventre.

— Ah, bon Dieu…

Il se détourna et se dirigea vers un arbre, où il se pencha et vomit. Amelia l'observa avec horreur. Était-ce à cause de ce qu'elle lui avait fait ?

Au moins, il était en vie. Elle ne l'avait pas tué. *Dieu soit loué.*

— Je suis désolée, s'excusa-t-elle quand il se fut ressaisi.

Il se précipita dans le ruisseau, s'y agenouilla et s'éclaboussa le visage. Une fois sa figure débarrassée du sang, il se nettoya aussi les mains en les frottant vigoureusement l'une contre l'autre, en se grattant la peau avec les ongles.

— Dieu me vienne en aide, Amelia, dit-il d'un ton grave et inquiétant. J'ai envie de vous rouer de coups. Qu'avez-vous dans la tête ?

Elle regarda son dos large en fronçant les sourcils. Il était encore accroupi dans l'eau.

— Que croyez-vous ? J'essayais d'échapper à mon ennemi et de rejoindre des alliés – mes propres compatriotes. Ce n'était pas un projet si incroyable, et vous ne devriez pas avoir l'air si surpris. Angus voulait me tuer cette nuit. À quoi vous attendiez-vous ?

Il lui lança un regard noir par-dessus son épaule.

— Personne ne vous tuera. Je vous l'ai pourtant déjà dit.

— Mais il semblerait qu'Angus soit en contradiction avec vos décisions, à cet égard.

— Il fera ce que je lui dis.

— Comment pourrais-je en avoir la certitude ? Je ne sais rien de lui. Ni de vous, d'ailleurs. Tout ce dont je suis certaine, c'est que vous m'avez enlevée, que vous avez dans l'idée de supprimer mon fiancé et que tous les soldats de l'armée anglaise tremblent de peur parce que vous n'êtes qu'un sauvage – violent, doué d'une force incroyable et armé d'une grosse hache –, qui veut tous les massacrer dans leur sommeil !

Il se redressa et s'approcha d'elle.

Effrayée, elle recula.

— Ces hommes voulaient vous déshonorer, fit-il d'une voix grave et menaçante. Vous n'auriez jamais dû aller là-bas.

— J'ignorais ce qui allait se passer quand je suis partie ! Tout ce que je souhaitais, c'était retourner en lieu sûr !

— Vous êtes en sécurité, avec moi.

Son cœur se serra.

— J'ai du mal à le croire.

— Eh bien, c'est pourtant le cas. (Il se retourna pour aller chercher sa monture.) Et j'espère que vous retiendrez la leçon de cette nuit.

— Oui, concéda-t-elle à contrecœur. J'essaierai.

Il fit de nouveau volte-face.

— Vous essaierez ? Vous n'avez rien dans la tête, ou quoi ?

— Qu'espériez-vous, Duncan ? Vous êtes le Boucher, et vous m'avez amenée ici contre ma volonté. Vous m'avez enlevée et avez fait de moi votre prisonnière !

Il la dévisagea avec une certaine frustration. Elle décela une forte animosité dans sa voix.

— Oui. Parce qu'il m'était impossible de vous laisser là-bas.

Il passa la main dans ses cheveux trempés de sang et poursuivit dans un grondement :

— Si seulement vous saviez à quel point je voulais tuer ce soldat, cette nuit. Quand je l'ai vu sur vous, comme ça, en train de vous tripoter comme un animal alors que vous n'étiez manifestement pas consentante… Et les autres, qui restaient là à vous regarder… (Il secoua la tête.) J'ai envie d'y retourner pour terminer ce que j'ai commencé. J'ai envie de lui enfoncer la tête sous l'eau, de le regarder se débattre et mourir. Pourquoi m'en avez-vous empêché ?

Duncan serra les poings et les rouvrit.

— Parce que je… je n'aurais pas supporté d'assister à ça.

Il sembla combattre quelque démon intérieur désireux de se libérer. Il évitait son regard. Amelia contemplait le sommet de son crâne, encore maculé de sang. À chacun de ses souffles, ses épaules se soulevaient.

Elle n'avait toujours pas confiance en lui, et craignait son tempérament explosif, son caractère colérique. Il avait mis ces brutes hors d'état de nuire, là-bas, et voulait y retourner pour les achever.

Pourtant, tout cela, c'était pour la protéger. Pour châtier ceux qui avaient tenté de la déshonorer.

À moins que ce ne soit autre chose que son déshonneur qu'il ait voulu venger…

— Je vous remercie, dit-elle doucement, ne sachant pas quoi dire d'autre. Merci de m'avoir sauvée des griffes de ces hommes.

Il leva les yeux vers elle, l'air furieux – ou s'agissait-il de remords ? –, puis porta la main à sa tête et se mit à chanceler.

— Ah, merde…

Elle s'élança et tenta de le rattraper sous les aisselles, mais fut incapable de l'empêcher de s'écrouler lourdement, en tas sous son tartan.

Elle s'agenouilla au-dessus de lui, se pencha et le gifla.

— Duncan ! Duncan !

Bon Dieu ! Accroupie, elle lui prit le poing et le porta à son propre front. Il venait de la sauver de ces horribles individus. Si elle était en vie et avait encore sa vertu, c'était grâce à lui. Qu'avait-elle donc fait ?

Une chouette se mit à ululer, dans les arbres. Amelia leva les yeux vers le ciel illuminé par la lune. Elle ignorait comment lui venir en aide. Ils étaient au milieu de nulle part.

Puis elle perçut un bruit, au-delà de la clairière : une vache meuglant dans la nuit. Peut-être y avait-il un troupeau. Et, si c'était le cas, peut-être y avait-il aussi un berger, ou même la chaumière d'un fermier, avec une grange, une famille, de quoi manger, de l'eau et des provisions…

Elle se redressa sans quitter des yeux le corps inerte du Highlander. Elle jeta un rapide coup d'œil à sa monture, qui broutait dans l'herbe, puis se lança dans une course effrénée en direction du bruit qu'elle avait entendu en priant pour qu'il ne s'agisse pas d'une autre troupe de soldats ivres.

Chapitre 8

Une fenêtre était faiblement éclairée par une lueur vacillante. Amelia surgit des arbres et s'engagea dans un pré, dirigeant ses pas vers une petite chaumière en pierre et au toit de chaume. Un filet de fumée s'élevait de la cheminée vers le ciel étoilé. Elle entendit de nouveau le beuglement d'une vache, quelque part dans l'obscurité.

Soulevant sa jupe jusqu'aux genoux, elle s'élança sur le terrain accidenté, atteignit la porte et y frappa de toutes ses forces. Elle avait déjà décidé de ce qu'elle allait dire, car elle n'avait aucune idée de l'accueil que ces Highlanders allaient lui réserver, ni du genre de maisonnée sur laquelle elle était tombée.

La porte en bois s'ouvrit en grinçant, et la jeune femme se retrouva face à un vieillard frêle revêtu d'un kilt. Il était appuyé sur une canne en bois mal dégrossie, et avait des cheveux blancs ébouriffés dans tous les sens, comme si cela faisait dix ans qu'il ne s'était pas peigné. Il avait la peau flasque et creusée de profondes rides, et semblait aussi âgé que l'écorce d'un chêne deux fois centenaire.

Amelia perdit tout espoir. Elle s'était imaginé qu'elle trouverait un jeune fermier en pleine santé, qui l'aurait suivie jusqu'à la clairière et peut-être aidée à ramener Duncan.

— Excusez-moi de vous déranger à une heure si tardive, commença-t-elle, mais j'aurais besoin de votre aide. Mon… (Elle s'interrompit avant de reprendre.) Mon mari est blessé dans la forêt.

Elle se retourna pour lui indiquer le bois.

La porte s'ouvrit plus franchement, et une jeune femme apparut dans l'embrasure. Elle était pieds nus, vêtue d'une simple chemise de nuit blanche. Sa chevelure filasse lui tombait sur les épaules, et elle portait un nourrisson dans ses bras.

— C'est une Anglaise, constata le vieillard d'un ton aussi soupçonneux que rugueux.

Puis, au plus grand soulagement d'Amelia, un jeune homme vaillant se présenta sur le seuil. Il avait le teint pâle et arborait une ample chemise de nuit.

— Blessé, vous dites ? Où ça ?

— Dans la clairière, non loin d'ici, répondit-elle. Je peux vous y conduire, si vous acceptez de nous aider. (Elle considéra qu'il serait prudent d'ajouter un élément indispensable.) Mon mari est écossais.

Le jeune homme hocha la tête.

— Peu importe, ma belle. Je vais chercher le chariot. (Il se tourna vers son épouse.) Mets la bouilloire sur le feu, et va chercher quelques couvertures.

Il disparut un moment avant de revenir vêtu d'un tartan, qu'il continua d'ajuster sur son épaule en suivant Amelia dans le pré. Elle prit soudain conscience avec gêne de la présence du bouclier de Duncan, qui rebondissait sur son dos.

Au bout d'un certain temps, ils s'enfoncèrent dans les bois sur un chariot branlant à l'essieu grinçant tiré par un poney blanc robuste, qui avançait d'un pas trop lent pour Amelia, angoissée comme jamais.

— C'est juste là.

Elle désigna la clairière baignée par le clair de lune avant de sauter du siège sans attendre que le chariot se soit complètement immobilisé. Elle s'élança et retrouva Duncan à l'endroit même où elle l'avait laissé.

— Par ici ! s'écria-t-elle. Il est là !

Je vous en prie, mon Dieu, faites qu'il soit encore en vie.

Après s'être laissée tomber à genoux, elle lui effleura la joue. Il était encore chaud, et son pouls battait à son cou.

Le chariot s'arrêta en grinçant, et l'Écossais en bondit.

— Que s'est-il passé ?

Amelia hésita, cherchant une explication plausible tandis que le poney faisait cliqueter son harnais.

— Il est tombé de cheval et s'est cogné la tête.

Le Highlander jeta un coup d'œil à Turner, qui broutait paisiblement, puis mit un genou en terre. Il aperçut également la hache et la claymore de Duncan avant de lui examiner le cuir chevelu.

— C'est une profonde entaille, évidemment, mais, au moins, il ne s'est pas ouvert le crâne. Aidez-moi à le hisser sur le chariot.

En combinant leurs efforts, ils parvinrent à le soulever et à l'installer sur un lit de paille, à l'arrière. Amelia grimpa avec lui et lui posa la tête sur ses genoux le temps du court trajet jusqu'à la chaumière.

Ils atteignirent la fermette et s'immobilisèrent devant la porte. Le jeune homme hissa Duncan sur son épaule et le porta à l'intérieur. Un feu flambait dans l'âtre. L'épouse du fermier avait enfilé une robe brune toute simple.

— Bonté divine ! s'exclama-t-elle en installant son nourrisson dans un couffin. C'est un géant, ce Highlander. Que lui est-il arrivé ?

— Il est tombé de cheval et s'est cogné la tête, lui répondit son mari sceptique en lui lançant un regard sévère.

— Comment vous appelez-vous, ma belle ? demanda la femme d'un ton franc mais non dépourvu de gentillesse.

— Amelia.

Elle décida qu'il était préférable de taire son nom de famille et son titre. Ils n'avaient pas besoin de savoir que c'était la fille d'un aristocrate.

La femme la regarda avec curiosité.

— Je m'appelle Beth. Et voici mon époux, Craig. Nous sommes des MacKenzie, et vous avez rencontré mon père tout à l'heure. C'est un MacDonald.

— Je suis ravie de faire votre connaissance, répondit Amelia en saluant le vieil homme appuyé sur sa canne, au centre de la pièce.

La tête tournée, il rivait son regard à la fois incrédule et furieux sur Duncan.

— Bon, voyons si nous pouvons ramener à lui ce Highlander bien maladroit, déclara Beth en réagissant d'un air détaché à la tension qui commençait à s'installer et en se dirigeant vers la table mal dégrossie. C'est votre mari, dites-vous ?

Elle évita de croiser les yeux d'Amelia.

— Oui. Vous pensez pouvoir l'aider ?

Beth échangea un nouveau regard dubitatif avec Craig, mais Amelia ne pouvait se préoccuper de leurs soupçons, pas pour le moment. Tout ce qu'elle voulait, c'était que Duncan revienne à lui.

— Nous ferons de notre mieux. (Beth s'empara d'une assiette et en écrasa le contenu à l'aide d'une cuillère en bois.) Vous avez dit qu'il était blessé, alors j'ai préparé un onguent à base de feuilles de digitale, pendant que vous étiez partis le chercher. Ça devrait faire l'affaire, mais si c'est une blessure grave, le cerveau risque d'enfler, et personne n'y pourra rien. Il ne nous restera qu'à attendre et à prier.

Amelia réprima sa peur et jeta un coup d'œil inquiet au vieillard, qui reculait vers un mur en l'observant d'un œil noir et menaçant. Son expression lui rappela les terrifiants cauchemars de son enfance.

Plus tard, quand Craig sortit pour aller s'occuper du poney et du chariot, Beth regarda Amelia droit dans les yeux.

— Dites-moi la vérité, à présent, ma belle. Ce n'est pas votre mari, hein ?

Beth et elle s'installèrent à table.

— Non.

Le père de la jeune femme, le vieux MacDonald, était assis dans un fauteuil près du feu, ses doigts noueux refermés sur sa canne, fixant sur elle un regard courroucé.

— Ne faites pas attention à lui, chuchota Beth en se penchant légèrement. Il n'entend pas la moitié de ce qu'on lui dit, de toute façon.

— Il en a suffisamment entendu pour savoir que je suis anglaise.

Beth haussa les épaules.

— Oui. Il est prudent, rien de plus. Sinon, comment se fait-il que vous connaissiez ce grand gaillard ?

Elle désigna Duncan, toujours étendu sur le lit.

Amelia se tourna vers lui et se sentit gagnée par l'angoisse. Et s'il ne revenait pas à lui ?

— Il m'a enlevée à mon fiancé, répondit-elle avec circonspection.

Beth plissa ses yeux bleus et prit un air soupçonneux.

— Alors, vous êtes tous les deux amants ?

Amelia savait que ce n'était pas ce que Beth croyait. Elle cherchait simplement à trouver une explication.

— Non.

Le vieillard frappa sa canne par terre à trois reprises, comme s'il voulait qu'on lui apporte quelque chose. Beth leva un doigt.

— Inutile de faire des secrets, ma belle, chuchota-t-elle. Je connais cet homme, et vous n'êtes pas sa bien-aimée.

Amelia dut lutter pour conserver son calme.

— Comment sauriez-vous une chose pareille ?

Elle indiqua le bouclier rond encore fixé au dos d'Amelia.

— C'est le bouclier du Boucher. Tout le monde sait qu'il contient la pierre issue de l'arme de son ancêtre, Gilleain na Tuaighe.

— Gillean à la Hache d'armes, répéta Amelia en traduisant le nom en des termes qu'elle ne connaissait que trop bien, issus de l'histoire légendaire du Boucher, descendant d'un célèbre seigneur de guerre.

Elle fit passer le bouclier par-dessus sa tête pour l'examiner de plus près et effleura la pierre polie ovale, au centre du cercle. Elle était d'un blanc immaculé, parcourue de veinules grises.

— C'est une agate de Mull, expliqua Beth.

— Elle est magnifique.

Que Dieu lui vienne en aide, à présent.

Beth acquiesça.

— Mon mari l'a remarquée quand il vous a suivie dehors. Puis il a vu l'épée large à la poignée en panier de votre Highlander – avec les minuscules cœurs gravés dans l'acier –, ainsi que l'impressionnant étalon noir duquel vous prétendez qu'il aurait chuté, et il a aussitôt compris de qui il s'agissait. L'homme dans la clairière était le Boucher, et vous tentiez de le sauver.

De le sauver...

— Oui, répondit-elle. Oui, je dois m'assurer qu'il reste en vie.

— Mais vous n'êtes pas sa bien-aimée, observa Beth. Ça aussi, je le sais.

— Comment pouvez-vous en être aussi certaine ?

Amelia s'étonna elle-même du ton de défi avec lequel elle avait posé la question.

Beth plissa les yeux et prit un air sournois.

— Parce que sa bien-aimée est morte, ma belle. Et, d'après ce que j'ai entendu dire, le Boucher a enterré son propre cœur à côté d'elle, le jour où elle a perdu la vie. Du moins la partie de son cœur capable d'amour. À présent, il se bat pour la liberté au côté des Écossais. C'est tout ce qui compte à ses yeux. La liberté et la justice. De plus, ajouta-t-elle en jetant un coup d'œil au nourrisson qui dormait dans son couffin, vous êtes anglaise. Le Boucher n'offrirait jamais son cœur à une Anglaise. Sans vouloir vous offenser. C'est simplement la réalité.

Amelia s'appuya sur le dossier de sa chaise, bouleversée par la quantité d'informations dont disposait cette femme à propos de l'infâme Boucher : les détails précis sur son arme, ses ancêtres et le chagrin qui le rongeait, qui le poussait à se battre et à tuer.

— Vous dites qu'il se bat pour la liberté des Écossais, lui fit remarquer Amelia. Mais comment peut-on aboutir à un tel résultat en tuant des gens ?

Elle songea à son malheureux père, qui avait tenté de négocier pacifiquement avec les nobles écossais, et qui y était parvenu avec certains d'entre eux, prêts à déposer les armes et à s'unir avec l'Angleterre sous l'égide d'un souverain unique.

Beth se leva de table.

— Vous désirez un peu de vin ? Je sais que mon père en voudra un verre s'il m'entend parler du passé.

— Oui, je vous remercie, répondit-elle.

Beth se dirigea vers le placard, s'empara d'un lourd pichet en pierre et servit du vin dans trois gobelets. Elle en proposa un à son père, qui l'accepta avec un hochement de tête, puis elle apporta les deux autres à table.

Elle se rassit.

— Nombreux sont les Écossais qui croient que c'est uniquement en se battant qu'ils parviendront à préserver notre liberté, parce qu'ils se souviennent du temps où les négociations ne menaient à rien. N'avez-vous pas entendu parler de Glencoe ?

Amelia secoua la tête.

— Jamais.

— Non, on ne vous raconterait pas ce genre de chose, à vous, les demoiselles anglaises privilégiées. J'ai deviné vos origines à votre accent, ma belle. Vous n'êtes pas une aide-cuisinière. Quoi qu'il en soit, ça s'est produit en 1692. Vous n'étiez probablement pas née. Votre roi – cet usurpateur, Guillaume d'Orange – a adressé un ultimatum aux clans : ils devaient jurer fidélité à sa couronne ou en subir les conséquences et être obligés de renoncer à leurs terres. La majeure partie d'entre eux ont signé le document, mais l'un des chefs MacDonald ne s'est pas manifesté avant la date limite, et, peu de temps après, les membres de son clan se sont fait massacrer. On les a fait sortir dans la neige à l'aube, et on les a abattus. Peu nombreux sont les Écossais qui ont pardonné cette injustice aux Anglais, et aux Campbell en particulier, parce que ce sont eux qui ont fait le sale boulot. À présent les Campbell soutiennent la lignée des Hanovre. (Elle se pencha.) Donc, naturellement, il y a plus d'un Highlander que ça démange de prendre une épée ou un mousquet et d'aller se battre pour la véritable Couronne écossaise.

— Vous faites allusion à la lignée des Stuarts, précisa Amelia. Est-ce pour cette raison que les jacobites se sont rebellés ? À cause de ce qui s'est produit à Glencoe ? Je croyais que c'était parce qu'ils voulaient un catholique sur le trône.

Beth reposa son gobelet.

— Ah, c'est compliqué, ma belle. Trop de sang écossais a été versé au fil des siècles, et ce même sang continue à se répandre dans les rivières et les cours d'eau de ce pays. Nous avons besoin de nous battre, expliqua-t-elle. On ne peut pas s'en empêcher. Nos fiers Highlanders sont courageux et ne manquent pas d'audace. L'instinct des guerriers coule dans leurs veines, et ils n'ont aucune envie de se coucher devant un tyran.

— On ne peut pas dire que le roi George soit un tyran, lui fit remarquer Amelia.

— Mais votre Parlement, si, lui rétorqua Beth. Sans parler de Cromwell, chuchota-t-elle. Si mon père m'entend prononcer son nom dans cette maison, il va renverser son fauteuil, brandir sa canne et vouloir partir avec votre Boucher dès demain matin pour aller tuer quelques tuniques rouges !

Amelia jeta un coup d'œil au vieux Highlander aux traits burinés, puis à Duncan, toujours aussi immobile.

— Prions Dieu qu'il soit revenu à lui, demain matin…

— Prions Dieu, oui. Parce que s'il ne se réveille pas, je vous garantis que les clans vont se soulever comme jamais vous ne l'avez imaginé, et que votre cher roi allemand regrettera d'avoir vu le jour.

Amelia sirota son vin d'un air inquiet et réfléchit à ce que Beth venait de lui expliquer. Elle n'avait jamais entendu parler du terrible massacre de Glencoe. Manifestement, son père n'avait pas jugé utile de l'en informer.

Pour la protéger, naturellement. Parce que, dans son univers, il fallait épargner de telles horreurs aux jeunes ladies sensibles.

Le regard fatigué, elle se tourna de nouveau vers Duncan et se rendit compte qu'elle avait encore énormément de choses à apprendre sur ce pays. Son histoire et sa politique étaient bien plus complexes qu'elle ne l'avait cru, et elle ne savait pas tout.

— Connaissez-vous la véritable identité du Boucher ? interrogea-t-elle en s'avançant sur sa chaise, sans le quitter des yeux.

Plus que jamais, elle souhaitait tout découvrir sur sa vie et son éducation. Était-il allé à Glencoe ? Avait-il de la famille ? Des frères ou des sœurs ? Quel genre d'enfance avait-il eue ? Était-il allé à l'école ? Savait-il lire ? Ou ne savait-il que se battre et tuer ?

— Personne ne sait d'où il vient, répondit Beth. Certains prétendent que c'est un fantôme. Mais le bruit court que l'un des rebelles qui se battent à ses côtés est un MacDonald qui aurait survécu au massacre de Glencoe. Il n'était qu'un petit garçon, à l'époque, et sa mère l'a dissimulé dans un tronc d'arbre pour éviter que les Campbell mettent la main sur lui. Il a fini par sortir de sa cachette et a vu sa mère se vider de son sang dans la neige.

Était-elle en train de parler d'Angus ?

Beth fit un signe de tête en direction de son père, qui buvait tranquillement son vin près du feu, et baissa la voix.

— Le neveu de mon père y a également trouvé la mort.

L'estomac d'Amelia se retourna quand elle imagina tous ces gens périr d'une mort violente, ce froid matin d'hiver.

— Et qu'en est-il de celle qui devait devenir la femme du Boucher ? demanda-t-elle soudain. Quelqu'un sait-il de qui il s'agit ?

Beth secoua la tête.

— C'est un secret bien gardé. Mais je crois qu'il y a beaucoup de jeunes Écossaises qui voudraient avoir l'occasion de réconforter ce cœur brisé. Les garçons préfèrent évoquer sa hache, son épée et les pouvoirs mystiques de cette vieille pierre, mais les filles ne parlent que de ce qu'il cache sous son kilt. (Par bonheur, Beth changea de sujet.) Ainsi, vous prétendez que le Boucher vous a enlevée à votre fiancé…

— Oui.

Au même instant, la porte s'ouvrit à la volée dans un énorme fracas. Beth poussa un cri, son père laissa tomber son gobelet par terre et se leva de son fauteuil en poussant un puissant cri de guerre.

En un éclair, Duncan se leva lui aussi de son lit, faisant passer Amelia derrière lui avec une main, tandis qu'il dégainait son pistolet et le braquait sur l'intrus de l'autre.

Duncan en arma le chien avec son pouce. La scène sembla se figer. À l'autre bout de la pièce, Amelia vit Craig, le mari de Beth, maîtrisé par un homme, un couteau sous la gorge.

Chapitre 9

Apparemment, Duncan s'était remis. Amelia, en revanche, crut qu'elle n'allait pas tarder à défaillir.

— Que se passe-t-il, ici ? demanda-t-il d'une voix grave et menaçante.

Tout en continuant à viser Craig, il regarda tour à tour Beth et le vieil homme, avant de s'attarder sur Angus, qui maîtrisait Craig à la pointe de son poignard.

— Qui sont ces gens ? insista-t-il.

Angus s'adressa à lui distinctement.

— J'ai remarqué ton cheval dehors, mais ce type m'a certifié qu'il ne t'avait jamais vu et qu'il n'avait pas de visiteurs. Sachant qu'il me mentait, j'ai décidé d'aller en juger par moi-même.

— Bien sûr que je mentais, gronda Craig. Cet homme et cette femme sont sous ma protection. J'ignorais qui diable vous étiez, et je n'en ai toujours pas la moindre idée, espèce de salopard. Jusqu'à ce que vous me le disiez, vous pouvez brûler en enfer !

Duncan tourna doucement la tête, comme pour s'assurer qu'Amelia était en sécurité derrière lui.

— Je n'ai rien, fit-elle. Ces gens se sont occupés de nous. Vraiment. Je vous en donne ma parole.

Il porta la main à sa tête et effleura le baume pâteux avant de humer la mixture.

— Ils ont aidé l'Anglaise, rectifia Angus avec son habituel ton hostile. Et je ne serais pas surpris de voir une troupe de tuniques rouges débarquer dans la cour d'une minute à l'autre.

Duncan n'avait toujours pas baissé son arme. Amelia remarqua ses longs doigts sur la poignée de sa hache.

Le vieillard lança à Angus un regard irascible. Il brandit sa canne et la pointa vers lui.

— Qui êtes-vous pour vous croire autorisé à défoncer cette porte et à accuser cette famille de collaborer avec les Anglais ?

— Je suis l'ami de cet homme, répondit Angus en jetant un coup d'œil en direction de Duncan. Et il a besoin de moi pour surveiller ses arrières parce qu'il a plus d'un ennemi aux trousses. Comme celle-ci, là.

Il désigna Amelia d'un geste.

— Je l'ai amené ici pour lui sauver la vie, se défendit-elle. Il s'est écroulé dans les bois.

— Ce n'est pas étonnant, s'exclama Angus, vous l'avez frappé à la tête avec une pierre.

Tous les regards se braquèrent sur elle. Elle croisa celui de Beth, et son cœur se serra.

— C'est vrai, Amelia ? demanda-t-elle, l'air déçue. L'avez-vous frappé ? Êtes-vous son ennemie ?

Elle s'efforça de trouver le meilleur moyen de s'expliquer.

— Pas vraiment.

— Voilà, intervint Angus, qui semblait satisfait de la tournure des événements. Vous avez entendu ça ? Elle a dit « pas vraiment ». Peut-être faudrait-il également que vous sachiez qu'il s'agit de la future épouse de Richard Bennett, le plus grand bourreau d'Écossais d'Angleterre.

Merveilleux.

— Ce n'est pas un bourreau, tenta-t-elle d'expliquer, ressentant le besoin de le défendre.

Ou peut-être était-ce elle, et ses choix, qu'elle cherchait à se défendre. Cela importait peu, de toute façon. Elle venait de s'impliquer et de confirmer les accusations d'Angus : c'était une adversaire de l'Écosse, et du Boucher.

— Vous l'ignoriez, n'est-ce pas ? ajouta Angus en serrant sa prise sur le cou de Craig.

— Cette femme est fiancée à ce porc ? murmura Craig sèchement.

Beth gardait le silence.

Angus libéra aussitôt Craig, qui tomba à genoux, le souffle court.

— Ouais, reprit Angus. Il est toujours bon de savoir de quel côté de la frontière ton épée retombe, fermier. Comment t'appelles-tu ?

— Craig MacKenzie, répondit-il en se relevant avec difficulté.

Le père de Beth se détendit et reprit un ton plus accueillant.

— Vous êtes un MacDonald, hein ? Celui qui a survécu à Glencoe ?

L'intéressé jeta un coup d'œil glacial à Amelia et hocha la tête.

Le vieillard l'observa longuement d'un air entendu.

— Qu'on donne à boire à ce brave garçon, Beth. Et ce qu'on a de meilleur. Va chercher la bouteille de whisky de Moncrieffe dans le coffre en acajou.

Angus haussa un sourcil d'un air suffisant à l'intention de Duncan, qui baissa enfin son arme, en libéra le chien et la glissa dans son ceinturon.

Inquiète, Amelia recula en silence tandis que Beth se hâtait vers la pièce de derrière. Elle en revint avec une bouteille, s'empara de quatre verres en cristal dans le placard et servit à boire à chacun des hommes en kilt. Personne ne prit la parole. Ils s'approchèrent de la table, saisirent leurs whiskies et les vidèrent d'un trait. Ils reposèrent tous bruyamment leurs verres sur la table en même temps.

— Un autre, Beth, déclara Craig.

Elle leur en servit un second, et ils répétèrent le même rituel. Puis, chaque homme recula lentement vers un angle différent de la pièce.

Toutefois, avant de se rasseoir sur le lit, Duncan se figea un moment pour observer Amelia d'un œil interrogateur. Elle croisa son regard, et le soutint jusqu'à ce qu'il s'empare d'un siège et qu'il appuie ses coudes sur ses genoux.

Angus se dirigea vers la cheminée et se réchauffa les mains pendant que Craig se frottait le cou, faisant rouler ses épaules pour les détendre.

Le père de Beth regagna son fauteuil, hochant la tête avec fierté et satisfaction. Il était ravi d'accueillir le Boucher et l'un de ses rebelles chez lui.

— Si vous avez besoin de quoi que ce soit pour la route, les gars, dit-il, tout ce que nous avons est à vous.

Toujours debout près de l'âtre, Angus le remercia de sa proposition d'un air reconnaissant.

Duncan lança de nouveau un regard interrogateur à Amelia. Elle secoua brièvement la tête, espérant lui faire comprendre que rien de tout cela n'était vrai. Elle était anglaise, certes, et fiancée à Richard Bennett, mais elle l'avait amené ici pour lui sauver la vie, et, pour une raison qu'elle n'était pas encore prête à découvrir, elle voulait qu'il le sache.

— Comment avez-vous trouvé cette chaumière ? lui demanda-t-il.

— J'ai entendu des animaux de la ferme, et j'ai couru à travers bois. Vous avez perdu connaissance dans la clairière où l'on faisait une halte. Vous vous en souvenez ? Je ne savais pas quoi faire d'autre.

— Vous avez donc couru jusqu'ici pour aller chercher de l'aide, et vous êtes revenue auprès de moi ?

— Oui. Mr MacKenzie a attelé son chariot, et je lui ai indiqué où vous vous trouviez.

Ils se tournèrent tous vers Craig, qui confirma l'histoire de la jeune femme d'un hochement de tête.

Elle remarqua qu'Angus l'observait par-dessus son épaule, une lueur de haine dans le regard. Il se méfiait toujours autant d'elle, et elle était persuadée qu'il ne changerait jamais d'avis à son sujet.

— C'est la vérité, attesta Beth. C'est effectivement ce qui s'est produit. Et il n'y a aucun soldat anglais dans les environs. Du moins, pas à notre connaissance. Tout ce qu'elle voulait, c'était m'aider à soigner son Highlander.

— Je leur ai dit que vous étiez mon époux, avoua-t-elle à Duncan.

Il effleura de nouveau le baume compact sur son crâne et grimaça légèrement.

— J'ai une dette envers vous, déclara-t-il aux MacKenzie.

— C'était le moins qu'on puisse faire, rétorqua Craig. Et vous ne nous devez rien, mon ami. C'est plutôt nous qui sommes vos obligés, pour ce que vous faites pour l'Écosse.

Amelia constata que Duncan, comme à son habitude, s'abstint de répondre. Elle présumait que cette renommée et cette adoration ne signifiaient rien, à ses yeux. S'il agissait de la sorte, c'était parce qu'il avait ses raisons – elles étaient personnelles et intimes – et, à en juger d'après ce qu'elle avait vu de lui ces derniers jours, elle était de plus en plus persuadée qu'il ne prenait aucun plaisir à tuer. Il n'éprouvait aucune joie à massacrer qui que ce soit ni n'en ressentait le désir.

Cela aurait pu en surprendre plus d'un, sans aucun doute. La majeure partie de la population anglaise le prenait pour un sauvage assoiffé de sang qui s'attaquait aux gens et les exterminait par pure distraction. Elle-même y avait cru. Jusqu'à ce jour.

— Est-il donc vrai, demanda à Amelia le vieux Highlander aux traits burinés, que vous avez envoyé le célèbre Boucher au tapis rien qu'avec une pierre ? Une délicate petite jeune fille comme vous ? (Il leva son gobelet d'un air badin.) Je parie qu'il y a plus d'un Anglais que ça impressionnerait !

Tout le monde se mit à ricaner, à l'exception d'Angus.

— Ce n'est pas une délicate petite jeune fille, leur assura Duncan, sans la quitter des yeux. Et, je vous le promets, j'y réfléchirai à deux fois avant de me frotter de nouveau à elle, surtout dans l'obscurité. Je ne peux que donner le même conseil à tous ceux ici présents qui oseraient tenter leur chance. Quand elle refuse de céder, elle n'est pas du genre à abandonner. Vous feriez donc bien de garder vos mains dans vos poches, les gars, si vous ne voulez pas qu'elle vous défonce le crâne avant même que vous puissiez vous en rendre compte.

Des éclats de rire retentirent, mais le silence se fit quand Angus lança :

— Ça n'a rien de drôle. Elle essayait de rejoindre le campement des Anglais, au loch Fannich, et elle leur a révélé où nous étions. Elle préférerait nous savoir tous enfermés dans une cellule, plutôt qu'ici en train de boire un bon whisky écossais.

Tous les regards se tournèrent vers elle.

— C'était avant, tenta-t-elle d'expliquer. Avant de savoir sur quel genre d'hommes j'allais tomber.

Elle était encore totalement bouleversée et secouée à l'idée que ses convictions à propos de ces sauvages d'Écossais et des soldats anglais puissent à ce point ne plus avoir aucun sens. Pourquoi son père ne l'avait-il pas préparée à tout cela ? Comment avait-il pu lui faire croire que tout était soit blanc, soit noir ? Qu'il y avait le bien et le mal, et que l'Angleterre incarnait incontestablement le bien ?

— Oui, intervint Craig, semblant comprendre ce qu'elle voulait dire. Ce n'est pas parce qu'un homme porte une tunique rouge avec des boutons en laiton et une paire de bottes bien cirées que cela fait de lui quelqu'un en qui vous pouvez avoir confiance. Pas plus que ça ne fait de lui un homme d'honneur.

— Je le sais, à présent, répondit-elle en baissant les yeux. Et je saurai m'en souvenir.

— Voilà qui est sage, ajouta gentiment Beth. Il est impossible de juger l'honneur d'un homme à son uniforme. Ce n'est que du lin et de la laine. Mais, pour être juste, je dois avouer que je suis tombée plus d'une fois sur de charmants Anglais, par le passé, ainsi que sur des Highlanders malhonnêtes qui n'hésitent pas à vous plumer dès que vous avez le dos tourné. Ça fonctionne dans les deux sens, ne l'oubliez jamais.

Elle saisit son gobelet de vin et en but une gorgée.

— Que faites-vous donc avec cette fière Anglaise ? demanda le vieil homme à Duncan. Je suppose que vous avez l'intention de vous servir d'elle pour atteindre Bennett...

— Effectivement, répondit Duncan. Et je vous serais reconnaissant de propager la nouvelle. Je veux qu'il sache que je détiens sa fiancée, et que je le poursuivrai jusqu'en enfer pour m'assurer que justice soit rendue.

Amelia fut parcourue par un frisson. Elle ne put s'empêcher de penser à Richard, dont elle avait toujours cru qu'il ne faisait qu'accomplir son devoir contre cette rébellion. Elle s'était toujours imaginé qu'il participait à des batailles rangées mais, manifestement – après tout ce qui s'était produit cette nuit-là –, elle était forcée d'admettre que les soldats anglais n'étaient pas tous aussi nobles qu'elle l'avait cru, et qu'il était tout à fait possible que Richard ait commis quelques horribles méfaits.

Craig s'enfonça dans son fauteuil et tendit ses longues jambes.

— Il sait déjà que vous êtes à sa poursuite. C'est la raison pour laquelle vous n'êtes toujours pas parvenu à mettre la main dessus. Il fait de son mieux pour vous échapper.

— C'est un foutu pleutre, grommela Angus d'un ton amer.

— Personne dans cette maison ne vous dira le contraire, confirma le vieillard. Et sachez tous les deux que ce Bennett est passé par Invershiel, hier, et qu'il est en route pour Moncrieffe Castle, pour s'entretenir avec le comte.

— Avec le comte ? répéta Amelia, qui sentit renaître ses espoirs. Serions-nous sur les terres de Moncrieffe, ici ?

Il était difficile de penser qu'il puisse y avoir un palais somptueux où que ce soit dans les environs, avec des jardins impeccables, des serviteurs, et une magnifique collection d'incunables et de tableaux italiens. Si elle réussissait à gagner le château, le comte se souviendrait certainement de son père et l'aiderait à aller retrouver son oncle.

— Non, ma belle, répondit Duncan d'une voix ferme. Le comte est un MacLean, et nous sommes à présent sur les terres des MacKenzie.

— Et Dieu merci, ajouta le père de Beth. Ce sale MacLean est le fils bâtard d'une putain et d'un traître à l'Écosse. Son père se retournerait dans sa tombe s'il savait ce que son fils est devenu. Croyez-moi, ce perfide Écossais n'aura que ce qu'il mérite.

— Mais qu'a-t-il bien pu faire pour mériter une si affreuse réputation ? voulut savoir Amelia. (Chacun lui lançant un regard noir, elle se hâta de préciser sa pensée.) Mon père l'a rencontré, un jour. Et il le considère comme un homme d'honneur. Il était persuadé que le comte souhaitait faire la paix avec l'Angleterre.

Le père de Beth pouffa de rire.

— Il donnera à Bennett tout ce qu'il demande si ça peut l'aider à gagner l'oreille du roi. Tout ce qu'il veut, c'est plus de terres, et plus de richesses. Il lui fournira probablement tous ses hommes pour l'aider à pourchasser notre Boucher et à mettre sa tête au bout d'une pique au sommet de la tour de Londres.

Angus se mit à faire les cent pas devant la cheminée.

— La seule tête qui finira au bout d'une pique, c'est celle de Bennett.

— S'il plaît à Dieu.

Le vieillard leva son verre et but une nouvelle gorgée.

Beth se redressa brusquement.

— Eh bien, je m'en veux de mettre un terme à ces réjouissances, messieurs, mais le matin arrive. Les vaches ne vont pas tarder à se plaindre, et les enfants vont se réveiller.

Craig l'imita.

— Quels sont vos projets ? demanda-t-il à Angus et à Duncan. Vous pouvez rester ici aussi longtemps que vous le souhaitez.

Duncan se leva, lui aussi.

— Nous allons reprendre la route dès aujourd'hui, mais nous vous serions infiniment reconnaissants si vous pouviez nous dépanner avec quelques provisions et si la demoiselle pouvait dormir dans un endroit tranquille. La nuit a été longue, et j'ai bien l'impression qu'elle est épuisée.

— Vous pouvez prendre la chambre du fond, proposa Beth. Les enfants vont bientôt se lever, et je leur demanderai d'aller chercher la baignoire et de faire chauffer un peu d'eau pour que vous puissiez prendre un bain.

Amelia poussa un soupir de soulagement.

— Je vous remercie, Beth.

Duncan s'approcha d'Angus et lui glissa à l'oreille :

— Où sont les autres ?

— Ils s'occupent du campement, lui répondit-il. Ils ne devraient pas tarder à arriver.

Le Boucher jeta un coup d'œil à Amelia avant de s'entretenir de nouveau en privé avec Angus, mais elle tendit l'oreille pour écouter.

— Dis à Gawyn de monter la garde sous la fenêtre de la demoiselle, chuchota-t-il. Et surveille aussi la porte.

— Je m'en occupe.

— Et envoie Fergus porter un message à mon frère, ajouta-t-il. Je veux qu'il sache où nous allons.

Il avait un frère ?

Elle croisa son regard froid et indéchiffrable un court instant, avant qu'il quitte la chaumière, la main sur la poignée de son épée.

Quelques heures plus tard, après un profond sommeil sans rêves et un bain chaud bien mérité, Amelia se sentit enfin mieux dans sa peau, débarrassée de la crasse accumulée durant plusieurs jours à cheval et du souvenir de ce répugnant soldat anglais qui l'avait agressée sur la plage. Elle était en train de se tresser les cheveux et d'écarter le rideau qui faisait office de porte à la chambre du fond quand elle se heurta brusquement à Duncan.

— J'ai cru que vous ne sortiriez jamais de cette pièce, souffla-t-il.

Elle avait l'impression d'avoir une boule de feu dans le ventre. Moins de cinq minutes auparavant, elle était encore nue, s'étant crue seule dans la petite chaumière. Elle ne l'avait pas entendu entrer et était agacée à la pensée qu'il ait pu l'observer prendre son bain par une fissure dans le mur, ou l'écouter fredonner d'une voix rêveuse. Son corset lui sembla soudain beaucoup trop serré.

— J'avais l'impression d'être morte et d'être arrivée au paradis, dit-elle d'un air détaché. Je croyais que j'étais seule.

Le regard du Highlander se mit à briller, et elle entendit sonner le tocsin dans son esprit, tandis que s'imposait à elle le souvenir de la sensualité de ses lèvres effleurant les siennes dans la clairière. Elle faillit perdre l'équilibre tant il se tenait près d'elle.

— Je voulais vous remercier, déclara-t-il, pour ce que vous avez fait cette nuit. Vous auriez pu me laisser mourir dans les bois, mais vous m'avez amené ici.

— On ne peut pas dire que j'avais le choix. Je ne serais pas allée bien loin, toute seule. De plus, ces soldats anglais…

Il lui fut inutile de continuer. Il hocha la tête d'un air compréhensif, ce qui donna à la jeune femme l'étrange impression de ne pas être à sa place. À vrai dire, elle était extrêmement soulagée qu'il soit encore en vie. Malgré tout ce qui s'était produit, elle n'aurait jamais pu supporter de l'avoir tué. Surtout après ce qu'il avait fait pour elle au lac.

Ils appartenaient toujours à des camps opposés, naturellement – c'était un jacobite écossais alors qu'elle était loyale envers le roi d'Angleterre –, mais leur opposition paraissait moins personnelle. Moins virulente, comme tapie dans l'ombre. Et elle ignorait ce qu'il fallait en penser.

Il fit tournoyer sa hache dans sa main, puis la glissa dans son ceinturon.

— Vous sentez bon, ma belle. Comme l'autre matin dans la grotte, quand j'ai dû refréner ma violente envie de me jeter sur vous.

— Manifestement, votre envie est toujours aussi forte, lui rétorqua-t-elle en faisant preuve d'un peu de hauteur badine pour masquer sa gêne. Heureusement, j'ai été suffisamment prompte à enfiler ma robe, sinon, vous auriez risqué un nouveau coup sur la tête.

Il la regarda d'un air amusé, les yeux aussi brillants que des pierres précieuses, et les braises de l'excitation se consumèrent sous sa peau, lui mettant les nerfs à vif. C'était aussi palpitant qu'un feu d'artifice.

— Ça vous ennuie si je profite de votre bain ? demanda-t-il. (Sans attendre la moindre réponse, il commença à défaire sa broche et à ôter son tartan.) Vous me remercierez, plus tard, quand on se retrouvera tous les deux sur Turner. Vous préférerez quand je me serai rasé, ça m'évitera de vous irriter la peau quand je serai serré contre vous.

Pourquoi se sentait-il obligé de dire des choses pareilles ? Son cœur se mit à battre la chamade.

Elle fit un effort considérable pour prendre un ton détaché en se déplaçant de côté à petits pas, car ils étaient tous les deux bloqués entre un placard et une chaise. Elle n'avait que trop conscience de son torse musclé, qu'elle frôlait de la pointe de ses seins. Son cœur battait comme jamais et elle dut redoubler d'efforts pour s'empêcher de rougir, car elle aurait préféré mourir plutôt que de lui permettre de constater l'effet qu'il lui faisait.

— Je saurai l'apprécier à sa juste mesure, finit-elle par répondre. Parce que vous empestez la sueur.

Il gloussa doucement, et prit une voix grave et sensuelle.

— J'étais dans la cour avec les gars, on tapait dans un ballon.

— Quelle merveilleuse façon de faire passer le temps.

— Il y en a de meilleures.

Il recula sous le rideau, qui retomba gracieusement derrière lui, ondoyant une seconde ou deux sous l'effet de l'air avant de se figer complètement. Amelia se retrouva toute seule dans la pièce de devant, désemparée et profondément perturbée par l'excitation qui parcourait chacun de ses muscles et de ses membres. Elle avait l'impression d'être faite de cire chaude, et qu'il ne restait au Highlander qu'à la toucher pour qu'elle se plie à sa volonté.

Au bout de quelques instants, elle entendit des bruits d'éclaboussures dans la baignoire et sut qu'il était entièrement immergé, nu, comme elle peu de temps auparavant. Le fait d'y penser – d'imaginer le magnifique spectacle de sa nudité, et de l'eau qui se déversait sur lui, caressant ses muscles aussi puissants qu'harmonieux – était plus que déconcertant.

Elle s'éloigna du rideau et se mit à chercher une activité pour s'occuper l'esprit, mais elle n'était pas chez elle, et même si cela avait été le cas, elle n'aurait pas eu la moindre idée de ce qu'il y avait à faire. C'était la fille d'un aristocrate, et elle s'en était toujours remise à ses serviteurs pour tout ce qui concernait les tâches ménagères.

Mal à l'aise et ne tenant plus en place, Amelia se dirigea doucement vers la porte et l'ouvrit. Les rayons du soleil lui réchauffèrent le visage. Elle leva la main pour se protéger les yeux et observa les enfants, qui jouaient encore au ballon dans la cour de l'écurie, quand, soudain, la figure rougeaude de Gawyn surgit devant elle.

— Comment ça va, ma belle ?

Elle sursauta.

— Gawyn ! Vous êtes obligé de me surprendre comme ça ?

— Duncan m'a demandé de surveiller la porte, se justifia-t-il. Je me contente d'obéir aux ordres.

— Je vois, répondit-elle en prenant une profonde inspiration. Eh bien, je n'ai pas l'intention de m'enfuir.

Je n'ai rien à faire, alors je me suis dit que ce serait une bonne idée de voir ce que les autres font.

— Ils jouent au ballon, ma belle. Et je ne croyais pas que vous étiez en train de vous échapper. Je suis là pour monter la garde contre les Anglais. On ne sait jamais quand ces vauriens de tuniques rouges vont vous voler quelque chose. Je suis sûr qu'il est inutile de vous rappeler les soldats du loch.

Amelia s'éclaircit la voix.

— Eh bien, je vous remercie. Je vous suis reconnaissante de vos efforts.

Il la salua avec galanterie.

— Vous savez ce que Duncan a prévu, aujourd'hui ? s'enquit-elle pour bavarder. Va-t-on rester ici une nuit de plus ?

— Non, ma belle. On va partir très bientôt. On va aller au sud, vers Moncrieffe. C'est à deux jours d'ici.

— Moncrieffe ?

À l'idée de voyager vers le sud, vers une petite poche de civilisation au milieu d'un pays de sauvages, son cœur cessa de battre. Quelle bonne nouvelle ! Peut-être Duncan la remettrait-il au comte – dans l'éventualité où il aurait décidé de la laisser en vie, ce qu'elle pensait désormais être le cas. C'était du moins ce qu'il lui avait promis la nuit précédente. Et, ce matin-là, il lui semblait vraiment redevable de l'avoir sauvé. Il devait d'ailleurs sans doute considérer son bien-être et son bonheur comme une question d'honneur, à présent.

Mais elle se souvint alors de son principal objectif, qui ne consistait en rien à la conduire en lieu sûr, et se sentit soudain envahie d'un doute. Peut-être lui était-il redevable – et il avait sans doute aimé tenter de la séduire un instant auparavant –, mais il était encore sur les traces de Richard, et, quand ils arriveraient à Moncrieffe, il faudrait certainement que celui-ci se batte pour sauver sa peau et sa réputation au cours de la sanglante bataille qui s'annonçait.

— Je vous remercie, Gawyn, conclut-elle avant de se retirer dans la chaumière et d'en fermer la porte.

Tout était calme, à l'intérieur. Presque trop. Il n'y avait aucun bruit d'éclaboussure, ni de frottement de rasoir, ce qui la poussa à se demander si Duncan ne s'était pas endormi dans son bain.

— Oui, ma belle, c'est vrai, dit-il depuis la pièce du fond, réduisant à néant sa théorie quand elle entendit sa voix grave si séduisante, derrière le rideau. On prend la direction du sud, vers Moncrieffe, aujourd'hui. Je ne doute pas que vous soyez ravie de la nouvelle.

— J'en suis enchantée, vraiment, répondit-elle en s'efforçant de garder un ton léger et détendu. Même si ça a nettement moins d'importance maintenant que j'ai pris un bon bain chaud, ajouta-t-elle d'un air détaché. J'ai l'impression d'avoir rajeuni, et me sens prête à conquérir le monde.

— Moi aussi, lui fit-il remarquer en provoquant des éclaboussures. Et je dois reconnaître que le plaisir de paresser là, dans cette eau chaude – avec le doux parfum de votre peau nue partout autour de moi – m'a guéri de mon mal de crâne. (Elle traversa la pièce en l'écoutant.) Vous feriez donc bien de rester sur vos gardes, ma belle. Vous êtes plus en danger que jamais.

Son cœur se remit à battre la chamade, elle détestait que Duncan puisse susciter un tel désir en elle. Sans compter qu'il le faisait sciemment. *Bien sûr.*

— Vous savez, poursuivit-il, je ne peux m'empêcher de me demander où j'avais la tête, au fort, quand j'ai arraché votre chemise de nuit et que je vous ai jeté cette jupe avec un tel empressement, en vous ordonnant de vous habiller. J'ai laissé passer ce moment sans vous porter toute l'attention que vous méritiez.

Pressant son oreille contre le rideau, elle s'efforça de conserver une voix ferme et posée.

— Je vous assure, Duncan, que j'aurais vraiment mal accueilli tant d'attention. Inutile, donc, de vous en vouloir. Vous n'avez manqué aucune occasion. Soyez-en sûr.

Elle perçut de nouveaux bruits d'éclaboussures, puis on ouvrit brusquement la porte principale. Beth franchit le seuil avec un panier d'œufs et se figea en apercevant Amelia. Elle lui adressa un haussement de sourcils et lui indiqua le rideau d'un geste, comme pour dire qu'elle savait parfaitement ce que la jeune fille était en train de faire et qu'elle la comprenait. Que, en effet, Duncan était un magnifique spécimen de virilité et qu'il était naturel qu'Amelia – ou que n'importe quelle femme, d'ailleurs – tente de jeter un coup d'œil pendant qu'il prenait son bain.

Furieuse contre elle-même de s'être laissé surprendre dans une posture si embarrassante, Amelia poussa un brusque soupir.

Beth déposa le panier d'œufs sur la table et ressortit. Elle referma la porte derrière elle, ce qui fit voleter le rideau. Il y avait désormais un interstice entre le mur et l'étoffe, ce qui signifiait qu'une personne dans la position d'Amelia était parfaitement en mesure d'en profiter pour regarder. Enfin, si la personne en question était tentée de le faire.

Elle entendit Duncan se lever et sortir de la baignoire en déplaçant une grande quantité d'eau.

Elle regarda aussitôt par l'interstice. Il aurait aussi bien pu s'agir d'une statue en bronze, lisse et brillante, tel Neptune jaillissant des eaux. De l'eau s'écoulait le long de son corps extraordinairement musclé, formant de nombreux ruisselets argentés.

C'était la première fois qu'elle voyait un homme nu. Elle avait déjà admiré des œuvres d'art, naturellement, mais jamais un tel chef-d'œuvre de virilité en chair et en os.

Les lèvres entrouvertes, elle continua à contempler sa taille fine, son fessier ferme et ses cuisses puissantes. Elle était aussi surprise que fascinée et, même en sachant qu'il lui était toujours possible de se détourner, elle ne pouvait s'y résoudre. Elle était comme enracinée, le regard rivé dans l'interstice entre le mur et le rideau, incapable de déglutir ou même de cligner des yeux.

Puis, l'eau ruisselant sur les épaules luisantes et les bras musclés du Highlander, elle remarqua les cicatrices. Certaines étaient petites, comme de minuscules encoches dans sa peau, tandis que d'autres s'étalaient larges et profondes. Il en avait une aussi longue que l'avant-bras de la jeune femme, en forme de croissant de lune.

Combien de batailles cet homme avait-il menées ? Était-il fait d'acier ? Il semblait invincible. Inutile de se demander pourquoi c'était une telle légende. Personne ne pourrait le vaincre ou le tuer, que ce soit avec un couteau, une épée ou une pierre. Pour une raison inconnue, elle se mit à l'imaginer dans les bras d'une femme. « Nous n'avons peur ni de grogner, ni de donner des coups de reins, ni de nous servir de notre langue pour satisfaire nos femmes. »

Son ventre lui brûlait. Elle n'avait pas oublié ses paroles, ni de quelle manière il avait pressé son corps contre le sien et l'avait plaquée au sol, le matin de son enlèvement.

Il avait grogné et donné des coups de reins. Elle se souvenait de chaque instant. De chaque mouvement, de chaque sensation…

Duncan s'empara de sa chemise, l'enfila puis revêtit son tartan et boucla son ceinturon, sans oublier de fixer la broche sur son épaule. Il tendait la main vers ses armes quand Amelia sortit enfin de sa stupeur et se rendit compte qu'il n'allait pas tarder à franchir le rideau. Elle recula, chercha à se donner une contenance, manqua de renverser un pot de lait avec son coude, puis se dirigea vers le panier d'œufs, sur la table. Qu'allait-elle bien pouvoir en faire ?

Le Highlander écarta le rideau avec un bruissement à peine audible, mais elle se retint de se retourner. Elle était incapable de faire quoi que ce soit d'autre que d'écouter le léger bruit de ses pas. Il s'approchait, lentement, derrière elle.

Son parfum l'enivrait. Même s'il ne s'agissait pas d'eau de rose. Ce n'était que lui et l'odeur musquée de ses vêtements, de son tartan et du cuir. C'était le parfum de l'Écosse.

Elle ressentit sa présence. Si près qu'il lui effleurait le dos avec son torse. Il déposa les mains sur ses hanches, et elle eut aussitôt la chair de poule.

— Vous m'observiez, n'est-ce pas ? lui chuchota-t-il à l'oreille.

Il était inutile de lui mentir. Il s'en apercevrait.

— Oui.

Elle eut l'impression que ses os étaient en train de fondre sous la chaleur de sa peau.

— C'est la première fois que vous voyez un homme nu ?

Elle hocha la tête.

— Naturellement. On ne vit pas comme ça, d'où je viens. On tient les demoiselles à l'écart de ce genre de choses.

— Même après le mariage ?

— Comment le saurais-je ?

Il demeura immobile, mais elle sentit encore son souffle chaud contre son oreille. Son rythme cardiaque s'accéléra étrangement. Autour d'elle, l'univers sembla se figer.

Puis il finit par reculer, et elle poussa un brusque soupir.

— On part bientôt, déclara-t-il.

Elle était incapable de lever les yeux du panier d'œufs, de se tourner et de le regarder en face. Elle était trop mal à l'aise. Elle l'avait observé prendre son bain. Elle avait été émue à la vue de son corps viril. Et il s'en était rendu compte.

Mais, au moins, cette fois, il se montra suffisamment magnanime pour ne rien ajouter. Il se contenta de passer devant elle et de sortir.

Chapitre 10

Richard Bennett se leva dans son bain chaud parfumé à la rose et aurait bien aimé pouvoir se réjouir de cette sensation de propreté, mais cela lui était impossible. Pas pour le moment, il se sentait encore par trop irritable. Il avait chevauché toute la journée et une partie de la nuit pour gagner Moncrieffe Castle, mais il n'avait pas l'impression d'avoir gagné énormément de terrain, dans cette frustrante poursuite. Amelia était encore prisonnière du Boucher – si elle était encore en vie –, et Richard ignorait où concentrer ses recherches.

Il se retourna et claqua trois fois des doigts à l'intention d'un domestique personnel de Moncrieffe, qui semblait rêver tout éveillé.

— Hâtez-vous, je vous prie ! Il fait un froid glacial, ici !

Le serviteur se précipita avec une gigantesque serviette en lin, qu'il tenait tendue entre ses deux mains.

— Je croyais que c'était censé être confortable, ici. Mais je suppose qu'il est impossible de se débarrasser complètement de l'humidité, aussi loin au nord. Arrive-t-il au soleil de briller, par ici ?

Il s'enroula dans la luxueuse étoffe, mais l'air putride des Highlands le glaçait toujours autant.

— Parfois, monsieur.

Richard jeta un coup d'œil par-dessus son épaule en direction du petit serviteur trapu du comte, qui reculait lentement.

— Ce sont mes cicatrices que vous regardiez, n'est-ce pas ? Vous voilà muet, à présent, en constatant à quel point je suis hideux.

L'homme continua à observer fixement le sol.

— Non, colonel.

Face à la soumission de l'homme, l'agacement de Richard se dissipa légèrement.

— Allons, soyez franc. Vous ne pouvez pas prétendre ne pas les avoir remarquées. Je ne veux pas d'un menteur dans mes pattes. De plus, je suis capable de supporter la vérité. J'ai connu bien pire. Comment croyez-vous que je me les suis faites ?

Il sortit de la baignoire, faisant dégouliner de l'eau partout sur le plancher ciré.

Le valet leva prudemment les yeux.

— Elles ont l'air affreusement douloureuses, monsieur.

— Pas du tout, rétorqua Richard. Je les ai depuis une éternité. Je ne les sens plus. C'est simplement que ça me vexe quand quelqu'un les regarde et réagit comme vous venez de le faire.

Il se frotta la tête avec la serviette de lin pour se sécher les cheveux.

— Sinon, dites-moi, mon brave… que savez-vous de cet infâme Boucher que j'ai le plaisir de pourchasser ? La population de ce pays est-elle au courant qu'il a enlevé une demoiselle anglaise dans son lit ? Ces gens savent-ils qu'il s'agit de la fille d'un grand héros de guerre qui a jadis tenté d'aider l'Écosse en négociant la paix ? Ils pourraient au moins prendre ce fait en considération. Allons, les serviteurs ont des oreilles partout. Que pensent les fermiers des manœuvres du Boucher ? Il doit bien y en avoir qui les désapprouvent…

Le valet demeurant muet, Richard continua d'exprimer le fond de sa pensée.

— Je sais que le comte est quelqu'un de civilisé, un gentilhomme, même, d'après certains. Mais qu'en est-il de la population, à l'extérieur des murs du château ? Suis-je entouré de personnes éclairées, ou ce lieu grouille-t-il de jacobites comme le Boucher, assoiffés de sang anglais ? Vaut-il mieux que je ne dorme que d'un œil ?

Le domestisque alla chercher le peignoir de Richard, étendu sur le lit à baldaquin.

— Je vous garantis que vous êtes en sécurité, ici, colonel Bennett. Dans l'enceinte du château. Et il est possible de verrouiller la porte de l'intérieur.

Richard s'approcha du valet, qui lui présentait son peignoir.

— On peut verrouiller la porte, dites-vous ? Je ne suis donc pas en si parfaite sécurité, alors.

Le serviteur s'éclaircit la voix avec une certaine nervosité.

— Je ne voudrais pas qu'il vous arrive quoi que ce soit, colonel. Je suis certain que Sa Seigneurie a hâte de vous rencontrer et de vous écouter exposer les méfaits du Boucher. Elle acceptera de vous aider par tous les moyens.

Richard laissa tomber la serviette par terre et glissa les bras dans les manches amples de son peignoir.

— J'espère bien. Il est de notoriété publique que le comte n'hésite jamais à venir en aide au roi. Du moins, quand cela se révèle lucratif.

Le valet se baissa pour ramasser l'étoffe brodée et la plia dans ses bras.

— Mon maître n'acceptera jamais que l'on puisse faire du mal à une innocente. Il vous accordera toute son attention dès demain matin.

— Eh bien, je l'espère, dit Richard en nouant la ceinture de son peignoir. Il a énormément bénéficié de ses négociations avec le duc de Winslowe, au printemps dernier, et c'est de la fille de cet aristocrate que la vie est en jeu. J'ose croire que le comte se sentira quelque peu… redevable, à cet égard.

— Redevable…, répéta le valet, cédant presque à la panique. Oui, colonel Bennett. Le comte comprend parfaitement ce que sont une dette et un devoir. Et il ne désire que la paix.

— Naturellement.

Épuisé, et ayant besoin d'une bonne nuit de sommeil, Richard se hissa sur le lit de plumes moelleux et posa la tête sur l'oreiller.

— En attendant, fit-il, apportez-moi un peu de ce fameux whisky de Moncrieffe. J'ai entendu dire que c'était le meilleur.

— Oui, colonel. Je vous en fais parvenir une bouteille sur-le-champ.

— Je compte sur vous.

— Comment prévoyez-vous d'affronter Richard, une fois que nous aurons atteint le château ? voulut savoir Amelia.

Duncan et elle chevauchaient au cœur d'une forêt ombragée, animée par les pépiements de pinsons, de bruants et de fauvettes, qui battaient leurs minuscules ailes, à la cime des arbres. Une douce brise chuchotait et soupirait entre les branches des sycomores touffus, telle une délicate caresse, et Amelia comprit qu'elle aimait la tranquillité de ce lieu bien plus qu'elle n'aurait dû. Ce n'était pas un havre de paix. C'était le chemin qui les menait à la guerre personnelle de Duncan, et il n'allait pas tarder à se couvrir de sang.

— Tout le monde sait que le comte de Moncrieffe ne supporte pas la rébellion jacobite, ajouta-t-elle. Et qu'il a juré fidélité au roi. Il aura sûrement constitué une armée pour répondre à la menace que vous représentez.

— Sans doute, répondit Duncan. Mais n'avez-vous pas entendu ce que le père de Beth a dit, à la chaumière ? Que le père du comte se retournerait dans sa tombe s'il savait ce que son fils était devenu ? Ce fier seigneur était un jacobite indéfectible, et il s'est battu durement à Sheriffmuir, avant d'y trouver la mort, au milieu de nombreux autres fidèles Écossais qui guerroyaient sous ses ordres. Pour cette raison, Moncrieffe Castle est partagé, et tout ce qu'il nous reste à faire, c'est d'en franchir les portes avec nos haches et nos claymores, et, en quelques minutes, deux cents hommes de l'armée du comte viendront se ranger à nos côtés. Ne vous y trompez pas. Votre fiancé n'aura aucune protection, là-bas. Les lieux grouillent de jacobites qui seront plus que ravis de nous le servir sur un plateau d'argent. En fait, je ne serais pas surpris qu'il soit déjà mort à notre arrivée, ce qui serait pour le moins fâcheux.

— Parce que vous voulez le tuer de vos propres mains.

— Oui.

Amelia ferma les yeux.

— Eh bien, tout ça me déçoit beaucoup, car lors de son séjour à Moncrieffe Castle, au printemps dernier, mon père était convaincu que le comte et les membres de son clan étaient des gens civilisés, et qu'ils ne voulaient que la paix.

— Et c'est le cas, mais ce qui fait toute la différence, c'est la manière dont ils vont y parvenir. Pour l'obtenir, certains se battent. D'autres ne font que jacasser et tirer profit de leur signature. Mais je suis las de cette discussion. Changeons de sujet.

S'offusquant de son ton zélé, elle s'efforça néanmoins de poursuivre d'un air détaché.

— De quoi voudriez-vous parler ? Et faites en sorte que ça n'ait aucun rapport avec ce qui s'est produit à la chaumière.

— Pourquoi ? Ça vous a excitée à ce point de voir mon superbe corps nu, ma belle ?

Elle fut incapable de continuer à feindre la désinvolture. Probablement parce qu'elle avait toutes les peines du monde à penser à quoi que ce soit d'autre qu'à son corps dénudé depuis qu'ils avaient repris la route. Toute la matinée, ce souvenir de lui dans la baignoire avait suscité en elle des pensées pour le moins érotiques, et, même si elle essayait par tous les moyens de ne pas y prêter la moindre attention, elle ne parvenait pas à se débarrasser de cette excitation vive et tenace qui l'émoustillait.

— Je vous ai dit que je ne souhaitais pas aborder ce sujet. Ce n'est pas un thème convenable pour une demoiselle.

— Alors, pourquoi l'avez-vous évoqué ? (Il marqua une pause.) Je trouve étrange que vous, les jeunes Anglaises, vous comportiez toujours en fonction de ce qui est convenable ou non. N'avez-vous donc jamais eu envie de vivre franchement et de cesser de dissimuler ou d'enterrer vos désirs ?

— Seriez-vous en train de suggérer que je vous désire, Duncan ?

Il frotta doucement son nez contre sa nuque, et la jeune femme eut aussitôt la chair de poule entre les omoplates.

— Ce n'est pas la question, répliqua-t-il. Et vous le savez, même si je suis certain que vous me trouvez séduisant. Pourquoi en serait-il autrement ?

Il était vraiment incroyable.

— Mais si votre fiancé, poursuivit-il, se conduisait toujours de manière si convenable en votre présence, prenant garde à ses manières, comment pouvez-vous avoir la certitude de connaître sa véritable nature ?

Elle réfléchit un long moment à la question.

— J'ai déjà reconnu qu'il était tout à fait possible que ce ne soit pas le cas.

— Voilà, vous voyez ? Si un homme ne dit pas ou ne se conforme pas à ce qu'il ressent vraiment…

— Mais c'est ce que je vous dis, Duncan. En Angleterre, nous faisons preuve de retenue, et c'est la raison pour laquelle je me sens plus en sécurité là-bas, au milieu de personnes qui se comportent de façon convenable, d'après un ensemble précis de règles de savoir-vivre, qu'avec des gens comme vous, qui vous fiez à vos instincts les plus primaires.

— Vous préférez les hommes qui suivent des règles ? voulut-il en avoir le cœur net. Comme ces soldats au loch ?

Amelia remua sur sa selle d'un air gêné. Il était une fois de plus en train de remettre en cause ses principes fondamentaux, ce qui ne manquait pas de la troubler, parce qu'elle était seule et perdue dans ce pays sauvage. Son père était mort. Si elle n'avait pas un foyer civilisé qui l'attendait, comment pourrait-elle survivre à cette épreuve ?

— Est-on obligés d'en reparler ?

— Oui. Admettez qu'être anglais et avoir de bonnes manières ne fait pas d'un homme quelqu'un de bien et de respectable.

Se demandant s'il était possible d'avoir le dernier mot avec lui, elle fit une moue désapprobatrice.

— Très bien. Je vous rejoins sur ce point. Comment pourrait-il en être autrement ? Vous avez raison. Ces hommes sont des sauvages. Combien de fois vais-je devoir le reconnaître ?

— L'officier aussi. C'était le pire de tous. Admettez-le, ma belle.

— Je l'ai déjà dit, répliqua-t-elle d'un ton agacé. Mais je le répéterai, si ça vous fait change de sujet. C'étaient des sauvages. Surtout l'officier.

Duncan se pencha en arrière.

— Bien joué, ma belle. Vous faites des progrès. Vous souvenez-vous de ce que je vous ai déclaré, le premier jour, quand nous avons fait une halte dans la clairière ?

Bien sûr qu'elle s'en souvenait : « Avant d'en terminer avec vous, je vous montrerai que vos officiers anglais, dans leurs jolies tuniques rouges, peuvent se montrer aussi violents que n'importe quel Écossais en kilt. »

Au bout d'un moment, il ajouta :

— Mais vous n'êtes pas sans savoir que nous avons des règles, nous aussi, en Écosse. Les clans ne seraient rien sans elles. Nous suivons la parole du chef.

— Et vous n'êtes pas sans savoir que tous les Anglais ne sont pas comme ces soldats.

En chevauchant, elle réfléchit à la leçon que Duncan tentait de lui enseigner, et comprit qu'il avait raison sur de nombreux points. Il fallait toujours regarder ce qu'il avait au fond de lui, sous ses couches de vêtements, sous son apparence – même au-delà de son comportement, parfois –, pour saisir la véritable nature d'un être. Elle avait toujours eu conscience de ce principe, naturellement, mais elle n'avait jamais eu autant de mal à comprendre un homme qui ne faisait pas partie de son univers.

Elle réfléchit également à ce qu'elle avait vécu, ces derniers jours. Elle s'était retrouvée nue devant ce guerrier des Highlands, ligotée et bâillonnée, enlevée de force. Elle avait dormi dans une grotte et avait mangé du lapin qu'il venait de chasser. Pour couronner le tout, elle avait failli le tuer d'un coup de pierre, la nuit précédente. Elle ne se serait jamais doutée qu'elle était capable de tout cela.

Comment pouvait-elle prétendre comprendre la nature d'un homme en étant incapable de vraiment connaître la sienne ?

Elle songea à Beth, à ses enfants, et à leur confortable et chaleureuse chaumière. Ils menaient une vie simple et paisible, et, pourtant, son vieux père avait combattu dans nombre de batailles et avait perdu des êtres qui lui étaient chers dans un violent massacre commis par les propres compatriotes d'Amelia.

Puis, l'image de Duncan – son féroce et redoutable ravisseur –, sortant de son bain, ruisselant de gouttelettes d'eau chatoyantes, s'imposa à son esprit. Il était fort, brutal et viril. *Un sauvage? Peut-être. Mais un sauvage incroyablement beau. Et héroïque, à sa manière. Et intelligent.*

Elle repensa à tout ce qu'elle savait de la vie de ce guerrier…

— Ces cicatrices sont-elles douloureuses ? lui demanda-t-elle.

Il hésita. Turner fit un mouvement brusque de la tête et secoua sa longue crinière noire.

— Oui. Parfois, une en particulier me fait mal sans raison, et je me rappelle le moment où on me l'a faite. Je connais par cœur chacune de mes blessures : où j'étais, pour et contre quelle armée je combattais. Je me souviens même du regard de ceux qui me les ont infligées, et si je les ai tués ou non pour sauver ma propre peau.

— Qu'en est-il de celle qui a la forme d'un croissant de lune ? On dirait qu'elle est très profonde. D'où vient-elle ?

Il hésita.

— J'ai chuté dans un ravin, quand j'étais gamin. J'ai dévalé la pente en ricochant comme une pierre.

Elle se tourna brusquement sur la selle.

— Ma parole, ça a dû être terrible !

— Oui. Tout le long de la paroi rocheuse d'un défilé. Je me suis aussi brisé le poignet, et j'ai dû remettre l'os en place moi-même.

Elle grimaça de douleur en imaginant la scène, mais se contenta d'écouter son histoire.

— Quel âge aviez-vous ?

— Dix ans.

— Dieu du ciel ! Mais que faisiez-vous tout seul au sommet d'une montagne ? N'y avait-il aucun adulte pour veiller sur vous, ni pour s'occuper de vous ?

— Non, j'étais seul.

— Pourquoi ? N'aviez-vous donc pas de famille ?

— Si, mais mon père était partisan d'une éducation à la dure. « Du berceau au combat », disait-il toujours. C'est lui qui m'a conduit dans les hauteurs et qui m'y a laissé pour que je puisse retrouver par moi-même le chemin de la maison.

Amelia avait du mal à le croire. Elle ne comprenait pas.

— Pourquoi un père ferait-il une chose pareille ? Vous auriez pu mourir.

— Il voulait que je m'endurcisse, et ça a fonctionné.

— Manifestement. (Elle reprit sa position sur la selle et tenta de se représenter le Boucher à dix ans, se débrouillant seul dans les montagnes avec un bras cassé.) Combien de temps avez-vous passé seul, comme ça ?

— Trois semaines. C'est la raison pour laquelle je suis allé là-haut. J'essayais de me repérer. Mais je me suis affolé quand j'ai entendu un loup hurler contre moi.

— Vous avez dû être terrifié.

— Oui, mais les Écossais savent gérer la peur. On la combat, puis on la tue.

— Un jour, mon père m'a dit que le courage, ce n'était pas l'absence de peur. C'est la manière de se conduire quand on est le plus effrayé.

— Oui, votre père était un homme sage, ma belle. Et brave. Vous êtes sûre qu'il n'était pas écossais ?

Elle gloussa.

— J'en suis absolument certaine.

— Dommage pour lui.

Amelia écrasa un agaçant moucheron sur son cou.

— Que vous est-il arrivé d'autre, au cours des trois semaines que vous avez passé tout seul ?

— Pas grand-chose. J'ai musardé, j'ai cherché de quoi manger, chassé de petits animaux, parfois pour le simple plaisir de leur compagnie. Je me souviens d'un écureuil, qui a rendu mon existence plus supportable, le temps de quelques jours. Je n'avais qu'un couteau, mais j'ai rapidement compris comment me fabriquer une pique, et je me suis mis à pêcher. Ensuite, j'ai façonné un arc et des flèches. Je savais que je me trouvais au nord de chez moi. C'est la dernière chose que m'a dite mon père avant de partir au galop et de me laisser. Je me suis donc contenté de suivre le soleil.

Elle leva les yeux vers le ciel, à travers le feuillage.

— Je n'aurais pas su dans quelle direction aller, à votre place.

— Bien sûr que si, ma belle. Tout ce qu'il faut savoir, c'est que le soleil se lève à l'est. À partir de là, on en déduit tout le reste. (Il se pencha sur elle.) Mais inutile de vous encombrer l'esprit avec ça, poursuivit-il. Vous pouvez vous fier à moi, je sais parfaitement où nous sommes.

— Nous nous rendons à Moncrieffe, déclara-t-elle en attendant sa réponse avec curiosité.

— En effet.

Elle marqua une pause.

— Me remettrez-vous aux bons soins du comte, à notre arrivée ? S'agit-il de votre plan ? Affronter Richard et me relâcher ?

Je vous en supplie, mon Dieu, faites qu'il dise « oui ».

Il blottit de nouveau son nez contre son oreille.

— Non, ma belle. Je ne peux pas vous le promettre. Ni ça, ni quoi que ce soit d'autre.

— Pourquoi ?

— Parce que j'ignore si votre bien-aimé sera là, à notre arrivée. Si ce n'est pas le cas, je vous garderai jusqu'à ce que nous le trouvions. Ou qu'il nous trouve.

— Je vois. (Elle s'efforça de maîtriser ses émotions.) Eh bien, peut-être appréciera-t-il tant le whisky de Moncrieffe qu'il décidera d'y rester quelque temps.

— Priez pour qu'il en soit ainsi, ma belle.

Soudain, Duncan se raidit, et Amelia fut prise de panique quand une lance siffla à leurs oreilles avant d'aller se ficher dans un tronc d'arbre.

— Qu'est-ce qui…

Mais elle n'eut pas le temps d'achever sa question, car leur monture se cabra, et ils basculèrent tous les deux à la renverse. Elle tomba sur son ravisseur avec un bruit sourd, ce qui lui coupa le souffle. Il roula sur le côté, et, avant qu'elle ait pu ne serait-ce que redresser la tête, il s'était relevé, un pied de chaque côté de la jeune femme, sa hache à la main, dégainant sa claymore en produisant un cliquetis terrifiant.

Chapitre 11

Amelia avait encore le cœur battant quand un garçonnet en kilt à la chevelure dorée surgit d'un tronc d'arbre creux. Elle regarda autour d'elle pour voir s'il était seul. Il se leva et les regarda bouche bée, frappé d'horreur.

— J'ai cru que c'était le loup ! s'écria-t-il.

Amelia jeta un coup d'œil au couteau qu'il tenait dans sa main. Il avait les joues sales et les cheveux en bataille.

Duncan rengaina son épée et s'élança, tenant fermement le manche de sa hache.

— De quel loup parles-tu, mon garçon ?

— De celui qui rôde autour du troupeau de mon père !

Duncan s'immobilisa à quelques mètres de l'enfant.

— Ton père est berger ?

— Oui. Mais ça fait deux jours que je ne l'ai pas vu.

Amelia se releva, et épousseta sa jupe pour la débarrasser des particules de mousse et de terre. S'agissait-il encore d'un gamin de dix ans abandonné par son père dans la nature écossaise pour qu'il apprenne à se débrouiller tout seul ? Peut-être était-il suffisamment désespéré pour avoir envisagé de les tuer et de les dépecer pour son dîner.

Ces Écossais… Elle essayait de les comprendre, mais parfois, parfois, elle avait bien du mal.

Tout à coup, le garçon fondit en larmes. Elle se précipita vers lui pour le consoler, mais Duncan leva la main pour l'en empêcher.

Il glissa sa hache dans son ceinturon.

— Allons, allons, dit-il d'un ton ferme. Tu as bien visé. Avec assez de forces et de précision.

Il se laissa tomber sur un genou.

Le frêle garçonnet avait le corps secoué par ses sanglots.

— Je suis désolé. Je ne voulais pas vous faire de mal !

— Ce n'est pas grave. Maintenant, explique-moi ce que tu fais là. Tu as perdu ton père, me disais-tu ?

Le garçon hocha la tête, et son menton se mit à trembler, tandis qu'il luttait pour tenter de maîtriser sa voix.

— Comment t'appelles-tu ? lui demanda Duncan.

— Elliott MacDonald.

Duncan lui laissa le temps de rassembler ses esprits. Il attendit patiemment que le gamin ait séché ses larmes et qu'il ait cessé de pleurer.

— Est-ce que ton père se rendait au marché ? essaya de comprendre Duncan.

— Oui.

— Eh bien, je connais le chemin que les bergers empruntent. Ce n'est pas très loin d'ici. On peut te ramener à lui.

Amelia s'approcha avec précaution, et, cette fois, Duncan la laissa passer.

— Ça va, Elliott ? (Elle se pencha et posa les mains sur ses genoux.) Est-ce que tu es blessé ? Est-ce que tu as faim ?

Elliott jeta un coup d'œil inquiet à Duncan.

— Tout va bien, mon garçon, le rassura-t-il. Elle est peut-être anglaise, mais c'est une amie.

— Elle parle bizarrement.

— Ah, ça oui, alors !

Amelia sentit la tension retomber et esquissa un sourire.

— Oui, je parle bizarrement dans cette région du monde, mais je te garantis que tu n'as rien à craindre de moi.

Le garçon les étudia tous les deux, les observant l'un après l'autre, puis glissa son couteau dans sa botte.

Duncan se redressa.

— J'ai quelques biscuits sucrés dans ma sacoche.

Il fit un signe de tête en direction de sa monture. Par chance, le cheval était revenu après avoir été effrayé par le sifflement de la lance. Il patientait près de l'arbre dans lequel le projectile s'était fiché.

Amelia rassembla les pans de sa jupe dans sa main et se fraya un chemin dans l'épais sous-bois au sol couvert de mousse. Elle rejoignit le hongre et le saisit par la bride avant de le ramener à l'endroit où Duncan et Elliott attendaient. Ils s'installèrent sur le tronc mort, tandis qu'elle fouillait dans les sacoches en cuir et s'emparait des gâteaux que Beth leur avait faits le matin même.

— Tiens, Elliott, dit-elle en lui en proposant un.

L'enfant l'engloutit à la vitesse de l'éclair, puis rota et s'essuya la bouche.

— J'vous demande pardon, s'excusa-t-il. Je n'ai pas mangé depuis hier.

Elle lui en tendit un autre, qu'il dévora tout aussi goulûment.

— Un garçon en pleine croissance comme toi ? s'exclama Duncan. Inutile de se demander pourquoi tu as avalé ces deux biscuits tout rond, alors.

Elle regarda Duncan lui passer la main dans sa chevelure hirsute et se demanda ce que ferait le gamin s'il apprenait qu'il était assis à côté du célèbre Boucher des Highlands. Prendrait-il ses jambes à son cou en hurlant de terreur et en pleurant son père ? Ou en serait-il au contraire ravi ?

Elle compara l'attitude de son ravisseur à celle qu'il avait eue la nuit où il l'avait enlevée au fort, et trouva tout cela très troublant et difficile à comprendre. Qui était le véritable Duncan ? À cet instant, elle n'avait pas peur de lui, n'était pas en colère contre lui. En fait, elle admirait sa façon de parler au garçon.

— Que peux-tu me dire sur ce loup que tu poursuis, lui demanda-t-il. À quoi ressemble-t-il ?

— C'est une femelle. Elle a des taches blanches plus que grises, ce qui fait qu'elle est très difficile à repérer. Elle se fond dans la neige.

— Quel animal astucieux. Ton père sait que tu es perdu ? Tu l'as prévenu que tu chassais la louve blanche ?

— Oui. Au début, il ne voulait pas me laisser partir, mais je lui ai dit que je reviendrais avec ses crocs dans mon sporran.

— Tu l'as vue, aujourd'hui ?

— Non. C'est le problème. Je suis perdu, et elle est probablement en train de se régaler avec l'un des moutons de mon père, à l'heure qu'il est. Et je ne suis pas là pour les surveiller. Mon père doit être fou de rage.

— On dirait qu'il va falloir que tu rejoignes ton troupeau. (Duncan se leva.) Va aider la demoiselle à se mettre en selle, puis va t'asseoir devant elle. Je vais te conduire à la passe, et on va retrouver ton père.

Le gamin s'élança vers la monture mais s'immobilisa et se retourna.

— Il faut que je vous remercie, monsieur. Vous voulez bien me dire comment vous vous appelez ?

— Duncan.

— Vous êtes un MacDonald ?

Le Highlander jeta un coup d'œil à Amelia et hésita avant de répondre.

— Non, mon garçon. Je ne suis pas un MacDonald. Mais je suis un ami.

Elliot se fendit d'un sourire entendu.

— Vous ne voulez pas me le dire, hein ? Vous êtes un fugitif ?

Duncan gloussa.

— Si on veut.

En fait, c'était exactement ça. La tête du Boucher était sérieusement mise à prix.

— Vous n'êtes pas le Boucher, hein ? s'enquit soudain le garçon en levant les sourcils.

Duncan se tourna à nouveau vers Amelia avant de répondre d'un ton calme :

— Non, Elliott.

— C'est dommage. Parce que je vais rejoindre sa bande de rebelles, un jour.

Le Highlander se contenta d'écarter les bras en haussant les épaules, comme pour s'excuser d'être quelqu'un d'insignifiant.

— Enfin, quoi qu'il en soit, lui assura Elliott en s'approchant du cheval, je ne dirai à personne que je vous ai vus. (Il arracha d'un coup sec sa lance de l'arbre.) Et je suis content d'avoir manqué ma cible.

Il attendit joyeusement qu'Amelia ramasse les sacoches, puis lui proposa galamment son aide quand elle voulut se mettre en selle.

Il leur fallut deux heures pour rejoindre le berger et son troupeau, qui paissait dans un vallon fertile sous le merveilleux soleil d'août.

Les rayons de l'astre semblaient tomber du ciel et illuminaient des centaines de moutons blancs cotonneux, tandis que de gros nuages nacrés tutoyaient les sommets les plus élevés. Un oiseau de proie descendait en planant comme en apesanteur et en communiquant avec l'un de ses congénères, tandis que des chiens turbulents aboyaient en parcourant le vallon, poussant le troupeau vers le cours d'eau tumultueux.

Cette vaste étendue émeraude était si magnifique qu'Amelia eut du mal à croire ce qu'elle voyait. Émerveillée, elle huma à pleins poumons le parfum de la terre et de la végétation, qui brillait d'humidité sous le soleil éclatant. Si elle avait été artiste, elle aurait tenté de reproduire ce spectacle sur une toile, pour en garder le souvenir à tout jamais. *Une étrange idée, vraiment, étant donné les circonstances.* Elle étudia néanmoins chaque détail de la scène, déterminée à ne jamais oublier la splendeur divine de cette vision, ni les émotions qu'elle lui avait procurées.

Elliott mit pied à terre d'un bond et se mit à courir.

— Papa ! Papa !

Les chiens continuèrent à aboyer pour signaler leur arrivée et traversèrent la vallée à pleine vitesse pour aller accueillir le jeune garçon.

Le berger remarqua leur présence, lui aussi, et accourut. Duncan, à pied, menant toujours sa monture, s'immobilisa et regarda l'homme se laisser tomber à genoux et serrer son fils dans ses bras.

Le cœur d'Amelia se réchauffa à la vue des retrouvailles du garçon et de son père. Pourtant, en même temps, sa joie se teinta d'une profonde et douloureuse mélancolie quand elle songea à son malheureux père et au chagrin qu'elle avait éprouvé à sa disparition. Que n'aurait-elle donné pour pouvoir s'élancer à son tour dans un vallon écossais et se jeter dans ses bras aimants...

Une boule se forma dans sa gorge, mais elle s'efforça de la repousser et d'éviter de fondre en larmes. Cela ne lui serait d'aucun secours. *Pas ici, et certainement pas maintenant.*

Le berger étreignit son fils puis brandit son grand bâton pour leur faire signe. Duncan s'avança, sa monture le suivit, et Amelia chassa de son esprit toute pensée de son père. Elle porta son attention sur Duncan, car elle était franchement frappée par la personne qu'elle voyait à cet instant précis : quelqu'un d'attentionné, de serviable et d'affable. Un homme auquel on pouvait se fier. L'un de ceux que l'on allait chercher quand on avait besoin d'aide. Quelqu'un sur qui l'on pouvait compter.

Ce n'était plus le Boucher aussi redoutable que violent qui lui était apparu en cauchemar, quelques nuits auparavant, et qui l'avait enlevée dans l'obscurité. C'était un être entièrement nouveau. Ce qui était plus déconcertant que tout.

— Bonjour ! les accueillit le berger, alors qu'il se trouvait encore à bonne distance. (Il portait un kilt, une veste courte brune et un bonnet en tartan planté d'une plume.) Elliott me dit qu'il a failli vous estropier avec sa lance !

— Oui, reconnut Duncan. Ce garçon est drôlement doué. On a de la chance d'être encore là pour vous le raconter.

Le berger approcha, s'arrêta devant Duncan et poursuivit à voix basse :

— Je ne pourrai jamais assez vous remercier de me l'avoir ramené. Ce garçon est toute ma vie. Il n'a plus sa mère.

Duncan hocha la tête.

— Eh bien, vous pouvez être fier de lui. Il est très courageux, c'est le moins que l'on puisse dire.

Le berger se retourna et jeta un coup d'œil à son fils, qui s'amusait avec les chiens en riant.

— Hum. Il a envie d'aller se battre. Il ne supportera pas la moindre menace. Même celle d'une louve qui ne fait que chercher de quoi manger.

— Je vais tâcher de garder un œil sur elle, proposa le Highlander. Elliott me l'a décrite. Elle a des taches blanches.

— Oui, mais je vous préviens, elle est aussi rusée qu'un renard, et elle est capable de vous prendre sournoisement à revers. De toute ma vie de berger, je n'ai jamais vu animal si malin.

— Je saurai me souvenir de votre conseil. Bonne chance avec votre troupeau, MacDonald.

Duncan fit exécuter un demi-tour à sa monture, et Amelia adressa un signe de tête à l'homme au regard chaleureux et amical.

— Bonne journée à vous, ma belle, dit-il en portant la main à son bonnet et en levant les yeux vers elle.

Elle savait qu'il valait mieux qu'elle garde le silence pour dissimuler son accent anglais. Le berger ne lui serait d'aucune aide, de toute façon. S'il découvrait qui elle était, il était probable qu'il se range du côté du Boucher, comme tout le monde dans ce pays.

— Bonne chance, Elliott ! s'écria Duncan, par-dessus son épaule. Je suis sûr que tu vas finir par capturer la louve !

— Oh que oui ! Et merci pour les biscuits.

Duncan continua à guider le cheval pendant quelques minutes avant de s'immobiliser.

— Poussez-vous sur le devant de la selle, ma belle, lui demanda-t-il. Il est temps que je vous rejoigne.

Il glissa un pied dans l'étrier et se hissa derrière elle avant de saisir les rênes à deux mains.

Amelia éprouva des sentiments contradictoires en sentant de nouveau sa présence sur la selle, l'homme serrant les rênes de cuir avec ses mains puissantes, qu'il avait posées sur les cuisses de la jeune femme.

Ils progresseraient plus vite, à présent, se dit-elle, tentant de faire abstraction de son parfum viril quand il piqua des deux et poussa Turner au galop. Ils atteindraient plus vite Moncrieffe, elle serait plus tôt en sécurité et recouvrerait plus rapidement la liberté.

C'était tout ce qu'elle voulait. Être libre et en lieu sûr. À cette fin, elle continuerait à agir comme elle le faisait depuis le début. Elle resterait proche du Highlander afin de gagner Moncrieffe Castle au plus vite et de trouver un moyen de rentrer chez elle. Elle serait courageuse jusqu'à ce qu'il décide de lui rendre sa liberté. Et elle tâcherait de ne pas trop penser à son charme masculin, à son arrogance exaspérante, à ses taquineries et à son séduisant badinage. Elle ne réfléchirait pas non plus à la gentillesse qu'il avait témoignée au garçon et au berger, ni à la façon pour le moins héroïque dont il l'avait sauvée des griffes de ces ignobles soldats anglais, sur la plage.

Non, elle ne songerait à rien de tout cela. Elle chasserait ces idées. Le Boucher se dirigeait vers Moncrieffe Castle. C'était tout ce qui comptait.

Tard dans l'après-midi, alors qu'il commençait à faire chaud et humide, ils firent une halte pour se rafraîchir à un endroit où la rivière était peu profonde. Duncan suait abondamment. Sa chemise de lin pourtant ample lui collait dans le dos. Il s'accroupit, trempa ses mains dans l'eau fraîche, les frotta avec vigueur, puis s'éclaboussa le visage.

Non loin de là, Amelia ôta ses chaussures. Elle avança pieds nus sur les galets, rassembla les pans de sa jupe dans une main et entra dans l'eau jusqu'aux genoux.

Duncan s'installa à son aise. Il étendit les jambes et s'appuya sur ses coudes, observant la jeune femme se pencher, et se mouiller la figure et le cou, comme il venait de le faire. Elle se redressa en fermant les yeux et en rejetant la tête en arrière. Sa chevelure cuivrée descendait jusqu'à ses fesses rebondies.

Du bout des doigts, elle effleura sa gorge et le haut de sa poitrine, semblant se délecter de cette sensation de douceur. Elle avait les joues rouges à cause de la chaleur, et la peau moite. Elle écarta les lèvres et les humecta du bout de la langue. D'un geste lent, sensuel et érotique. Duncan se perdit aussitôt dans un rêve éveillé.

Dans un recoin de son esprit, il imagina Amelia nue au milieu de la rivière, tandis que lui était agenouillé devant elle, à moitié submergé par les flots, faisant rouler sa langue autour des tétons roses de la jeune femme, et explorant son petit nombril. Il savourait le goût salé de sa peau et le doux parfum de son corps, qui l'emplissaient d'un désir dévorant. Faisant courir ses mains le long du galbe de sa taille, il déposait des baisers gourmands sur son ventre et ses hanches. Son sexe se dressa, et il ferma les yeux sur les galets de la berge, pencha la tête en arrière et la tourna vers le soleil avant de prendre une profonde inspiration. La chaleur lui réchauffa le visage et les jambes.

Soudain, il ouvrit les yeux et secoua la tête.

— Merde ! marmonna-t-il en se levant.

C'était la fille du duc de Winslowe. Il ne fallait pas qu'il se laisse aller à de telles rêveries. Pas plus qu'il n'avait de temps à perdre là, au milieu de nulle part, alors que Richard Bennett semait la destruction dans les Highlands.

— Sortez de là ! s'écria-t-il. Il est temps d'y aller !

Surprise, Amelia se tourna vers lui.

— Déjà ? L'eau est si bonne…

— Remettez vos chaussures, poursuivit-il d'un ton irrité. On part.

Il ne la regarda plus jusqu'à ce qu'elle se remette en selle. Puis il guida Turner à la bride pendant près d'un kilomètre avant de se hisser derrière la jeune femme.

À la tombée de la nuit, ils dressèrent leur camp près d'un unique rocher, au sommet d'une colline, sous les étoiles. Le ciel était étonnamment dégagé, et il n'y avait pas un souffle de vent. La lune était pleine – presque trop brillante pour pouvoir la contempler –, et les montagnes dressaient leurs silhouettes pointues contre le ciel crépusculaire.

Duncan fit du feu et réchauffa le porc fumé que Beth leur avait préparé. Ils le savourèrent avec un gros morceau de pain de seigle et des myrtilles bien juteuses qu'il avait cueillies dans la forêt.

À la fin du repas, il s'adossa au rocher et tira une flasque en étain de son sporran.

— Ça, ma belle, c'est du whisky de Moncrieffe, le meilleur d'Écosse. (Il contempla un moment le flacon.) Et Dieu sait que j'en ai besoin, ce soir.

Il le brandit comme pour trinquer, le porta à ses lèvres, y but et le tendit à Amelia.

— Prenez-en une gorgée, vous aussi, reprit-il. Appréciez sa force et vous comprendrez pourquoi nous sommes si fiers d'être écossais.

Elle haussa un sourcil.

— Je vais saisir tout ça rien qu'en buvant un peu d'alcool ?

—Oui, ma belle. Et plein d'autres choses encore.

Elle se tourna vers lui d'un air de défi.

—Je sais très bien ce que vous tentez de faire. Vous essayez de m'effrayer, de me rendre nerveuse à l'idée de me trouver seule ici avec vous.

—J'espère bien que vous avez peur, dit-il. Je suis un grand gaillard de Highlander au sang chaud armé d'une hache, et j'ai des besoins.

Il marqua une pause et la regarda en plissant ses séduisants yeux bleus.

Elle frissonna au caractère suggestif de sa déclaration, mais leva le menton d'un air provocant, car elle était résolue à ne rien lui montrer de sa peur. En même temps, elle eut l'impression qu'il essayait simplement de la prévenir de rester prudente. Il semblait déterminé à la tenir à distance.

Il étendit ses jambes et s'appuya derechef contre le rocher avant de porter une nouvelle fois la flasque à ses lèvres.

—Ah, gémit-il. C'est vraiment ce que l'Écosse a de mieux à offrir. Je suis impatient de savoir comment le comte s'y prend.

—J'ai du mal à croire que vous puissiez être impatient à quelque sujet que ce soit, rétorqua-t-elle. Ne vous contentez-vous pas de vous servir, d'habitude?

Il leva la tête.

—Non, ma belle. Sinon, je vous aurais déjà déflorée depuis longtemps. Et vous m'en seriez reconnaissante.

Elle éclata d'un rire faussement blessé.

— Comme vous avez confiance en vous. C'en est absurde !

— Quand il y va de mes facultés d'amant, rien n'est absurde. Je suis plutôt doué pour satisfaire les femmes.

— Le célèbre Boucher, rumina-t-elle. Aussi doué en amour que pour découper les gens en rondelles. Quelle séduisante palette de talents possédez-vous là !

Elle regarda fixement le flacon. Elle avait soif, et il n'y avait rien d'autre à boire. Et sans aucun doute l'idée de « dormir comme un bébé » avait-elle son charme.

— Il faut que je m'apprête à être éblouie, alors ? (Elle lui arracha la flasque des mains.) Et si je m'évanouissais ?

— Ne vous inquiétez pas, ma belle. Vous tomberiez simplement sur le côté, et l'herbe est moelleuse.

— Sans blague !

Elle regarda la flasque, et en remua le contenu avant de la porter à ses lèvres.

Eh bien ! elle eut l'impression d'avaler du feu liquide. Dès que le whisky se mit à couler dans son gosier, un brasier s'enflamma dans son ventre, et elle se mit à tousser.

— Vous trouvez ça bon ?

Elle parlait comme un vieillard à la voix rocailleuse.

— Oui, ma belle. C'est plus fort que des rognons de bœuf.

Elle ferma violemment les yeux.

— Et ça vous plaît ?

Cramponnée à la flasque, car elle était déterminée à ne pas se laisser vaincre par une boisson écossaise, si illustre soit-elle, elle prit un moment pour se ressaisir. Elle réessaierait dans quelques instants.

Jetant la tête en arrière, elle contempla les étoiles et, bientôt, repensa aux événements de la journée. Elle songea à Elliott, qui avait réussi à survivre tout seul dans la forêt pendant deux jours.

— Le berger que nous avons rencontré nous a appris qu'Elliott n'avait plus sa maman, lui rappela Amelia. Je suis orpheline, à présent, mais, au moins, quand j'étais enfant, je pouvais appeler ma mère en pleine nuit quand je faisais un cauchemar, et elle venait me prendre dans ses bras. Je n'oublierai jamais ce que je ressentais quand j'étais serrée contre elle. (Elle inclina la tête.) Je suppose que ça ne vous est jamais arrivé. Et que vous n'avez jamais appelé qui que ce soit au beau milieu de la nuit.

Il semblait détendu, adossé au rocher. Pourtant, il avait le regard aussi intense que d'habitude.

— J'ai appelé ma mère un nombre incalculable de fois, et elle est toujours venue me voir.

— Vous faisiez des cauchemars ? Et vous aviez une mère ?

— Malgré ce que vous pouvez penser de moi, ma belle, je ne suis pas le rejeton du diable.

Légèrement embarrassée par sa remarque, elle but une nouvelle gorgée. Là encore, le whisky lui brûla la gorge, mais il descendit plus facilement que la première fois.

— Ça vous surprendra peut-être, poursuivit-il, mais ma mère était une femme instruite, de descendance française. Elle m'a enseigné à lire et à écrire, et m'a envoyé à l'école.

Amelia eut un léger mouvement de recul.

— En effet, ça me surprend. Vous êtes allé dans une véritable école ? Où ça ?

— Je ne répondrai pas à cette question.

Néanmoins, elle se promit de la lui reposer un peu plus tard, parce qu'elle était curieuse d'en connaître la réponse.

— Que pensait votre mère de la sévérité de votre père ? lui demanda-t-elle. J'ai du mal à imaginer une femme cultivée se réjouir de voir son enfant traité avec une telle brutalité.

— En effet, elle n'aimait pas ça. Mais elle n'aurait pas osé se dresser contre lui.

— Et vous ? insista-t-elle. Avez-vous déjà tenté de le défier ?

— Oui, à plus d'une reprise, parce que je n'aimais pas toujours ce qu'il me faisait subir, et ce qu'il infligeait aux autres. Mais c'était mon père, et je le respectais. Et si je suis l'homme que je suis aujourd'hui, c'est grâce à lui.

Elle prit une nouvelle gorgée et commença à apprécier le subtil goût aromatique dissimulé sous la force brute du breuvage.

— Mais qu'en est-il du bien et du mal ? s'enquit-elle. Vous a-t-il enseigné quoi que ce soit à ce sujet ?

Ou uniquement comment vous battre et survivre dans les Highlands ?

Il réfléchit un moment.

— C'est une bonne question, ma belle. Je serais incapable de dire si mon père a toujours agi pour le bien, et s'il a tenté de me transmettre un ensemble de valeurs satisfaisant. En fait, je sais que ça n'a pas toujours été le cas. Mais peut-être en suis-je conscient grâce à ce que m'a expliqué ma mère. Elle réfléchissait beaucoup, et m'a appris à raisonner. Quant à mon père… (Il s'interrompit.)… c'était juste un guerrier. Tout en muscles. Qui n'avait pas grand-chose dans la tête.

« Juste un guerrier… Qui n'avait pas grand-chose dans la tête. » Amelia fut choquée de l'entendre prononcer ces paroles.

— Au moins, vous aviez toujours deux points de vue pour influencer votre jugement. Ils ont tous les deux participé à ce que vous êtes aujourd'hui.

Elle avait effectivement remarqué deux aspects bien différents de sa personnalité, au cours de ces derniers jours. Elle avait vu un homme gentil et serviable qui n'hésitait pas à passer la main dans les cheveux d'un jeune garçon, tandis qu'auparavant, elle avait été témoin de la fureur du Boucher. Il avait jeté un officier anglais dans un lac sous ses yeux, avant de se lancer à sa poursuite pour le tuer.

Le hurlement d'un loup retentit, dans le lointain, suivi d'un bruit sourd, à proximité. Duncan avait les sens en alerte. Il ramassa son pistolet, qu'il avait déposé dans l'herbe, à côté de lui. Il l'arma et se leva. Amelia resta assise, sans le quitter du regard.

Il dégaina lentement le poignard de sa botte et le lui tendit.

Elle leva les yeux vers lui avec curiosité et croisa les siens avec une certaine ferveur. Elle referma ses doigts sur le manche du couteau. Il lui donnait cette arme pour qu'elle puisse se défendre s'il venait à lui arriver quelque chose. Ou pour l'aider à combattre, si le besoin s'en faisait sentir. Il lui faisait confiance.

Il la désigna du doigt, puis le rocher, lui suggérant d'aller se cacher derrière. Il s'éloigna du feu qui crépitait sans faire le moindre bruit. Il lui tourna le dos un long moment, écoutant avec soin les bruits nocturnes.

Il y eut un nouveau hurlement de loup, mais il sembla très lointain, un simple écho, probablement, provenant de la chaîne de montagnes qui leur faisait face. Pendant un moment, Amelia fut persuadée qu'il n'y avait rien à craindre, jusqu'à ce qu'elle perçoive un bruissement sur l'herbe.

Elle était tétanisée. N'y avait-il jamais moyen d'avoir un instant de répit, dans les Highlands ?

Duncan s'accroupit et tira sa hache de son ceinturon. Amelia rampa derrière le rocher.

Et s'il s'agissait d'un sanglier ? Ou d'un soldat ennemi ?

Sans doute aurait-elle dû être en train de prier pour que ce soit une tunique rouge qui s'approche d'eux avec un mousquet chargé, baïonnette au canon, décidée à en découdre, mais, après ce qui s'était produit sur la plage, elle n'était plus sûre de rien. Tout ce qu'elle savait, c'était que Duncan se tenait entre elle et cet intrus, et, quelles que soient ses motivations, il était prêt à se sacrifier pour la défendre.

Le clair de lune était éclatant. Tant et si bien qu'il était possible de distinguer le bord du flanc de la colline. Scrutant l'obscurité depuis son rocher, Amelia se concentra, le regard perçant.

Finalement, l'intrus atteignit le sommet de la colline et s'assit à moins de dix pas de Duncan, le regarda droit dans les yeux, sans le moindre signe de peur ni d'agressivité.

Chapitre 12

— Restez où vous êtes, lui conseilla Duncan. Il n'avait pas encore baissé son arme.

Amelia était tapie derrière le rocher, le cœur battant, observant cette scène incroyable.

— Qu'est-ce qu'elle veut ? demanda-t-elle à voix basse.

— Elle est simplement curieuse.

C'était la louve blanche, assise paisiblement.

Aucun des deux ne remuait. Duncan était accroupi sur un genou, le pistolet braqué sur l'animal aux dents aiguisées, la hache dans son autre main. Amelia le soupçonnait d'être prêt à la lancer si la louve décidait soudain d'attaquer. Mais rien ne se produisit. Jusqu'à ce que Duncan se redresse lentement, précautionneusement, sur ses talons et baisse son arme.

La louve haletait bruyamment dans l'air frais. Puis elle ferma sa gueule et tourna la tête en direction d'un bruit, l'oreille dressée. Convaincue que ce n'était rien, elle rouvrit la gueule et se remit à panteler. Au bout d'un moment, elle se lécha les babines, posa son museau sur ses pattes et observa Duncan clignant de ses grands yeux.

Amelia sortit de sa cachette. Duncan ne dit rien quand elle s'approcha et s'agenouilla auprès de lui. La louve dressa la tête et huma l'air, avant de se redresser. Puis, sans prévenir, elle se retourna et redescendit la colline en trottinant.

Amelia poussa un soupir de soulagement.

— Je n'ai pas rêvé ?

— Non.

Ils restèrent assis quelques minutes, sans quitter des yeux l'endroit où ils avaient perdu de vue la louve. Pas un brin d'herbe ne bougeait.

— Mais pourquoi ne nous a-t-elle fait aucun mal ? Si elle avait eu peur de vous, ou si elle avait voulu nous dévorer, elle aurait grogné ou nous aurait défiés, non ?

— Je serais prêt à parier qu'elle a le ventre plein.

— Je vois. (Amelia garda le silence un long moment.) Donc, si elle revient au petit matin, il y a encore un risque qu'elle fasse de nous son prochain repas.

Il rangea sa hache dans son ceinturon et se leva.

— C'est possible.

Il lui tendit la main. Elle la saisit et le laissa l'aider à se relever tout en dissimulant le poignard dans les plis de sa jupe.

— Il ne vous est pas venu à l'esprit de l'abattre, Duncan ? C'est sans doute ce qu'Elliott aurait attendu de vous.

— Je crois que le garçon aurait lui aussi eu du mal à le faire, s'il avait été à ma place.

Elle chercha la louve du regard.

— Elle est magnifique, n'est-ce pas ?

— Oui.

Sentant que Duncan la dévisageait, Amelia le regarda dans le bleu des yeux et éprouva une légère ivresse. Une douce brise – la première de la nuit – se mit à souffler et fit voleter sa jupe. Elle repoussa une mèche de cheveux de son visage.

— Retournons près du feu, préconisa-t-il.

Ils regagnèrent ensemble leur petit camp, et Duncan étala une fourrure par terre.

— Vous dormirez avec moi, cette nuit, reprit-il. Au cas où elle reviendrait.

Sans l'animal, Amelia aurait refusé catégoriquement mais, là, elle ne pensait pas pouvoir s'endormir, sinon. Et sans doute se sentait-elle aussi plus sereine à cause du whisky, sans parler du poignard qu'elle tenait dans sa main.

Elle contourna le feu mourant pour aller le rejoindre. Avant de se coucher, toutefois, il la regarda d'un air malicieux.

— Je vais récupérer mon couteau, maintenant, ma belle.

Elle soupira.

— Vous ne me faites pas confiance ?

— Non.

Elle hésita un instant avant de comprendre qu'il serait inutile de discuter. D'ailleurs, après ce qui s'était produit la nuit précédente, elle n'avait nullement envie de se retrouver en position d'avoir à choisir entre sa liberté et la vie de Duncan. Il l'avait protégée de ces soldats et de la louve. Elle ne pouvait décemment pas le tuer. Pas pour l'instant. *Jamais*, supposa-t-elle.

Elle lui tendit l'arme. Il la glissa dans sa botte avant de se laisser doucement tomber à genoux.

— Tâchons de nous reposer un peu.

Ils s'étendirent côte à côte, comme dans la grotte, le premier jour. Amelia se tourna vers le feu, et il se blottit dans son dos, plaquant ses genoux derrière les siens. Il jeta son tartan sur eux deux.

— C'est assez confortable ? demanda-t-il.

— Oui.

Elle était en effet bien au chaud, même si elle était loin d'être détendue.

Ils restèrent un long moment sans rien dire, puis, quand elle commença à comprendre qu'elle n'allait pas tarder à s'endormir, il prit la parole.

— Je peux vous poser une question, ma belle ?

— Quelque chose me dit que je ne pourrai pas vous en empêcher…

Il hésita.

— Pourquoi avez-vous accepté d'épouser Richard Bennett ? Vous semblez relativement intelligente, et je n'ai pas l'impression que vous soyez aveugle. Vous m'avez dit que vous l'admiriez parce que c'était un gentilhomme, mais ils se pavanent par dizaines dans les salles de bal de Londres. Pourquoi lui ? Est-ce parce qu'il a sauvé la vie de votre père ?

Elle réfléchit à toutes les réponses possibles à cette question. Elle se souvint du jour où Richard lui avait été présenté et se rappela à quel point elle l'avait trouvé magnifique dans son uniforme écarlate. Elle s'était entichée de lui dès le premier instant. Presque inéluctablement. C'était une jeune fille inexpérimentée pleine de rêves romantiques, impatiente de se faire courtiser par un brave et noble héros.

Son père l'avait confortée dans sa première impression et avait approuvé cette union. Après tout, s'il était encore vivant, à l'époque, c'était grâce à ce bel officier, qui avait traversé un violent champ de bataille au galop, sous les tirs ennemis, pour lui porter secours.

— C'est compliqué, reconnut-elle. Mais je comprends à présent que je ne le connaissais pas aussi bien que je le croyais. Chaque fois que nous nous sommes vus, il s'est montré poli et convenable, et je le trouvais romantique. Avant, je vivais dans un cocon, et, après la mort de mon père, je crois que j'avais hâte de me marier. Je me sentais très seule, et j'étais presque paniquée. Je me suis sans doute laissé aveugler. Je ne voyais que ce que je voulais voir.

— Vous cherchiez à remplacer votre père, comprit Duncan. Vous souhaitiez la protection d'un époux. Vous vouliez vous sentir en sécurité.

— Oui, dut-elle admettre, même si c'était difficile de l'avouer. Comme je vous ai autorisé à me poser une question, dit-elle, et que j'y ai répondu franchement, puis-je vous en poser une à mon tour ?

— Vous m'en avez déjà posé un certain nombre, la nuit dernière.

— Juste une de plus…

Il n'accepta pas, mais ne refusa pas non plus.

Elle contempla les braises rougeoyantes du feu en s'humectant les lèvres. Commençant à donner des signes de fatigue, elle avait le souffle irrégulier.

— Pourquoi ne m'avez-vous pas sauté dessus, Duncan ? Si vous cherchez à vous venger de Richard…

Il garda le silence un long moment avant de frotter son nez contre son oreille et de lui susurrer d'un ton aguicheur aussi doux que du velours.

— Il n'est pas encore trop tard.

Elle demeura immobile, parfaitement consciente des battements désordonnés de son cœur. Ce n'était pas la réponse qu'elle attendait, mais elle fut loin de s'en épouvanter. Au contraire, elle sentit son corps fondre de manière irrésistible au contact de ses jambes et de son torse, et se mit à brûler en elle un désir aussi étrange qu'inconnu.

— Vous avez perdu l'occasion de vous taire, ma belle. Maintenant, vous m'avez donné des idées, et je vais avoir du mal à garder mes mains tranquilles.

Une nouvelle brise souffla sur le sommet de la colline, faisant bruire les hautes herbes des Highlands. Un étrange sentiment d'excitation étreignit la jeune femme. Puis il roula sur elle, si doucement et de façon si naturelle, qu'elle eut l'impression que c'était inéluctable. Elle sentit le poids de ses hanches contre les siennes.

Il s'arc-bouta au-dessus d'elle, prenant appui sur ses deux bras, et la dévisagea au clair de lune.

Il lui était impossible de faire le moindre mouvement. Elle était paralysée par une multitude d'émotions qu'elle était incapable de comprendre.

Il commença à onduler doucement des hanches en se frottant contre elle.

— Je vous ai prévenue ce matin que vous étiez plus en danger que jamais.

— S'il vous plaît, Duncan…

— S'il vous plaît, quoi ? Vous voulez que j'arrête ?

Elle savait qu'elle devait dire « oui » ou se contenter de hocher la tête, mais elle ne parvenait à faire ni l'un ni l'autre. Tout ce qu'elle comprenait, c'était qu'elle avait le corps en feu. Elle le regarda fixement avec ses grands yeux jusqu'à ce qu'il finisse par s'approcher pour lui effleurer les lèvres avec les siennes.

Il ouvrit la bouche et elle vit pointer sa langue, ce qui anéantit en elle toute envie de lui résister. Elle savait que ce n'était pas ce qu'elle aurait dû désirer, pas avec cet homme, mais elle était incapable de renoncer à ce désir.

Il lui écarta les jambes avec son genou tout en continuant à l'embrasser avec fougue. Elle gémit, ayant l'impression d'être victime d'une sorte de fièvre, puis elle se surprit à serrer le tissu de son kilt entre ses poings.

— Demandez-moi d'arrêter, lui intima-t-il tout en l'embrassant dans le cou, avec des gestes de plus en plus pressants.

C'était naturellement ce qu'elle allait faire – elle lui dirait d'arrêter –, mais quelque chose la forçait à le laisser poursuivre, juste quelques secondes. Elle se cambra comme par réflexe et l'embrassa à son tour, sauvagement, rageusement. Puis elle finit par prononcer quelques mots en poussant un soupir aussi désespéré que passionné.

— Oh, Duncan, je vous en prie, arrêtez.

— Mettez-y au moins un peu de conviction, ma belle, ou je ne vais pas résister à la tentation de vous prendre.

Il remonta sa jupe puis fit glisser le long de sa cuisse une main rugueuse à force d'avoir manié la hache. Elle se tordit de plaisir.

Il lui caressa le genou, puis la hanche, puis le ventre. Il reprit la parole d'un ton bourru et sensuel.

— Je vous désire. Je veux embrasser vos seins, vos cuisses et la peau douce de votre ventre. Si vous me dites que, vous aussi, vous le désirez, ma belle, je vous déshabillerai.

— Non, murmura-t-elle. Je ne veux pas.

Pourtant elle en mourait d'envie. Elle ne le comprenait pas, mais c'était vraiment le cas.

— Alors, dites-moi d'arrêter, et vite !

Elle écarta les lèvres pour obtempérer, mais aucun mot ne sortit de sa bouche.

Il fit lentement remonter la main le long de sa manche, jusqu'à son épaule. Puis il repoussa sa chevelure et embrassa sa gorge tendre. Elle prit une petite inspiration, luttant toujours contre le désir qui la submergeait.

— Et si j'étais un gentilhomme ? demanda-t-il en la regardant dans les yeux d'un air provocant. Comme votre Richard. Et si je portais une veste en velours, des poignets en dentelle et des chaussures à boucle vernies ? Et si j'étais le fils d'un riche duc ou d'un comte ? Je vous conviendrais, alors ?

— Mais vous n'êtes rien de tout ça, répondit-elle. Et ce n'est pas mon Richard. S'il vous plaît, arrêtez, Duncan. Cessez immédiatement !

Il la dévisagea, immobile, sans un mot.

Elle ferma brusquement les yeux et se prépara à l'éventualité qu'il ait décidé de poursuivre. Qu'est-ce qui pourrait l'en empêcher ? Il était dix fois plus fort qu'elle. Il pouvait la prendre de force, s'il le voulait. Il pouvait lui déchirer sa jupe et s'imposer à elle. Elle n'aurait aucun moyen de s'y opposer.

Il roula alors sur le côté et s'étendit sur le dos.

Comprenant qu'elle venait d'échapper de justesse à la ruine de sa réputation – ainsi qu'à ses insondables désirs –, elle poussa un soupir et s'efforça de recouvrer son calme. Elle avait été si près de se faire violer, elle avait eu à ce point envie de lui et ressentait encore si vivement la violence de son désir que tout cela l'effrayait.

Elle demeura immobile un long moment, le regard rivé sur le ciel, redoutant de parler ou de bouger. Elle tourna la tête et observa son profil en réfléchissant avec grande prudence au fait qu'il s'était retiré quand elle le lui avait demandé.

— Je vous fais confiance, finit-il par déclarer. Inutile de m'assommer, de subtiliser mon couteau et de me poignarder, ce soir.

Il y avait un soupçon de colère dans sa voix, et elle ignorait si c'était dirigé contre elle ou contre lui.

— Promis, lui garantit-elle. Et, encore une fois, je suis vraiment désolée pour ce que je vous ai fait la nuit dernière.

— Je suis seulement désolé que vous soyez fiancée à mon ennemi. Si ce n'était pas le cas, je n'aurais pas besoin de me servir de vous de cette manière.

— De vous servir de moi… comme appât, vous voulez dire ?

— Oui. C'est ce que vous êtes pour moi, ma belle. Rien de plus. Alors, ne vous faites pas d'illusions uniquement parce que je vous ai touchée et tenue dans mes bras ce soir. C'était seulement du désir – une simple pulsion animale –, et ne croyez pas que ça me fera oublier l'objet de ma mission.

L'avait-il déjà oublié ? Était-ce pour cette raison qu'il était en colère ? Ou croyait-il qu'elle était en train de le détourner de son objectif ?

— Vous parlez de votre envie de tuer Richard.

— Oui.

Elle se redressa et pressa le bout de ses doigts contre ses tempes douloureuses. Que le ciel lui vienne en aide. Elle avait l'esprit si embrouillé qu'elle avait l'impression que c'était elle que l'on avait assommée, la veille.

Elle aussi avait oublié qui ils étaient et pourquoi ils se trouvaient dans ces montagnes. Elle désirait Duncan passionnément et avait perdu de vue le fait qu'il se servait d'elle pour éliminer un homme de sang-froid.

— Vous ne me croyez toujours pas, hein ? Vous pensez encore que je me trompe et que le peuple écossais a exagéré ces histoires qui concernent votre cher Richard. Vous lui êtes encore fidèle.

— C'est inexact, rétorqua-t-elle. Je crois que j'ai accepté sa proposition de manière trop hâtive. Je reconnais que j'ai fait preuve de naïveté et que je n'ai pas pris assez de temps pour essayer de le connaître un peu mieux. Mais la leçon que je retire de tout ça, c'est qu'il faut que je réfléchisse par moi-même et que je me forge ma propre opinion. Par conséquent, il m'est impossible, en mon âme et conscience, de condamner un homme sur les simples dires d'un de ses ennemis. Je dois au moins lui accorder la possibilité de répondre de ces accusations. Je lui en donnerai d'ailleurs l'occasion dès que je le reverrai.

Duncan se leva.

— La seule idée de vous savoir dans la même pièce que lui me donne envie de vomir. Je ne le permettrai jamais.

— Mais même s'il est coupable des crimes dont vous l'accusez, lui fit-elle remarquer, ça ne vous donne pas le droit de le tuer. Même les pires criminels méritent un procès équitable.

Duncan fronça les sourcils de mécontentement et se mit à faire les cent pas.

— Si Richard est coupable de quoi que ce soit, poursuivit-elle, faites-le arrêter et qu'on le traite comme il l'est prévu dans la loi. Inutile d'assombrir votre âme pour vous assurer que justice soit rendue.

— Mais mon âme est déjà destinée à aller en enfer, gronda-t-il.

Elle frémit.

— Je ne le crois pas. Il y a toujours de l'espoir. Les gens peuvent changer.

Croyait-elle vraiment qu'il y avait de l'espoir, dans le cas de Duncan ? C'était le Boucher des Highlands. Il avait massacré des dizaines d'hommes.

Ils demeurèrent silencieux un long moment, puis il lui décocha un regard furieux.

— Vous me faites penser à ma mère, parfois. Elle était magnifique, et c'était une idéaliste obstinée. Elle n'approuvait pas la violence, et tentait sans relâche de convaincre mon père qu'elle avait raison et qu'il se trompait.

— Elle y est parvenue ?

Il éclata d'un rire amer.

— Non. C'était une ambition vaine. Elle et moi en sommes sortis meurtris et très abîmés. Mon père était un guerrier. La diplomatie ne l'intéressait pas du tout, et je me retrouvais coincé au milieu, entre elle et la poigne de fer de mon père.

Amelia se détendit. Duncan avait-il défendu sa mère contre la brutalité de son père ?

Ne souhaitant pas le provoquer davantage, elle attendit que le Highlander soit moins en colère.

— Mon père aussi était un guerrier, lui rappela-t-elle pour tenter de le calmer. Mais il savait se montrer gentil. Il croyait en la paix.

— C'était un soldat, Amelia. Il se battait et tuait.

Elle frissonna, car elle n'avait jamais envisagé son père sous cet angle, pas plus qu'elle ne l'avait déjà imaginé en train de tuer quelqu'un. Elle repoussa cette idée.

— Il se battait pour ce en quoi il croyait.

— Moi aussi, ma belle. C'est pour cette raison qu'il m'est impossible de laisser la vie sauve à votre fiancé.

Elle accusa le coup. Elle eut l'impression d'avoir été frappée au ventre. Hélas, quand il lui avait raconté qu'il avait tenté de s'interposer entre sa mère et la poigne de fer de son père, elle s'était crue capable de l'éloigner de sa quête meurtrière. Mais, en le regardant à présent dans les yeux et en voyant la rage qui s'y consumait, elle comprit que ce serait sans espoir.

— Allez-vous me remettre au châtelain de Moncrieffe ? demanda-t-elle, désirant connaître l'issue de cette histoire. Je sais que nous allons dans la bonne direction, mais si Richard a quitté le château, allez-vous m'y laisser aux bons soins du comte ? C'était un ami de mon père. Ne serait-ce pas mieux si…

— Non ! l'interrompit-il sèchement en se tournant vers elle. Je ne vous laisserai nulle part ! Pas tant que votre fiancé sera en vie.

Il respira profondément un long moment, comme s'il cherchait à maîtriser sa colère, puis il fit le tour du feu.

— Vous feriez bien de dormir, ma belle. Mais je suis bien réveillé, moi, alors je vais m'adosser au rocher et monter la garde.

Il s'installa, saisit la flasque qu'il avait laissée dans l'herbe mais, comme elle était vide, il la lança sur le tas de sacoches.

L'air se rafraîchissant soudain, Amelia frissonna avant de se recoucher et de s'envelopper dans la fourrure. Elle ferma les yeux et se demanda si elle pourrait de nouveau être sûre de quoi que ce soit.

La jeune femme voulait qu'il épargne Richard Bennett. Comme elle allait être déçue.

Non, ce serait bien pire que cela. Elle le verrait comme le sauvage qu'il était vraiment. Elle serait écœurée par le sang sur ses mains, la puanteur de la mort et le désespoir qui le suivaient partout. Elle le haïrait, bien plus qu'actuellement.

Il n'aurait pas dû essayer de satisfaire son désir pour elle, ce soir-là. S'il avait écouté son cerveau et non ses bas instincts, il l'aurait maintenue à distance respectable, peut-être même ligotée et bâillonnée depuis le début. Il n'aurait rien dû lui révéler sur lui. Elle en savait trop, à présent.

Qu'allait-il pouvoir faire, maintenant ? se demanda-t-il piteusement en la regardant s'endormir. Laisser Richard Bennett en vie par égard pour ses principes idéalistes à propos de l'ordre et de la justice ? Le laisser continuer à violer, assassiner et détruire ?

Duncan pencha la tête en arrière, contre le rocher, et se mit à contempler le ciel. Si seulement il pouvait de nouveau se sentir en paix, ou même espérer que celle-ci survienne un jour. Il n'y avait pas si longtemps que cela, il croyait encore qu'il y parviendrait avec la mort de Bennett. Mais tout ce qu'il éprouvait, désormais, c'était une énorme sensation de doute, et un vide insondable.

Il se mit alors à songer à sa véritable mère – la putain qu'il n'avait jamais connue parce qu'elle était morte en lui donnant naissance –, et à l'évêque qui avait été massacré pour avoir affirmé que Duncan était un bâtard. Ce pontife aurait dû y réfléchir à deux fois avant d'insulter le père du Highlander. Il avait fini décapité.

Sans doute s'agissait-il du legs de son père, d'un perpétuel châtiment pour ses péchés : une existence de guerre et de misère pour son fils maudit qui avait hérité de sa fureur. On récompensait toujours les bonnes actions, était persuadé Duncan, et les pécheurs finissaient tous en enfer.

Quelques heures plus tard, Duncan se réveilla en sursaut en entendant des bruits de pas dans l'herbe. Il s'était assoupi, adossé au rocher.

Il se tourna aussitôt vers Amelia. Elle dormait paisiblement, enroulée dans sa fourrure.

Il se redressa en secouant la tête pour se réveiller complètement. Tout était normal. Personne n'avait touché aux sacoches. Turner n'était pas loin. Mais il perçut de nouveau de légers bruits de pas.

Lentement, avec des mouvements prudents et dans le plus grand des silences, il referma la main sur le manche usé de sa hache. Si la louve était revenue les dévorer, il n'hésiterait pas. Il la tuerait. Il ferait le nécessaire pour protéger Amelia.

Il se leva et contourna sans un bruit les cendres du feu. Il n'y avait plus aucune étoile, à présent. Le ciel était d'un noir d'encre. Même l'atmosphère semblait chargée de relents de sang et de mort.

Les pas se rapprochèrent. Il se déplaça, comme un chat chassant sa proie. Il scrutait la nuit d'est en ouest, cherchant des points de repère dans le paysage. Il ne s'était jamais senti si vulnérable. Il défendrait Amelia, dût-il y perdre la vie.

Le visiteur surgit bientôt de l'obscurité, soudain illuminé par la lune, qui s'était réfugiée derrière un petit nuage.

— Elliott, chuchota Duncan en baissant sa hache. Qu'est-ce que tu fais là ? Où est ton père ?

— Il est resté avec le troupeau, répondit le garçon. Mais je me suis enfui. Je vous ai suivi. Je vous traquais.

Duncan fronça les sourcils.

— Qu'est-ce que tu veux dire par là ? Pourquoi est-ce que tu me traquerais ?

— Parce que je sais qui vous êtes. Vous êtes le Boucher, et vous êtes un tueur sans pitié.

Duncan sentit son cœur se serrer. Il aurait voulu pouvoir le contredire, lui assurer qu'il n'était rien de tel, mais il était incapable de prononcer la moindre parole. Du moins pas à ce sujet.

— Je vais vous tuer ! s'exclama Elliott en dégainant son épée. Comme ça, je serai un héros, exactement comme vous !

Duncan secoua la tête.

— Tu ne sais pas ce que tu racontes, Elliott. Baisse-moi cette épée. Retourne auprès de ton père et conduis ton troupeau au marché.

— Non. Je veux apporter votre tête à Londres !

Il brandit son épée et poussa un cri de guerre avant de s'élancer.

Duncan réagit instinctivement. Quand le garçon arriva à sa hauteur, il fit tournoyer sa hache.

Pour me défendre. Pour protéger mon identité. Pour sauver Amelia.

La tête d'Elliot jaillit dans les airs, tourbillonnant comme un ballon dans lequel un gamin aurait tapé dans la cour d'une écurie...

La louve observa la scène avec indifférence depuis le sommet de la colline, haletante, la langue pendante.

— Merde !

Duncan se réveilla en sursaut et s'écarta du rocher aussi vite qu'il le put. Il n'arrivait plus à respirer ! Il avait l'impression d'avoir le ventre en feu. Il rampa sur l'herbe, cherchant à soulager son estomac, mais il se contentait d'avoir de violents haut-le-cœur, vomissant vainement de l'air.

— Que se passe-t-il, Duncan ?

Il sentit les mains d'Amelia sur son dos et tenta de se convaincre que ce n'était pas réel. Ça ne s'était pas produit. Ce n'était qu'un rêve. Elliott n'était pas mort. Le garçon ne l'avait pas suivi jusque-là.

Il porta la main à son front et se laissa tomber sur le dos.

— Ah, mon Dieu !

— Que s'est-il passé ? demanda-t-elle. Qu'est-ce qui ne va pas ?

— J'ai fait un cauchemar.

Il prononça ces mots à haute voix de façon convaincante, pour réussir à s'en persuader.

Il était en sueur, le souffle court.

Ce n'était qu'un rêve. Ça ne s'est pas produit.

Amelia lui posa la tête sur ses genoux et lui repoussa les cheveux de son visage.

— Tout va bien, maintenant. C'est terminé.

Il fallut un moment avant que son cœur cesse de battre la chamade, et quand ce fut enfin le cas, il leva la tête vers le ciel, ferma aussitôt les yeux et lutta pour chasser l'insupportable souvenir de son rêve.

Chapitre 13

Le lendemain matin, Duncan se montra peu disert. Amelia le regardait, de l'autre côté du feu, et avait l'impression de voir un inconnu. C'était précisément ce qu'il était, supposa-t-elle, même s'il l'avait tenue dans ses bras, embrassée et qu'il lui avait presque fait l'amour, la veille au soir. Elle aurait bien aimé pouvoir se débarrasser de cette idée, mais la passion brûlait encore en elle comme une fièvre sournoise, ce qui n'avait aucun sens.

Pourquoi ressentait-elle un tel plaisir avec cet homme, qui l'avait enlevée, et qui refusait de lui rendre sa liberté et de la ramener en lieu sûr ? Malgré les protestations de la jeune femme, il avait encore pleinement l'intention de tuer Richard, et elle avait du mal à comprendre une telle soif de violence et de sang. C'était pour cette raison que les pays civilisés disposaient de tribunaux : pour décider si quelqu'un était coupable d'un crime ou non et, le cas échéant, pour lui infliger une peine adéquate. Cette chasse à l'homme – qui se terminerait par le massacre sanglant d'un être humain – était barbare. C'était incompréhensible.

Néanmoins, elle avait toujours le ventre en feu. Ce désir vif et douloureux lui faisait honte. Elle se jura de tout faire pour le surmonter.

Ce soir-là, Duncan considéra qu'il valait mieux qu'il garde ses distances avec Amelia. Résultat, ils mangèrent autour du feu en silence, et quand elle tenta de faire la conversation, il lui rétorqua qu'il n'était pas intéressé par ses bavardages inutiles. En réalité, il lui était simplement trop difficile d'écouter le rythme de sa voix et de regarder le séduisant mouvement de ses lèvres.

Plus tard, toutefois, peu après qu'elle se fut endormie, il s'approcha de la fourrure et la contempla. Elle était allongée sur le ventre, l'une de ses longues jambes légèrement repliée, et emmêlée dans le fatras de sa jupe. Ses cheveux ondulés étaient déployés sur la fourrure, brillant comme les flammes d'un feu. Il se rappela bien trop facilement le goût sucré de ses lèvres et la douceur de sa langue, tourbillonnant autour de la sienne. Commençant à s'agiter et à éprouver du ressentiment, il recula de quelques pas et s'accroupit.

La lune était haute dans le ciel. L'ombre des nuages se déplaçait rapidement sur le vallon paisible. Il flottait dans l'air un puissant parfum floral de fin d'été. Dans le lointain, le tonnerre grondait doucement au sommet des montagnes.

Il observa longuement Amelia dormir, la courbe de ses hanches titillant son imagination.

Elle roula sur le dos en poussant un petit gémissement, prenant une position des plus féminines et aguichantes. Ses seins – comprimés dans le corset qu'elle refusait d'ôter, même la nuit – lui semblaient se tendre vers lui de manière voluptueuse. Il se sentit submergé par l'envie de la prendre, et regretta de ne pouvoir lui délacer tous ces vêtements trop serrés, lui remonter sa jupe sur ses hanches et caresser sa peau nue. Étendue sous ses yeux, elle était l'incarnation même de la sensualité. Il se rendit compte que sa force était plus durement mise à l'épreuve que lors d'un violent duel à l'épée sur le champ de bataille.

Le lendemain, ils firent halte au bord d'un cours d'eau pour abreuver leur monture et prendre un repas frugal.

— Vous avez décidé de ne plus m'adresser la parole du tout ? demanda Amelia quand Duncan s'installa sur un petit rocher, face à elle.

— Oui.

— Même si je me mets à genoux et que je vous en supplie ?

Il lui tendit un morceau de pain.

— Vous voulez que je vous bâillonne ?

— Non.

— Alors, ne dites pas des choses pareilles.

Cette nuit-là, ils établirent leur campement dans la forêt, et Amelia fut surprise quand, après le dîner, Duncan s'étendit à côté d'elle sur la fourrure. Il l'avait tenue à distance la nuit précédente et l'avait traitée avec une certaine hostilité tout au long de la journée.

— Que va-t-il se passer, ensuite ? s'enquit-elle, espérant que ce serait différent, ce soir-là. (Elle n'appréciait guère la tension qui s'était installée entre eux, ni la solitude, sachant qu'il refusait de lui parler.) Ça fait deux jours qu'on marche. Quand va-t-on enfin arriver à Moncrieffe ? On ne doit plus en être très loin…

Il disposa son tartan sur elle et la regarda d'un air sérieux.

— C'est vrai, ma belle. On est déjà sur les terres du comte. La barbacane se trouve à une heure de marche, au sud.

Elle se dressa sur un coude. Le tartan glissa de son épaule.

— À une heure seulement ? Alors pourquoi nous sommes-nous arrêtés ? On y serait déjà…

Son regard noir était indéchiffrable.

— Je voulais profiter d'une dernière nuit avec vous, ma belle.

Elle s'accorda un moment pour tenter de saisir le sens de ses paroles, et repensa à quel point il s'était montré silencieux et maussade, tout au long de la journée. Elle avait cru que c'était parce qu'il lui tenait rigueur de ce qu'elle avait dit à propos de Richard, l'autre soir, et fut surprise qu'il accepte de retarder le stade ultime de sa victoire.

— Mais vous m'avez affirmé que vous ne me laisseriez jamais vous empêcher de tuer Richard, ni vous distraire de votre objectif.

— C’est vrai. Et je vous en veux énormément. Alors, surveillez vos paroles, je suis de mauvaise humeur.

Elle déglutit avec peine.

— Je ne comprends pas.

Il lui en voulait, mais il souhaitait passer une dernière nuit avec elle ?

Puis, soudain, son imagination se déchaîna, et elle se prit à se demander si elle ne serait pas capable de le détourner de son dessein, après tout. Si le peu d’affection qu’il éprouvait pour elle ne finirait pas par prendre plus d’importance à ses yeux que le carnage dont il rêvait. Peut-être, par égard pour elle et pour son bonheur, pourrait-il tout laisser tomber. Il prenait de gros risques, après tout en restant là une nuit supplémentaire, alors que Richard pourrait, au même moment, être en train de chevaucher dans la direction opposée.

Mais elle comprit alors, en redescendant sur terre, que ce n’était pas en raison d’éventuels sentiments pour elle qu’il avait décidé de ralentir l’allure, mais bien pour assouvir un simple désir physique. Elle se rappela comme il l’avait regardée tout au long de la journée, et frissonna d’appréhension – la peur de l’inévitable, de quelque chose qu’elle n’était en mesure ni de maîtriser ni d’empêcher.

— Ne vous y trompez pas, la prévint-il. Je souhaite toujours me venger. Et me faire justice. Rien ne pourra m’arrêter. Mais, quand j’en aurai terminé, vous ne voudrez plus me regarder, ma belle. Vous ne verrez que le violent sauvage que je suis.

Elle avait une boule d'appréhension dans la gorge. Bien sûr qu'elle désirait gagner Moncrieffe au plus vite et retrouver le monde civilisé. Mais il lui était insupportable de songer à l'horreur de ce que Duncan se croyait obligé de faire avant de pouvoir la relâcher. Elle refusait de l'imaginer en train de commettre un meurtre.

— Je veux que tout ça se termine, déclara-t-elle. Je ne veux plus être votre otage. Mais êtes-vous obligé d'en arriver là ? Ne pourriez-vous pas vous venger un autre jour ? Dénoncez Richard aux autorités. Rédigez une lettre et exigez qu'une enquête officielle soit ouverte.

Cette suggestion le fit glousser d'un rire amer. Il repoussa des mèches de cheveux du visage de la jeune femme.

— J'ai beaucoup apprécié votre compagnie, ma belle, et vous allez me manquer une fois que vous serez partie.

Pourquoi refusait-il d'entendre raison ?

Il glissa son bras autour de sa taille et l'attira vers lui.

— Je me suis langui de vous toute la journée et, en dépit de tous mes efforts, je n'ai rien pu faire pour apaiser mon désir. Je ne me suis jamais senti plus sauvage que lorsque je suis étendu auprès de vous.

Bouleversée par son aveu, et rouge à cause de la chaleur qui bouillonnait en elle, elle eut un mouvement de recul et le dévisagea. Mais, avant qu'elle ait eu le temps de prononcer la moindre parole, il l'embrassa et roula sur elle.

Une brise s'engouffra dans les arbres touffus, qui se mirent à bruire, Amelia cambra le dos. Elle mourait d'envie de le serrer dans ses bras et de se perdre dans les siens. Sa tête se mit à lui tourner. Il lui prit les seins dans ses mains et les pressa doucement. Elle ne put s'empêcher de pousser un gémissement. Elle acceptait volontiers ces émotions et cette intimité mais, en même temps, elle voulait les combattre.

Il glissa la langue dans sa bouche puis souleva sa jupe, la remonta jusqu'à sa taille et lui caressa les cuisses. Il ne restait plus pour lui faire obstacle que la culotte de la jeune femme, dans laquelle il introduisit ses doigts habiles et inquisiteurs. Elle le sentit glisser la paume de sa main entre ses cuisses, puis caresser et pétrir sa peau sensible et brûlante. Le plaisir fit place à une sorte de douleur étrange, et elle serra soudain les jambes autour de sa main.

— Je suis juste en train de vous caresser, ma belle, chuchota-t-il contre ses lèvres.

Elle frissonna, même en sachant pertinemment qu'il ne s'arrêterait pas en si bon chemin. C'était de la séduction. Il tentait de l'attirer sur un terrain fort dangereux.

Lorsqu'il commença à se servir du talon de sa main pour lui donner du plaisir, elle écarta volontiers les cuisses. Elle fut aussitôt submergée de sensations, et frissonna à son contact. Il la goûta avec sa langue puis se redressa sur ses bras et la chevaucha.

Une petite voix en elle lui ordonnait de mettre un terme à tout cela, mais son corps refusait d'écouter. Les jambes écartées, elle sentit son érection venir presser contre elle. C'était chaud et soyeux, et elle ne voulait pas que ça se termine, même si elle savait que c'était mal.

— J'ai envie de vous, déclara-t-il, mais je veux votre consentement.

Sa poitrine se soulevait régulièrement. Elle hésita.

— Si vous souhaitez rester vierge, il faut le dire maintenant, poursuivit-il.

— Je ne sais pas, chuchota-t-elle. Je n'ai pas envie d'arrêter, mais je me suis toujours promis de me réserver pour mon époux.

Duncan la dévisagea à la lueur du feu avant de se reculer et de poser son front sur son épaule. Il semblait prendre un peu de temps pour maîtriser ses pulsions.

— Je ne vais pas vous déflorer, finit-il par murmurer. Mais ça ne m'empêchera pas de vous donner du plaisir.

Elle ne comprenait pas ce qu'il voulait dire, et se contenta de le regarder disparaître sous sa jupe. Elle hoqueta de surprise quand il lui embrassa les chevilles, les genoux, l'intérieur des cuisses, avant de lui écarter les jambes, et de presser ses lèvres et sa langue dans les replis de sa féminité.

Elle se cambra et prit une profonde inspiration, savourant cette montée d'extase aveuglante et insouciante.

— Que me faites-vous ? demanda-t-elle, même s'il n'était pas en position de lui répondre.

Elle oublia bientôt sa question, de toute façon, et se contenta d'écouter les bruits qu'il faisait avec sa langue. Était-ce normal ? Tous les hommes et toutes les femmes faisaient-ils cela, ou étaient-ce uniquement les Écossais ?

Submergée par le plaisir, elle rejeta la tête en arrière et poussa un cri. Son corps se mit à frémir et à trembler, ses muscles se tendirent, et son corps entier s'embrasa. Elle se débattit comme un animal sauvage pris au piège, et martela la fourrure avec ses poings. Malgré sa résistance, elle n'avait jamais ressenti un tel plaisir. Elle n'avait plus de forces.

Au bout d'un moment, il sortit de sous sa jupe et s'étendit auprès d'elle. Il la serra contre lui, et elle eut étrangement l'impression d'être aimée et protégée. Elle ne voulait plus le laisser partir. Elle espérait qu'il puisse la garder à tout jamais dans ses bras. Elle ne s'était jamais sentie si proche de qui que ce soit.

— Qu'est-ce que c'était ? demanda-t-elle, sachant que ses émotions n'avaient plus rien de rationnel.

— Comme je vous l'ai dit, nous, les Écossais, aimons donner du plaisir à nos femmes. (Il baissa sa jupe pour lui couvrir les jambes.) Mais vous feriez bien de dormir, à présent, ma belle.

Elle leva les yeux vers le ciel, ayant l'impression d'être hébétée par l'alcool.

— Ça m'a plu, dut-elle reconnaître.

— Je le sais.

— Mais je n'aurais pas dû permettre que ça se produise. C'était trop.

Il garda le silence un long moment. Il se contenta d'admirer la cime indistincte des arbres qui se découpait contre le ciel nocturne.

Puis il reprit enfin la parole.

— Sans doute. Et moi non plus, je n'aurais pas dû permettre que ça se produise.

Ils ne se dirent rien de plus, cette nuit-là.

Cela faisait des mois que Duncan n'avait pas aussi bien dormi et qu'il ne s'était pas senti aussi reposé que le lendemain matin.

Il se réveilla au parfum des pins, au son des légers pépiements dans les arbres, et à la lueur rosée du lever du soleil, derrière la forêt, qui projetait une lumière blafarde sur ses paupières. Il s'étira les bras au-dessus de la tête en bâillant, avant de se rappeler avec un fort mécontentement ce qui devait se passer, ce jour-là. Il se rendrait au château avec Amelia et y trouverait peut-être Richard Bennett, jouissant des nombreuses commodités que Moncrieffe avait à offrir.

À l'idée que Bennett soit en train de se faire servir comme un prince au château, Duncan eut aussitôt envie de lever le camp sans tarder pour aller empoigner ce vaurien par la peau du dos et le jeter du haut des murailles. Mais il lui enfoncerait d'abord son épée dans le cœur pour lui rappeler pourquoi il allait mourir : *Tu te souviens de la fille, dans la pommeraie ? C'est pour elle. Et c'est aussi pour la femme que tu comptais prendre pour épouse. Elle ne subira pas le même sort que Muira.*

Duncan se redressa et regarda autour de lui. Amelia n'était pas auprès de lui, ni où que ce soit dans le campement.

Recouvrant aussitôt la pleine possession de ses moyens, il bondit et s'écria :

— Amelia !

Aucune réponse. Il n'y avait d'ailleurs personne d'autre à portée de vue ou de voix.

Il scruta la forêt silencieuse. Des puits de lumière aux contours indistincts brillaient entre les arbres, jetant des ombres allongées dans la brume. Cette nouvelle journée semblait ramper de façon inexorable vers lui, se déplaçant furtivement sur le sol moussu du bois.

— Amelia ! cria-t-il une seconde fois, marchant d'un pas plus insistant dans le brouillard.

Mais seul l'écho lui répondit.

Non, elle n'aurait tout de même pas…

Mais, si, il savait que c'était le cas.

— Nom de Dieu !

En quelques minutes, il eut harnaché Turner, remballé ses affaires et glissé sa hache dans une sacoche. Il se mit en selle.

— Yah ! s'exclama Duncan en poussant sa monture au galop en direction de la lisière de la forêt, puis vers les champs, plus au sud.

Depuis combien de temps avait-elle quitté le camp ? se demanda-t-il avec inquiétude. Était-elle déjà au château ? Et si Bennett s'y trouvait et avait déjà donné l'ordre d'aller à la rencontre de cet infâme Boucher, qui n'était pas loin ? Duncan n'atteindrait peut-être même pas les portes du château, pris de vitesse par les soldats ennemis. Que ferait-il, alors ?

Maudite soit-elle ! Qu'elle aille en enfer ! Il n'aurait jamais dû l'enlever, à Fort William, parce qu'à présent, il n'avait qu'une envie, la récupérer. Il se moquait de savoir si Richard Bennett était mort ou vif. Il savait juste que plus jamais il n'aurait l'occasion de toucher de nouveau Amelia.

Compte tenu des circonstances, il ne voyait qu'un moyen d'en avoir le cœur net. Il piqua des deux et fila au triple galop vers Moncrieffe.

Chapitre 14

Après la terrible épreuve de son enlèvement et de sa captivité, puis ce sentiment de désir aussi déroutant qu'irrésistible pour son ravisseur, ce matin-là avait été le pire de tous.

Amelia s'était réveillée dans un état d'intense désarroi émotionnel. Elle avait jeté un coup d'œil à Duncan, qui dormait sur la fourrure – l'homme le plus beau qu'il lui ait été donné de voir –, et avait compris qu'il fallait qu'elle s'éloigne de lui, parce qu'elle était tombée éperdument, passionnément et sottement amoureuse de lui.

Elle courait à présent dans un pré en trébuchant, fragile et désorientée. Elle avait les pieds mouillés à cause de l'herbe humide, les orteils engourdis de froid. Elle était exténuée et à bout de souffle, car cela faisait près d'une heure qu'elle fuyait désespérément. D'abord à travers bois, puis dans ces immenses prés vallonnés. Elle n'avait aucune idée de l'endroit où elle se trouvait ; elle se fiait simplement au soleil levant pour guider ses pas. Peut-être était-elle perdue au milieu de nulle part, car il était tout à fait possible que le château ne soit pas parfaitement au sud du lieu où ils avaient établi leur campement, la veille, même si c'était ce que Duncan avait prétendu. Peut-être avait-elle dépassé la forteresse sans y prendre garde et finirait-elle sa course folle sur les côtes de la mer d'Irlande.

Duncan avait certainement dû découvrir son absence, à l'heure qu'il était, et sans doute était-il déjà à sa poursuite. Au galop, il pouvait la rattraper à tout moment et mettre rapidement fin à son escapade. S'il parvenait à la retrouver, il serait furieux. Ce ne serait plus si agréable entre eux, après cela. Il n'y aurait plus ni baisers ni caresses. Il était plus probable qu'il se contente de la ligoter et de la bâillonner.

Mais ce ne serait pas très différent, supposa-t-elle, du pouvoir sexuel qu'il exerçait sur elle, qui la rendait esclave d'un désir fou et irrationnel, et qui l'empêchait presque de courir, ce matin-là, alors qu'elle avait enfin l'occasion de pouvoir lui échapper.

Elle s'immobilisa et regarda autour d'elle, jetant un coup d'œil au soleil pour tenter de déterminer sa position et de trouver un point de repère. Si elle voulait survivre à cette épreuve et retrouver son ancienne vie, il fallait qu'elle cesse de penser à Duncan et qu'elle concentre ses efforts sur la localisation du château.

Cela faisait plus d'une heure qu'Amelia courait à travers bois. Elle venait de se résoudre à l'idée qu'elle était perdue quand elle atteignit la lisière d'un pré entouré d'arbres et que de grandes tours ainsi que des tourelles se dressèrent devant elle.

Épuisée, mais se raccrochant à ce nouvel espoir, elle se figea net et cligna des yeux pour mieux apprécier cet impressionnant panorama architectural, comme une petite ville dans le lointain. Autour, elle distingua des jardins potagers, un verger, un vignoble et un moulin, le tout à moins de deux kilomètres de là. Enfin un lieu civilisé. Un monde qu'elle connaissait.

Elle reprit sa course, trébuchant dans l'herbe baignée de rosée à cause de ses ampoules aux pieds. Un voile de brume blanche s'élevait de la surface d'un lac mais, en approchant, elle comprit qu'il s'agissait en fait d'une douve. Le château se dressait sur un îlot. Ses murailles de pierre et ses bastions circulaires surgissaient directement de l'eau, et l'immense barbacane était reliée à la terre ferme par un pont-levis donnant sur une entrée voûtée.

Richard devait se trouver à l'intérieur, sans doute avec un petit bataillon de soldats. Que ferait-elle quand elle le verrait ? Que dirait-elle des épouvantables histoires qu'on lui avait racontées à son sujet ?

Lui demanderait-il si on l'avait violée ?

Épuisée et à bout de souffle, elle atteignit enfin le pont-levis, le franchit, avant d'être accueillie par un gros garde au visage rougeaud revêtu d'un kilt et armé de deux pistolets ainsi que d'une claymore. Il se tenait sous une herse de fer.

— Vous êtes perdue, ma belle ? l'interrogea-t-il d'une voix grave et intimidante.

— Non, monsieur. Pour une fois, je sais exactement où je suis, à Moncrieffe Castle, et je souhaiterais m'entretenir avec le comte.

Elle était si essoufflée qu'elle parvenait tout juste à s'exprimer.

— Et que lui voulez-vous de si bon matin ? C'est un homme très occupé.

Elle s'efforça de prendre un ton clair et assuré.

— Je suis lady Amelia Templeton, fille de feu le duc de Winslowe, colonel de l'armée du roi. Il y a une semaine, je me suis fait enlever par le Boucher des Highlands et je viens juste de m'échapper. J'ai absolument besoin de la protection du comte.

Il lui avait fallu rassembler tout le courage qui lui restait pour réussir à prononcer chacune de ces paroles.

L'Écossais perdit son sourire et se fit livide.

— Vous êtes la fille du colonel ?

Oh, Dieu soit loué !

— Oui.

Il la salua.

— Je vous demande pardon, milady. Suivez-moi.

Il la précéda sous le vaste passage voûté ombragé avant de regagner la lumière aveuglante du jour, qui inondait une cour intérieure. Il s'agissait d'un espace vert ressemblant à un parc, parcouru par une allée circulaire. Sur la gauche, une haute courtine ponctuée de bastions empêchait de voir le lac et, sur la droite, une grande bâtisse carrée jetait son ombre sur la pelouse. Il y avait peu de monde.

Amelia et le soldat se dirigèrent d'un pas preste vers le bâtiment principal du château, qui ressemblait exactement à l'idée qu'elle s'en était faite d'après les descriptions de son père. Moncrieffe était un palais seigneurial d'une élégance classique, et elle avait du mal à croire qu'elle était sur le point d'y pénétrer, après toutes les épreuves qu'elle avait subies au cours de la semaine écoulée. Comme cela lui semblerait étrange de marcher de nouveau sur des planchers cirés, de pouvoir contempler des œuvres d'art, de gravir des escaliers richement ornés.

Ils entrèrent dans la salle principale et franchirent une galerie voûtée qui menait à une petite salle de réception ornée de lambris, d'une cheminée en marbre et d'une collection de pièces rares de porcelaine chinoise.

— Veuillez attendre ici, milady, lui recommanda le garde en la saluant une nouvelle fois avant de s'éloigner rapidement et de refermer la porte derrière lui.

Amelia sentit derechef la sensation de brûlure dans ses chaussures, à cause de ses ampoules. Elle se dirigea donc en boitillant vers un fauteuil rembourré, s'y laissa tomber et croisa les mains sur ses cuisses. Elle demeura immobile, profitant de cet instant pour fermer les yeux, reprendre son souffle et se calmer. Rien de tout cela ne lui semblait réel. Elle se sentait comme étrangère à ce qui lui arrivait.

Il n'y avait aucun bruit dans la pièce, à l'exception du « tic-tac » d'une pendule sur la tablette de la cheminée. Elle ne rouvrit les yeux qu'au bout d'un long moment et examina le mobilier. Les fauteuils et les tables basses paraissaient de facture française, tandis que le tapis avait l'air persan. Sur le mur du fond trônait le portrait d'un ancêtre, un homme à l'aspect féroce revêtu d'une cuirasse et d'un kilt, la main sur son épée.

Quand la pendule tinta, cela faisait dix minutes qu'elle n'avait pas bougé de son fauteuil, même si elle avait le sentiment que cela faisait une éternité. Une éternité de calme.

Elle entendit finalement des bruits de pas dans l'entrée et se leva. On ouvrit la porte, et un gentilhomme pénétra dans la pièce. Il était de taille moyenne et assez mince, portait un brocart vert, une jaquette aux poignets de dentelle, un haut-de-chausses noir et des chaussures à boucle cirées. Et sur la tête, une perruque brune bouclée. Lui aussi ressemblait en tout point aux descriptions de son père, même si elle avait imaginé le comte un peu plus grand.

S'il s'agissait bien là de lui.

Il semblait très… anglais.

Elle fit une révérence.

— Vous êtes lady Amelia Templeton ? demanda-t-il avec un accent écossais qui lui rappela qu'elle était encore dans les Highlands.

Elle remarqua avec grand soulagement que le gentilhomme s'exprimait d'une voix amicale et chaleureuse. Il n'avait rien de menaçant ni d'intimidant.

— Oui, et je vous suis reconnaissante, lord Moncrieffe, de me recevoir à une heure si matinale.

— Oh, non, dit-il en arpentant la pièce d'un air plutôt inquiet. Je ne suis pas le comte. Je suis Iain MacLean. Son frère.

La douleur poussa la jeune femme à changer de pied d'appui. Elle s'efforça de dissimuler sa déception.

— Le comte se serait-il absenté ?

— Non, il est là. Mais il est encore couché. Il va lui falloir un moment, ne serait-ce que pour passer une veste.

Il lui adressa un sourire d'excuse.

— Oh, oui, bien sûr.

Elle jeta un coup d'œil à la pendule. Il était 7 h 10. Bien trop tôt pour recevoir une visite.

Elle trouva tout cela très étrange. Elle avait couru pendant plus d'une heure pour échapper à son ravisseur. Elle n'était pas peignée, et sa jupe était maculée de boue – elle imaginait à peine ce que cela devait sentir –, et cet homme semblait se demander s'il fallait qu'il appelle un valet pour qu'il leur serve une tasse de thé. Ce qu'elle voulait vraiment, c'était se précipiter sur lui, le secouer, et lui demander s'il comprenait ce qu'elle venait subir.

— Pouvez-vous me dire si Richard Bennett est là ? commença-t-elle doucement. C'est le lieutenant-colonel du neuvième Dragoons, et j'ai cru comprendre qu'il venait dans cette direction.

Elle se sentit parfaitement ridicule.

— Oui, il était là, répondit Iain en lui faisant signe de se rasseoir. Mais il n'est resté qu'une nuit, parce qu'il était déterminé à vous retrouver, lady Amelia.

Il faut que vous sachiez que d'importantes recherches ont lieu, au moment où nous parlons. Votre oncle, le duc de Winslowe, propose une récompense de cinq cents livres à celui qui vous ramènera saine et sauve à Fort William. Il est extrêmement bouleversé par ce qui s'est passé. Comme nous tous, d'ailleurs.

Ah, des paroles sensées, enfin en rapport avec la réalité de la situation ! Ce n'était pas un rêve, finalement. Elle était à l'abri.

Elle poussa un brusque soupir.

— Je vous remercie, monsieur. Vous n'avez pas idée à quel point je suis soulagée d'entendre tout cela. Il est réconfortant de savoir qu'on ne m'a pas oubliée. J'avais plutôt l'impression que j'allais disparaître à tout jamais.

Même si elle redoutait encore qu'une partie de son âme soit toujours perdue quelque part et qu'elle ne puisse jamais la retrouver.

Il s'installa sur le canapé à côté d'elle et lui serra la main.

— Vous êtes en sécurité, à présent, lady Amelia. Personne ne vous fera de mal.

Elle prit quelques instants pour rassembler ses esprits et retenir les larmes qui menaçaient de rouler sur ses joues. Une immense tristesse l'envahit.

Mais non… ce n'était pas de la tristesse. Elle ne s'autoriserait pas à croire qu'elle était malheureuse. Elle était en sécurité. Le moment de frayeur était passé. Elle n'était plus prisonnière dans les montagnes, ni en danger de se laisser aller à cette étrange folie qui s'était emparée de son corps. Elle était parvenue à s'enfuir avant qu'il soit trop tard et ne reverrait sans doute plus jamais Duncan. Elle serait heureuse. Elle était heureuse.

— Je dois faire peur, dit-elle d'une voix tremblante en ébauchant un pauvre sourire.

Elle lut de la compassion dans le regard d'Iain.

— Vous paraissez très fatiguée, lady Amelia. Peut-être souhaiteriez-vous prendre un petit déjeuner et un bain chaud. Je vais appeler la gouvernante, et mon épouse, Josephine, serait ravie, j'en suis certain, de vous offrir les services de sa bonne et de vous prêter des vêtements propres. Il semblerait que vous fassiez la même taille.

— Ce serait très aimable à vous, monsieur. Cela fait longtemps que je rêve de rencontrer le comte, car mon père m'en a dit énormément de bien. Sans doute serait-il préférable que je me montre à lui dans une tenue plus respectable.

Iain esquissa un léger sourire.

— Je comprends. S'il vous plaît, permettez-moi de vous conduire à une chambre d'amis.

Amelia faillit pleurer de joie quand, après lui avoir apporté un petit déjeuner, on lui indiqua la salle de bains, où elle se dévêtit sans se presser et se détendit dans une baignoire en cuivre remplie d'eau chaude. Les murs de la pièce étaient tapissés de damas vert, et le sol était couvert d'une natte de jonc. Tout autour de la baignoire, des rideaux de lin blanc pendaient d'un dais circulaire, et un grand feu flambait dans l'âtre.

La bonne de Mrs MacLean se tenait non loin pour aider Amelia à prendre son bain et à s'habiller. Elle lui lava les cheveux avec du savon parfumé aux herbes, lui massa le cuir chevelu, puis lui fit couler un peu d'eau sur la tête à l'aide d'un broc en laiton pour la lui rincer. Elle lui frotta ensuite la peau avec un linge doux et lui savonna le dos, avant de l'aider à enfiler une robe bleu et rose en brocart de soie au motif floral, que Mrs MacLean lui avait généreusement prêtée.

La robe avait un décolleté en dentelle. Les manches étaient serrées, avec de larges manchettes sous les coudes, et une pièce d'estomac à armature en brocart de soie assorti. Les chaussures à boucle, également en damas de soie bleue, étaient une pointure trop grande mais, avec deux paires de bas, la jeune femme ne s'en rendit plus compte. Amelia avait l'impression de vivre un rêve.

La bonne rassembla sa chevelure en un chignon aussi imposant que complexe, et lui saupoudra généreusement la tête de talc, jusqu'à ce qu'elle en ait les yeux qui pleurent, qu'elle se mette à crachoter et qu'elle lève la main pour mettre fin à cet assaut.

Elle trouva étrange de faire étalage de tant d'extravagance après avoir passé une semaine à ne porter que de la laine grossière et des vêtements trop amples. Mais, quand elle se vit dans le miroir, scintillante de soie et de satin, et que tout lui sembla si familier, les larmes lui montèrent aux yeux. Même ses pleurs lui parurent étranges. Elle éprouvait des émotions décousues et contradictoires.

Elle avait désespérément hâte de revoir son oncle et se demanda quand ce moment béni se produirait. Peut-être cela lui permettrait-il de se sentir de nouveau normale.

Peu après, un valet en livrée frappa à sa porte et annonça :

— Sa Seigneurie est disposée à vous recevoir.

Elle suivit le jeune Écossais le long d'un large couloir jusqu'à l'escalier principal, puis ils descendirent vers l'arrière du château. Ils empruntèrent un pont couvert aux fenêtres cintrées donnant sur le lac qui les mena du château au donjon, une tour indépendante entièrement cernée par les douves.

Amelia se demanda quel genre de questions le comte allait lui poser. Que voudrait-il savoir sur son enlèvement ? Réclamerait-il des détails sur sa capture, sur l'armement de Duncan, sur son identité et celle des rebelles qui le suivaient ?

Le comte allait-il l'obliger à lui faire la liste des endroits où Duncan et elle avaient établi leur campement chaque nuit et de toutes les personnes qu'ils avaient rencontrés en chemin ? Si elle lui révélait cette information, le comte allait-il aussitôt dépêcher une armée dans la forêt pour traquer Duncan et le traîner en prison ?

Elle ressentit une douleur dans le creux du ventre. Elle ne voulait pas être responsable de sa capture. Où était-il ? Il devait se douter qu'elle viendrait là.

Était-il devant les murailles du château, la regardant passer par ces mêmes fenêtres ? Ou avait-il fui dans la direction opposée, conscient que, dès son arrivée à Moncrieffe, elle révélerait tout ce qu'elle savait, et qu'on se lancerait à sa poursuite ?

Elle espérait qu'il s'apercevrait de la précarité de sa situation et qu'il fuirait. Ce serait mieux pour tous les deux. Elle espérait aussi que Moncrieffe se montrerait aussi juste que le croyait son père et qu'il tiendrait compte de la façon dont Duncan s'était conduit. Elle avait encore toute sa vertu, après tout. Il aurait pu l'en déposséder, mais cela n'avait pas été le cas. Et elle lui en serait éternellement reconnaissante.

Amelia et le valet traversèrent une salle des banquets tout en longueur, puis atteignirent une porte voûtée ornée de motifs en fer forgé. Il frappa avant de pousser la porte et de lui céder le passage. Amelia pénétra dans une galerie au plancher de chêne ciré, aux murs de pierre grise et dans laquelle trônait une immense cheminée parée de blasons dans ses écoinçons. Elle avança dans la pièce, et l'on referma derrière elle.

Le comte se tenait avec élégance à la fenêtre, les mains croisées derrière lui, contemplant le lac, et le parc qui se trouvait au-delà. Il était revêtu d'un somptueux manteau de soie bleue française, abondamment brodé de motifs argentés, avec des poignets à volants. Il portait un haut-de-chausses gris ajusté aux genoux, et de grandes bottes d'équitation vernies à l'élégant lustre noir. Contrairement à son frère, il n'avait pas de perruque. Sa chevelure était légèrement poudrée et tirée en arrière, sa longue natte nouée d'un ruban noir en spirale. Elle remarqua le sabre d'apparat, à son côté, dans son fourreau noir brillant.

— Votre Seigneurie.

Elle attendit que le comte se retourne pour le gratifier d'une révérence.

Quand il se décida enfin à lui faire face, elle le salua, mais reçut un choc en remarquant son air familier. Elle redressa aussitôt la tête, ne ressentant plus le besoin de l'honorer d'une révérence.

— Vous ?

Avait-elle des hallucinations ?

Non.

C'était Duncan. Le Boucher des Highlands.

Ou son frère jumeau…

Elle se mit à frissonner, comme si l'on venait de lui assener un coup de poing, le souffle coupé, tentant de surmonter ce choc et de vaincre son incrédulité. Ce n'était pas réel. C'était impossible !

Les mains toujours dans son dos, Duncan – ou le comte – se dirigea vers elle, la mine sinistre, secouant la tête.

— Tss, lady Amelia. Je suis très déçu de constater que Fergus avait raison, finalement. « Il ne faut jamais se fier à la parole d'un Anglais », répète-t-il sans cesse. J'aurais dû l'écouter.

Abasourdie, à bout de nerfs et estimant encore probable qu'il s'agisse du jumeau de Duncan, elle se tourna vers la porte, mais il la suivit et appuya la paume de ses mains contre le battant avant qu'elle puisse en saisir la poignée. Il se tenait derrière elle, un bras tendu de chaque côté de sa tête, tandis qu'elle s'acharnait en vain sur la poignée en la tirant et en la secouant.

Elle appela un serviteur, mais personne ne vint à son secours. Elle avait l'impression de crier dans le vide. Quand elle finit par céder et pencher la tête en signe de défaite, Duncan pressa son nez contre son oreille, comme il lui était si souvent arrivé de le faire, et elle comprit à cet instant précis qu'il s'agissait effectivement de l'homme pour lequel elle avait fini par éprouver une grande passion. Elle n'était pas du tout parvenue à s'enfuir.

— Je n'en attendais pas moins de votre part, ma belle. Vous êtes une battante.

Il la frôla. Sans le souvenir de ses sensations et de ses désirs encore récents, elle aurait pu garder la tête froide, mais, là, cela lui fut impossible.

— Je n'y crois pas, chuchota-t-elle en fermant les yeux. Comment est-ce possible ?

Elle eut l'impression d'être de retour dans ce champ, sous la pluie, la première matinée de son enlèvement – sans savoir à quel genre d'homme elle avait affaire, se sentant incapable de fuir. Elle n'avait aucune idée de ce qu'il allait faire d'elle, maintenant qu'elle avait tenté de lui échapper.

Il l'écarta de la porte, la contourna et lui bloqua la sortie avec son corps musculeux.

— Je savais que vous viendriez ici, reconnut-il. Je suis donc parti du campement à bride abattue. Le petit déjeuner et le bain vous ont-ils plu ? La robe convient-elle à vos goûts raffinés ?

Il avait le regard diabolique et la voix cassante, ce qui la piqua au vif.

— Êtes-vous vraiment le comte ? Ce n'est pas une plaisanterie ?

Tout à coup, une puissante vague de colère monta en elle. Comment avait-elle pu être aveugle à ce point ? Et tous ces discours la poussant à se fier à son propre jugement et à voir l'homme qu'il était réellement au fond de lui… Comment avait-il pu lui dire tout cela alors qu'il se faisait passer pour un autre, induisant intentionnellement en erreur et manipulant tous ceux qui l'approchaient ? Qui était-il, au fond ? Elle n'en avait pas la moindre idée.

— Je suis lord Moncrieffe, dit-il en écartant les bras, exhibant l'extravagance des dentelles à ses poignets.

Quand il baissa les mains, les rayons du soleil qui pénétraient par la fenêtre se reflétèrent dans la pierre bleue à son index.

— Et je suis aussi le Boucher, ajouta-t-il.

— Vous m'avez menti.

Tout ce qui s'était produit entre eux – l'intimité et la tendresse qu'elle avait ressenties dans ses bras, la confiance qui avait commencé à voir le jour – n'était que du vent, et elle eut l'impression de ne s'être jamais sentie si idiote. D'un geste de la main, elle désigna sa tenue à la mode.

—À quoi ça rime ? J'ai du mal à croire que vous ayez passé cinq jours à négocier la liberté de l'Écosse avec mon père, en tentant de le persuader que vous souhaitiez la paix, tout en parcourant les Highlands à la recherche de soldats anglais à tuer ! (Elle regarda autour d'elle les portraits sur les murs.) Qui d'autre est au courant ? Vous avez roulé mon père dans la farine. Et vous m'avez bien eue, moi aussi. Qui d'autre avez-vous trompé ? Votre gouvernante est-elle dans la combine ? Et le valet qui m'a conduite jusqu'ici ? S'agit-il d'une vaste conspiration ?

Elle songea à Richard, qui avait passé la nuit à Moncrieffe, se délectant de la cuisine du comte, de son whisky et de sa prétendue hospitalité. En l'accompagnant à la chambre d'amis, Iain lui avait appris que Richard avait eu recours aux forces armées du comte pour se lancer à la poursuite de l'ignoble Boucher. On avait vraisemblablement dû le mener sur une fausse piste, et il devait certainement être en route pour les Orcades ou quelque autre lieu lointain, à l'heure qu'il était.

Et est-ce que tout ce que Duncan lui avait dit à propos de Richard était vrai ? Elle ne savait plus que croire.

—Au château, personne ne le sait, rétorqua-t-il. À l'exception de mon frère et de son épouse.

—Votre frère, qui s'est montré si aimable, qui s'est occupé de mon petit déjeuner et de mon bain… C'est un imposteur, lui aussi ?

Duncan fronça les sourcils.

— C'est quelqu'un de bien, un Écossais loyal.

Elle tenta de nouveau de gagner la porte.

— Vous avez perdu la raison. Aussi bien votre frère que vous.

Duncan la saisit par le poignet. Avec ses grandes mains de guerrier, il la serra comme dans un étau.

— J'éviterais de faire ça, à votre place.

Elle ne se donna pas la peine de tenter de se libérer.

— Pourquoi ? Vous craignez qu'en sortant d'ici je puisse révéler votre véritable identité à tout le monde ?

La menace était claire, proférée sans la moindre subtilité ni la moindre réserve.

Il plissa les yeux et pencha la tête pour lui parler à l'oreille.

— Je ne crains rien pour l'instant, ma belle, parce que Angus se tient derrière cette porte, et il meurt d'envie de vous trancher la gorge depuis le début. Soyez raisonnable, et évitez de lui donner une bonne raison de le faire.

Chapitre 15

Amelia libéra son bras et ajusta sa manche.

—Je vous méprise!

—C'est votre droit de penser ce que vous voulez de moi, mais je vous suggère d'abord de me laisser m'expliquer.

Elle s'éloigna de lui à grands pas et traversa la galerie en direction de la fenêtre.

—Vous laisser vous expliquer? Que peut-il bien y avoir à dire? Vous êtes un escroc. Il y a une semaine, vous étiez un sauvage en kilt qui brandissait sa hache au-dessus de mon lit. L'homme le plus recherché d'Angleterre. Ce matin, vous voilà gentilhomme, vêtu de soie, de volants et de dentelle. Vous avez négocié avec mon père, un duc anglais, qui vous tenait en haute estime et qui a chanté vos louanges auprès du roi. (Elle se tourna face à lui.) Je ne vous le pardonnerai jamais. Vous m'avez prise pour une imbécile. Quand je pense à ces dernières nuits, à la façon dont vous m'avez séduite…

—Séduite?

Il éclata de rire.

— Vous le vouliez autant que moi, ma belle. Si je me rappelle bien, vous avez même reconnu que ça vous avait plu. (Son regard frémit de désir.) Ne vous mentez pas. C'est un homme, un vrai, qu'il vous faut, pas un dandy d'Anglais que vous appelez un gentilhomme. Et ne me faites pas – ne vous faites pas – l'injure de le nier.

Elle s'approcha de lui pour le gifler.

— Ce n'est pas parce que vous êtes vêtu de façon impeccable et que vous avez du sang noble que ça fait de vous un gentilhomme.

Il demeura sans bouger, réagissant à peine au coup qu'elle venait de lui porter. Manifestement, cet homme était fait d'acier, ou de pierre.

Elle retourna à la fenêtre et contempla le lac. Au son du pas léger du Highlander, toutes ses terminaisons nerveuses se mirent en alerte.

— Je suis plus un gentilhomme que votre fiancé, ma belle. Vous ne connaissez pas encore cette facette de son caractère.

— Tous les hommes ont-ils nécessairement deux visages ? interrogea-t-elle, se sentant plus seule et perdue que jamais. Avez-vous tous des secrets ? Si c'est le cas, comment arrive-t-on jamais à connaître quelqu'un ? À lui accorder sa confiance ? Ou son amour ?

Elle suivit du regard un canard qui volait à la surface de l'eau avant de se poser avec délicatesse, et lutta pour ne pas fondre en larmes et se jeter aux pieds de cet homme en le suppliant de lui fournir une explication pour qu'elle puisse enfin comprendre ce qu'elle ressentait. Elle était si frustrée qu'elle commençait à avoir des vertiges. Au fond d'elle, elle le désirait encore, mais elle ne comprenait toujours pas qui il était vraiment.

Il mit la main sur son épaule, lui caressa la nuque avec son pouce, et toutes les défenses de la jeune femme commencèrent à s'écrouler.

— Ne craignez-vous donc pas que je vous dénonce au roi ? demanda-t-elle, se réfugiant dans la guerre qui faisait encore rage entre eux pour éviter de céder à la passion.

— Vous ne le ferez pas, répondit-il.

— Comment pouvez-vous en être si sûr ?

— Parce que je sais que vous tenez à moi, dit-il, ce qui ne manqua pas de la mettre encore plus mal à l'aise. Je l'ai senti la nuit dernière, quand je vous ai tenue dans mes bras. On en apprend énormément sur les femmes en de tels moments.

Quelque chose la poussa à nier en bloc.

— Ce n'est pas vrai !

Pourtant, ce matin-là, quand elle s'était enfuie, elle avait eu envie de pleurer toutes les larmes de son corps.

Il la contourna pour l'empêcher de voir le lac et la regarda d'un air sérieux.

— Et c'est vous qui me traitez de menteur…

Sa voix étonnamment basse et son regard brillant de désir la firent fondre complètement. Elle leva les yeux vers lui et, même si elle souhaitait conserver une certaine distance entre eux, s'efforçant de chasser le souvenir de ce qui s'était produit la nuit précédente, sa tentative fut vaine.

Il l'attira à lui, l'étreignit et pressa ses lèvres contre les siennes. L'espace d'un frisson, le reste du monde disparut. Le désir monta en elle, et elle éprouva le besoin de le toucher, de le serrer contre elle, de le supplier d'améliorer la situation, de mettre fin à ses tourments. Puis elle éprouva une immense douleur en elle et appuya ses mains contre la poitrine du Highlander.

— Je vous en prie, cessez de m'embrasser comme ça, l'implora-t-elle. Je suis peut-être votre captive, mais je ne suis pas votre épouse. Je refuse de vous aimer. Donc, s'il vous plaît, laissez-moi partir.

— Ne rendez pas les choses plus difficiles qu'elles ne le sont, l'exhorta-t-il avec douceur. Il vous suffit de vous laisser guider par vos pulsions.

— Mes pulsions ? (Elle lui lança un regard incandescent.) Et si elles me commandaient de vous passer au fil de l'épée ?

Duncan la poussa lentement contre le mur. Il l'embrassa de nouveau, tentant de la convaincre en douceur. Son baiser se fit fougueux, puis il la souleva dans ses bras et la serra contre lui. Elle ne put résister à une telle intimité. Il enroulait sa langue autour de la sienne d'une façon si charmante qu'elle sentit l'excitation et la passion recommencer à la torturer. Elle était manifestement incapable de ne pas lui céder et, rien que pour cela, elle le haïssait.

— Qu'allez-vous faire de moi ? lui demanda-t-elle, croyant encore qu'elle pourrait le repousser, avant de se rendre à l'évidence.

— J'ai l'intention de vous garder, ma belle. Je ne vous laisserai plus vous enfuir, déclara-t-il d'une voix douce et rocailleuse, chargée de désir.

Elle parvenait à peine à réfléchir, à présent.

— Que dites-vous ? Que vous n'allez plus jamais me laisser partir ? Que je vais rester votre prisonnière à tout jamais ?

Il lui effleura la poitrine.

— Vous me connaissez certainement mieux que ça. Je vous ai déjà dit que je n'étais pas complètement idiot. Je ne vous laisserai pas partir, ma belle, parce que vous allez devenir ma comtesse.

Elle leva les yeux vers lui.

— Pardon ? Seriez-vous en train d'insinuer que nous devrions nous marier ?

Il prit un air ténébreux et charnel.

— Oui. Je ne supporterai pas de vous voir retourner auprès de votre fiancé. Il ne posera plus jamais les mains sur vous, pas tant que je serai en vie. J'ai l'intention de vous enlever à lui et de vous avoir pour moi tout seul.

— Pour vous venger ? s'enquit-elle, cherchant à comprendre. Vous voulez priver Richard de son mariage, comme il vous a privé du vôtre ? Uniquement pour le châtier ? C'est bien ça ?

— Oui. Et j'y prendrai un immense plaisir, je ne peux le nier.

S'efforçant de rester forte, elle déglutit pour tenter de chasser ce sentiment de frustration et de mécontentement.

—Ainsi, en vous épousant, je vous servirai encore d'arme ?

Il se fendit d'un sourire de prédateur.

—Je me servirai aussi de vous de bien d'autres manières, ma belle, et je vous garantis que ça nous plaira à tous les deux, comme hier soir près du feu.

Amelia le repoussa et se tourna vers la porte.

—C'en est trop, Duncan. Vous ne pouvez pas me faire ça. Vous ne pouvez pas exiger ça de moi, ni espérer que je vous pardonne tout ce qui s'est passé entre nous jusqu'à présent. Vous m'avez enlevée, ligotée, menacée de mort, et vous voulez tuer celui qui, en dépit de tout, est encore mon fiancé. Vous n'avez pas le droit d'agir comme si je vous appartenais.

Il gloussa.

—Vous et vos stupides règles anglaises. Vous serez ma femme, Amelia, et je me moque de savoir ce que Richard Bennett en pense. Ce ne sera plus longtemps un problème, de toute façon.

—Parce que vous avez toujours l'intention de le tuer.

—Je ne trouverai pas le repos tant que justice ne sera pas rendue.

Elle secoua la tête.

—Vous n'êtes pas obligé de faire ça, Duncan. Vous pourriez simplement essayer de ne plus y songer.

—C'est impossible.

Elle s'approcha de lui.

— Si, c'est possible. Vous refusez uniquement parce que vous ne voulez pas vous débarrasser de votre colère et de votre haine.

Il traversa la galerie et s'immobilisa devant l'âtre, tournant le dos à la jeune femme. Elle attendit qu'il lui dise quelque chose. N'importe quoi. Qu'il réponde à son appel à la clémence.

— Vous cherchez à me désarmer, ma belle. À tempérer ma rage.

— En effet. Trouvez-vous qu'il soit néfaste d'être en paix ? De n'éprouver aucune colère ?

Il hésita. Elle regrettait de ne pouvoir voir son visage.

— Je suis incapable de répondre à cette question. Tout ce que je sais, c'est que vous parvenez à m'émouvoir comme aucune autre femme. Quand je me suis réveillé, ce matin, et que vous n'étiez plus là, je vous ai imaginée dans les bras de ce salaud, et ça m'a mis en rogne. J'ai envie de vous, ma belle. À tel point que je ferais n'importe quoi pour vous garder auprès de moi, et loin de lui.

— N'importe quoi ? répéta-t-elle. Même mettre fin à votre vengeance ?

Il finit par lui faire face, et fronça les sourcils.

Lentement, elle s'approcha de lui.

— Je suis sûre que vous êtes capable d'éprouver de la compassion, Duncan. Je le vois en vous. Je l'ai senti à votre contact. Vous ne m'avez pas pris ma vertu alors que vous en avez eu l'occasion. L'homme qui m'a tenue dans ses bras, hier soir, était plutôt tendre et…

(Elle s'interrompit un instant et tenta de canaliser ses pensées.)... je ne pourrai jamais épouser le Boucher. Je n'appartiens pas à ce monde. Il m'est impossible de fermer les yeux sur tant de meurtres, et je ne pourrai jamais avoir des sentiments pour vous si vous persistez dans cette sauvagerie.

Il y avait encore un soupçon de colère dans son expression, mais il semblait au moins disposé à l'écouter.

— Seriez-vous en train de me lancer un ultimatum ? demanda-t-il. Essayez-vous de me dire que vous n'accepterez d'être ma femme que lorsque j'aurai déposé les armes ?

Elle hésita, ne sachant plus vraiment à quoi elle faisait allusion, à deux doigts de basculer dans un avenir très différent de celui qu'elle s'était imaginé. Était-elle réellement en train de négocier son mariage ? Ou tentait-elle seulement de gagner du temps pour pouvoir une nouvelle fois lui échapper ? Elle n'avait pas eu le loisir d'y réfléchir. C'était encore le Boucher, et ça le serait toujours. Il ne pourrait jamais effacer cette partie-là de son histoire. Il serait toujours hanté par la mort. Son cœur serait à jamais marqué par les vies qu'il avait ôtées...

— Seriez-vous d'accord pour permettre aux tribunaux de rendre justice et de décider du châtiment que mérite Richard, s'il était jugé coupable ?

Il gloussa de dégoût.

— Vous me dites que vous seriez prête à vous sacrifier corps et âme à moi, un pécheur condamné à l'enfer, afin de sauver cette espèce de sale ordure du fil de ma hache ?

Que Dieu lui vienne en aide…

Elle hocha la tête.

Mais avait-elle véritablement l'intention de devenir son épouse ?

Il plissa les yeux.

— Je ne vais pas vous mentir, ma belle. Si je prends cet engagement, je tiendrai parole et en ferai une question d'honneur. Je ne tuerai pas Richard Bennett. Mais cette union sera un vrai mariage. Vous coucherez avec moi, et vous me donnerez des enfants. (Il s'approcha un peu plus d'elle.) Et vous devrez vous aussi prendre un engagement. J'ai une responsabilité envers mon clan et ces rebelles qui me suivent. Je suis garant de leur sécurité et de leur protection. Il faut que je sois sûr que vous ne les dénoncerez pas.

Elle le regarda d'un air méfiant.

— Vous voulez qu'en échange de votre serment d'épargner la vie de Richard et de laisser les tribunaux le juger je taise vos secrets ?

— Oui.

Il mit les mains sur les hanches et l'observa attentivement.

— Qu'en pensera Angus ? demanda-t-elle franchement, sachant que Duncan serait déstabilisé par la question. Il ne l'acceptera pas. Il va donc falloir que vous me protégiez de lui.

— Sans problème.

Amelia avait de plus en plus de peine à respirer. Voyant qu'elle avait du mal à lui répondre, il la saisit par le menton et lui releva doucement la tête pour la regarder dans les yeux.

— Mais dites-moi, ma belle. Qu'est-ce qui me garantit que je peux me fier à vous ?

— Et moi, qu'est-ce qui me le garantit ?

Ils se dévisagèrent l'un l'autre, tandis que, dans la pièce, la lumière commençait à décroître. Un nuage passait devant le soleil.

— Je tiens à vous, finit-il par reconnaître.

Elle fut surprise de déceler un soupçon de vulnérabilité dans sa voix. C'était la première fois.

— Si vous acceptez de m'épouser, poursuivit-il, je prendrai soin de vous et vous n'aurez rien à craindre.

— Je n'aurai rien à craindre de Richard, voulez-vous dire ?

Duncan croisa son regard.

— Oui. Et de tout ce qu'il y a de désagréable dans ce monde. Et, un jour, j'espère que vous finirez par me faire confiance.

« Confiance. » L'emploi de ce terme l'ébranla. Une semaine auparavant, il n'était encore consumé que par une envie : tuer Richard Bennett. Il était encore dévasté par la perte de sa précédente fiancée. Il était impossible qu'il s'en soit remis en une seule semaine, et ce uniquement parce qu'il désirait Amelia physiquement et qu'il l'avait demandée en mariage pour conclure un pacte de loyauté. Et il lui avait menti sur son identité depuis le début.

— Et mon oncle ? interrogea-t-elle. C'est mon tuteur. Je ne peux rien faire sans son consentement.

— Je le ferai venir.

— Et ensuite ? s'enquit-elle d'un ton sarcastique. Vous essaierez de gagner son estime ?

Duncan leva les yeux.

— Oui. Je vous ai sauvée des griffes du Boucher des Highlands, non ? Je suis prêt à parier que votre père aurait été plus que ravi si je lui avais demandé votre main, au printemps dernier.

Elle s'étonna d'une telle confiance en soi.

— J'ai une dot, vous savez. Elle est assez importante.

— Je m'en moque éperdument, ma belle, mais je l'accepterai. Pour le bien de l'Écosse. Nous sommes d'accord, alors ?

Elle prit une profonde inspiration et pria pour que ce soit la bonne décision.

— Oui, nous sommes d'accord.

Il s'élança vers la porte.

— Bien. Vous allez écrire à Bennett dès aujourd'hui pour rompre vos fiançailles, mais ne cachetez pas la lettre. Je la lirai avant de l'envoyer.

— Ce n'est pas vous qui parliez de confiance ?

Il secoua la tête.

— Pas encore.

Elle poussa un soupir désespéré, puis fit une dernière déclaration avant qu'il quitte la pièce.

— Je serai votre obligée, Duncan, mais, à l'avenir…

Il attendit qu'elle poursuive.

— Si c'est une femme docile que vous cherchez, apprenez qu'il ne faudra pas compter sur moi.

Il la regarda bien en face.

— Les femmes dociles ne m'intéressent pas. C'est vous que je veux. Et je préfère que vous sachiez vous défendre, même contre des gens comme moi. À ce propos, vous m'appartenez, à présent. Je viendrai donc vous rejoindre dans votre lit, ce soir. Consentirez-vous à me recevoir de votre plein gré ?

Elle releva le menton.

— Tant que vous n'apportez pas votre hache…

Il esquissa un sourire.

— Rien que mes mains, alors. Et ma bouche. Et peut-être encore autre chose.

— Je suppose que vous faites allusion à votre sens de l'humour ? rétorqua-t-elle. À moins que ce ne soit votre charme enfantin.

Il la dévisagea avec une lueur d'amusement dans le regard, puis la laissa seule face à l'ampleur de la décision qu'elle venait de prendre.

Non seulement elle avait accepté de devenir sa comtesse, mais aussi qu'il partage sa couche alors qu'ils n'étaient pas encore mariés.

Lui prendrait-il son innocence, ou serait-ce comme les fois précédentes ? S'arrêterait-il quand elle le lui demanderait ?

Allait-elle vouloir qu'il s'arrête ?

Non, décréta-t-elle. Non, elle ne voudrait pas. Malgré tout, elle éprouvait un immense désir pour lui. Après tout ce qu'ils avaient fait ensemble, elle lui appartenait, corps et âme et, ce soir-là, il la considérerait comme sa femme, même si elle ne l'était pas encore. Il lui serait impossible de faire machine arrière. Il y veillerait.

Elle s'efforça plutôt de se concentrer sur ce qu'elle était parvenue à obtenir. Elle avait négocié la vie d'un soldat et avait eu gain de cause. À présent, c'était à l'armée du roi de décider de son sort. Ce qui était normal.

Plus important encore, elle avait négocié le salut de l'âme de Duncan et, rien que pour cela, elle n'aurait aucun regret.

— Ils disent qu'ils ne l'ont jamais vu, expliqua le commandant William Jones, l'estomac noué, en sortant de la chaumière, en verrouillant la porte de l'extérieur et en se remettant en selle. La femme prétend que ce n'est qu'une légende.

Le supérieur de William, le colonel Bennett, tira sur la bride de son cheval blanc nerveux et lui assena un puissant coup de cravache sur l'arrière-train.

— Le Boucher est un être de chair et de sang, commandant Jones. Et ces sales Highlanders le savent bien. Ce sont des jacobites. Faites-les rôtir.

Sa monture se cabra en poussant un hennissement strident.

— Mais il y a des enfants, à l'intérieur, mon colonel.

Bennett lui lança un regard féroce.

— Contesteriez-vous mes ordres, commandant ?

— Non, mon colonel.

William crut qu'il allait vomir.

— Alors, obéissez et faites griller ces gens. Il y a certainement une fenêtre par laquelle ils pourront s'échapper, s'ils veulent rester en vie.

Le colonel Bennett se dirigea au galop vers l'écurie et s'écria :

— Brûlez-moi tout ça ! Tuez le bétail et abattez-moi ce chien galeux !

Il désigna le chien de berger noir et blanc, sur le seuil de l'écurie, qui aboyait sans discontinuer.

William s'efforça de réprimer sa douleur. Il leva les yeux vers le sommet des montagnes enveloppées d'un voile de brume, puis se tourna vers l'eau limpide qui s'écoulait vivement dans le lit du ruisseau. Il haussa les épaules et les laissa retomber en poussant un profond soupir purificateur, indispensable pour chasser toutes sortes d'idées incompatibles, et fit le tour de la chaumière pour veiller à ce qu'il y ait effectivement une ouverture accessible. Quand il la trouva, il prononça une rapide prière pour son salut, et pour celui des malheureux à l'intérieur, puis il alluma sa torche et la lança sur le toit de chaume.

Chapitre 16

Duncan s'introduisit dans son étude. Elle était poussiéreuse et encombrée de documents, de toiles et de livres rares empilés de manière précaire contre les murs. Devant la plus grande fenêtre, un télescope se dressait sur son trépied, braqué sur le ciel pour qu'on puisse contempler les étoiles à la nuit tombée. Une collection de bustes était alignée sur la tablette de la cheminée et de chatoyantes tapisseries flamandes étaient pendues aux murs.

Au centre de la pièce, un jeu de plans architecturaux roulés sur eux-mêmes était rangé à la verticale dans un coffre ouvert. Il avait traîné ce coffre jusque-là un mois auparavant, pour y chercher une information dont il ne se souvenait plus.

Il s'installa à son bureau, face à un petit vitrail, dans l'angle, et s'empara d'une feuille de papier gaufré aux armoiries de Moncrieffe. La lumière qui pénétrait par le vitrail illuminait la page d'un arc-en-ciel de couleurs. Il saisit sa plume, la trempa dans l'encrier et se lança dans la rédaction d'une lettre à la fois cordiale et bienveillante, calligraphiée avec le plus grand soin possible compte tenu de son empressement.

Lady Amelia Templeton, la fiancée de Richard Bennett, avait accepté de l'épouser. Elle lui appartenait et, très bientôt, il lui ferait l'amour, lui arrachant de petits cris d'extase.

En contrepartie, il avait consenti à épargner la vie de Richard Bennett.

Soudain perturbé, Duncan leva sa plume, s'appuya sur le dossier de son siège et regarda autour de lui. Il se souvint d'un jour où il se trouvait assis à ce même bureau, rédigeant une lettre destinée à Muira, épanchant son cœur et citant quelques vers de poésie amoureuse. Il l'aimait plus que tout et était alors empli d'espoir – un peu comme ce qu'il ressentait à présent. Il était vraiment dans un drôle d'état.

Il supposait que c'était parce que, pour une fois, on était parvenu à le faire penser à autre chose. En épousant Amelia, il savait qu'il pourrait jouir de plaisirs sexuels, et imaginait déjà ces futurs moments avec vigueur et enthousiasme.

Mais parviendrait-il à tenir parole, à baisser les armes et à laisser la vie sauve à Bennett ?

Il se mit à tapoter machinalement la pointe de sa plume sur la feuille de papier tout en regardant par la fenêtre. Et si Bennett venait lui demander réparation ?

Eh bien, il suffirait que Duncan fasse preuve d'une grande maîtrise de soi et s'efforce de ne pas le tuer. Il en serait capable. C'était un guerrier très discipliné. Il ne toucherait pas à ses armes et se concentrerait plutôt sur les effets de cette forme altérée et moins violente de vengeance.

Il était en train de soustraire la fiancée de Bennett, comme ce dernier lui avait autrefois enlevé la sienne. C'était « œil pour œil », comme Angus l'avait dit, un jour. D'ailleurs, rien ne l'empêcherait de présenter des preuves à la Couronne, qui traduirait Bennett devant la cour martiale et, avec un peu de chance, le condamnerait à la pendaison. Il n'avait rien promis à Amelia de ce côté-là. En fait, c'était elle-même qui avait tenté de le pousser dans cette voie.

Et voilà ; une vengeance parfaite. En prime, Duncan pourrait assouvir son désir pour Amelia. Son corps, son innocence, sa virginité… il aurait tout.

Se penchant en avant pour tremper sa plume, il poursuivit la rédaction de sa missive. Au bout d'un moment, il la saupoudra de talc et la secoua avant de la plier, de la sceller d'un cachet de cire, de se lever et de quitter la pièce. Un valet en livrée se tenait dans le couloir, patientant consciencieusement, comme on le lui avait commandé.

— Apportez ça à Fort William dès aujourd'hui, lui ordonna Duncan, et remettez-le au duc de Winslowe. En mains propres. C'est compris ?

— Oui, Votre Seigneurie.

— Lady Amelia aura elle aussi une lettre à vous faire porter, aujourd'hui, mais il faudra que je la lise. Allez attendre le pli devant la porte de notre invitée, apportez-le-moi, puis vous prendrez le carrosse de Moncrieffe, irez au fort et reviendrez accompagné de M. le duc.

Le valet le salua puis se dirigea vers l'escalier d'un pas preste, croisant Iain dans le couloir.

Celui-ci le suivit du regard avant de rejoindre Duncan, l'air inquiet.

— J'espère que tu sais ce que tu fais, dit-il en s'arrêtant devant la porte de l'étude. (Il continua en chuchotant d'un ton furieux.) Parce que je commence à en avoir assez de devoir éteindre tous les incendies que tu allumes, Duncan. Tous les matins, en me réveillant, je dois subir les terribles conséquences de ton courroux. Il y a quelques jours, c'était Richard Bennett qui voulait que des hommes de Moncrieffe se joignent à ses propres troupes pour te traquer. Nos propres gens ! Aujourd'hui, c'était pire encore. J'ai été forcé de recevoir la fille d'un important duc anglais qui voulait que ce soit toi, et personne d'autre, qui la protèges du Boucher. Que diable étais-je censé lui raconter ? Évidemment, elle doit savoir de quoi il retourne, à présent. Ça va nous valoir la potence à tous les deux.

Duncan parcourut le couloir du regard pour s'assurer qu'il n'y avait personne.

— Viens, entre.

Son frère pénétra dans l'étude et jeta un coup d'œil au coffre ouvert.

— Tu ne peux pas sonner une femme de chambre, Duncan ? C'est l'anarchie, dans cette pièce !

Il n'était un secret pour personne que le cadet de Duncan préférait l'ordre au chaos. C'était quelqu'un de très poli, d'intelligent et de cultivé et, quand il devait prendre une décision, en aucun cas il ne choisissait la voie la plus risquée. Il détestait les conflits, n'avait jamais tenu une épée entre ses mains, ni mis le pied sur un champ de bataille.

Et, ce matin-là, il avait atteint le summum de la panique quand on avait annoncé l'arrivée d'Amelia, moins de cinq minutes après que son frère eut déboulé dans l'enceinte de la forteresse comme un boulet de canon.

— J'aime cet endroit comme il est, lui rétorqua Duncan. Assieds-toi, Iain.

D'un geste, il lui désigna le canapé.

Iain s'en approcha mais dut déplacer une caisse de bougeoirs pour se frayer un passage. Il souleva les basques de sa jaquette et s'installa.

— Explique-moi ce qui s'est passé avec cette lady Amelia. Qu'est-ce qu'on va faire d'elle, nom de Dieu ?

Duncan prit place à son bureau.

— Inutile de paniquer. Elle ne révélera rien de notre secret. Je suis persuadé qu'elle ne nous trahira pas.

Iain haussa les sourcils d'un air incrédule.

— Elle t'a donné sa parole, hein ? Librement ?

— Je ne l'ai pas menacée, si c'est ce que tu crois. (Il hésita.) Enfin… peut-être un peu. Mais cette jeune fille a du cran, et elle aussi m'a menacé. C'était un combat à la loyale. Mais, maintenant que c'est fait, je suis certain qu'elle ne me trahira pas.

Iain fronça les sourcils.

— Comment peux-tu accepter de courir un tel risque, Duncan ? Merde ! Elle vient de s'échapper. Elle s'est enfuie de désespoir et, la première chose qu'elle a demandée, c'était de savoir si le colonel Bennett était encore là. Elle n'avait qu'une envie, se jeter dans ses bras et pleurer sur son épaule.

Duncan en eut assez des hypothèses de son frère. Elles étaient inutiles, désormais, de toute façon. Quoi qu'il se soit produit à l'arrivée de la jeune femme, c'était sans importance, parce que c'était avant qu'elle et lui parviennent à un accord.

— Lady Amelia a accepté de m'épouser, lui fit-il savoir. Dès que l'on pourra organiser le mariage, elle deviendra comtesse de Moncrieffe et ne sera plus en mesure de témoigner contre moi, son époux. Son oncle et tuteur, le duc de Winslowe, ne va pas tarder à arriver, et je suis certain qu'il approuvera cette union.

Iain demeura un long moment sans bouger.

— Tu as déjà fait ta demande à lady Amelia ? Et elle a accepté ?

— Oui.

Duncan se leva et se dirigea vers la fenêtre. Il se baissa pour regarder dans le télescope, et suivit une cane et ses canetons, qui se dandinaient le long de la rive, de l'autre côté du lac. Subitement, il se sentit d'assez bonne humeur.

— Tu es sûr qu'il ne s'agit pas d'un subterfuge ? s'enquit Iain. Pour pouvoir de nouveau s'enfuir quand tu auras baissé ta garde ?

Duncan se redressa et contempla le ciel parsemé de nuages blancs duveteux.

— Je ne suis pas un imbécile, Iain. Je sais qu'elle a eu peur de moi, par le passé, qu'elle m'a méprisé, même. Je ne vais pas commencer à t'expliquer ce qu'il y a entre nous, mais elle m'a donné sa parole, et je lui ai donné la mienne. (Il fit face à son frère.) Elle ressemble beaucoup à son père, tu sais ? Tu te souviens de la visite du duc, au printemps dernier ? C'était quelqu'un de bien et d'honnête.

Iain continua à le dévisager stupéfait.

— Mais c'est une Anglaise, Duncan. Le clan ne voudra pas d'une comtesse anglaise ! Tu sais déjà ce qu'on raconte à ton sujet, depuis que tu as tenté de négocier avec le duc. On dit que tu cherches les faveurs du roi dans l'unique but d'étendre tes terres et d'accroître tes richesses. Et voilà que, maintenant, tu veux épouser la fille d'un noble anglais ? D'ailleurs, elle est toujours fiancée au colonel Bennett.

Duncan se rassit.

— Elle m'appartient, à présent.

Son frère soupira et s'appuya contre les coussins.

— C'est encore ta prisonnière ?

— Non, s'emporta-t-il. Ce sera ma femme. (Il regarda son frère d'un air provocant.) Il y a encore un sujet dont il faut que nous discutions. Maintenant que j'ai pris cet engagement, certaines choses vont devoir changer.

Iain se pencha de nouveau en avant. Il fronça les sourcils avec une certaine curiosité.

— Quel genre de choses ?

Quand on frappa, ils se tournèrent tous les deux vers la porte.

Angus s'introduisit dans la pièce sans lâcher la poignée de son épée. Il avait ramené sa chevelure dorée en arrière et s'était fait une natte. Il s'était rasé et avait mis une chemise propre.

— Tu es au courant des dernières nouvelles, Iain ? demanda Angus sans quitter Duncan de ses prunelles bleu glacial. Il t'a dit qu'il allait épouser cette diablesse d'Anglaise, juste pour qu'elle la ferme ?

— Oui, répondit Iain. Il vient de tout m'expliquer.

Angus lança un regard noir au Boucher.

— Il aurait été plus prudent de la tuer, tu ne crois pas ? C'est ce que tu aurais dû faire au fort, il y a presque une semaine. Ça nous aurait épargné bien des soucis et des efforts. (Duncan se leva de son fauteuil et s'approcha d'Angus, qui recula en jetant un coup d'œil à Iain.) Il t'a dit, aussi, qu'il avait accepté de déposer les armes, en échange de son silence ? Et qu'il s'était résigné à laisser la vie sauve à Richard Bennett ?

Iain se tourna vers Duncan.

— Non, il ne m'a pas parlé de ça.

— J'étais sur le point de le faire, lui assura Duncan.

Angus et lui se tenaient face à face au centre de l'étude. Angus poursuivit d'un ton calme :

— Est-ce que tu aurais perdu ta putain de tête, Duncan ?

— Je sais ce que je fais, gronda-t-il.

Angus marqua une pause.

— Mais tu n'aurais jamais dû abandonner tout ce pour quoi on s'est battus. Tu ne dois pas la laisser te persuader de garder Bennett en vie.

— Tu n'as pas à me dire ce que je dois ou ne dois pas faire, le mit-il en garde.

— La seule raison pour laquelle tu ne dégaines pas ton épée pour te défendre, là, c'est parce que je suppose que tu as l'intention d'oublier ta promesse et de reprendre les armes dès que tu auras prononcé tes vœux. C'est du moins ce que j'espère.

Iain s'interposa. Il était plus petit que les deux autres et, pour cette raison, il dut lever la tête pour s'adresser à eux.

— Mais il serait très discourtois de manquer à la promesse que l'on vient de faire à une dame, fit-il remarquer. Surtout à la fille d'un duc.

Angus lui lança un regard noir.

— « Discourtois » ? Merde, Iain ! Tu t'habilles peut-être comme un Anglais mais, la dernière fois que j'ai vérifié, t'étais encore écossais ! Et tu sembles oublier que ton frère a déshabillé la gamine dans sa chambre et qu'il l'a jetée sur son épaule comme un sac de pommes de terre pour sortir du fort. Puis il l'a ligotée et l'a menacée de la dépecer comme un lapin si elle tentait de s'échapper. Je crois donc qu'il est un peu tard pour les bonnes manières.

Iain déglutit avec peine.

— Il n'est jamais trop tard pour faire preuve de courtoisie.

Angus se pencha au-dessus de lui.

— Tu n'as jamais eu le courage d'aller sur un champ de bataille, Iain. Tu as toujours laissé ça aux autres, alors, je te suggère de rester à l'écart de tout ça.

Iain déglutit de nouveau, toujours aussi difficilement. Il recula avec précaution.

Duncan croisa le regard glacial d'Angus.

— Je lui ai donné ma parole. Je n'ai pas l'intention de la reprendre.

— Et la parole que tu m'as donnée, à moi ? demanda Angus. Que nous allions tous les deux venger la mort de ma sœur ?

Duncan éprouva une pointe de culpabilité inattendue, qu'il repoussa aussitôt.

— Je n'ai pas à me justifier auprès de toi.

S'ensuivit un moment d'intense tension, puis Angus se dirigea vers la porte.

— Tu as peut-être pris un engagement auprès de cette Anglaise, Duncan, mais pas moi. Je ne lui dois rien.

Duncan le suivit dans le couloir.

— Ne t'occupe pas de ça, Angus. Laisse-moi me charger de Bennett.

Angus se retourna.

— Pourquoi ? Est-ce que cette belle Anglaise compte tant que ça à tes yeux ? Et Muira ? Tu l'aimais, jadis. Peux-tu l'oublier si facilement ? Ça ne fait même pas un an !

Il se sentit de nouveau coupable et éprouva une douleur dans la poitrine.

— Je n'oublie rien. Je souhaite simplement mettre fin à ce carnage. Je suis sûr que c'est ce qu'elle aurait voulu.

Le croyait-il vraiment ? Il n'en savait rien. Il n'y avait même pas réfléchi, à vrai dire. Il n'avait pensé qu'à ses propres besoins et à ses envies.

— Ce que ma sœur aurait voulu, c'est voir la tête de Richard Bennett au bout d'une pique, insista Angus en reculant dans le couloir. Mais tu as choisi de faire passer cette Anglaise avant elle, et avant tes amis, aussi. (Il fronça les sourcils.) Que t'est-il arrivé, Duncan ? Où est l'homme que j'ai connu : le courageux Écossais qui se battait auprès de moi sur le champ de bataille de Sheriffmuir ? Le féroce Highlander qui brandissait son épée contre la tyrannie et l'injustice ? Aurais-tu oublié tout ce que ton père t'a fièrement inculqué ? As-tu l'intention d'oublier l'Écosse, aussi ?

— Je n'oublie rien, répéta Duncan. J'aurai ma vengeance. J'ai pris la fiancée de Bennett comme il a pris la mienne.

— Mais qu'est-ce que tu vas foutre d'elle ?

Duncan sentit une boule se former dans sa gorge.

Angus secoua la tête.

— Alors, c'est donc ça. Ta décision est prise. Je m'en vais alors, parce que, manifestement, comme ton frère au cœur tendre, tu n'as plus les tripes pour te battre.

Sur ce, Angus tourna les talons et disparut dans l'escalier.

Duncan s'adossa au mur et martela son poing à plusieurs reprises sur les pierres glacées du couloir du château.

La lettre à Richard n'était pas facile à rédiger, mais elle était sur le point de l'achever.

Amelia reposa la plume un moment et s'appuya contre le dossier de son siège. Qu'aurait pensé son père de cette décision ? se demanda-t-elle en jetant un coup d'œil à la somptueuse chambre rouge de l'ancienne comtesse, celle où elle se trouvait actuellement et où elle demeurerait à tout jamais.

Quelque chose lui disait que, ignorant tout de la double identité de Duncan, naturellement, son père aurait été ravi de la voir épouser le grand comte de Moncrieffe. C'était un aristocrate, après tout, qui résidait dans un magnifique palais et était plus riche que quiconque ne pouvait l'imaginer. Le duc aurait très bien pu le choisir à la place de Richard, au printemps précédent, car ce dernier n'était que le troisième fils d'un baron et aurait été contraint de compter sur la dot de son épouse ainsi que sur la générosité de son futur beau-père, s'il avait survécu, pour qu'ils puissent bénéficier du confort auquel elle était habituée.

Non que ce confort matériel lui ait jamais importé, pas plus qu'aujourd'hui, d'ailleurs. Néanmoins, elle habiterait désormais dans ce délicieux palais et y passerait le reste de son existence, sachant qu'elle était au moins parvenue à détourner le tristement célèbre

Boucher des Highlands de ses envies de meurtre et de vengeance. Elle avait usé de tout le pouvoir dont elle disposait pour apaiser sa colère.

Elle songea à ce pouvoir si particulier qu'elle avait sur lui…

Elle n'était pas idiote. Elle savait qu'il voulait coucher avec elle, et que c'était ce désir mutuel qui était à l'origine de tout. C'était ce qui l'avait poussé à mettre un terme à sa vengeance. Cela avait aussi joué un rôle non négligeable de son côté, car elle avait envie de lui. Il était inutile de le nier. Ses prouesses physiques et son acharnement sauvage l'excitaient au plus haut point.

Et, par conséquent…

Il viendrait la rejoindre dans son lit chaque soir pour satisfaire son appétit et, elle aussi assouvirait ses propres envies, ainsi que sa curiosité. D'une certaine façon, il se vengerait de Richard grâce à elle. En la possédant. Elle s'y était résignée, et l'escomptait, même. Mais, parallèlement, l'idée que cet homme puisse libérer toute la passion qu'il éprouvait pour elle l'effrayait quelque peu.

Qu'il puisse en aller de même pour elle l'inquiétait également.

Elle se pencha et parvint tant bien que mal à achever sa lettre.

Bientôt, elle la tendit au valet qui attendait devant sa porte, enfila un châle et alla retrouver Josephine, l'épouse d'Iain, qui lui avait proposé de lui faire visiter le château et le domaine. Elle supposait qu'il allait être pour le moins délicat de faire la connaissance de cette femme qui savait tout de la situation, y compris les raisons pour lesquelles Amelia s'était soudain fiancée à son beau-frère.

Amelia descendit l'escalier à la hâte et pénétra dans la salle de réception, où elle avait rencontré Iain, un peu plus tôt ce matin-là. Josephine était installée dans un fauteuil près de la fenêtre, un livre ouvert sur les genoux. Elle leva les yeux et referma son ouvrage en la voyant arriver.

— Ravie de constater que vous ne vous êtes pas perdue, l'accueillit Josephine en se levant. Il est parfois difficile de se repérer, dans les couloirs de ce château.

Vêtue avec goût d'une simple robe de soie bleue, la femme d'Iain était plus jolie qu'elle ne l'avait imaginé. Élancée, blonde, et parée d'un ravissant sourire, elle était pourvue d'une grâce charismatique, ce qui aida Amelia à chasser une partie de sa nervosité.

— En fait, j'ai hésité après avoir franchi le pont couvert mais, au final, je suis parvenue à trouver mon chemin.

Josephine s'approcha d'elle et lui tendit les mains.

— Vous connaîtrez bientôt chaque recoin et chaque fissure de ce magnifique bastion. J'y veillerai personnellement. Je suis enchantée de faire votre connaissance, lady Amelia. Vous n'avez pas idée à quel point j'ai été heureuse d'apprendre que j'allais bientôt avoir une sœur.

Amelia fut surprise de la rapidité avec laquelle les salutations de cette femme lui réchauffaient le cœur, alors qu'elle doutait tant d'avoir pris la bonne décision et ignorait à quoi s'attendre avec l'épouse d'Iain.

— Allons d'abord nous promener à l'intérieur, suggéra Josephine en guidant Amelia vers la porte. Ensuite, nous nous aventurerons dehors et ferons mieux connaissance.

La visite débuta par un retour au donjon, où Josephine parcourut la salle des banquets, celle des blasons et la chapelle d'un pas gracieux et tranquille avant de finalement sortir dans une cour intérieure équipée d'une fontaine décorative en pierre.

Elles regagnèrent ensuite le corps principal du château. Josephine montra à Amelia toutes les chambres d'amis – elle en perdit le compte après la septième –, visiblement aussi confortables les unes que les autres, ainsi que la bibliothèque, trois salons, et, pour finir, la salle à manger, les cuisines et l'impressionnante cave à vins.

Enfin, elles quittèrent le château par une petite porte et longèrent un chemin de pierre qui les conduisit aux écuries. Le soleil brillait, et Amelia leva la tête pour sentir la chaleur de ses rayons sur ses joues.

— Soyons franches, à présent, d'accord ? demanda Josephine en prenant Amelia par le bras. Vous êtes manifestement bouleversée. Vous êtes sur le point d'épouser le Boucher des Highlands.

Amelia poussa un profond soupir.

— Si seulement je pouvais vous expliquer à quel point c'est difficile.

— Essayez, Amelia. Vous pouvez tout me dire. Je suis une femme, je comprendrai. Je sais dans quelles circonstances vous êtes arrivée ici, et je me doute que ça n'a pas dû être facile.

Face à la bienveillance de Josephine, Amelia libéra ses émotions et se perdit en explications. Elle lui décrivit la vision d'horreur qu'elle avait eue en apercevant Duncan au-dessus de son lit, au fort, et tout ce qui s'était produit au cours des jours suivants. Elle lui parla de Fergus, Gawyn et Angus, et lui raconta comment ils s'étaient comportés avec elle. Elle lui narra en détail sa première fuite jusqu'au camp des Anglais, et les révélations qui s'étaient ensuivies à propos de ce qu'elle pensait de ce pays et du sien. Elle lui rapporta également leur rencontre avec le garçon, Elliott, et le fait que Duncan s'était alors montré sous un tout autre jour.

— C'est le Duncan que je connais, lui rétorqua Josephine. Et je suis persuadée que c'est l'homme que vous allez apprendre à connaître quand vous l'aurez épousé. Il n'a rien à voir avec le Boucher. Vous oublierez vite cette autre facette de sa personnalité. Il ne la montre que très rarement. Il saura gagner votre respect et votre amour, Amelia. Faites-moi confiance.

Amelia déglutit pour tenter de chasser la boule d'incertitude qui semblait s'être logée dans sa gorge.

— J'aimerais pouvoir en être aussi sûre.

— Accordez-vous un peu de temps.

Elles déambulèrent dans la cour principale et se dirigèrent vers un cadran solaire, qui indiquait l'heure avec une grande précision.

— Je dois reconnaître, avoua Josephine, que je suis ravie de pouvoir enfin parler ouvertement à une autre femme des activités de mon beau-frère en tant que rebelle et héros de l'Écosse. Ça a toujours été un secret bien gardé, mais je suis si contente de ne trahir la confiance de personne en louant sa volonté de se battre pour l'Écosse par tous les moyens. Je pourrais vous en raconter, des choses…

— Ça m'aiderait, admit Amelia. Je veux savoir tout ce qu'il y a de bon en lui, de manière que ce soit plus facile à gérer pour moi.

Elles longèrent le périmètre de l'îlot.

— En dépit de ce que vous croyez, poursuivit Josephine, c'est quelqu'un de bien, qui mérite d'être heureux. Voilà bien longtemps qu'il ne l'est plus.

Elle lui décrivit la peine qu'il avait éprouvée à la perte de Muira, et lui avoua qu'elle avait l'espoir que, lorsqu'il retrouverait l'amour, le poids de ses soucis s'amenuise.

Amelia réfléchit à cette nouvelle vie qui s'annonçait, au chagrin manifeste de Duncan, ainsi qu'à sa propre capacité à l'en débarrasser, comme Josephine l'espérait. Elle l'avait accablé d'exigences considérables, ce matin-là, en lui demandant de déposer les armes, persuadée que c'était dans son intérêt. Et ils s'étaient tous les deux engagés bien vite. Elle se sentit très intimidée.

— Permettez-moi de vous conter quelques-uns de ses exploits, commença Josephine. Il y a une histoire, en particulier, qui met en exergue son courage durant la bataille d'Inveraray, où il a pris d'assaut la forteresse de Campbell tel un ancien guerrier viking. Ensuite, je vous montrerai à quel point c'est un seigneur dévoué et généreux. Il donne du travail à tous ceux qui lui en font la demande. Il partage ses richesses et s'intéresse de près à la vie de ceux dont il a la charge. Il n'autorise pas que son peuple se déshonore. Dès qu'il y a une brebis galeuse, il la châtie ou la bannit, et tous ceux qui sont à son service lui sont fidèles.

Elles ralentirent l'allure, sur le chemin de pierre, Amelia écoutant Josephine lui chanter les louanges de Duncan et se rendant compte à quel point elle en connaissait peu sur l'homme complexe qui serait bientôt son époux.

Elle se demanda avec inquiétude quand son oncle arriverait, et ce qu'il penserait de sa décision.

Et Richard, naturellement. Elle aurait bien aimé savoir quand il recevrait sa lettre.

Ce soir-là, Amelia et Duncan dînèrent chacun à une extrémité de la longue table, en compagnie d'Iain et de Josephine. C'était un abondant festin de soupe d'huîtres, de coquelet de Cornouailles, de légumes frais et de vin du sud de la France.

Après des pêches à l'eau-de-vie accompagnées de crème et de truffes au chocolat en dessert, ils jouèrent aux cartes dans le salon bleu, discutèrent de théâtre et de politique, et rirent de rumeurs amusantes.

Amelia fut surprise que tout soit si conventionnel, et eut même parfois l'impression d'être presque à l'aise. Il lui arriva de rire franchement, sans faux-semblants. Elle se sentait plus chez elle que dans son propre château, depuis que son oncle s'y était installé. Elle l'aimait pourtant beaucoup ; c'était un homme bon et agréable. Mais il était âgé, et il y avait quelque chose de décontracté et de pourtant très excitant chez ces jeunes Highlanders. Même avec Beth MacKenzie et les siens, de manière complètement inattendue, Amelia n'avait éprouvé aucun embarras. Dans leur modeste chaumière, l'atmosphère était intime et sans façon.

Ces Écossais savaient s'amuser, se taquiner et passer outre à des règles qui pouvaient parfois se révéler suffocantes pour une jeune demoiselle de bonne famille. Amelia n'eut pas le sentiment d'étouffer, ce soir-là. Étrangement, elle se sentit libre, détendue, et fut stupéfiée par le charme désinvolte de Duncan.

Elle se souvint de ce que Josephine lui avait dit, ce jour-là : « Je suis persuadée que c'est l'homme que vous allez apprendre à connaître quand vous l'aurez épousé. Il n'a rien à voir avec le Boucher. Vous oublierez vite cette autre facette de sa personnalité. Il ne la montre que très rarement. Il saura gagner votre respect… »

En effet, quand on n'avait aucune raison de redouter la lame de sa hache, c'était quelqu'un de très distrayant. Ce soir-là, enfin, il n'avait plus l'air d'un sauvage ni d'un barbare. C'était le modèle même de l'élégance et du raffinement.

Elle eut toutefois le sentiment, en jetant un coup d'œil à l'horloge, que la situation ne serait plus la même, quand il viendrait la rejoindre dans son lit.

À cette simple pensée, son cœur se mit à battre. Elle croisa son regard, à l'autre bout de la table.

En remarquant la lueur incandescente qui l'animait, elle comprit qu'il était temps de se retirer.

Chapitre 17

Peu après minuit, Amelia entendit un bruit dans le couloir. Elle était si nerveuse que son estomac se noua, mais elle se jura de ne pas se dérober. Elle apprécierait cette nuit et y prendrait plaisir, cela ne faisait aucun doute. Elle en avait déjà eu un avant-goût, dans les montagnes, et le désir qu'elle éprouvait pour Duncan était l'une des raisons pour lesquelles elle avait accepté sa demande en mariage.

Mais elle allait souffrir en abandonnant sa virginité, ce soir-là. Cela aussi, elle le savait. C'était un homme viril et généreusement doté. Elle se redressa dans son lit et espéra qu'elle parviendrait à le satisfaire.

Le feu s'était éteint, et la pluie tombait à verse sur la fenêtre. La pièce était éclairée par une simple chandelle, sur la table de chevet. Sa flamme vacilla quand on frappa à la porte.

— Entrez.

La porte s'ouvrit, et Duncan pénétra dans la chambre, un chandelier surmonté d'une demi-douzaine de bougies à la main. Les ombres se mirent à danser sur les murs tapissés d'écarlate.

Il referma doucement derrière lui, déposa le candélabre sur la grande commode et se tourna vers elle.

Il portait encore la même tenue qu'au dîner – une veste de velours noir aux passementeries argentées, un gilet gris ainsi qu'une chemise blanche au col et aux poignets foisonnants de dentelle. Il avait toutefois lâché sa chevelure sur ses épaules et, pour la première fois depuis son arrivée au château, elle eut l'impression de voir le redoutable Highlander qui l'avait enlevée dans son lit, au fort.

Elle s'humecta les lèvres et tenta de se concentrer sur autre chose que son appréhension grandissante.

— Êtes-vous prête à me recevoir, ma belle ? demanda-t-il, toujours immobile devant la porte.

Se rappelant qu'elle avait pris la décision de se montrer courageuse, elle répondit comme si de rien n'était :

— Oui.

Il s'approcha du lit et se débarrassa de sa veste de velours d'un mouvement d'épaules. Ce geste permit à Amelia d'admirer son imposante musculature. Il plia la veste et la déposa soigneusement sur le dossier d'une chaise. Puis il ôta son gilet, avant de faire passer sa chemise par-dessus sa tête. Amelia se figea, le regard rivé sur son torse nu couvert de cicatrices et sur ses bras musclés.

— Vous feriez bien de vous préparer à l'énormité de ce que vous allez voir, ma belle, lui conseilla-t-il. (Il esquissa un sourire taquin.) Venez là, à présent. Aidez-moi à défaire mon haut-de-chausses.

Il tendit les bras de chaque côté, et elle lui obéit d'un air aussi curieux qu'amusé, car tout cela était très nouveau pour elle, et elle ignorait ce qu'elle était censée faire, et comment elle devait se comporter.

Elle se glissa hors de ses couvertures et avança sur le lit. Après s'être agenouillée au bord du matelas, elle défit les attaches de son haut-de-chausses, qui comprimait son impressionnante érection. Quand le vêtement s'ouvrit et qu'elle aperçut la taille de l'organe avec lequel il ne tarderait pas à rompre son fragile hymen, elle déglutit avec peine. Le rythme de son cœur s'accéléra.

— Enlevez votre chemise de nuit, lui suggéra-t-il en se débarrassant complètement de son haut-de-chausses. Et recouchez-vous, ma belle. Je veux vous serrer contre moi.

Quelques secondes plus tard, elle était nue sous les couvertures, sentant les draps froids contre sa peau délicate, tandis qu'il se glissait auprès d'elle. Il lui caressa le ventre de sa grande main calleuse, éveillant aussitôt les sens de la jeune femme. Elle tenta de conserver son calme quand il roula au-dessus d'elle.

Elle n'écarta pas les jambes, et il ne le lui demanda pas. Elle sentait son sexe dur pressé contre son ventre, tandis qu'il lui effleurait la joue avec ses lèvres y déposant de petits baisers provocants avant de se consacrer de manière délicieuse à sa bouche. Elle laissa échapper un minuscule gémissement et lui passa les doigts dans les cheveux, surprise de constater qu'elle puisse éprouver un tel désir malgré sa nervosité et sa crainte de ce qui n'allait pas tarder à se passer.

— Prévenez-moi un peu avant que ça se produise, le pria-t-elle. Que je puisse m'y préparer.

Il lui effleura les paupières avec ses lèvres.

— C'est déjà en train de se produire, ma belle. Et ne t'inquiète pas, tu seras prête. J'y veillerai. Je n'ai pas l'intention de précipiter les choses.

Sur ce, il se baissa et couvrit de baisers ses seins, ses bras, son ventre, ses cuisses… partout. Il la caressait avec délicatesse et léchait doucement sa peau, lui procurant, dans le sillage de sa bouche, des picotements d'extase.

Elle aussi le caressait. Elle fit courir ses doigts le long de son dos couturé, de la courbe de ses fesses musclées, et plus bas, jusqu'à ses cuisses dures comme la pierre.

Cela dura un long moment – les caresses et les tendresses à la lueur des bougies –, et elle eut tôt fait de se calmer, son corps lui semblant fondre comme du beurre au soleil. Elle commença à se cambrer contre lui. Elle n'avait plus les idées très claires. Tout ce à quoi elle pouvait penser, désormais, c'était à ses mains sur elle et au contact chaud de sa peau nue contre la sienne.

Inconsciemment, elle écarta les jambes, les referma autour des hanches de Duncan et ressentit un désir profond presque douloureux. Il baissa une main et se positionna.

— Tu es prête à me recevoir, ma belle. Mais je veux t'entendre me dire que tu as envie de moi. (Il remua les hanches pour mieux se placer entre ses cuisses.) Je ne veux te faire mienne que si tu y consens.

— Oui, Duncan, j'ai envie de toi. Je t'en prie.

Une lueur malicieuse apparut dans son regard.

— Eh bien, puisque tu me le demandes…

Elle se cambra et, en poussant un gémissement, il s'enfonça doucement en elle.

Ressentant une vive douleur, elle prit une brève inspiration. Il était d'une taille impressionnante, alors qu'elle était étroite et inexpérimentée.

Mais elle en avait envie. Elle le voulait tout entier. Elle eut l'impression d'être une dévergondée. Elle avait peine à croire que c'était en train de se produire.

Elle s'autorisa enfin à s'abandonner.

Alors qu'il n'avait introduit que le bout de son érection dans l'intimité ardente d'Amelia, Duncan frémit de tout son être, aussi bien d'extase que de retenue.

Il aurait voulu s'enfoncer de toutes ses forces, vite, jusqu'à la garde, pour s'immerger entièrement dans sa chaleur soyeuse, mais la souffrance de la jeune femme ainsi que ses ongles acérés enfoncés dans son dos le poussèrent à faire preuve de patience.

Elle se cramponnait à ses épaules, aussi demeura-t-il immobile, maîtrisant ses envies, pour lui donner le temps de s'habituer à sa présence en elle. Une larme s'écoula le long de sa tempe.

— La douleur va vite s'estomper, lui promit-il en l'embrassant sur les lèvres.

— Ça va.

Il la regarda dans les yeux.

— Oh oui, ma belle, pour aller, ça va.

Quand il tenta de reprendre son souffle, il se mit à trembler, et dut attendre un moment pour recouvrer ses moyens. Il ne lui fallut que quelques secondes avant de se ressaisir. Il s'enfonça encore un peu, puis se retira, avant de recommencer, doucement, allant toujours un peu plus loin, jusqu'à ce qu'elle finisse par se cambrer suffisamment pour l'accueillir tout entier.

Elle poussa un petit cri. Il se mit à remuer en elle avec précaution et délicatesse.

— Je ne voulais pas te faire mal, chuchota-t-il. Tu vas bientôt te sentir mieux.

— Je me sens déjà mieux. C'est…

Il enfouit son visage dans ses cheveux et lui demanda d'une voix rauque :

— Oui, ma belle ? Dis-moi. Il faut que je le sache.

Tandis qu'il allait et venait en elle, elle se détendit.

— C'est excitant.

C'était une bonne chose, parce qu'il était à peu près certain de ne pas pouvoir se retenir beaucoup plus longtemps. Une tempête était en train de se former sous son crâne, et il mourait d'envie de s'enfoncer en elle avec force. Il voulait l'entendre gémir de plaisir et la sentir palpiter autour de lui quand il parviendrait à l'orgasme.

Elle écarta encore plus les jambes et souleva les hanches pour remuer en harmonie avec chacun de ses coups de boutoir. Ils se cabrèrent et se serrèrent l'un contre l'autre, en quête du plaisir qu'ils s'étaient refusé depuis le moment où ils s'étaient battus pour la première fois, dans ce champ, à l'aube, sous une pluie battante. Il y avait bien une certaine violence dans ses mouvements, à présent, mais cela n'avait plus d'importance, car elle avait finalement décidé de se livrer à lui.

Soudain, avec un soubresaut d'extase, Amelia lui prit les fesses à deux mains et se raidit sous son corps. Elle projeta violemment les hanches en avant et hoqueta. Il sentit les spasmes de son orgasme.

Ils s'embrassèrent avec passion, et elle se mit à faire jouer sa langue autour de la sienne. Sans hésiter davantage, il céda au flot qui le submergeait, et jouit dans un puissant jaillissement qui le laissa sans forces.

Il s'écroula sur elle et attendit que son cœur reprenne un rythme normal, tout en s'efforçant de donner un sens à cette étrange sensation de bonheur, alors que, encore peu de temps auparavant, sa vie n'étant qu'un champ de ruines, il avait abandonné tout espoir de rétablissement.

Il se sentait plus fort, à présent. Pourtant, en même temps, il voulait se montrer délicat. Peut-être était-ce vrai. Peut-être lui serait-il possible d'atténuer sa cruauté.

Il roula sur le côté, resta étendu sur le flanc et la regarda à la lueur des bougies. Elle se pelotonna contre lui.

— Tu m'appartiens, désormais, déclara-t-il. Plus aucun autre homme ne pourra t'avoir.

— Oui, répondit-elle d'une voix posée, bien que quelque peu distante et tremblante d'incertitude. Je suis à toi. Et, je l'avoue, je ne le regrette pas. Ça n'a aucun sens. Il n'y a pas si longtemps, je te haïssais. Toi aussi, tu m'as détestée quand je me suis enfuie. Serais-je devenue folle ? M'aurais-tu fait quelque chose ?

— Oh oui, ma belle. Et je recommencerai dès que tu en auras envie.

Elle éclata de rire, et ils demeurèrent un long moment dans la pénombre, se caressant mutuellement du bout des doigts. Puis Duncan se leva et traversa la pièce. Amelia se dressa sur un coude et admira sa merveilleuse silhouette, luisante de sueur. Il saisit un éteignoir en laiton et étouffa les chandelles qu'il avait apportées.

L'obscurité s'abattit sur la chambre rouge. Amelia tendit la main.

— Je crois que j'en ai envie tout de suite, lui signala-t-elle.

— Moi aussi.

Il regagna le lit et s'y hissa.

Ils ne dormirent pas beaucoup, cette nuit-là.

Le lendemain, en fin d'après-midi, à Fort William.

Le duc de Winslowe savourait un bon verre d'eau-de-vie dans ses appartements privés quand un soldat frappa à sa porte et entra avec une lettre qu'il lui tendit sur un plateau d'argent brillant.

Le duc s'en empara, congédia le jeune homme, rompit le sceau de la missive et la déplia. Il plissa les yeux d'un air courroucé, poussa un soupir de frustration puis fouilla dans ses poches, à la recherche de ses lunettes, chaussa ces dernières sur son gros nez et entreprit la lecture du billet.

Quand il eut terminé de parcourir le message rédigé de manière élégante, il arracha la perruque bouclée de sa tête et la jeta par terre, comme s'il venait de découvrir qu'elle était infestée de poux.

— Seigneur Dieu. Thomas ! Thomas !

Son grand valet dégingandé accourut dans la pièce.

— Oui, monsieur ?

Le lord se leva de son fauteuil.

— C'est lady Amelia. On l'a retrouvée ! Faites immédiatement mes bagages. Il faut qu'on aille à Moncrieffe Castle. On part dans l'heure.

— Prions Dieu qu'elle soit saine et sauve.

Le duc saisit son verre et le vida d'un trait.

— Ma parole, tout le monde est devenu fou.

— Comment ça, monsieur ?

L'aristocrate se tourna vers son fidèle valet, l'air incrédule, et agita la lettre.

— Le comte de Moncrieffe a demandé la main de lady Amelia.

Thomas se figea.

— Mais elle est déjà fiancée au colonel Bennett.

— J'en suis bien conscient, Thomas. Je ne suis pas un imbécile. C'est la raison pour laquelle je viens de vous appeler par deux fois. Il faut que nous nous rendions au château le plus vite possible.

— Compris, monsieur.

Thomas ramassa la perruque de Sa Seigneurie par terre, l'épousseta et quitta prestement la pièce.

Le duc se passa la main dans ses cheveux naturellement blancs – qui se dressaient sur sa tête en frisant – et se dirigea vers la fenêtre. Il contempla la campagne écossaise et vit une colonne de soldats s'entraînant dans un pré.

— Quand je finirai par rencontrer cet homme, dit-il entre ses dents, je crois que je vais l'estourbir avec l'une de ses propres bouteilles de whisky. Je me moque de savoir à quel point il est noble. Ce type mérite un bon coup sur la tête pour avoir si sacrément tardé à se déclarer.

Dehors, dans la cour, un messager armé glissa la lettre d'Amelia dans une sacoche et se mit en selle, avec pour instruction de localiser le colonel Bennett, qui faisait route vers le nord avec les soldats de Moncrieffe, en direction de Drumnadrochit.

Le cavalier franchit les portes de la forteresse au galop, maudissant en son for intérieur de devoir s'en remettre à ce méprisable colonel en attendant de nouvelles instructions.

— Savez-vous qu'il vous a défendue vigoureusement auprès d'Angus ? demanda Josephine à Amelia, le lendemain. Il a pris parti pour vous et non pour lui.

Elles franchirent le pont-levis, des paniers à chaque poignet, avec pour mission de cueillir des fleurs sauvages dans le verger, même si le ciel était en train de rapidement s'assombrir.

— Non, je l'ignorais, reconnut Amelia en fronçant les sourcils. Quand ça ?

— Le jour de votre arrivée. Angus était loin d'être ravi d'entendre parler de vos fiançailles. Il avait l'impression que Duncan trahissait le souvenir de Muira – et aussi l'Écosse – en choisissant de déposer les armes pour vous faire plaisir. Angus aime la guerre, depuis toujours.

Elles s'éloignèrent du pont et dirigèrent leurs pas vers le verger. Leurs jupes bruissaient dans les hautes herbes.

— Depuis combien de temps connaissez-vous Angus ? s'enquit Amelia en chassant un sentiment de gêne à la mention du nom de Muira.

Ni Amelia ni Duncan n'avaient évoqué son ancienne fiancée depuis le jour où ils avaient parlé d'elle, dans les montagnes.

Josephine leva les yeux vers le ciel.

— J'ai fait la connaissance d'Angus quand il est venu ici avec son père pour inviter les MacLean à se joindre au soulèvement, il y a un peu plus d'un an. Le père de Duncan, dont vous avez dû entendre parler, je présume, était un redoutable seigneur de guerre. Il était disposé à se joindre à la cause, même si Duncan s'y opposait.

Amelia fut surprise de l'apprendre. Elle avait cru que le Highlander était un fervent jacobite, parce que cela faisait partie du mythe du Boucher.

— Je savais que le père de Duncan était un guerrier, acquiesça-t-elle, et qu'il est mort au combat.

— Oui. Ensuite, Duncan est rentré chez lui pour prendre sa succession, et s'est rapidement positionné sur un plan politique comme un noble des Highlands disposé à soutenir le roi George et à abandonner la rébellion. Vous devez sans doute être au courant, naturellement, puisque votre père lui a rendu visite au printemps dernier.

— Oui, je suis au courant.

— Duncan désire avant tout que son clan puisse vivre en paix et en sécurité. Il ne veut ni le conflit, ni la mort pour ceux dont il a la charge. Mais, quand il se bat en tant que Boucher, c'est pour des raisons personnelles.

Une bourrasque de vent souffla sur le verger, faisant voleter les rubans du chapeau de Josephine.

Amelia ressentit une soudaine pointe d'animosité.

— Pourquoi me dites-vous cela ? s'enquit-elle. Vous croyez que j'ai tort de lui demander d'abandonner son combat ?

Josephine réfléchit.

— Non. Je ne crois pas que vous ayez tort. Je comprends ce que vous devez ressentir, et je ferais la même chose, à votre place. Je ne voudrais pas que mon Iain soit constamment en train de parcourir les Highlands et de se battre avec des tuniques rouges, et je suis ravie qu'il n'ait jamais eu un goût immodéré pour la guerre. Je souhaite simplement que vous sachiez qu'il va sans doute falloir du temps avant que Duncan soit complètement remis de cette douleur. Il regrettera certainement de s'être disputé avec Angus. Ce sont de bons amis. Ils se connaissent depuis l'adolescence, et ils en ont vu des vertes et des pas mûres, tous les deux.

Amelia se mit sur la défensive.

— Je ne lui ai pas demandé de laisser tomber son compagnon.

— Non, et il ne l'aurait pas fait, si ça n'avait tenu qu'à lui. Mais c'est Angus qui a rompu leur amitié. Il n'est pas du genre à abandonner un combat, et il n'a pas une jolie jeune fille comme vous dans sa vie pour l'empêcher d'aller se battre.

Une goutte de pluie glacée tomba sur la joue d'Amelia.

— Duncan va-t-il me reprocher d'être à l'origine de cette querelle ? s'inquiéta-t-elle, sentant une bouffée d'angoisse monter en elle. Va-t-il m'en vouloir ?

— Pas pour le moment, tenta de la rassurer Josephine. D'après ce que je peux voir, il s'est entiché de vous. Mais, un jour, il se pourrait qu'il se morde les doigts d'avoir perdu un ami. Angus a été là pour lui, à la mort de Muira. Ils ont partagé le même chagrin. J'ai dans l'idée que Duncan déplorera, qu'Angus ne soit pas là pour vous porter un toast le jour de votre mariage.

Elles atteignirent un carré de fleurs, tout au bout du verger. Amelia se baissa pour cueillir quelques pâquerettes.

— Je ne vois pas bien ce que je peux y faire, se défendit-elle. Je ne souhaite pas qu'ils se brouillent, mais Angus me méprise. Il ne m'écouterait jamais, quoi que je puisse lui dire.

Josephine s'agenouilla à côté d'elle et arracha de longues tiges de la terre.

— Personne n'y peut quoi que ce soit. C'est à Angus de résoudre lui-même ce problème et de trouver le moyen d'accepter la décision de Duncan. Si ça lui est impossible… (Elle se releva et disposa les fleurs dans son panier.) S'il ne parvient pas à l'accepter, il continuera simplement à mener cette existence épouvantable et triste que Duncan a finalement décidé d'abandonner.

Elle lui lança un regard entendu, à quelques mètres d'elle.

— Ne me faites pas dire ce que je n'ai pas dit, Amelia. Iain et moi sommes ravis de la tournure que les événements ont prise. Vous êtes assurément la meilleure chose qui lui soit jamais arrivée.

— Vraiment ? Je n'ai pourtant rien fait. (Elle jeta un coup d'œil dans le verger.) Ce qu'il y a entre nous est très…

Elle ne voyait pas comment le qualifier.

Josephine hocha la tête.

— Je comprends. Mais n'abandonnez pas tout espoir. Un véritable amour éclora, un jour, maintenant que vous êtes fiancés et que vous êtes en mesure d'apprécier une autre facette de sa personnalité. Tout va changer. Les vêtements font toute la différence, vous ne trouvez pas ? C'est un gentilhomme plutôt distingué quand il fait l'effort de bien s'habiller.

Amelia ne put s'empêcher d'esquisser un sourire.

— Je dois avouer qu'il me plaisait assez en kilt, avec ses cheveux ébouriffés. J'espère qu'il ne se sentira pas obligé d'abandonner complètement cette tenue.

Josephine gloussa.

— Peut-être réussirez-vous à le convaincre d'apporter son épée au lit, pendant votre nuit de noces, et de ne rien porter d'autre.

Elles ricanèrent d'un air coquin avant de regagner les portes du château en courant, le tonnerre s'étant mis à gronder dans le lointain, et de gros nuages noirs ayant fait leur apparition.

Chapitre 18

Le carrosse de Moncrieffe franchit le pont-levis et s'engouffra sous le passage voûté de la barbacane. Il était suivi par un second véhicule, tiré par quatre magnifiques chevaux gris et portant les armoiries ancestrales du duc de Winslowe.

Un éclaireur avait repéré les voitures. Quand le duc pénétra dans la cour intérieure, Duncan et Amelia patientaient déjà devant la porte du château.

Duncan tira sa montre et la consulta avant de la ranger dans la poche de son manteau.

— Tu as rendez-vous quelque part ? demanda la jeune femme.

— Bien sûr que non, répondit-il d'un ton intimidant. Mais ton oncle est en retard, et je commençais à m'impatienter. Je veux t'épouser, moi. Il aurait dû arriver hier.

Elle fut flattée par son impatience. Il la voulait, et il la voulait sans attendre. Pas uniquement dans son lit, mais de manière légale et officielle. Il avait hâte de prononcer ses vœux devant Dieu.

Était-ce également ce qu'elle souhaitait ? Oui, bien sûr. Elle lui avait déjà cédé son innocence et, même s'il lui en coûtait de le reconnaître, elle ne le regrettait pas. Elle était éperdument et désespérément amoureuse.

Le carrosse ducal s'immobilisa devant eux, et un valet en livrée se hâta d'en baisser le marchepied. Revêtu d'une veste de satin d'un vert criard et d'un haut-de-chausses couleur pêche, son oncle, rond comme une citrouille, surgit de l'habitacle et leva la tête vers le château en plissant les yeux avant de mettre un pied, dans sa chaussure à boucle brillante, sur la marche et de bondir lourdement sur le sol. Il portait un parfum capiteux et une grande perruque noire pour le moins encombrante, avec des anglaises qui se soulevaient à chacun de ses pas.

— Ma nièce adorée ! (Il serra Amelia dans ses bras, l'empêchant de reprendre son souffle.) Dieu merci, on vous a retrouvée, et vous êtes en lieu sûr !

Il se tourna vers Duncan.

— Je vous suis fort redevable, lord Moncrieffe, d'avoir porté secours à ma nièce. Vous l'avez sauvée des griffes du Boucher.

Duncan le salua avec élégance.

— Elle s'est sauvée toute seule, monsieur le duc. C'est une femme remarquable. Je n'ai fait que lui permettre de se réfugier en ces murs.

Son oncle la regarda.

— Vous allez bien, ma chérie ?

— Très bien.

Il recula et prit une brève inspiration.

— Vous me raconterez tout ça tout à l'heure, dit-il. D'abord… (Il s'adressa de nouveau à Duncan.)

Je suis son tuteur, Moncrieffe. C'est la fille unique de mon cher défunt frère, et elle est tout pour moi. Je me permets donc de vous demander : « Pourquoi ? » Pourquoi avez-vous proposé cette union entre ma nièce et vous ?

Le sourire d'Amelia se dissipa. Elle s'approcha de Duncan et le prit par le bras, soulagée qu'il n'ait pas sa hache avec lui.

— Elle s'est déjà engagée auprès du lieutenant-colonel Richard Bennett, poursuivit son oncle. Et votre attitude est fort peu convenable.

— Mais, mon oncle…, protesta-t-elle.

Il ne savait pas à qui il parlait !

Le duc leva la main.

— Hop, hop ! Chut !

Elle serra les dents.

L'aristocrate inclina la tête en faisant pencher sa perruque et haussa un sourcil accusateur en direction de Duncan.

— Qu'avez-vous à dire pour votre défense, jeune homme ?

Duncan se pencha et le salua de nouveau avec élégance, un pied en avant.

— Pardonnez-moi, monsieur. Je n'ai aucune excuse. Je ne puis que reconnaître que je suis tombé amoureux de votre nièce et que j'ai complètement perdu la tête.

Stupéfaite, Amelia eut un mouvement de recul.

Son oncle se tourna vers elle.

— Le grand seigneur écossais est tombé amoureux, hein ?

— Oui, répondit Amelia d'une voix tremblante.

— Juste comme ça ?

— Pouvez-vous m'en vouloir, monsieur ? lança Duncan. lady Amelia ne ressemble à aucune autre femme.

— Mon frère m'a dit beaucoup de bien de vous, Moncrieffe. Je me demandais si j'aurais un jour l'honneur de faire votre connaissance et de juger par moi-même quel genre d'homme vous êtes.

— Vous pourrez en décider, monsieur le duc, si vous acceptez de nous faire l'honneur de votre compagnie au dîner, ce soir.

— Bien sûr que je vais vous faire l'honneur de ma compagnie ! s'écria le duc en ajustant sa perruque. Où pourrais-je aller d'autre ? On est perdus au beau milieu des Highlands. J'estime même que j'ai eu de la chance de ne pas me faire dévorer par un sanglier affamé sur le chemin !

Quand ils s'engagèrent tous dans la pièce principale, Amelia poussa un soupir de nervosité.

— Ah, Moncrieffe. J'oserais dire que c'est le meilleur whisky de Grande-Bretagne, et même plus.

Winslowe fit tournoyer le liquide ambré dans son verre de cristal puis s'en délecta d'une nouvelle gorgée.

Duncan leva son propre verre.

— J'en suis honoré, monsieur. Je veillerai à ce que l'on vous en fasse parvenir une caisse en Angleterre.

— Vous êtes un véritable gentilhomme, monsieur.

Ils avaient savouré un somptueux dîner et un excellent dessert, avant d'assister à un divertissement musical dans l'ancienne salle des banquets, mais il commençait à se faire tard. Seuls Duncan et le duc avaient choisi de s'attarder, dégustant un whisky près du feu, dans la bibliothèque. Les autres s'étaient retirés pour la nuit.

— Quel magnifique château vous avez là, Moncrieffe. Il est assez ancien, je suppose.

— La construction du donjon et de la barbacane a débuté en 1214, lui apprit Duncan. La partie principale dans laquelle nous nous trouvons actuellement a été achevée en 1629.

Winslowe parcourut du regard la pièce éclairée à la bougie.

— C'est vraiment un chef-d'œuvre.

Ils discutèrent architecture un certain temps, et Duncan promit au duc de lui montrer les plans, qu'il conservait dans son étude, des agrandissements et des rénovations à venir.

Puis, il fut enfin temps d'aborder des sujets plus importants.

— Ainsi, vous prétendez éprouver des sentiments pour ma nièce, lâcha le duc en scrutant le Highlander avec une étincelle de défi dans le regard, par-dessus son verre.

— En effet, monsieur. Il est dans mes intentions de l'aimer et de prendre soin d'elle à tout jamais.

Le duc se pencha sur son siège.

— De « l'aimer », dites-vous. Je vous ai bien observé, ce soir, Moncrieffe, et je ne doute pas que vous soyez fou d'elle, mais je ne suis pas certain que l'on puisse appeler ça de l'amour.

Il s'enfonça dans son fauteuil.

— Vous êtes épris, naturellement, continua-t-il. C'est une magnifique jeune femme. J'ai également constaté qu'elle vous rendait bien votre… affection. Ce n'est pas difficile à voir. Elle est complètement sous votre charme. (Il s'inclina de nouveau.) Mais tout cela est bien précipité, non ? D'après mes calculs, vous avez fait votre demande en mariage le jour même où elle a franchi le seuil de votre château.

Duncan s'humecta les lèvres et réfléchit longuement pour déterminer de quelle manière il allait répondre à sa provocation. C'était manifestement quelqu'un de perspicace.

— Je comprends bien que ça puisse vous sembler étrange, monsieur le duc, mais je me souviens très bien du père de lady Amelia. J'aurai toujours la plus grande estime à son égard. Je me rappelle aussi qu'il me parlait de sa fille avec tendresse. Donc, si vous me permettez d'être franc…

D'un geste de la main, Winslow l'invita à poursuivre.

— Je vous en prie. Je suis curieux d'en savoir davantage.

Duncan posa son verre sur la desserte et mit ses coudes sur ses genoux.

— Je n'ai pas eu le plaisir de faire la connaissance de son ancien fiancé, le colonel Bennett, dit-il, mais je le connais de réputation, et je sens qu'il est de mon devoir de vous informer, monsieur le duc, que... (Il marqua une pause pour donner à Winslowe le temps de se préparer à ce qu'il allait entendre.)... tout le monde méprise Richard Bennett, dans ce pays. On le considère comme un tyran qui ne connaît aucune limite dès qu'il s'agit d'oppression et de brutalité. De nombreux Écossais innocents ont été massacrés sur son ordre. Des demeures paisibles ont été réduites en cendres. Quand j'ai appris que votre nièce s'était fiancée, je n'ai pas supporté l'idée qu'elle puisse épouser un tel individu. Je n'ai donc pas hésité à violer les règles de bienséance de votre pays.

Il se redressa sans quitter le duc du regard.

— Et je n'ai pas l'intention de m'en excuser, conclut-il.

Winslowe l'étudia minutieusement.

— Vous êtes un homme obstiné, Moncrieffe, mais je constate que vous êtes aussi quelqu'un de convenable et d'avenant. Je vais donc, moi aussi, être franc avec vous. (Il regarda Duncan dans les yeux.) J'ai été fort surpris en apprenant que mon frère avait pris la décision d'accorder la main de sa fille au colonel Bennett. Je suis persuadé qu'il a agi à la hâte afin de lui trouver un mari avant de quitter ce monde. Moi-même ? (Il s'enfonça une nouvelle fois dans son fauteuil.) Je n'ai aucune affection pour cet homme. Je ne dispose d'aucune preuve concrète d'activités inconvenantes de sa part, cela dit, mais je ne l'aime pas trop. Appelez ça de l'instinct, une intuition, comme vous voudrez, mais je reconnais qu'il a un côté cruel. Je ne doute pas qu'il puisse se montrer charmant quand il le souhaite, et c'est sans doute ce qui a influé sur le jugement d'Amelia, au début. Et quand son père est mort – que son âme repose en paix –, elle s'est retrouvée seule et accablée de douleur. Je ne peux pas m'empêcher de penser que Bennett a profité de cette vulnérabilité. Amelia a une dot généreuse, et c'est la fille d'un duc. Bennett veut progresser dans la société, car il n'a que peu de relations et n'est pas très riche. (Il agita un doigt.) Il est très doué sur le champ de bataille, cependant, et c'est là qu'il a fait forte impression à mon frère. Il lui a sauvé la vie, voyez-vous ? C'est un exploit plutôt héroïque.

—Oui, j'en ai entendu parler.

Duncan vida son verre avant de dire quelque chose de déplaisant qu'il pourrait regretter par la suite.

—Mais mon frère nous ayant quittés, poursuivit le duc, c'est à moi que revient la garde d'Amelia. Elle n'a plus que moi, et je ne la laisserai pas s'engager dans un avenir qui n'annonce rien de bon. Je suis persuadé que vous êtes sincère dans vos sentiments envers elle, monsieur, et vous êtes manifestement un homme d'une grande richesse et d'une intégrité personnelle non moins grande. Je soutiendrai votre demande, Moncrieffe, et si Bennett juge bon de s'en plaindre… eh bien, je suis duc, à présent. (Il leva de nouveau son verre.) J'ai une certaine influence dans le beau monde.

Duncan s'inclina vers lui et lui serra la main.

— Je vous donne ma parole d'honneur, monsieur le duc, qu'Amelia sera heureuse ici. Elle sera traitée avec le plus grand respect.

— Parfait.

Le duc vida le reste de son verre de whisky.

Duncan lui laissa le temps de savourer les effets du breuvage avant de reprendre la parole.

— Je ne voudrais pas vous gâcher la soirée, monsieur le duc, mais j'aimerais aller plus loin.

Le duc se pencha.

— Allez-y, Moncrieffe.

Duncan hocha la tête.

— Je vous ai parlé tout à l'heure de la réputation du colonel Bennett et de ce que je sais de sa tactique militaire. Je suis convaincu que le peuple d'Écosse mérite d'être traité avec dignité, et j'ai l'intention de traduire Richard Bennett en justice pour l'ensemble de ses crimes.

Le duc haussa ses sourcils broussailleux.

— Sans blague ! Une plainte officielle, vous voulez dire ?

— Oui. J'ai des témoins, et si vous êtes disposé à écouter leurs déclarations, votre soutien sera le bienvenu.

Le duc réfléchit à la proposition du Highlander.

— C'est un illustre héros de guerre, Moncrieffe. Cet homme a été décoré. Ce ne sera pas facile. L'armée n'aimera sans doute pas ça. Le roi non plus.

— Quelqu'un finira sûrement par comprendre que c'est la vérité et sera tenté de faire ce qu'il faut.

L'aristocrate croisa ses grosses jambes.

— Sans doute. Mais si ce n'était pas le cas – et si je décidais de vous soutenir –, ce serait ma propre réputation qui en pâtirait. Imaginez un peu, Moncrieffe : un duc anglais un peu excentrique et qui vient d'obtenir son titre prend fait et cause pour l'Écosse dans un procès conte l'armée du roi.

— Une bataille perdue d'avance, c'est certain, confirma Duncan.

Winslowe frappa sa cuisse replète et éclata de rire.

— Ah, vous n'avez peur de rien, vous, les Highlanders ! Comme j'admire votre courage ; vous débordez toujours de confiance en vous et de vitalité, vous déchaînant sur les champs de bataille en brandissant bien haut vos épées et vos boucliers, même lorsque vous avez peu de chances de l'emporter. Ah, aux Écossais… (Il leva son verre vide.) Et à la jeunesse.

Duncan lui fit un signe de tête et se redressa pour aller chercher le flacon à whisky. Il remplit les deux verres avant de se rasseoir.

— Permettez-moi de vous raconter mes aventures lors de la bataille de Sheriffmuir, dit-il. Nous discuterons ensuite de ce qu'il sera possible de faire avec l'armée du roi.

Winslowe s'enfonça dans son fauteuil, se mit à l'aise, et ils entamèrent sans fard une conversation sur la guerre et la politique qui dura jusque bien après minuit.

—Il est tard, lui fit remarquer Amelia en se redressant dans son lit, quand Duncan se présenta dans la chambre.

Cela faisait des heures qu'elle l'attendait.

—Oui. (Il déposa le chandelier sur la commode et ôta son manteau.) J'étais occupé, ma belle, à tenter de conquérir l'estime de ton cher oncle. Il pense énormément de bien de moi, à présent, et c'est réciproque. C'est quelqu'un d'honnête, comme ton père. On a beaucoup de points communs, et il soutient nos fiançailles. Il affirme que ton père a été déçu de ne pas avoir été en mesure d'arranger une union entre nous, après sa visite au printemps précédent. Et que, à son avis, notre mariage est une bonne nouvelle.

—Mon père voulait qu'on se marie ?

Elle fut surprise de l'entendre et la joie l'envahit soudain. Avec tous les doutes et toutes les craintes qu'elle avait éprouvés ces derniers temps, surtout à propos de sa propre faculté de jugement et de sa récente décision d'accepter d'épouser Duncan, il était très important pour elle de savoir que son père avait considéré cet homme comme un gendre potentiel. Sans doute l'esprit de son père avait-il veillé sur elle pendant tout ce temps. Elle se sentit plus amoureuse que jamais.

Après avoir rampé à quatre pattes jusqu'au pied du lit, elle se dressa sur ses genoux et serra dans ses bras la grande colonne à laquelle les rideaux de velours étaient noués à l'aide de rubans dorés à pompons. Il y avait quelque chose de différent dans l'humeur de Duncan, ce soir-là. Il semblait tendu. Son entrain était presque contagieux.

— Tu as l'air très satisfait, observa-t-elle. Que s'est-il passé d'autre entre mon oncle et toi ?

Duncan se dirigea vers la fenêtre et scruta l'obscurité.

— Je lui ai donné mon avis sur ton précédent fiancé et lui ai fait comprendre que j'avais l'intention de t'en protéger. Et ton oncle n'a pas contesté mon point de vue. Il m'a fait savoir qu'il n'avait jamais vraiment approuvé tes fiançailles avec lui.

Amelia fut également surprise de l'entendre.

— Il ne me l'a jamais dit.

— Il respectait les dernières volontés de ton malheureux père, même s'il savait que c'était une erreur. Mais il en a terminé avec tout ça, à présent. Il va se fier à son propre jugement et agira en son âme et conscience.

Amelia s'assit sur ses talons.

— C'est ce qui te rend si joyeux ?

Il se tourna vers elle.

— Pas seulement, ma belle. Ton oncle a accepté de m'aider à traîner Bennett en justice. Il soutiendra ma demande d'enquête. Dieu m'en soit témoin, Richard Bennett va payer pour ce qu'il a fait à Muira.

Amelia sentit son cœur bondir dans sa poitrine. Elle était ravie, naturellement, qu'il ait choisi la voie nettement plus civilisée de la justice en laissant à l'armée et aux tribunaux le soin de prendre une décision. C'était précisément ce qu'elle l'avait poussé à faire, au cours de cette dernière nuit dans la nature, et, si Richard se révélait coupable, il fallait qu'il soit jugé et condamné.

Ce qui la troublait, c'était l'inlassable désir de Duncan de se venger, alimenté par la souffrance que lui avait causée la mort de Muira. Amelia frissonna légèrement, comprenant que Duncan éprouvait encore du désespoir et de la colère. Manifestement, tout cela n'était pas encore derrière lui.

— Tu as donc l'intention d'aller au bout de ta vengeance ? s'enquit-elle prudemment.

Il lui adressa un regard d'avertissement.

— Ne cherche pas à m'accuser de quoi que ce soit, ma belle, parce que je ne romps aucun des serments que je t'ai faits. Ma promesse, c'était de me retenir de me servir de ma hache pour ôter la vie de Richard Bennett. Je n'ai jamais consenti à le laisser continuer à violer et à piller. Ce que je fais là, c'est précisément ce que tu m'as demandé dans les montagnes. J'agis à ta façon. De manière civilisée. Je remets son sort entre les mains de l'armée et des tribunaux.

Il avait raison, naturellement, et elle acquiesça.

—Je suppose que tu dois faire ce que tu estimes être juste pour venger la mort de Muira.

Elle se rappela soudain ce que Beth MacKenzie lui avait dit, dans la chaumière : « Le Boucher a enterré son propre cœur à côté d'elle, le jour où elle a perdu la vie. Du moins la partie de son cœur capable d'amour. »

—Ce n'est pas seulement pour Muira, mais pour toute l'Écosse. Cet homme est un tyran. Il faut que quelqu'un l'empêche de nuire. (Il passa devant le pied du lit.) Mais cessons de parler de Muira.

—Pourquoi ?

—Parce que je ne souhaite pas parler d'elle, déclara-t-il d'un ton agacé. (Il commença à dénouer le foulard qu'il portait autour du cou.) Maintenant, retire ta chemise de nuit, ma belle. J'ai envie de toi.

Réfléchissant encore à la douleur qu'avait fait naître la présence vivace de Muira dans le cœur du Highlander – car il s'agissait d'un lieu dans lequel elle n'avait pas encore été invitée, pas vraiment –, elle le regarda défaire le nœud de son foulard.

Et était-ce vraiment d'elle qu'il avait envie ? se demanda-t-elle, à deux doigts de lui poser la question. Ou était-ce le désir d'assouvir enfin sa vengeance ?

Il la dévisagea avec un érotisme torride.

Elle préféra éviter de l'interroger tout de suite. Ce serait idiot, car il y avait de la faim dans son regard. Il semblait prêt à la dévorer, et elle se sentit aussitôt tout émue, parce que chaque fois qu'il avait ces yeux, il lui faisait l'amour avec plus de fougue que jamais.

Elle comprit à cet instant à quel point elle était encore sa captive – prisonnière de l'incontestable pouvoir de séduction du Highlander. Quand il la regardait avec ces yeux voraces, plus rien n'avait d'importance. L'univers tout entier disparaissait.

Une fraction de seconde plus tard, il était là, au coin du lit, lui prenant le visage à deux mains et pressant ses lèvres contre les siennes. Elle fut stupéfaite de la rapidité avec laquelle elle était capable d'endosser ce rôle de maîtresse et d'oublier tout le reste. Elle n'avait rien pu faire, ces derniers jours, pour se soustraire à ses envies fébriles et à ses désirs. Il suffisait à Duncan de s'approcher d'elle, de lui ordonner de se dévêtir, et elle lui obéissait.

Il se dirigea vers la porte, la verrouilla, puis retourna devant elle, tel un seigneur de guerre conquérant.

—Allonge-toi, dit-il.

Elle s'étendit en travers du lit.

Il arracha sa veste avec impatience et la jeta par terre, puis défit avec un certain empressement les boutons de son gilet qui subit le même sort.

Amelia se hissa sur ses coudes. En le voyant faire passer sa chemise par-dessus sa tête, elle se rendit compte qu'elle avait du mal à comprendre ce qu'elle voulait.

Elle avait envie de lui prouver que c'était lui qui lui appartenait, à présent, que son charme à elle était à la hauteur du sien, et qu'il était tout aussi prisonnier qu'elle.

Torse nu, encore en haut-de-chausses, il se présenta au-dessus d'elle, dans toute sa virilité. Il souleva sa chemise de nuit tout en lui embrassant le haut des seins, là où son col s'était ouvert. Elle brûlait de désir. Bientôt, il fit glisser la fine étoffe par-dessus sa tête. Enfin nue, sans aucune pudeur, animée par une passion dévorante, elle se mit à onduler sous le corps de son amant.

— Tu m'appartiens, désormais, Duncan, se surprit-elle à dire.

Il eut un mouvement de recul et la regarda fixement.

— Oui.

Puis il l'embrassa goulûment et passa sa langue sur ses tétons. Elle gémit alors qu'il continuait à la lécher et à la titiller, laissant avec ses lèvres un ardent sillon de plaisir jusqu'à son ventre frémissant.

Elle écarta les jambes et lui prit la tête à deux mains. Il continua à descendre et, soudain, il enfouit le visage entre ses cuisses, sondant les profondeurs de sa féminité avec sa bouche et sa langue.

Elle hoqueta de plaisir, le souffle coupé. Plus il pressait sa figure contre elle, plus le rythme cardiaque de la jeune femme s'accélérait. Il enfouit les mains sous ses fesses et la souleva du lit, et Amelia frissonna de plaisir.

Il leva les yeux et, le temps d'une fraction de seconde, leurs regards se croisèrent. Il remonta sur elle pour la chevaucher, puis baissa la main et se débarrassa de son haut-de-chausses renflé.

Il fut bientôt en elle, la revendiquant intégralement. Tout ce qu'elle savait, c'était qu'elle lui appartenait, corps et âme et, à partir de cet instant, rien ne pourrait plus empêcher ce désir qui la consumait de gagner le cœur du Highlander, et de faire de ce mariage une véritable union.

Quelques heures plus tard, quand on frappa doucement à la porte, Duncan se réveilla. Il tourna la tête sur l'oreiller et constata qu'Amelia dormait paisiblement. Il se glissa donc hors du lit en s'efforçant d'éviter de la réveiller. Il se dirigea, nu, vers la cheminée, où dansaient des flammes gigantesques. Il se réchauffa les mains un moment puis récupéra sa hache, qui pendait à un crochet sur le mur, auquel on suspendait habituellement le tisonnier. À pas de loup, il s'approcha de la porte et l'ouvrit.

Richard Bennett se tenait là, dans le couloir.

— Elle est à moi. Rendez-la-moi.

Sans hésiter, Duncan s'avança et lui assena un coup de hache.

Il recula, observant le corps de Bennett s'écrouler, sans vie, et fut envahi d'un sinistre élan de satisfaction.

Il se réveilla en sursaut et se redressa dans le lit.

Amelia dormait encore à poings fermés, auprès de lui. Tout était calme, à l'exception des gouttes de pluie qui crépitaient contre la fenêtre.

Son cœur battait la chamade. Il jeta un coup d'œil dans l'âtre, à l'autre bout de la pièce, aux braises mourantes qui rougeoyaient encore un peu. Il porta la main à sa poitrine et constata qu'il ressentait encore l'affreuse satisfaction qu'il avait éprouvée en regardant Bennett mourir.

Perturbé par son rêve, Duncan lança un regard anxieux vers Amelia, se leva, enfila ses vêtements et regagna sa propre chambre pour passer le reste de la nuit tout seul.

Chapitre 19

Une semaine plus tard, Duncan fit l'amour à Amelia par-dessus les couvertures, les rideaux du lit tirés. Ils étaient comme dans un cocon de velours, aveugles dans l'obscurité, et il s'en remit entièrement à ses autres sens. Il se perdit dans l'extase de sa bouche, sous la caresse de sa langue le long de son sexe brûlant, attentif à ses gémissements avides tandis qu'elle le dévorait. Il ne pouvait plus se passer d'elle.

Il ferma les yeux, enfonça les doigts dans les cheveux soyeux de la jeune femme et se demanda s'il était possible qu'un jour elle réussisse à l'extraire de cet épouvantable abîme de mort. Il n'avait plus fait de rêves violents durant la semaine qui venait de s'écouler. Pourtant, il ne lui semblait guère possible de poursuivre de cette façon, de passer le restant de ses jours dans un tel bonheur, ou même de mériter tout ce plaisir.

Ce soir-là, il eut l'impression d'être sur un nuage et, quand il parvint à rouvrir les yeux, il comprit, dans le noir, qu'elle remontait sur lui pour le chevaucher. Le parfum enivrant de leurs ébats comblait ses sens et, quand elle se mit à onduler, il ne put s'empêcher de pousser un gémissement. Il la saisit par les hanches, sentant ses cheveux lui frôler le visage, et se cambra pour se délecter des sensations délicieuses qu'elle lui procurait.

Ensuite, après une série d'orgasmes explosifs, il s'étendit, vidé et repu, en travers du lit, à plat ventre, comme s'il était mort. Amelia se coucha sur lui. Elle était aussi légère qu'une plume, mais il sentit la pression de ses seins sur ses omoplates et prit grand plaisir à laisser vagabonder son imagination. Il était comme en transe. Peut-être même dormait-il. Il n'en était pas certain. Tout ce qu'il savait, c'était que lorsqu'il rouvrit les yeux et perçut la chaleur du corps de la jeune femme sur son dos, il ne put s'empêcher de repenser à son rêve…

Il cligna plusieurs fois des paupières avant de lui annoncer d'une voix douce :

— Il va venir ici, tu sais ?

— Qui ça ?

— Bennett. Il ne laissera pas tomber. (Il marqua une pause.) Qu'est-ce que tu vas faire quand tu le verras ?

Elle réfléchit un long moment, et l'estomac de Duncan se tordit d'angoisse.

— Rien, finit-elle par répondre. Nous ne sommes plus fiancés.

Duncan médita ces paroles prudentes et plutôt évasives.

— S'il vient ici et tente de te récupérer, je ne te garantis pas que je pourrai rester courtois.

— Mais tu m'as promis de ne lui faire aucun mal, Duncan. Nous avons un accord. Tu as accepté de remettre son sort entre les mains des tribunaux.

Il s'humecta les lèvres et s'efforça de contenir la colère que provoquait en lui l'irrépressible besoin de la jeune femme de vouloir ainsi protéger son ancien fiancé. Éprouvait-elle encore des sentiments pour lui ? Ou s'agissait-il d'autre chose ? Était-ce Duncan qu'elle essayait de protéger en l'éloignant du bord de l'abîme ?

— C'est vrai. Et je tiendrai parole, lui assura-t-il. Mais j'aimerais que tu puisses le voir sous son véritable jour.

Elle resta silencieuse un long moment.

— Pourquoi ?

— Pour que tu ne regrettes pas de m'avoir choisi comme époux.

Et voilà. La vérité.

Elle roula sur le lit et se redressa. Il sentit la délicate caresse de la pointe de ses doigts dans son dos, le long de ses cicatrices. Il demeura sur le ventre, le regard perdu dans l'obscurité.

— Je ne regretterai rien, lui garantit-elle, si, toi, tu tiens parole. Malgré les débuts houleux de notre relation, Duncan, je sais qu'il y a de la bonté en toi, et j'éprouve du désir pour toi. Tu le sais très bien. Depuis mon arrivée ici, et même avant, tu m'as prouvé de nombreuses façons que tu étais un homme d'honneur, et je suis persuadée qu'avec le temps nous finirons par nous faire confiance et nous attacher profondément l'un à l'autre. C'est du moins ce que je souhaite de tout mon cœur.

Toutefois, il ne trouva aucun réconfort dans ces espoirs, car, au fond de lui, il se considérait encore comme un sauvage et craignait qu'avec le temps, quand l'ardeur de leur passion déclinerait, elle aussi en vienne à constater qu'il était, et qu'il serait à tout jamais, un guerrier dans l'âme. Comme son père.

— Je crois que tu ne me comprends toujours pas, ma belle. Tu ne sais rien de ce que j'ai pu faire.

Il n'en avait rien oublié. Pas le moindre détail.

Elle hésita.

— Je préférerais que l'on laisse ça derrière nous et que l'on commence une nouvelle vie. Tu es le comte de Moncrieffe, et je serai bientôt ta comtesse. Ne pensons plus qu'à ça, et montrons-nous optimistes pour l'avenir. Le reste appartient au passé.

Il réfléchit longuement à sa réponse, pendant qu'elle lui massait le bas du dos. Il se détendit au point d'avoir envie de dormir.

— Ma nature violente ne t'inquiète-t-elle pas plus que ça ? demanda-t-il avec prudence.

— Parfois, peut-être, reconnut-elle.

Parfois…

Il aurait été plus judicieux de sa part, se dit-il honteux, de s'en inquiéter à tout moment.

Parce que lui ne s'en privait pas.

Quelques jours plus tard, Amelia et Josephine se rendirent au village en carrosse afin d'apporter une tarte à la cerise à Mrs Logan, l'épouse du meunier, qui était exceptionnellement douée pour composer des bouquets, et qui s'était proposée pour décorer la chapelle en vue des prochaines noces du comte.

Tandis que la femme parlait de fleurs colorées et de vases de cristal, Amelia avait du mal à se concentrer sur la conversation, car elle ne cessait de penser à Duncan et à ce qu'ils s'étaient dit, au lit, l'autre nuit, quand il lui avait fait part de ses inquiétudes à propos de l'éventuelle venue de Richard au château pour tenter de la récupérer. Il redoutait de ne pouvoir résister à l'envie de le tuer.

Elle refusait que Duncan souffre de tels doutes. Elle souhaitait l'aider à comprendre que c'était quelqu'un de bien, et qu'il parviendrait à faire table rase de son passé. Il n'était pas comme son père. Elle en avait la certitude.

On frappa à la porte, ce qui l'interrompit dans ses pensées et mit un terme à la présentation florale de Mrs Logan. Brièvement troublée par cette intrusion, la femme se leva de sa chaise pour aller ouvrir.

Un grand garde de la forteresse aux larges épaules se présenta. Il portait le tartan des MacLean et avait la main appuyée sur la poignée de son épée.

— J'ai pour ordre, annonça-t-il, de raccompagner sur-le-champ lady Amelia au château.

— Il s'est passé quelque chose ? demanda cette dernière en se redressant, se sentant gagnée par un sentiment de panique.

Josephine se leva elle aussi.

— Oui, milady. Les troupes de Moncrieffe sont revenues avec les tuniques rouges.

Elle prit une courte inspiration.

— Seriez-vous en train de nous dire que le colonel Bennett est là ?

— Oui. Je dois vous accompagner à l'intérieur du carrosse, et ne pas vous perdre de vue jusqu'à ce que vous soyez en lieu sûr dans la galerie du donjon.

Elle se précipita vers la porte et constata que plus d'une vingtaine de membres du clan l'attendaient sur leurs montures, tous armés d'épées, de boucliers et de mousquets. Elle eut l'impression d'avoir sa propre armée personnelle.

Elle retourna à l'intérieur la chaumière du meunier.

— Ce n'est sans doute pas nécessaire. Le lieutenant-colonel est mon ancien fiancé, et nous ne sommes pas en guerre contre son régiment, si ? Il ne souhaite certainement que s'entretenir avec lord Moncrieffe et s'assurer que tout va bien.

Elle espérait du moins que ce soit le cas, et que Duncan le rassurerait sur ce point. Ensuite, Richard pourrait repartir. Sans doute déçu qu'elle l'ait repoussé, mais en vie.

L'imposant Highlander haussa les épaules.

— Ce n'est pas à moi de le dire, milady. Je me contente d'obéir aux ordres. Je dois veiller à ce que vous soyez conduite en sécurité au château.

Elle redressa les épaules.

— Bien sûr. (Elle se tourna vers l'épouse du meunier.) Je vous présente mes excuses, Mrs Logan. Sans doute pourrons-nous poursuivre cette conversation un autre jour ?

— Ma porte vous sera toujours ouverte, milady.

La femme s'évertua à paraître calme, mais elle avait les joues écarlates.

Peu de temps après, Amelia et Josephine prirent place dans le carrosse, face au grand Highlander. Il ne quittait pas la portière des yeux.

Tandis que le lourd véhicule s'ébranlait bruyamment sur la route, plus personne ne parlait. À l'intérieur de la voiture, la tension était palpable. Dehors, ils étaient escortés par un redoutable contingent de cavaliers des Highlands, et l'on aurait dit qu'ils s'élançaient au cœur même d'une bataille déjà entamée.

Amelia pria pour qu'il ne s'agisse que d'une précaution et se demanda ce que Duncan se figurait qu'il se produirait à son arrivée. Il était fort probable que Richard désirerait s'entretenir avec elle en privé et s'assurer qu'elle consentait à cette union. Peut-être était-il furieux, ou croyait-il que Duncan lui avait forcé la main. Si c'était le cas, elle ferait de son mieux pour lui expliquer ce revirement et tenter de lui faire comprendre qu'elle était heureuse, sinon elle craignait qu'il ne se sente obligé de se battre pour elle, ce qui pourrait conduire à une situation des plus étranges. Il fallait qu'elle fasse tout son possible pour l'empêcher de dire ou de faire quoi que ce soit qui puisse être considéré par Duncan comme une provocation. Elle lui expliquerait ses sentiments et s'efforcerait de le convaincre de partir.

Quant à la demande d'enquête officielle de Duncan au sujet des crimes présumés de Richard en tant que soldat, ce qui serait un affront à son honneur d'officier et de gentilhomme... eh bien, elle espérait que l'inculpation pourrait avoir lieu à Fort William et non à Moncrieffe, pour que Duncan puisse s'en distancier.

Le coche roula sur une pierre, et Amelia fut soulevée de sa banquette. Elle se demanda ce que son oncle pensait de tout cela. Il n'avait pas fait la moindre allusion à Richard depuis son arrivée, et il s'était absenté la majeure partie du temps. Il n'avait pas demandé à Amelia comment elle se sentait après avoir rompu ses fiançailles, et depuis cette première nuit, Duncan ne lui avait rien dit de ce que son oncle en pensait. Ils s'étaient tous les deux montrés étrangement peu diserts à propos de Richard, ce qui l'angoissait à présent, tandis que le carrosse brinquebalait sur le pont de pierre avant de franchir la barbacane.

Après avoir longé le passage voûté, ils surgirent dans la cour intérieure ensoleillée. Josephine et elle se penchèrent pour regarder par les fenêtres.

La cour était en effervescence : des Highlanders en kilt criaient les uns contre les autres tout en faisant tinter l'acier en s'entraînant. Des chevaux, agités et effrayés par les bruits de bataille, se cabraient en hennissant. Dans l'angle est, Amelia entrevit une tache de rouge quand l'équipage passa bruyamment devant. C'était un groupe de soldats anglais assis dans l'herbe.

Le carrosse s'immobilisa devant la porte du château. Le Highlander assigné à la protection d'Amelia en bondit le premier avant de la saisir fermement par le bras. Il semblait déterminé à atteindre la galerie le plus vite possible, et elle dut rassembler les pans de sa jupe et se mettre à trottiner pour pouvoir le suivre.

Il la précéda dans l'entrée et le long du pont couvert qui donnait sur le donjon, derrière la forteresse. Ils traversèrent la longue salle des banquets, et finirent par gagner la galerie. Le Highlander ouvrit la porte voûtée et la poussa à l'intérieur. Elle trébucha. Puis il referma derrière elle, et elle l'entendit faire tourner une clé dans la serrure. Le bruit de ses pas s'estompa alors qu'il traversait la salle des banquets dans l'autre sens. Elle se sentit soudain seule. Tout était calme.

Amelia demeura immobile un moment, le regard rivé sur la serrure, puis elle se tourna brusquement et dirigea ses pas vers la fenêtre. Elle contempla le lac paisible et examina le reflet des arbres sur la surface de l'eau.

Il lui était étrange de savoir que Richard se trouvait là, en cet instant. Elle avait l'impression qu'il s'agissait d'un arrière-goût amer et tenace de réalité, une résurgence de son ancienne vie, qu'elle avait presque oubliée au cours des dernières semaines, comme si elle n'avait jamais existé.

Seulement, il ne s'agissait pas du tout de la même vie. Celui qu'elle avait jadis espéré épouser était accusé de crimes innommables, et il faudrait bientôt qu'elle l'affronte pour tenter de démêler par elle-même le vrai du faux, s'étant montrée incapable de le faire plus tôt.

Et si elle n'en était toujours pas capable ?

Et que se passait-il au château ? Richard était-il en train de discuter avec Duncan ? Était-il en colère ? Comment Duncan réagirait-il ?

« Ma nature violente ne t'inquiète-t-elle pas plus que ça ? »

Que Dieu lui vienne en aide. Elle commençait assurément à s'en soucier, après avoir été emmenée de force du village par un bataillon de Highlanders armés de mousquets et de lances. Tout cela lui semblait terriblement médiéval, et son cœur battait d'effroi. Et si quelque chose de terrible était en train de se produire ? L'esprit envahi d'images macabres de Duncan en kilt, couvert de sang, faisant tournoyer sa hache dans les airs, elle sentit ses mains se mettre à trembler. Elle ferma les yeux et pressa ses doigts contre ses tempes pour chasser ces idées.

Elle entendit des pas approcher, dans la galerie. On glissa une clé dans la serrure. La porte s'ouvrit et Iain se faufila dans la pièce.

Elle alla à sa rencontre.

— Oh, Iain, Dieu merci ! Je vous en prie, dites-moi ce qui se passe. Est-ce que Josephine va bien ? Où est Duncan ? S'est-il déjà entretenu avec Richard ?

— Pas encore, lui répondit-il d'un ton qui lui sembla presque trop décontracté compte tenu des circonstances. Le colonel Bennett attend dans la bibliothèque, et Duncan sera bientôt là. Il vous veut à ses côtés quand Bennett contestera vos fiançailles, ce qui est entièrement dans ses intentions.

— Comment le savez-vous ?

— Bennett l'a annoncé au garde en se présentant devant la porte.

Elle porta une main à son ventre. Que Dieu leur vienne à tous en aide. Il y avait néanmoins un élément encourageant dans tout cela : Duncan n'aurait pas voulu d'elle auprès de lui s'il avait eu l'intention de revêtir sa tenue de Boucher et décapiter Richard. Il savait ce qu'elle en pensait, et il lui avait donné sa parole.

— Et vous, avez-vous eu l'occasion de parler à Richard ? Êtes-vous sûr qu'il souhaite rencontrer Duncan ? Je suis surprise qu'il n'ait pas demandé à me voir d'abord.

— C'est ce qu'il a fait. C'est la première chose qu'il a demandée. Il s'est pointé là, avec son culot monstre, et a déclaré vouloir s'entretenir en privé avec vous.

— Et vous avez refusé ?

— Pas tout à fait. Je lui ai recommandé d'attendre votre retour du village dans la bibliothèque et lui ai affirmé qu'il pourrait alors vous voir. J'ai veillé à ce qu'on lui prépare une petite collation.

— Merci, Iain. Mais je suis persuadée que tout cela est inutile. Il suffirait que je lui parle, pour lui assurer que je vais bien et que je désire vraiment épouser Duncan. S'il entend ces paroles de ma propre bouche, je suis convaincue qu'il acceptera ma décision et repartira pacifiquement. (Elle s'interrompit en voyant Iain la regarder en fronçant les sourcils.) Je vous en prie, Iain, ne vous méprenez pas. Je ne souhaite pas le protéger, je veux simplement faire l'impossible pour éviter toute altercation. Je suis sûre qu'il est venu là pour qu'on lui confirme que je vais bien. N'oubliez pas que j'étais sa future épouse, et que c'est alors que je me trouvais sous sa protection que je me suis fait enlever par le Boucher. Vous ne pouvez pas lui reprocher de s'être déplacé jusqu'ici. Vous auriez fait la même chose, j'en suis certaine.

— Je ne reproche rien à personne, ma belle. Mais Duncan ne vous permettra pas de demeurer seule avec Bennett. C'est la dure réalité. Ne vous donnez même pas la peine de le lui demander.

Elle le regarda un moment pour évaluer la force de sa détermination, puis se résigna quand elle comprit qu'elle était sans faille. Elle se détourna et s'assit sur le long banc de la table.

Il ne lui restait donc qu'à accepter la décision de son futur époux. Elle supposa que s'il employait des méthodes si extrêmes, c'était qu'il avait ses raisons.

Duncan fit alors son apparition dans l'encadrement de la porte. Elle se leva aussitôt. Elle croisa son regard et le soutint.

— On vous a dit que Bennett était là ? s'enquit-il.

Il était vêtu d'un luxueux manteau doré orné de gros boutons, et d'un gilet brodé assorti, échancré sur le devant pour mettre en valeur son foulard blanc plissé. Il avait coiffé une impressionnante perruque française noir de jais dont les boucles lui descendaient bien en dessous des épaules.

Amelia fut agacée par cette perruque. C'était un accessoire qu'elle ne l'avait jamais vu porter. En était-il affublé quand il avait vu son père ?

Elle remarqua également la présence d'un sabre d'apparat dans un fourreau, à son côté.

— Oui, je suis au courant, répondit-elle. On m'a emmenée de force de la chaumière du meunier, où j'étais en train de regarder des fleurs pour notre mariage.

Elle croyait qu'il allait venir à elle, la serrer dans ses bras et lui garantir que tout allait bien se passer, qu'ils allaient simplement avoir une journée difficile et que tout rentrerait dans l'ordre. Mais il resta sur le seuil de la porte, sinistre et menaçant.

— Vous pourrez y retourner dès demain, dit-il impassible.

— Merci. Je n'y manquerai pas.

Un lourd silence s'abattit sur la pièce. Iain s'éclaircit la voix et se mit à se dandiner d'un air gêné.

Duncan demeura dans l'embrasure de la porte, le regard rivé sur sa future épouse, s'efforçant de contenir la rage qui montait en lui. Richard Bennett était là. Chez lui. Il venait de puiser dans ses réserves de nourriture et de déguster du vin de sa propre cave. Et il voulait s'entretenir en privé avec Amelia.

Il prit plusieurs inspirations et serra la poignée de son sabre.

— Nous le recevrons dans la salle des banquets, déclara-t-il en se rappelant la promesse qu'il lui avait faite et en regrettant – Dieu, comme il le regrettait ! – de l'avoir faite. S'il s'en était abstenu, le colonel Bennett serait déjà mort, et il n'y aurait plus besoin de discuter.

Amelia hocha la tête et s'approcha de lui. Elle s'immobilisa devant lui et le regarda dans les yeux.

— Merci.

Merci de quoi ? se demanda-t-il, piteux. *D'avoir invité un violeur et un meurtrier chez moi, et d'avoir accepté de le traiter avec courtoisie ?*

Duncan lui tint la porte, et elle se dirigea vers la salle des banquets, qui s'étirait sur plus de vingt mètres le long du côté ouest du donjon. Les murs de pierre étaient garnis de portraits aux cadres dorés, tandis que sur le plancher en chêne noir le mobilier se faisait rare. Il n'y avait qu'une longue table étroite devant la cheminée, et une estrade tout au bout, sur laquelle trônait un unique fauteuil devant une tapisserie pourpre.

À de nombreuses reprises, son père s'y était installé pour écouter les doléances de son clan. Il avait toujours régné d'une poigne de fer, depuis ce fauteuil, et plus d'un avait trouvé la mort de sa propre main, dans cette pièce.

Le duc se tenait devant la fenêtre, et Amelia se figea en le voyant.

— Mon oncle, vous êtes là aussi ?

— Oui, ma chérie. C'est lord Moncrieffe qui me l'a demandé.

Elle se tourna vers Duncan et lui adressa un petit sourire, même s'il devina sans peine qu'il était chargé d'incertitude.

Il ne lui rendit pas son sourire. Comment aurait-il pu, alors qu'il était en train de se battre contre toutes ses idées noires et cruelles ? Il était sur le point de recevoir l'ordure répugnante qu'il traquait depuis près d'un an et allait devoir rester poli avec elle. La pourriture qui avait violé une innocente – la femme qu'il avait jadis aimée –, et mutilé son corps. Le salaud qui avait incendié des fermes, et tué des femmes et des enfants uniquement parce qu'ils étaient au courant de l'existence d'une rébellion.

C'était cet homme-là qui s'apprêtait à pénétrer dans cette salle et à mettre en doute le droit de Duncan de prendre Amelia pour épouse.

Il prit place dans le fauteuil et se cramponna à deux mains aux accoudoirs, parce qu'il fallait qu'il serre quelque chose entre ses doigts.

— Mettez-vous derrière moi, ma belle, lui ordonna-t-il d'un signe de tête, l'esprit consumé par la colère, ce qu'il ne se donnait même plus la peine de lui dissimuler.

Il lui était impossible de se montrer courtois, d'interpréter le rôle du gentilhomme charmant et aimable, alors qu'il était envahi par une haine meurtrière. À cet instant, malgré sa tenue raffinée et la perruque ridicule dont il s'était senti obligé de s'affubler, c'était un Écossais, un Highlander, un guerrier et un sauvage.

C'était le chef de ce clan, et on l'avait entraîné depuis la naissance à se battre et à tuer pour défendre ceux dont il avait la responsabilité. Il lui fallut chaque parcelle de sa volonté pour contenir le monstre tapi au fond de lui, prêt à bondir sur son ennemi mortel.

Sans dire un mot, Amelia souleva sa jupe et monta sur l'estrade. Elle se positionna juste derrière son épaule gauche. Duncan ressentit son appréhension, mais ce n'était pas ce qui le préoccupait le plus. Ce qui l'obsédait, c'était sa propre maîtrise de soi.

Le duc demeura près de la fenêtre, tandis qu'Iain se tenait dans l'angle opposé. Duncan était immobile, le regard rivé droit devant lui, sur la porte, à l'autre bout de la pièce, ouvrant et refermant ses mains endurcies par les batailles sur les accoudoirs, ses sens de guerrier en éveil, attentif au moindre frémissement.

La porte finit par s'ouvrir, et Richard Bennett pénétra dans la salle. L'ancien fiancé d'Amelia. L'héroïque officier anglais. Le violeur et meurtrier.

Chapitre 20

Quand Amelia revit Richard pour la première fois depuis son enlèvement, elle eut le sentiment de perdre tous ses repères.

Son ancien fiancé avait revêtu son impressionnant uniforme rouge aux boutons de laiton brillants. Il était chaussé de grandes bottes noires cirées à la perfection. Il ressemblait presque au père d'Amelia, en plus jeune, et cette idée l'ébranla encore plus dans ses certitudes. Avec sa chevelure dorée et sa remarquable beauté, Richard traversa la longue salle avec une incroyable confiance en lui, le bruit de ses pas se répercutant entre les poutres du plafond, son regard gris rivé sur Duncan.

Fergus, Gawyn et Angus le suivirent sans se presser et se déployèrent au fond de la pièce.

Le cœur d'Amelia se mit à battre. Elle ignorait qu'ils se trouvaient au château. Quel était le but de leur présence ? Pourquoi Duncan les avait-il fait venir ?

Richard s'immobilisa devant le comte et la jeune femme, et se fendit d'un salut de rigueur. Duncan, dans ses plus beaux atours, demeura immobile sur son trône, tel un grand roi, sans dire un mot.

Pendant un long moment, un silence de plomb s'établit dans la salle, et Amelia eut l'impression qu'elle allait défaillir. Elle posa une main sur le dossier du siège de Duncan.

— Je sollicite une entrevue privée avec lady Amelia, déclara Richard.

— Requête rejetée.

Amelia se rendit compte avec gêne du profond manque de respect de son futur époux. Elle jeta un coup d'œil inquiet à son oncle, mais celui-ci paraissait prendre la situation avec calme.

Richard s'empourpra de colère et décocha un œil noir à Amelia.

— Est-ce que ça va, ma chérie ?

— Oui, répondit-elle, agacée par tant de familiarité.

Elle avait déjà rompu leurs fiançailles. Ce n'était plus sa « chérie ».

Il se tourna vers Duncan.

— Votre comportement ne vous honore pas, Votre Seigneurie.

— Je me comporte comme bon me semble, Bennett, surtout si ça vous pose des problèmes.

— Duncan…, chuchota-t-elle, cherchant uniquement à lui rappeler la promesse qu'il lui avait faite.

Il se retourna sur son fauteuil et lui lança un regard accusateur, comme si elle venait de le trahir de la pire des manières, puis se leva et bondit de l'estrade, atterrissant lourdement sur le sol.

Malgré sa tenue raffinée tout en soie et en dentelles, et sa perruque de boucles brunes, il se mit à tourner autour de Richard d'un air arrogant et menaçant, comme un prédateur jaugeant sa proie. Il gardait la main sur la poignée de son sabre avec une certaine obsession. Il n'avait jamais eu le regard si effrayant.

Richard pivota sur lui-même, sans jamais quitter Duncan des yeux. Inquiète, Amelia s'avança.

— Excusez-moi, Bennett. Vous souvenez-vous d'une jeune Écossaise du nom de Muira MacDonald ?

Oh, mon Dieu… Elle s'était figuré qu'il aborderait avant toute chose le sujet de la légitimité de leurs fiançailles, mais elle s'était manifestement méprise sur ses priorités. *Quelle sotte*, songea-t-elle. Tout cela n'avait jamais eu qu'un but. Venger Muira. C'était pour cette raison qu'il l'avait enlevée, après tout.

Elle se tourna vers Angus. Il était adossé au mur du fond, observant la scène avec une satisfaction sinistre.

— Je ne me souviens d'aucune femme de ce nom, répondit Richard.

— Réfléchissez encore, Bennett. Vous avez pris du plaisir avec elle dans une pommeraie, contre son gré. Vous avez aussi laissé vos hommes s'amuser avec elle. Puis vous l'avez tuée de sang-froid. Vous l'avez décapitée avant d'expédier sa tête à son propre père.

Amelia prit une inspiration et jeta un coup d'œil à son oncle. Il semblait bouleversé par le caractère cru de cette remarque mais, curieusement, ne paraissait pas vraiment surpris.

— J'ignore de quoi vous parlez, Moncrieffe, rétorqua Richard d'un ton ferme. Et si je suis là, c'est pour contester vos fiançailles avec lady Amelia

Templeton. Vous êtes conscient, monsieur, qu'à son arrivée ici, elle m'était déjà promise. Son propre père, feu le duc de Winslowe, a approuvé cette union.

— Oui, j'en suis parfaitement conscient, mais elle m'appartient, à présent. Elle se trouve par conséquent sous ma protection. N'oubliez pas que je l'ai sauvée des griffes du Boucher.

Il continuait à tourner autour de Richard, la main sur son sabre.

Ce dernier ne le quittait pas des yeux.

— C'était à moi de la protéger, et non à vous.

Duncan s'immobilisa et fit demi-tour, reprenant son manège dans l'autre sens.

— Mais vous avez une façon plutôt sélective de protéger les femmes, Bennett, ne trouvez-vous pas ? Vous voulez en protéger une, mais pas les autres. Cette jeune dame mérite bien mieux ça.

Richard éclata de rire.

— Et vous croyez pouvoir mieux faire ? Vous pensez mériter son amour plus que moi ? Vous n'êtes qu'une brute, Moncrieffe, exactement comme votre père. Vous n'avez aucune raison de m'accuser – moi, un officier de l'armée du roi – de quoi que ce soit ! Si je suis là, c'est pour m'assurer qu'elle va bien et, pour ce que j'en ai vu jusqu'à présent, il semblerait que vous l'ayez contrainte à accepter votre main. Si ça se trouve, vous êtes peut-être même de mèche avec cet infâme Boucher des Highlands. Auquel cas, je vous ferai pendre pour trahison.

Duncan secoua la tête d'un air écœuré.

— Si quelqu'un dans cette pièce doit être pendu, Bennett, je vous garantis que ce n'est pas moi.

— Je n'ai rien à me reprocher, insista Richard avant d'indiquer la fenêtre d'un signe de tête. Mais les rebelles de votre clan m'ont emmené sur une fausse piste au nord, pendant que, comme par miracle, on ramenait Amelia ici.

— C'est en effet un miracle, répondit Duncan d'un ton méprisant. À présent, racontez-moi ce que vous avez fait subir à Muira, ce jour-là, dans la pommeraie. Parlez-moi du message que vous avez fait parvenir à son père, lord MacDonald. J'aimerais que ma future épouse puisse l'entendre directement de votre bouche.

Richard adressa un regard désespéré à la jeune femme.

— Ne l'écoutez pas, Amelia. Il essaie de salir mon nom dans le seul but d'exercer son pouvoir sur vous, et par là d'atteindre votre oncle. Il souhaite détourner votre attention de son véritable objectif en bon traître jacobite.

Duncan eut un petit rire amer.

— Vous êtes aussi doué pour le mensonge que pour le meurtre.

— Monsieur le duc ! s'écria Richard par-dessus son épaule. (L'oncle d'Amelia s'approcha.) Vous êtes témoin que le comte de Moncrieffe m'a menacé aujourd'hui, qu'il apparaît qu'il est impliqué dans des activités douteuses, et qu'il est complice de l'enlèvement de votre nièce, lady Amelia Templeton ?

— Je n'ai rien vu de tel, rétorqua Winslowe. Le comte a fourni à ma nièce un refuge après qu'elle s'est échappée. C'est tout ce que je sais.

— Monsieur le duc !

Comprenant que l'oncle d'Amelia ne reviendrait pas sur sa déclaration, Richard changea de tactique.

— Amelia. Dites-moi immédiatement si cet homme vous a compromise, ou s'il vous a forcé la main de quelque manière que ce soit. Si c'est le cas, je le traînerai en justice.

Elle lui répondit avec fermeté, alors même qu'elle était si effrayée que la tête lui tournait.

— Non, Richard, ce n'est pas le cas. Il n'a exercé aucune pression sur moi. J'ai accepté sa demande de mon plein gré, le cœur débordant d'amour. Donc, je vous en prie, messieurs, lâchez vos épées. Si je compte un tant soit peu pour vous, vous ne vous battrez pas aujourd'hui.

— Amelia, protesta Richard.

Elle descendit de l'estrade.

— Richard, je suis désolée si ma lettre vous a fait souffrir. Je n'avais pas l'intention de vous blesser. Je vous serai à jamais reconnaissante d'avoir sauvé la vie de mon père sur le champ de bataille, et j'apprécie que vous soyez venu jusqu'ici pour vous assurer de mon bien-être et de mon bonheur, mais c'est terminé, à présent. Je suis navrée, ce n'est pas vous que j'aime, mais lord Moncrieffe.

Elle se mit à trembler.

Richard s'approcha d'elle.

—Amelia. C'est absurde ! C'est un Écossais !

Elle dressa le menton.

—Je n'ai rien à ajouter, Richard. Partez, maintenant. Je vous en prie, partez.

Duncan et Richard se foudroyèrent du regard, puis, finalement, Richard s'apprêta à s'en aller.

D'une main, Duncan l'en empêcha.

—Non, colonel Bennett. Vous n'irez nulle part pour le moment.

S'il te plaît, non…

—Ôtez vos sales pattes de là, espèce de vermine des Highlands. Vous êtes tous les mêmes. (Richard se tourna de nouveau vers elle.) Ne soyez pas sotte, Amelia. Ne me dites pas que vous songez à épouser ce type. C'est le fils d'une putain.

Elle se sentit gagnée par la colère.

—Richard, vous oubliez vos bonnes manières ! La mère du comte était la comtesse de Moncrieffe, fille d'un marquis français, grande érudite et philanthrope.

Richard ricana.

—Non, Amelia. Le père de Moncrieffe a quitté sa jolie Française pour une putain du village, et il a été excommunié pour ça. (Il s'exprimait sans quitter Duncan des yeux.) Le grand seigneur écossais a ensuite massacré l'évêque responsable de son anathème et a été réintégré dans la société en tant que bon catholique. Quand sa putain est morte en couches, il est retourné auprès de sa femme et a ramené son bâtard au château. Voilà l'homme que vous voulez épouser, Amelia : le fils d'un pécheur qui doit certainement être en train de rôtir en enfer, à l'heure qu'il est.

Elle jeta un coup d'œil à Duncan.

— C'est vrai ?

Il avait le regard flamboyant.

— Oui.

Tout à coup résonna un étonnant raclement métallique, au fond de la salle, et Angus s'approcha, tenant son épée à deux mains. Il brandit son arme par-dessus son épaule et se précipita à travers la salle, le feu de l'enfer dans le regard. Richard recula vers l'estrade en trébuchant, tentant désespérément de dégainer sa propre épée.

Amelia s'interposa.

— Non, Angus ! Je vous en prie, arrêtez !

En un éclair, Duncan dégaina un pistolet de sous son manteau, l'arma et le braqua sur Angus.

— Baisse ton arme, ordonna-t-il au Highlander. Tu ne tueras pas cet homme aujourd'hui. Je t'ai garanti que j'aurai ma vengeance. Et je l'aurai.

— Et que fais-tu de ma vengeance, à moi ? s'écria Angus avec méchanceté.

— Toi aussi, tu l'auras.

— Quand ? Et comment ?

L'oncle d'Amelia, qui avait reculé contre le mur, près de la fenêtre, quand Angus s'était rué dans la salle, répondit à sa place.

— Une enquête sur le comportement du colonel Bennett va être ouverte, expliqua-t-il rapidement. Il y a des témoins. Je me suis entretenu avec un grand nombre d'entre eux, depuis mon arrivée.

Richard fit volte-face et lui lança un regard noir.

— Seriez-vous tous devenus fous ? Monsieur le duc n'a sans doute pas l'intention de suggérer que…

— Je pèse chacune de mes paroles, Bennett. Vos méthodes sont inqualifiables. Vous déshonorez le nom du roi.

Mais Angus n'avait pas encore rengainé son épée. Il la brandissait toujours par-dessus son épaule, prêt à tuer.

Personne ne bougeait.

Angus se tourna vers Duncan.

— Cette femme a fait de toi un être faible.

Moncrieffe ne se donnant pas la peine de répondre, Amelia frissonna. Il se tenait simplement les jambes légèrement écartées, visant Angus entre les deux yeux.

Elle avait peine à respirer.

— Fergus, Gawyn ! s'écria Duncan, par-dessus son épaule. Conduisez le colonel Bennett au cachot, et enfermez-le.

Au cachot ? Il avait des cachots ?

Ce ne fut qu'alors, quand les deux Highlanders accoururent pour appréhender Richard et le soulager de ses armes, qu'Angus baissa son épée et commença à reculer. Duncan, toutefois, garda le doigt sur la détente de son pistolet.

— Mes hommes ne vous laisseront pas faire ! hurla Richard, se débattant entre Fergus et Gawyn, tandis qu'ils l'emmenaient. Je vous ferai abattre, Moncrieffe !

Duncan pointa son arme sur Richard.

— Un mot de plus, Bennett, et je répands votre cervelle sur ces murs.

Il fut traîné hors de la salle, pendant qu'Amelia s'efforçait de contenir son émoi. Non seulement à cause du caractère choquant de la menace de son futur mari, mais aussi en raison de tout ce qui s'était produit au cours de ces cinq dernières minutes.

Cependant, le fait que son futur époux avait tenu sa promesse éclipsait tout le reste.

Duncan braqua de nouveau son arme sur Angus.

— Donne-moi ta parole que tu ne tenteras pas de t'opposer à ma volonté.

— Ma parole ? (Angus cracha par terre.) Que vaut la parole d'un homme alors que tu viens de laisser l'assassin de sa sœur en vie ?

— Justice lui sera rendue.

— Et à moi ? Je voulais le voir mort, Duncan, et tu oublies qu'il n'y a pas si longtemps que ça, c'était aussi ce que tu désirais par-dessus tout.

Angus se dirigea vers la porte, et Duncan finit par baisser son pistolet.

Au même instant, quatre grands gaillards du clan pénétrèrent dans la salle et en interdirent la sortie. Angus éclata d'un rire indigné.

Il pivota vers Duncan et écarta les bras.

— Est-ce que ces hommes sont là pour me faire vider les lieux ?

— Oui. Je ne peux pas te permettre d'aller faire un tour dans les cachots, Angus, et te laisser agir à ta guise.

Les gardes le saisirent par les bras, mais il se libéra aussitôt de leur poigne.

— Ne vous donnez pas cette peine. Je pars d'ici, et ne reviendrai plus. J'en ai assez vu aujourd'hui pour me donner envie de vomir.

Il quitta la pièce. L'un des gardes se tourna vers Duncan. Ce dernier hocha la tête, comme pour lui confirmer une série d'ordres. Les hommes accompagnèrent Angus jusqu'à la sortie de la forteresse pour veiller à ce qu'il quitte le château de manière pacifique.

Duncan se tourna vers Amelia.

Elle eut l'impression d'avoir les jambes en coton. Se rendant soudain compte que ses mains tremblaient, elle retourna vers le fauteuil et s'y laissa tomber.

— Merci, lui dit-elle.

— Pour quoi ?

Il avait employé un ton pour le moins narquois.

— Pour avoir tenu votre promesse.

Le regard glacial, il haussa les épaules d'une rage à peine contenue. Il arracha sa perruque, la laissa tomber doucement par terre et quitta la salle sans un mot de plus.

Chapitre 21

Duncan pénétra dans son étude, jeta un coup d'œil à tous ses livres et documents poussiéreux, à son télescope devant la fenêtre, et au portrait de sa mère française, sur la tablette de la cheminée. Il fit claquer la porte derrière lui, puis se retourna et y pressa son front. Les yeux clos, il tenta de maîtriser sa fureur.

Il n'avait jamais souhaité tuer quelqu'un à ce point. Le temps de quelques secondes imprévisibles, même son amour pour Amelia ne fit plus le poids face à son désir irrépressible de tuer. Il n'était pas sûr de pouvoir résister à l'envie de dégainer son épée et de transpercer le cœur noir et glacial de Richard Bennett. Même à présent, quand il réfléchissait à ce que Muira avait dû supporter dans la pommeraie, ce jour-là, et à ce qu'Amelia aurait pu subir si elle était devenue l'épouse de cet homme, il n'avait qu'une envie, serrer la gorge de Bennett entre ses doigts et ne la relâcher que lorsque toute trace de vie putride l'aurait quitté.

Il martela la porte à plusieurs reprises. Il avait l'impression d'être coupé en deux. Quel genre d'homme était-il ? Était-il l'aristocrate diplomate que sa mère aurait voulu qu'il devienne ? L'érudit instruit qui s'était engagé à épouser la fille d'un duc anglais ? Ou était-il le digne fils de son père ? Un guerrier aux multiples cicatrices qui avait été conçu dans le lit d'une putain, attiré par les ténèbres et la vengeance. Un barbare qui résolvait ses problèmes à grands coups de hache.

Il se retourna, pencha la tête en arrière et l'appuya contre la porte, tentant de comprendre sa dualité et le sauvage qui sommeillait en lui.

Sur le champ de bataille, il n'avait jamais tué qui que ce soit sans un motif valable. Cela faisait longtemps qu'il était conscient des conséquences de la mort. La disparition d'une seule personne pouvait avoir de nombreuses répercussions. D'autres souffraient, pleuraient sa perte et étaient affectés d'une manière que seul Dieu pouvait comprendre. Certaines fois, le chagrin faisait place à de la compassion et à de la gentillesse, à des sentiments profonds, et à la compréhension de l'âme.

D'autres fois, il donnait naissance à des monstres.

Il était l'un de ces monstres.

Richard Bennett en était un autre.

Duncan rouvrit les yeux et se demanda soudain ce qui pouvait être à l'origine de la cruauté de Bennett. Sa mère était-elle aussi une putain ? Ou avait-on passé au fil de l'épée un être qui lui était cher ?

Quand on frappa à sa porte, Duncan sursauta. Il s'en éloigna d'un pas. Sans attendre qu'on l'y invite,

Amelia se glissa dans la pièce. Elle referma derrière elle et s'appuya contre la porte, face à lui, les mains dans le dos. Elle était rouge, les yeux écarquillés.

Elle avait peur de lui. Inutile de se demander pourquoi. Elle venait de voir le monstre à l'œuvre. Il éprouva un terrible sentiment de honte, ce qui le prit au dépourvu.

— Pourquoi ne m'as-tu pas parlé de ta véritable mère ? interrogea-t-elle. Et pourquoi ne m'as-tu pas dit que ton père avait tué un évêque ? Cela n'aurait rien changé, je t'ai choisi pour ce que tu étais, mais j'aurais bien aimé que tu m'en parles.

Il n'avait aucune réponse à lui fournir. Tout se bousculait dans sa tête. Il lui était impossible de réfléchir.

Elle évita d'insister, et il se demanda comment elle pouvait demeurer si calme dans une telle situation. Et que faisait-elle là ? Il s'était imaginé qu'elle descendrait aux cachots pour s'excuser auprès de Bennett de la manière dont Duncan l'avait traité, et pour le supplier de la ramener chez lui, loin d'ici.

— C'était difficile pour toi, déclara-t-elle.

Il lui répondit avant d'avoir pu y réfléchir.

— Je voulais lui transpercer le cœur.

Elle se crispa.

— J'ai vu ça.

Ils ne dirent plus rien pendant un long moment, et il trouva ce silence presque assourdissant. Il ne voulait pas d'elle dans cette pièce, dans son sanctuaire personnel. Il voulait la jeter dehors. Mais, au fond de lui, une petite voix se manifesta. Il avait besoin d'elle. Il avait envie d'elle. Il la désirait.

Était-ce de l'amour ?

Non, c'était impossible. Comment pouvait-il ressentir tant de choses en même temps ? De la haine, de la colère, de l'impatience.

De la tristesse.

— Tu as résisté à l'envie de le tuer, poursuivit-elle en s'éloignant de la porte, obligeant Duncan à reculer jusqu'au milieu de l'étude. Et tu as aussi empêché Angus de le faire à ta place.

Duncan laissa son regard vagabonder sur la robe d'Amelia, puis sur la courbe généreuse de ses seins, avant de s'attarder sur la légère lueur de compassion dans son regard.

— Si tu n'avais pas été là, lui fit-il remarquer, je ne me serais sans doute pas montré si charitable. Je te l'ai déjà dit, ma belle, tu as le pouvoir de tempérer ma cruauté, de m'éloigner du bord du précipice. Pour ça, parfois, je te déteste. Mais, le reste du temps, je ne sais pas quoi en penser. Ni que penser de moi.

Elle s'approcha de lui et posa la paume de ses mains sur son torse. Elle avait le regard brillant, craintif – comme si elle ignorait de quelle humeur il pouvait être – et, curieusement, il sentit son cœur se mettre à battre de désir. Au fond de lui, il aspirait encore à se venger mais, plus que cela, il souhaitait faire l'amour à sa future épouse. Il en avait une envie forte et féroce, mêlée de colère et de tendresse. C'était compliqué. Bien trop pour comprendre. Il fallait simplement qu'il la prenne le plus vite possible. C'était tout ce qui lui importait.

Il plaqua ses lèvres contre les siennes et l'embrassa passionnément, prenant sa tête dans ses mains et enfonçant sa langue dans sa bouche. Quand elle poussa un gémissement de plaisir, il crut devenir fou. Il la désirait tant qu'il en perdit tout sens commun et eut le sentiment que le monde s'était tu.

Bientôt, il la plaqua contre la porte, souleva sa jupe, lui ôta sa culotte et défit précipitamment son haut-de-chausses.

Elle le débarrassa de son manteau, et il se demanda pourquoi. Comprenait-elle l'excitation qui le consumait et qu'il lui fallait satisfaire ? Était-ce pour lui faire plaisir ou avait-elle vraiment envie de lui à cet instant précis, même après avoir vu son côté sombre ?

Il glissa la main entre ses cuisses. Elle était déjà prête. Inutile de perdre du temps avec des préliminaires. Il la pénétra doucement mais à fond, et elle s'agrippa à ses épaules. Il la souleva. Elle enroula ses jambes autour de ses hanches pendant qu'il la pilonnait sans relâche contre la porte. C'était à la fois brutal et intime. Plus rien n'existait à ses yeux en dehors de leur étreinte. Il ne sentait que la douceur et l'abondante moiteur de sa féminité, le goût sucré de ses lèvres.

— Ne t'avise jamais de me quitter, déclara-t-il sans réfléchir.

Il eut l'impression que c'était un autre homme qui s'était exprimé.

Elle ne tarda pas à jouir, et ce fut à son tour quelques secondes plus tard. L'affaire fut rondement menée. Il n'en fut pas très fier mais, au moins, ils étaient tous les deux satisfaits.

Il la déposa par terre avec précaution, mais elle demeura cramponnée un moment à son cou. Il eut de nouveau honte, sans vraiment savoir pourquoi. Ça n'était pas très clair.

Immobile, il resta en elle jusqu'à ce que son cœur et son souffle reprennent un rythme normal. Puis, lentement, il se retira. Il relaça son haut-de-chausses et recula, laissant sa jupe retomber doucement à terre.

— Comment peux-tu éprouver des sentiments pour moi ? demanda-t-il en fronçant les sourcils d'incrédulité. Tu es une jeune femme de bonne famille. Pourquoi désires-tu m'épouser ?

— Je te l'ai déjà dit. Je vois de la bonté en toi, et tu sais aussi bien que moi qu'il y a de l'amour entre nous.

Il se retourna et dirigea ses pas vers la fenêtre pour contempler les prés et les forêts, dans le lointain, de l'autre côté du lac.

— Et si j'avais tué ton Richard, tout à l'heure ? Et si je lui avais planté un poignard dans le cœur, juste sous tes yeux ? Verrais-tu encore de la bonté en moi ?

— Ce n'est pas mon Richard, rectifia-t-elle. Et tu ne l'as pas tué.

Certes, mais il n'en avait pas été loin. Et, au fond de lui, il en avait toujours envie.

Amelia traversa la pièce et se laissa tomber sur le canapé pendant qu'il continuait à admirer le lac paisible.

— Il a tout nié, à propos de Muira.

Duncan se concentra sur le calme de la nature, au-dehors, parce qu'il refusait d'affronter le tourbillon de ses sentiments. Il était persuadé que s'il y cédait maintenant, il lui serait impossible de faire marche arrière.

— Tu crois que je n'aurais pas dû le jeter au cachot ? reprit-il.

— Non. Je suis persuadée qu'il a fait preuve de déshonneur. Mon oncle aussi en est convaincu. Il vient de me révéler une partie de ce qu'il a appris au cours de la semaine, des détails précis et insoutenables, soupira-t-elle. Il s'est entretenu avec un grand nombre de soldats et d'Écossais, et il faut que le roi entende ce qu'ils ont à dire. Par ailleurs, j'ai décelé aujourd'hui dans le regard de Richard quelque chose que je n'y avais jamais vu.

— Quoi donc ?

— Du mensonge.

Il leva les yeux vers le ciel et suivit du regard un merle qui prenait son essor.

— Pourquoi ne l'as-tu pas remarqué avant, ma belle ?

— Parce que je n'étais pas entière, avant de te rencontrer, comprit-elle. J'étais naïve, protégée et inexpérimentée, et j'étais dévorée par la peur de perdre mon père, de me retrouver toute seule. Il n'est plus là, à présent, mais regarde-moi. J'ai surmonté cette épreuve, et j'ai découvert que j'avais un esprit et une volonté assez forte. J'ai réussi à te résister, non ?

Il se tourna vers elle.

— Mais tu es à présent consumée par tes sentiments et les plaisirs que nous partageons au lit. C'est le genre de chose qui peut t'aveugler, tu sais ?

Elle ébaucha un léger sourire et secoua la tête.

— Je ne suis pas aveuglée, Duncan. Je vois parfaitement tes cicatrices. Elles sont profondes et nombreuses.

Il déglutit pour tenter de chasser la pointe de désespoir qui commençait à monter en lui. Il n'était pas habitué à éprouver de tels sentiments. Que lui avait-elle fait ?

— Je ne veux pas te décevoir.

— Tu ne m'as pas déçue, le rassura-t-elle sans hésiter, ce qui le déstabilisa, car il ne pensait pas mériter une telle confiance. Ce serait plutôt le contraire, en fait, reconnut-elle. Surtout après ce que j'ai vu aujourd'hui. Je sais que cela a été très difficile pour toi.

— C'était de la torture.

Il aurait pu ajouter tant d'autres choses : comme cela l'avait chagriné d'avoir dû s'en prendre à Angus, son meilleur ami, et à quel point il l'avait détestée à ce moment-là pour ne lui avoir laissé aucun autre choix.

Mais il ne pouvait pas le lui dire. C'étaient des sentiments qu'il n'appréciait guère, qu'il lui faudrait enterrer, comme tant d'autres.

Il se détourna et fit de nouveau face à la fenêtre, se demandant combien de temps cette enquête officielle et civilisée allait prendre.

Plus tard, Amelia se rendit à la bibliothèque, où son oncle faisait les cent pas devant les rayonnages.

— Vous vouliez me voir ?

— Oui.

Sans cesser d'arpenter la pièce, il tendit la main et lui indiqua un siège.

— Vous semblez soucieux, mon oncle…

Il s'immobilisa enfin et se tourna vers elle. Il était écarlate.

— J'ai bien réfléchi à ce qui s'est passé dans la salle des banquets, et je suis des plus bouleversés.

Déterminée à conserver son calme, elle croisa les mains sur ses cuisses.

— Pourquoi donc ?

Il se remit à faire les cent pas.

— Je n'ai pas changé d'avis sur Richard Bennett. Je crois toujours que c'est un vaurien et qu'il faut l'empêcher de nuire, mais quelque chose d'autre me tracasse. (Il se tourna vers elle.) Ce sauvage qui s'est jeté sur lui avec la claymore, celui que nos hôtes appellent Angus… C'est le Boucher, Amelia ?

Elle regarda le duc en cillant d'étonnement.

— Non, bien sûr que non !

Il la dévisagea avec attention.

— Ce n'est pas lui qui vous a enlevée, au fort ? Soyez franche avec moi, ma jolie, parce que si votre futur époux est de mèche avec de tels meurtriers, il me sera impossible, en mon âme et conscience, d'approuver cette union.

Elle déglutit avec peine.

—Je vous garantis, mon oncle, que cet homme n'est pas le Boucher. C'est un MacDonald, et c'est un vieil ami du comte. Ils se sont battus ensemble à Sheriffmuir, et Duncan a jadis été fiancé à sa sœur. C'est à propos d'elle que Duncan interrogeait Richard, tout à l'heure.

—Oui, oui, je suis déjà au courant pour cette jeune femme. Duncan s'est énormément confié à moi. Mais en voyant ce féroce Highlander se précipiter sur ce type, je vous jure que j'ai cru que mon cœur allait lâcher. De toute ma vie, je n'ai jamais vu une telle violence.

Amelia, si.

—Je suis persuadé, poursuivit Winslowe, qu'il aurait massacré Richard sous nos yeux si Moncrieffe n'avait pas été là pour l'en empêcher.

Elle baissa la tête et regarda ses mains.

—Oui, je crois que vous avez raison.

Le duc se dirigea vers une desserte et se servit un verre de bordeaux à l'aide d'une carafe en cristal. Il en but une gorgée puis marqua une pause pour se calmer.

—Ainsi, ce n'est pas ce sauvage de MacDonald qui vous a enlevée ?

—Non, mon oncle. Je vous garantis que ce n'est pas lui.

Il se tourna face à elle.

— J'en suis soulagé, je dois vous l'avouer.

Elle resta assise un moment, avant de se lever et de se servir elle aussi un peu de vin.

— Que va-t-il advenir de Richard ? demanda-t-elle.

— Ça reste à voir. J'ai envoyé un détachement pour communiquer directement au roi les résultats de mes recherches, et j'en ai également informé le colonel Worthington, au fort. Nous y avons expédié un cavalier dès aujourd'hui pour lui apprendre que nous avions mis Richard en détention. Je présume qu'il enverra ses forces dès demain pour l'arrêter et le ramener à Fort William. Ensuite, il est fort probable qu'il passera en cour martiale.

— Il sera pendu ?

— Difficile à dire, reconnut son oncle. Il s'agit d'un officier décoré qui a fait la preuve de sa loyauté à la Couronne un nombre incalculable de fois, par le passé. Ça peut se révéler… (Il hésita.)… ça peut se révéler délicat.

— Croyez-vous qu'on l'innocentera des charges qui pèsent contre lui, malgré votre influence et les nombreux témoignages ?

— Je ne vais pas vous mentir, Amelia. C'est bien possible.

Elle baissa les yeux.

— Si c'est le cas, Duncan risque de ne pas être très content, surtout si Richard est de nouveau affecté en Écosse.

— J'en suis conscient, et qui pourrait le lui reprocher ?

Elle regarda son oncle droit dans les yeux.

— Lui avez-vous fait part de vos inquiétudes ?

— Pas encore.

— En avez-vous l'intention ?

Il se retourna pour se servir un autre verre.

— Je n'ai pas encore pris ma décision.

Juste avant le lever du soleil, Amelia fut réveillée par les pépiements des oiseaux, sur le toit, devant la fenêtre de la chambre de Duncan. Quelques étoiles s'attardaient encore dans le ciel violet.

Elle était étendue sur le flanc, nue, mais elle avait chaud sous l'épaisse courtepointe. Duncan était couché auprès d'elle, lui aussi nu, les genoux pliés derrière les siens, enserrant la taille de la jeune femme de ses bras musclés. Elle écouta le rythme régulier de sa respiration en regrettant que tous les moments ne puissent pas ressembler à celui-là : intime et paisible, sans la menace imminente d'une guerre, sans vengeance et sans prisonniers dans les cachots.

Ils avaient fait l'amour avec une immense tendresse, cette nuit-là, et cela avait été différent de toutes les autres fois. Peut-être était-ce dû au fait que Duncan n'avait plus pour principal objectif d'éliminer Richard. Peut-être, maintenant qu'il l'avait enfin vu, qu'il était parvenu à résister à l'envie de le tuer et que Richard serait traduit en justice, Duncan réussirait-il enfin à trouver la paix. Elle espérait qu'il arriverait à surmonter la douleur de la mort de Muira et s'autoriserait de nouveau à aimer.

Comme les choses pouvaient évoluer rapidement, se dit Amelia. Elle avait du mal à croire que, il n'y avait pas si longtemps que cela, elle s'était imaginé un avenir radieux auprès de Richard. Elle fut effrayée à cette idée : où en serait-elle aujourd'hui si les événements avaient pris un autre cours ? Serait-elle nue dans les bras de Richard, à l'heure qu'il était ?

Désormais au courant de tous les crimes qu'il avait commis contre des femmes et des enfants, elle en eut la chair de poule.

Retentit alors un immense tapage. Des cris dans la cour intérieure. Quelqu'un qui soufflait dans une corne.

Duncan bondit de son lit en un éclair et regarda aussitôt par la fenêtre. Il faisait encore noir, au-dehors, à l'exception de la légère lueur rosée annonçant le lever du soleil, à l'horizon.

Elle se redressa et rassembla les couvertures contre sa poitrine.

— Que se passe-t-il ?

Sans même lui répondre, il disparut dans la garde-robe, et en resurgit avec une chemise ample et son tartan autour de la taille. Il ajusta son ceinturon et ferma la broche sur son épaule.

C'était la première fois qu'elle le voyait en kilt depuis son arrivée au château. Ses longs cheveux noirs étaient en désordre, exactement de la même manière que lors de cette fameuse nuit, quand il s'était dressé au-dessus de sa couche en brandissant sa hache. Il ne s'était pas encore rasé et avait un début de barbe.

L'air sauvage, il se vêtit avec rapidité et habileté, faisant danser ses doigts sur ses boucles et ses broches, se dirigeant aux quatre coins de la chambre de façon efficace et déterminée.

Amelia semblait incapable de prononcer la moindre parole tant elle était inquiète. C'était de nouveau le Boucher. Il ne lui avait fallu qu'un instant pour se métamorphoser.

Tandis qu'il enfilait ses bottes, on frappa à la porte. Il traversa la pièce pour aller ouvrir. Un homme en kilt se tenait devant l'ouverture, le souffle court.

— Bennett s'est échappé.

— Quand ?

Duncan ne semblait guère surpris. Il donnait l'impression de considérer cela comme une conséquence naturelle, comme le résultat inéluctable de toute rébellion.

— Il y a dix minutes.

— Il est à cheval ?

— Non, à pied.

— Vas-y. Fais seller mon cheval, et va réveiller Fergus et Gawyn, à la caserne.

Le membre du clan s'élança, et Duncan s'approcha du lit. Il s'agenouilla et tira de sous le sommier un grand coffre en bois.

— Habille-toi, ordonna-t-il à Amelia. Et je t'interdis de quitter cette pièce, tu m'entends ? Verrouille la porte derrière moi et n'ouvre à personne. À personne !

Il s'empara de ses armes dans le coffre : sa claymore dans son fourreau, qu'il fixa à son ceinturon, sa hache, et son pistolet, qu'il chargea sous les yeux de la jeune femme. Enfin, il saisit son bouclier et le fit glisser par-dessus son épaule pour le suspendre dans son dos.

— Ça risque de te trahir, le prévint-elle. La pierre, l'agate de Mull. Elle est connue.

Il fronça les sourcils et remisa le bouclier dans le coffre.

— J'en trouverai un autre. (Il lui tendit un poignard.) Tiens, prends ça.

Il repoussa le coffre sous le lit et se dirigea vers la porte.

— Je vais t'envoyer des gardes, ajouta-t-il en tentant bien tardivement de la rassurer avant de s'éclipser.

Amelia descendit du matelas et se hâta de verrouiller la porte derrière lui.

Il s'était servi d'une clé dans son évasion. Quelqu'un du château avait libéré Bennett.

Duncan franchit le pont-levis au triple galop. Le vent dans les cheveux et les sabots de Turner martelant bruyamment le pavé, il avait les sens en alerte et était d'une détermination absolue.

Les troupes de Moncrieffe se rassemblaient et lui emboîteraient bientôt le pas avant de se déployer dans les prés. Certains soldats fouillaient l'intérieur de la forteresse pendant que d'autres surveillaient leurs homologues anglais, mais Duncan savait que Bennett était parti et qu'il s'était enfui seul. La sentinelle à la porte le lui avait confirmé. L'homme avait regardé

Bennett dans les yeux pendant que le fuyard lui enfonçait brutalement un couteau dans le ventre.

Ce garde était mort, à présent, et Duncan avait perdu son calme. Il était pourtant serein. Il n'éprouvait qu'une émotion, inébranlable et sans équivoque...

Le soleil était en train de se lever, et le Highlander avait à la fois l'avantage de la vitesse et de la connaissance du terrain. Il fila en direction de la forêt – le choix qui se serait imposé à n'importe quel soldat pour se mettre à couvert –, à travers un pré couvert de rosée, et pénétra dans la végétation touffue. Une fois dans les bois, il fit ralentir sa monture au petit galop, bondit par-dessus un tronc, puis tira sur les rênes. Quand son cheval s'immobilisa, le cavalier tendit l'oreille.

Une tourterelle triste entonna son chant plaintif, et une légère brise se mit à souffler dans les arbres touffus. Il ferma les yeux et demeura immobile sur sa selle, à l'affût, parfaitement concentré. Une brindille craqua. Des bruits de pas retentirent. À une centaine de mètres, à peu près.

Il rouvrit grands les yeux. Plantant les talons dans les flancs de Turner, Duncan s'élança et s'enfonça dans la broussaille. Au bout de quelques secondes, il aperçut un éclat de rouge, sur sa gauche, et fit virevolter sa monture.

Tout en dégainant prestement sa hache de sa sacoche de selle, Duncan baissa la tête pour éviter de se faire fouetter le visage par les branches.

Bennett courait vite. Il était à bout de souffle. Pris de panique. Il jeta un coup d'œil par-dessus son épaule.

Duncan poussa un puissant rugissement, tandis que les sabots de Turner labouraient le sol moussu. Puis, quand le Highlander se pencha en arrière avant d'abattre son arme, en cette paisible matinée, son esprit sembla se figer.

Chapitre 22

Duncan immobilisa sa monture et mit pied à terre. Il retourna précipitamment à l'endroit où Bennett était roulé en boule, se protégeant le visage entre ses bras. Il n'avait plus son chapeau, qui était découpé en deux.

Duncan le secoua sans ménagement par l'épaule, comme pour le réveiller d'un somme, et Bennett répondit en se tournant sur le dos dans la mousse et en tendant les mains au-dessus de sa tête. Il signifiait de manière claire sa complète soumission.

Duncan fouilla les poches et le ceinturon de Bennett, à la recherche du couteau dont il s'était servi contre le garde. Quand il l'eut trouvé, il l'essuya dans la mousse et le glissa dans sa propre botte.

— Vous êtes le Boucher, hein ? demanda Bennett.

— Je suis le comte de Moncrieffe, répliqua Duncan. À présent, levez-vous.

Duncan fit les cent pas, la hache à la main, tandis que l'Anglais se relevait, les jambes flageolantes.

— J'ai eu du mal à vous reconnaître, dut admettre Bennett d'une voix tremblante. Vous êtes différent, quand vous êtes déguisé en sauvage. C'est pour ça que je me suis dit que vous étiez le Boucher.

Duncan ne tint aucun compte de l'insulte.

— Comment vous êtes-vous échappé ? Qui vous a libéré ?

— L'un de mes propres hommes. Il avait une clé.

— Où se l'est-il procurée ?

— Ça, je l'ignore. Je ne me suis pas donné la peine de lui poser la question.

La panique dans sa voix semblait s'estomper peu à peu.

Duncan continuait à tourner en rond, comme un lion en cage.

— Vous allez devoir payer pour vos crimes, déclara-t-il. Vous ne pourrez pas vous en sortir impunément après avoir massacré des femmes et des enfants innocents. Vous n'y couperez pas.

— Je n'ai fait que mon devoir, lui rétorqua Bennett.

— Votre devoir envers qui ? (Duncan sentit son impatience commencer à prendre le dessus.) Votre pays ? Votre roi ? Et pourquoi pas Dieu, aussi ?

— Dieu, le roi, mon pays… c'est la même chose.

— Vous en êtes certain ? (Il s'immobilisa et se tourna vers Bennett.) Dites-moi. Tout comme moi, vous avez participé à beaucoup de batailles. Vous avez tué de nombreux ennemis. Vous avez même sauvé la vie d'un de vos supérieurs, le père d'Amelia. Mais pourquoi vous en prendre à des femmes et à des enfants ? Pourquoi incendier leurs maisons ?

— Mon devoir est de réduire cette rébellion à néant. Si ça signifie qu'il faut que je débarrasse ce pays de tous ses jacobites, eh bien, je le ferai.

Duncan prit une profonde inspiration, cherchant à recouvrer son calme.

— N'avez-vous donc jamais rien regretté ?

Vous arrive-t-il de vous lever en sueur en pleine nuit après avoir rêvé que vos victimes vous regardaient dormir ? De voir et de ressentir les flammes brûlantes de l'enfer sous vos pieds, et de vous tourmenter à cause du sang que vous ne parvenez pas à retirer de vos mains ?

— Jamais, répondit Bennett. Comme je vous l'ai dit, il est de mon devoir d'officier de servir le roi, ce que je fais sans hésitation. Et sans remords.

Duncan détourna le regard. Il pensa à la poigne de fer de son père et à l'effroyable souffrance qu'il ressentait quand il se faisait corriger, comme cela se produisait bien trop souvent.

— Vous êtes-vous déjà fait blesser ? lui demanda Duncan, songeant l'espace d'un instant que Bennett ne comprenait pas la douleur qu'il infligeait aux autres. Vous est-il déjà arrivé d'éprouver une véritable douleur physique ? Vous a-t-on déjà tiré dessus, avez-vous déjà reçu un coup d'épée ou de poing ? Avez-vous déjà subi les foudres d'un autre homme ?

Bennett éclata de rire.

— Pourquoi toutes ces questions, Moncrieffe ?

— Je cherche simplement à comprendre…

— Vous voulez voir mes cicatrices ? Je peux vous les montrer, si vous voulez. Vous pourrez constater que j'ai été blessé plus d'une fois sur le champ de bataille, et que j'ai même été fouetté.

Duncan le regarda avec méfiance.

— L'armée britannique ne fouette pas ses officiers.

— Non, mais un père n'hésite pas à fouetter son fils pour en faire un bon soldat.

Duncan réfléchit à ce qu'il venait d'entendre.

— Votre père vous a fouetté ?

— Oui. À de multiples reprises. Mais ce n'est certainement pas pire que ce que vous avez enduré, Moncrieffe. N'oublions pas l'évêque. Ils n'étaient pas nombreux à oser défier votre père. Je suis certain que vous avez eu une éducation très stricte et rigoureuse, et que vous étiez un enfant soumis. Il n'y a pas de honte à avoir. Moi aussi, j'étais un garçon obéissant.

Duncan avait effectivement été élevé avec une poigne de fer, mais il avait également défié son père. À treize ans, il l'avait vu en train de gifler sa mère dans la galerie. Il lui avait aussitôt entaillé le bras avec un tesson de bouteille, et c'était un an avant que l'homme décide une nouvelle fois de lever la main sur sa mère.

Lorsque cela s'était produit, son père s'en était tiré avec un œil poché. Après leur troisième affrontement, le plus violent, alors que Duncan avait dix-sept ans, son père avait complètement cessé de la maltraiter.

— Je vais vous ramener au château, à présent, déclara le Highlander en regagnant son cheval et en cherchant une corde dans ses sacoches de selle. Vous y attendrez la venue du colonel Worthington.

Bennett prit un air renfrogné.

— Donnez-moi une épée, Moncrieffe, et battez-vous contre moi. Ce n'est que justice, puisque vous m'avez dérobé ma fiancée. Sans doute en lui forçant la main, comme j'ai moi-même pu prendre le dessus sur votre précédente promise. Comment s'appelait-elle, déjà ? Mary ? Megan ?

Duncan répondit à voix basse :

— Elle s'appelait Muira.

— Eh bien, Muira était une petite Écossaise drôlement mignonne, et j'ai veillé à ce que ses derniers instants soient trépidants et inoubliables. Je suis persuadé qu'elle a pris énormément de plaisir. Dommage que vous n'ayez pu assister à ça.

Duncan fit face au lieutenant-colonel et posa la main sur le manche de sa hache.

— Si j'avais été là, Bennett, vous seriez mort, à l'heure qu'il est.

— C'est vrai ? Alors pourquoi ne suis-je pas encore mort ? Vous n'avez finalement peut-être pas le courage suffisant pour faire la guerre. D'après ce que j'ai ouï dire, vous préférez plutôt négocier dans des salons fleuris, en utilisant votre whisky pour parvenir à vos fins. Que vous est-il arrivé ? Votre père, lui, était un valeureux guerrier. Il a dû être très déçu que vous ayez si mal tourné. J'ai du mal à comprendre comment Amelia a pu avoir un faible pour vous, alors que vous n'êtes qu'un faible et un lâche ainsi que, j'en suis certain, un sale jacobite !

Duncan lui adressa un avertissement.

— Vous feriez bien de la fermer.

Il songea soudain à Angus et eut l'impression d'entendre sa voix : « Cette femme a fait de toi un être faible. »

Bennett se fendit d'un sourire.

— Pourquoi ? La vérité est-elle si difficile à affronter ? En voici encore une, Moncrieffe. (Il s'approcha d'un pas.) Quand j'aurai été blanchi de ces accusations – et ce sera assurément le cas –, la première chose que je ferai, ce sera de retourner dans les Highlands. Je violerai toutes les femmes qui se trouveront sur ma route, je brûlerai chaque chaumière, puis je vous tuerai, ainsi que tous ceux de votre maisonnée. Je ramènerai Amelia chez elle, en Angleterre, et je l'épouserai. Lors de notre nuit de noces, je la traînerai directement au lit pour lui montrer comment s'y prend un homme, un vrai. Au moins, comme ça, ce sera une putain anglaise. Vous l'entendrez peut-être crier de votre tombe, mais vous n'y pourrez foutrement rien, parce que vous serez mort !

Une tempête de rage éclata dans l'esprit de Duncan. Il y eut des éclairs, un grondement improbable au-dessus des arbres et, soudain, il se retrouva en train de regarder la tête de Bennett, à ses pieds.

Son corps bascula en avant et lui tomba dessus. Il le repoussa et recula pour s'adosser à un arbre. Il lâcha sa hache sans quitter des yeux la tête et le corps décapité...

Il se pencha aussitôt pour vomir.

Quelques minutes plus tard, il se tenait de l'autre côté de la clairière, tournant le dos au cadavre de la tunique rouge, le regard rivé sur les arbres. Il n'avait aucune idée du temps qu'il était resté dans cette position avant que Fergus et Gawyn arrivent au galop. Il entendit vaguement le son de leurs voix, puis sentit une main sur son épaule.

— Qu'est-ce qui s'est passé ?

Il croisa le regard de Gawyn.

— Bennett est mort.

— Oui, on a remarqué.

Fergus était agenouillé au-dessus du corps.

— Beau travail, Duncan. Mais comment a-t-il réussi à s'échapper, à ton avis ? Tu ne crois pas que c'est lady Amelia qui l'a libéré ?

Duncan pointa Fergus du doigt, à l'autre bout de la clairière.

— Répète ça encore une fois, Fergus, et tu regretteras d'avoir vu le jour.

— Je n'en parlerai plus !

Il leva les mains en signe de reddition.

— Qu'est-ce qu'on va faire de lui ? demanda Gawyn d'un air détaché.

Duncan retourna vers le corps et l'examina. Il eut l'impression d'être aspiré dans le tourbillon infernal de son passé. Un tourbillon qui ne s'était jamais véritablement dissipé. Au fond de lui, il était dégoûté par ce qu'il venait de faire mais, d'un autre côté, il était plutôt satisfait. Très satisfait, même. Il était grisé d'avoir enfin accompli sa vengeance.

Qu'est-ce que cela faisait de lui ?

Il regagna sa monture, la débarrassa de la sacoche vide et la tendit à Gawyn.

— Mets la tête dans ce sac et apporte-la à Kinloch Castle. Remets-la à lord MacDonald avec un mot disant que c'est celle du soldat qui a tué sa fille. Ne laisse personne voir ton visage.

— Mais je dirai que c'est qui, le responsable de tout ça ?

Duncan le regarda fixement, et eut l'impression que tout s'éclaircissait.

— Le Boucher. (Il ramassa sa hache et se mit en selle.) Débarrasse-toi du corps. Il ne faut pas qu'on le trouve sur les terres de Moncrieffe.

Sur ce, Duncan piqua des deux et s'enfonça dans la forêt au galop, dans la direction opposée à celle de la forteresse.

On continua à rechercher le colonel Bennett pendant encore douze heures, même si Duncan ne participa pas aux investigations. Et s'il ne rentra pas au château. Il préféra se rendre seul sur les rives du loch Shiel, immobiliser sa monture, mettre pied à terre et entrer dans le lac glacial. Avec son kilt, son pistolet, sa claymore, tout...

Il continua de marcher jusqu'à ce qu'il n'ait plus pied, puis se baissa et demeura là, sous l'eau, sur le fond vaseux, se contentant de rester dans l'onde noire et gelée du loch.

Quand il finit par ressentir le besoin urgent de reprendre son souffle, il refit surface, prit une profonde inspiration, puis se débarrassa de ses armes et les laissa couler au fond du loch.

Il nagea un moment sur place, de l'eau jusqu'au cou, puis se laissa porter par le léger courant. Libérées du poids de l'acier, ses jambes remontèrent à la surface. Il ferma les yeux et se laissa flotter au gré de la houle, à peine conscient que le courant l'éloignait de plus en plus de la rive.

Il songea à Amelia, sachant qu'elle allait inévitablement être déçue, comme il l'avait prévu depuis le début. Cela tomberait aussi lourdement qu'une enclume et écraserait tout ce qui se trouvait en dessous. Il avait rompu le serment qu'il lui avait fait, et il se pouvait très bien qu'elle considère cela comme une violation de leurs fiançailles. Il se pouvait même qu'elle le quitte et le dénonce.

Curieusement, cependant, il ne se sentait pas désespéré. Il ne regrettait pas ce qu'il avait fait. Tout ce qu'il ressentait en ce moment même, c'était l'eau glaciale qui clapotait contre sa peau, et les oscillations de son tartan, qui flottait tout autour de lui.

S'agissait-il là de la paix qu'il recherchait ? Peut-être. Même s'il n'éprouvait aucune satisfaction et n'avait pas vraiment envie de se réjouir. Il commençait à s'engourdir. Il ne ressentait presque plus rien, comme s'il n'était plus un homme, mais une simple goutte d'eau au milieu du lac.

Puis il se mit à frissonner et se rendit compte à quel point cette idée était saugrenue. C'était un homme, avec du sang dans les veines. Du sang qui refroidissait de minute en minute. Il nagea jusqu'à la rive, sortit péniblement de l'eau en chancelant et s'écroula sur le dos sur la plage de galets, tremblant de tout son être.

Il contempla un moment le ciel blanc, puis eut le sentiment de regarder dans deux trous noirs et ronds.

Les naseaux dilatés de Turner…

L'animal s'ébroua et lui poussa la tête.

—Non, je n'ai pas encore rendu l'âme. (Duncan leva la main et caressa le museau soyeux de sa monture.) Mais je n'ai pas pour autant l'impression d'être en vie. Je ne sais pas ce que je suis.

Il demeura étendu là, se demandant combien de temps il allait falloir à ses vêtements pour sécher, et à sa conscience pour porter un véritable jugement sur ses actes.

Quand Duncan rentra à la forteresse, il faisait nuit. Il longea le pont-levis à pied, guidant Turner par la bride avant de le remettre à un palefrenier, devant les écuries.

Il pénétra dans la partie principale du château et se dirigea droit vers sa chambre, qu'il trouva verrouillée. Il tambourina contre la porte et entendit Amelia demander, à l'intérieur :

—Qui est-ce ?

Il lui avait recommandé de s'enfermer. Cela faisait maintenant plus de treize heures. Il se passa une main dans les cheveux, mécontent de lui.

— C'est Duncan. Tu peux ouvrir, à présent, ma belle.

Parce que Richard ne reviendrait plus.

La serrure cliqueta, la porte s'ouvrit, et Amelia se jeta dans les bras du Highlander. Elle était vêtue d'une robe de chambre blanche, et sa chevelure ébouriffée était humide, lâchée sur ses épaules. Elle dégageait un parfum de pétales de rose.

— Dieu merci, tu vas bien, soupira-t-elle. Personne ne savait où tu étais.

Il lui saisit les poignets et la repoussa délicatement.

— Je n'ai rien, ma belle.

Elle l'entraîna dans la pièce. Le feu brûlait à peine, diffusant dans la chambre une chaleureuse lueur dorée. Il y avait une baignoire devant l'âtre. Au moins, sa femme de chambre était-elle passée, se dit-il.

— On a retrouvé Richard ? s'inquiéta Amelia.

Duncan avait eu toute la journée pour réfléchir à la meilleure façon de répondre à cette question. Il avait fini par se faire à l'idée que rien ne vaudrait une explication franche. On ne tarderait pas à apporter la tête de Richard à Kinloch Castle – ce n'était qu'à deux jours de là –, et la nouvelle de sa mort se propagerait rapidement. Il serait impossible de lui dissimuler ce qui s'était passé. Il fallait tout lui raconter.

— Non, on ne l'a pas retrouvé, répondit Duncan. Mes hommes sont toujours à sa recherche, ainsi que ceux de Worthington.

Avant que Duncan ait eu l'occasion d'ajouter quoi que ce soit, elle s'approcha de lui, glissa les bras autour de sa taille et posa la joue sur sa poitrine.

— Oh, Duncan, comme tu m'as manqué. J'étais si inquiète. J'ai cru que tu n'allais plus jamais revenir.

Il demeura sans bouger, perplexe, tandis qu'elle ôtait sa chemise de son kilt et de son ceinturon. Elle la lui souleva sur la poitrine puis prit un moment pour étudier la forme de ses muscles et celle de ses cicatrices. Elle lui effleura bientôt la peau avec ses lèvres tendres et roses. Son souffle le fit frissonner, et il n'eut plus du tout envie de discuter, malgré tout ce qui lui restait à dire.

Elle s'attarda sur l'un de ses tétons et commença à le suçoter avec avidité. Il se mit à respirer plus fort. Elle lécha et titilla ses pectoraux pendant un certain temps avant de lever les yeux et de lui adresser un sourire sensuel.

Il savait qu'il aurait dû l'arrêter, mais il en était incapable. Il avait besoin de ce contact physique pour s'extirper de cette étrange sensation de vide dans laquelle il avait baigné tout au long de la journée.

Elle se laissa tomber à genoux, devant lui, et faufila ses mains sous son kilt. Sans le quitter des yeux, elle caressa les muscles de ses cuisses et s'empara de ses testicules. Elle les caressa doucement puis, baissant son regard vorace, disparut sous son kilt.

Quand elle referma la bouche sur son sexe, Duncan ferma les paupières et pencha la tête en arrière. Un plaisir charnel s'empara de lui. Le chaos de son existence se dissipa dans la chaleur délicieuse de la bouche de la jeune femme, et dans l'extase qui le submergeait. Elle le lécha et le suça jusqu'à ce qu'il ne puisse plus tenir debout. Il la saisit alors par les épaules, la releva, la prit dans ses bras et la porta jusqu'au lit.

Il s'étendit sur elle avec douceur, ressentant le besoin de lui faire l'amour comme il ne l'avait jamais fait jusqu'à présent. Il l'embrassa passionnément, cala ses hanches musclées entre les siennes puis remonta son kilt et la chemise de nuit de la jeune femme.

Il s'appuya sur un coude et observa son érection, toute proche du sexe soyeux de sa bien-aimée. Il aurait pu la pénétrer d'un seul coup de reins, mais quelque chose l'en empêchait.

— Amelia…

— Oui ?

Elle remua sous lui, impatiente, lui saisit les fesses à deux mains et l'attira en elle. Il eut soudain l'impression d'être au paradis, incapable de bouger ou de parler. Pourtant, il parvint à recouvrer sa détermination et se retira. Il se redressa à quatre pattes et la regarda.

C'était impossible. *Pas comme ça.*

— Je l'ai tué.

Elle cligna plusieurs fois des yeux.

— Qu'est-ce que tu veux dire ?

— J'ai tué Bennett. Ce matin. Dans les bois.

Perplexe, elle fronça les sourcils. Il la regarda fixement à la lueur du feu mourant, attendant qu'elle dise quelque chose. N'importe quoi. Mais elle demeura silencieuse.

Il roula sur le dos.

— Je ne comprends pas, finit-elle par lâcher en se redressant sur le lit et en baissant sa chemise de nuit sur ses jambes. Tu m'as dit qu'on était toujours à sa recherche.

— C'est le cas.

— Mais les autres savent qu'il est mort ?

— Non.

Elle réfléchit.

— Donc, personne ne sait que tu l'as tué ? Tes hommes parcourent tes terres alors que celui qu'ils recherchent est mort ? Pourquoi ne me l'as-tu pas dit avant, Duncan ? Comment as-tu pu me laisser…

Elle s'interrompit avant de reprendre, une pointe de colère dans la voix :

— Que s'est-il passé ? S'il te plaît, dis-moi que c'était de la légitime défense !

Il lui était impossible de lui mentir. Il avait été victime d'un accès de rage à cause des menaces de Bennett, de l'horreur et de la cruauté des actes qu'il avait commis.

— Non, il était désarmé. Je lui avais déjà pris son couteau.

Duncan glissa les doigts dans l'une de ses bottes et en extirpa l'arme avant de la jeter par terre avec un bruit métallique. Elle ricocha vers le mur en pivotant sur elle-même.

Amelia s'agrippa au col de sa chemise de nuit, la serrant fortement contre son cou.

— S'il était désarmé, pourquoi ne t'es-tu pas contenté de le ramener ici et de l'enfermer de nouveau ?

— C'est ce que je comptais faire. J'avais la corde dans les mains, mais…

— Mais quoi ?

— Je ne savais plus ce que je faisais. Il m'était impossible de continuer à l'écouter. Je n'arrive même pas à te l'expliquer.

— Essaie.

Duncan déglutit pour chasser la bile qui commençait à remonter dans son gosier.

— Il prononçait des paroles horribles à ton sujet, ma belle, et à propos de Muira… Des paroles que je ne souhaite pas répéter. J'ai eu l'impression que mon esprit s'embrasait, et j'ai perdu toute maîtrise. Je ne me suis même pas rendu compte de ce que je faisais avant que ce soit terminé.

Elle descendit du lit et se dirigea vers la fenêtre.

— Comment l'as-tu tué, Duncan ?

— Je l'ai décapité.

C'était la vérité à l'état brut, sans fard. Curieusement, il n'éprouva aucun sentiment de honte. Il s'en réjouit, même, en repensant au silence dans les bois. Quand Bennett s'était enfin tu.

Elle resta un long moment immobile et silencieuse, et Duncan comprit qu'il l'avait écœurée. Dégoûtée. Comme il s'y était attendu.

Amelia se tourna vers lui.

— Qu'est-ce que tu ressens ? Ça te perturbe, ce que tu as fait ?

Il fit basculer ses pieds par terre et s'assit sur le bord du matelas.

— J'aurais bien aimé pouvoir te le confirmer. J'aurais bien aimé pouvoir dire que je me sens coupable, que j'ai des remords et que j'ai passé la journée à genoux, implorant Dieu de m'accorder son pardon, mais ce serait mentir, ma belle, parce que je ne regrette rien.

— Tu ne ressens aucun remords ?

Il leva les yeux vers elle.

— Non. Je suis content de l'avoir fait et, si c'était à refaire, je recommencerais.

Elle se dirigea vers la porte, mais il bondit du lit et lui bloqua le passage.

— Comment peux-tu faire une telle chose et ne rien regretter ? s'exclama-t-elle. (Sa voix se mit à trembler d'indignation et de détresse.) Tu avais l'occasion de le ramener ici pour qu'il puisse comparaître devant la cour martiale du colonel Worthington, mais tu as préféré te prendre pour son juge et son bourreau. Tu as tué de sang-froid un homme désarmé. J'ai du mal à imaginer que tu aies pu commettre un acte si barbare, surtout après ces dernières semaines, où tu m'as montré un tout autre aspect de ta personnalité.

Ce qui m'avait donné de l'espoir. J'avais commencé à croire qu'il me serait possible de te pardonner tout le reste, et de t'aimer.

De m'aimer.

Il s'effondra et se sentit obligé de lui fournir des explications.

Il lâcha aussitôt :

— Si ça peut te rassurer, ce n'était pas prévu.

Elle fit la grimace.

— Tu es donc en train de me dire que tu as été incapable de te maîtriser ? Je suis navrée, Duncan, mais c'est loin de me rassurer. Comment pourrais-je être certaine que tu ne t'énerveras pas contre moi, un jour ? Comment puis-je savoir si tu ne me trancheras pas la tête, à moi aussi, si j'ai le malheur de te mettre en colère ?

— Ça n'arrivera jamais.

— Mais tu viens pourtant de m'expliquer que tu avais perdu ton sang-froid. Ton père non plus ne s'est pas maîtrisé. Il a tué un évêque. Tu m'as raconté un jour qu'il était violent avec ta mère. Comment pourrais-je accepter de t'épouser te sachant si lunatique ?

Il s'approcha pour la prendre dans ses bras et tenter de la convaincre qu'il ne lui ferait jamais de mal, mais elle le repoussa.

— Ne me touche pas. J'ai l'impression de sentir son sang sur toi.

Il fronça les sourcils.

— Je suis comme ça, Amelia. Je suis un guerrier. J'ai été élevé pour me battre, et je me bats pour mon pays. Je me bats pour te protéger.

— Je n'ai aucune envie d'épouser un guerrier. Je veux me marier avec un gentilhomme.

Il eut l'impression qu'on lui transperçait le cœur avec un tison brûlant.

— Tu ne peux pas fermer les yeux et faire comme s'il n'y avait pas de guerres dans le monde, lui fit-il remarquer d'un ton amer. Les hommes sont obligés de lutter pour défendre leur liberté et leurs familles.

— Mais il y a d'autres façons de se battre !

Ils avaient déjà eu ce genre de discussion, et il commençait à comprendre, avec une grande frustration, qu'ils ne tomberaient jamais d'accord sur ce point. Il l'avait déçue, et il avait toujours su que cela se produirait un jour.

— Où est le corps de Richard ? demanda-t-elle. Qu'as-tu fait de lui ? Il mérite des obsèques convenables.

Elle finirait de toute façon par l'apprendre. Il lui était donc inutile de le lui dissimuler.

— J'ai fait porter sa tête dans un sac à lord MacDonald.

Surprise, elle fronça les sourcils.

— Le père de Muira ?

— Oui.

— Oh, mon Dieu ! C'était uniquement pour venger sa mort, alors ?

— Non. Je t'ai déjà dit que je l'avais fait pour l'Écosse, et pour te protéger. Il m'était impossible de courir le risque de le laisser en vie.

Elle prit une profonde inspiration, et il comprit qu'elle n'en croyait pas un mot. Elle était persuadée qu'il s'était contenté de se venger, rien de plus.

— Et le reste de son corps ? Où est-il, à présent ?

— Je l'ignore. Fergus et Gawyn s'en sont débarrassés.

Elle le bouscula pour atteindre la porte.

— Laisse-moi sortir.

— Amelia…

Elle ouvrit la porte à toute volée et se retourna pour lui adresser ses dernières paroles.

— Nous avons partagé de bons moments, Duncan, et tu t'es montré généreux avec moi. Malgré tout ce qui s'est passé, y compris ma déception, j'ai encore des sentiments pour toi. Pour cette raison, je ne te dénoncerai pas. J'emporterai ton secret dans ma tombe. Mais il m'est impossible de t'épouser. Je ne peux pas me marier avec quelqu'un qui ne ressent rien après avoir tué. Même si tu considères qu'il s'agit d'une simple victime de guerre, comment peux-tu ne rien éprouver ?

Sur ce, elle quitta la pièce, et il demeura devant le feu mourant, réfléchissant soigneusement à la question qu'elle venait de lui poser. Elle était pertinente. Avait-il un cœur ? Comment était-il possible d'être si insensible ? Il abattit violemment son poing sur la tablette de la cheminée, puis se laissa tomber à genoux.

Chapitre 23

Quelques instants plus tard, dans l'intimité de sa chambre, Amelia versa de chaudes larmes à cause des circonstances violentes de la mort de Richard et de l'effroyable indignité avec laquelle on avait fait parvenir sa tête tranchée dans un sac à un château voisin, tel un trophée. Elle se moquait de ce qu'il avait pu faire. Aucun être humain ne méritait un tel traitement.

Elle pleura aussi, le cœur brisé, de s'être montrée si idiote. D'avoir pu aimer à la folie celui qui avait commis cet acte de barbarie. Elle était prodigieusement déçue, en proie à un profond déchirement. Tous ses espoirs de mener une existence joyeuse, là, à Moncrieffe – avec son bel amant, qui avait été, pendant peu de temps, sa véritable âme sœur – étaient réduits à néant. Ce n'était pas l'homme qu'elle s'était imaginé. Elle avait eu trop foi en lui, dans sa capacité à maîtriser son naturel violent, et à s'engager dans une voie paisible et conciliante. Ses vêtements, son palais, son esprit et son charme... tout cela n'était qu'un masque, avec lequel il avait réussi à leurrer son père, de la même manière qu'il venait elle aussi de la berner.

Il fallait à présent qu'elle parvienne à surmonter les sentiments qu'elle éprouvait encore pour lui – ce qui n'avait aucun sens, après ce qu'il venait juste de lui avouer – et qu'elle s'en débarrasse. La veille, il lui avait fait comprendre que l'amour pouvait en aveugler certains. Il avait raison sur ce point. Chaque fois qu'elle se rappelait les moments qu'ils avaient partagés au lit, elle fondait en larmes.

Avait-il jamais éprouvé quoi que ce soit pour elle ? se demanda-t-elle soudain. Ou n'avait-il agi que pour Muira ?

Le matin suivant, à l'aube, Amelia rédigea une lettre d'adieux à Josephine, ainsi qu'un petit mot pour Duncan. Elle les laissa tous les deux sur son bureau pour qu'un serviteur les trouve, puis sortit du château et monta dans le carrosse de son oncle.

Le fond de l'air était frais. Les chevaux laissaient échapper des nuages de vapeur de leurs naseaux en remuant la tête et en hennissant doucement à la faible lueur du jour. Comme tout semblait tranquille et paisible…

Le duc la rejoignit quelques minutes plus tard avec tous ses bagages et ses effets, curieux de savoir pour quelle raison ils partaient si précipitamment, sans même avoir fait leurs adieux à Duncan. Elle lui expliqua qu'elle avait rompu leurs fiançailles et qu'elle ne souhaitait pas en parler. Il monta dans le coche, qui se mit à tanguer sous son poids, et décida de s'abstenir d'insister, du moins pour l'instant. On referma la portière derrière lui. Amelia était épuisée.

Il lui tapota la main et lui assura qu'il l'écouterait dès qu'elle serait prête à en discuter. Amelia se contenta de hocher la tête.

Le véhicule s'éloigna de la forteresse, et elle n'osa même pas se retourner.

À la minute où Duncan ouvrit les yeux, aveuglé par un rayon de soleil provenant de la fenêtre, il comprit qu'il l'avait perdue.

De manière inexplicable, il avait dormi d'un trait, mais sa nuit avait été hantée par des images de cadavres, de sang et du feu brûlant de l'enfer lui léchant la peau. Il avait aussi rêvé d'Amelia, qui l'observait du haut d'un balcon pendant qu'il s'enfonçait de plus en plus dans une mer de flammes, sous un ciel enfumé. Elle avait attendu qu'il en ait jusqu'au cou avant de se détourner et de s'éloigner. Elle ne s'était même pas retournée, tandis qu'il restait là, la suivant du regard, se laissant porter par la houle ardente.

Il s'assit dans son lit et se frotta la poitrine. Il ressentait une douleur sourde, comme le grondement d'un orage lointain. Il regarda par la fenêtre. Le soleil venait de se lever.

Puis il remarqua le mot, une lettre cachetée que l'on avait glissée sous sa porte pendant la nuit ou le matin même. De la part d'Amelia, sans aucun doute. Il se sentit soudain gagné par un violent sentiment de panique. Il déglutit pour se débarrasser d'une boule d'appréhension dans la gorge, puis il alla ramasser le pli.

« Duncan,
Quand tu liras ce message, je ne serai plus là. Mon oncle me ramène en Angleterre. Je suis désolée de te quitter sans te dire “adieu”, mais je suis certaine que cela vaut mieux. Je souhaite ne plus jamais te revoir. S'il te plaît, exauce au moins ce vœu.

Amelia »

Il avait du mal à respirer tant il avait l'impression que ses poumons s'étaient recroquevillés sur eux-mêmes. Elle était partie et ne voulait plus le revoir. Plus jamais. Elle ne lui laissait aucun espoir de rédemption. Les sentiments qu'elle avait commencé à éprouver pour lui n'étaient plus. Ce lien était mort, réduit à néant, et il ne pouvait s'en prendre qu'à lui, car c'était lui qui l'avait fait disparaître. Il avait massacré leur amour dans un violent bain de sang. Il avait assassiné quelqu'un qu'il avait fait le serment d'épargner.

Un homme désarmé. Il l'avait tué de sang-froid. Il l'avait décapité d'un coup de hache. Et avait mis sa tête dans un sac.

C'était indubitablement un acte de barbarie.

Pourtant – pourtant ! –, Duncan ne parvenait pas à se résoudre à le regretter. Même là, il n'hésiterait pas à le refaire. Pour la protéger, il le recommencerait dix fois, s'il le fallait. Il sacrifierait tout – son amour et, à tour de rôle, toutes ses joies présentes et à venir – pour empêcher cet épouvantable monstre de poser la main sur elle. Même si cela devait signifier qu'il ne la reverrait plus jamais.

Il se dirigea vers un siège et s'y laissa tomber, penchant la tête en arrière et écoutant le « tic-tac » régulier de la pendule le temps qu'il recouvre son calme.

— Tu vas me répondre, Duncan ?

Ce dernier leva les yeux de son livre et vit Angus sur le seuil de la porte, attendant qu'il l'invite à pénétrer dans l'étude.

— Entre.

Angus s'exécuta et demeura immobile un moment, considérant le désordre qui régnait dans la pièce.

— Iain s'inquiète pour toi, lui apprit-il. Et moi aussi. Voilà cinq jours que tu n'as pas quitté tes appartements.

C'était en effet le cas, mais il avait besoin de temps pour réfléchir. Pour méditer et penser à son but dans la vie, à la source de sa force et à la valeur du sacrifice qu'il venait de faire.

Il était content qu'Angus soit venu le voir. Il avait beaucoup à lui dire.

— Je regrette certaines choses que j'ai pu déclarer ou faire, lui confia Angus. Surtout dans la salle des banquets. Je n'ai pas été juste envers toi, Duncan. Je n'aurais jamais dû douter de toi.

Duncan referma son livre et le posa non loin avant de se lever de son fauteuil et d'enfiler sa jaquette de soie verte. Il ajusta la dentelle à ses poignets puis s'approcha de son vieil ami.

— Ton père a-t-il reçu le paquet que je lui ai fait parvenir ?

— Oui, et laisse-moi te dire qu'il y a eu un bal et un banquet comme jamais on n'en avait vu. Tu aurais dû venir, Duncan. Ça m'aurait fait plaisir.

Le comte se contenta de hocher la tête.

— Mais, toi, tu n'as pas fêté ça, constata Angus en ajustant son tartan sur son épaule.

— Non.

Moncrieffe lui fit signe d'approcher et lui servit un whisky.

— Mais tu as fait ce qu'il fallait, Duncan. N'en doute pas un seul instant. Bennett n'a eu que ce qu'il méritait, et l'Écosse t'en remercie. Cesse de t'en vouloir. Tu mérites une médaille.

Il accepta le verre que Duncan lui tendait.

— Je ne regrette rien, Angus, déclara-t-il avant de s'installer sur le canapé.

Sceptique, Angus le dévisagea en plissant les yeux.

— Permets-moi de te contredire, parce que je suis persuadé qu'il y a une chose que tu regrettes énormément : la perte de la fille du colonel.

Il vida son whisky d'un trait et reposa le verre sur le coin du bureau, à côté d'une pile de livres.

Duncan croisa les jambes et se tourna vers la fenêtre. Face à son silence, Angus semblait de plus en plus impatient. Il se mit à arpenter la pièce.

— Tu es mieux sans elle, Duncan. Tu en es conscient, hein ? Elle t'a quitté, pour l'amour de Dieu ! Quel genre de femme… (Il s'interrompit et reprit son souffle.) On en a vu des vertes et des pas mûres, toi et moi. Et, malgré nos différends, ces derniers jours, je te considère comme mon ami. Je te respecte pour tes qualités de meneur d'hommes, ta force et tes talents sur le champ de bataille. Tu m'as sauvé la vie plus d'une fois, comme j'ai pu sauver la tienne. (Il marqua une pause.) Reviens parmi nous, Duncan. Oublie cette Anglaise. Elle n'est pas digne de toi. Elle était amoureuse de cette vermine, Bennett, et l'a défendue jusqu'au bout. Tu vaux mieux que ça. Ce qu'il te faut, c'est une jolie petite Écossaise qui te fasse tourner la tête, et qui te rappelle que tu es un fier et valeureux guerrier des Highlands.

Il observa un nouveau temps d'arrêt et prit une inspiration.

— Ne te méprends pas, j'aimais ma sœur, et je te serai toujours redevable pour ce que tu as fait à son meurtrier, mais il est temps pour nous deux de passer à autre chose. Reprends tes armes, Duncan. Enfile ton tartan et brandis ton bouclier avec fierté.

Duncan le regarda en fronçant les sourcils.

— Que je reprenne les armes ? Pour quoi faire ?

— Que faire d'autre que lutter ? La rébellion a battu en retraite, une grande partie des Highlanders ont regagné leurs fermes et, pourtant, les Anglais sont toujours là. Il faut que nous les chassions de notre pays une bonne fois pour toutes, pendant qu'ils nous craignent encore. L'histoire de la tête de Bennett est déjà en train de se propager, provoquant une onde de terreur dans toutes les garnisons anglaises. Je dis qu'il faut poursuivre notre saccage jusqu'à ce que nos ennemis se soient entièrement repliés derrière leur frontière.

Duncan réfléchit. Il se tourna vers la fenêtre, contempla les nuages, dans le ciel, et se remémora les actes de terreur passés du Boucher. Ils s'étaient révélés efficaces, nul ne pouvait en douter et, avec la mort de Bennett, le Highlander n'allait en devenir que plus célèbre.

Il y avait pourtant d'autres questions à se poser. Il y avait ce que lui disaient sa conscience et ses rêves, nuit après nuit…

Il croisa le regard d'Angus.

— Je suis persuadé qu'il est possible d'avoir une plus grande influence grâce au titre de Moncrieffe. J'ai l'oreille du roi, et malgré ce qui s'est passé entre Amelia et moi, je suis certain que, si je propose de bons arguments, son oncle, le duc, va continuer à soutenir mes initiatives pour la paix.

Angus gloussa.

— Winslowe n'acceptera jamais de te reparler après ce que tu as fait à sa nièce. Je serais surpris qu'elle ne lui ait pas déjà révélé qui tu es, comment tu l'as enlevée au beau milieu de la nuit et menacée de mort. Il est fort probable qu'une armée de tuniques rouges vienne ici d'un jour à l'autre, maintenant. C'est pourquoi je te suggère d'enfiler ton tartan et de partir loin d'ici tant que tu en as encore la possibilité. Iain peut te remplacer pendant ton absence. Ce genre d'existence lui convient mieux qu'à toi.

—Amelia ne le dira à personne, lâcha Duncan. Elle m'a donné sa parole.

Angus éclata d'un rire amer.

—Tu te fies à ce point à sa parole ? À la parole d'une Anglaise ?

—Oui, je lui fais confiance.

—Sois raisonnable, Duncan. Réfléchis un peu.

Ce dernier se sentit gagné par la colère et se leva.

—Comment veux-tu que je sois raisonnable ? Je suis arrivé à dégoûter celle que je voulais épouser. Elle me considère plus comme un monstre que ce porc de violeur et de pilleur de Richard Bennett. Si ça se trouve, elle porte mon enfant et je ne le saurai jamais.

Duncan entendit soudain ses tempes se mettre à palpiter. Sans doute Angus les avait-il lui aussi entendues, puisqu'il recula brusquement d'un pas.

—Et je n'ai même pas mes armes, poursuivit Duncan. Elles sont au fond du loch Shiel.

—Putain, Duncan. Qu'est-ce qu'elles foutent là-bas ?

Il se pinça l'arête du nez.

—Je l'ignore. Je me le rappelle à peine. Tout ce que je sais, c'est qu'elles m'attiraient vers le fond, et que je me serais probablement noyé si je ne m'en étais pas débarrassé.

—Mais l'épée de ton père… Il te l'a transmise…

— Elle a plus de cent ans, lui rétorqua-t-il. Tu crois que je ne le sais pas ? (Il se dirigea vers la fenêtre à grands pas et abattit son poing sur le châssis en pierre.) Je pense que j'ai perdu l'esprit.

Il demeura immobile un long moment, contemplant le lac. Puis il sentit la main d'Angus sur son épaule.

— Bats-toi, Duncan. Tu es né pour ça. Ça va te remettre les idées en place. Fais-moi confiance, et viens avec moi.

Duncan repoussa la main de son ami.

— Non ! Ça va uniquement me rendre encore plus fou. C'est impossible. Il faut que je fasse autre chose.

— Qu'est-ce que tu dis ?

Il se tourna vers Angus.

— Je dis qu'il est temps que le Boucher prenne sa retraite. Sa mission est terminée. J'ai abattu l'infect salopard qui a violé et assassiné Muira. C'est fini. Je ne tuerai plus.

— Écoute-moi, Duncan.

— Non ! Je n'écouterai pas un mot de plus ! Va dire à Fergus et à Gawyn d'aller me retrouver à la grotte. Nous discuterons de ce que nous allons faire. Vous êtes tous des hommes libres ; si vous souhaitez poursuivre de votre côté, je ne vous en empêcherai pas, et je ferai tout ce qui est en mon pouvoir pour protéger vos identités. Mais je ne me joindrai pas à vous. J'en ai terminé, Angus. Je vais tâcher de récupérer Amelia.

Angus fronça les sourcils.

— Je l'aime. Il me sera impossible de vivre sans elle.

Il l'aimait. Il l'aimait!

Angus s'approcha d'un air inquiet.

— Tu commets une erreur. C'est une Anglaise, elle ne comprend pas notre façon de vivre.

— Elle la comprend mieux que tu ne le crois, Angus. Maintenant, vas-y, s'il te plaît. Je serai à la grotte demain, au coucher du soleil. Tout ce qu'il me reste du Boucher, c'est son bouclier. Je l'apporterai et te le remettrai, si tu désires poursuivre le combat. Si c'est ton choix, je jurerai fidélité à ta cause. Tu es mon ami, Angus, et je ne te trahirai jamais. Mais je ne me joindrai pas à toi.

Abasourdi, Angus quitta la pièce à reculons en hochant la tête. Duncan s'effondra dans un fauteuil, leva les yeux vers le portrait de sa mère, puis joignit les mains et les pressa contre son front.

Voilà. C'était décidé. Le Boucher allait prendre sa retraite, et il trouverait un autre moyen de lutter. Et, d'une manière ou d'une autre… d'une manière ou d'une autre… il parviendrait à obtenir le pardon d'Amelia. D'une façon ou d'une autre, il arriverait à se racheter et à regagner son respect.

Chapitre 24

Duncan se tenait dans l'ouverture de la grotte, celle-là même où il avait emmené Amelia le matin de son enlèvement, et attendit que sa vision s'accoutume à l'obscurité. Il jeta un coup d'œil au foyer éteint et se rappela comment elle était accroupie devant, ligotée avec ses grosses cordes, tremblante de peur. Il lui avait tranché ses liens, avait fait ce qu'il avait pu pour apaiser ses craintes, et nettoyé le sang de ses plaies.

Une étrange pensée en vérité, car c'était toujours lui qui avait eu du sang sur les mains, et il n'était jamais parvenu à s'en débarrasser. Il n'y arriverait jamais, songea-t-il. *Jamais complètement.*

« Je ne peux pas me marier avec quelqu'un qui ne ressent rien après avoir tué. »

Ces derniers jours, il avait eu le temps de méditer sur la sagesse de ces paroles, et ce qu'il avait appris sur lui-même lui donnait l'espoir de finir par se faire pardonner. Parce qu'il avait ressenti quelque chose. Quelque chose de fort, même. Il ne regrettait peut-être pas d'avoir ôté la vie à Richard Bennett, et il n'hésiterait pas à agir de la même façon si la situation l'exigeait, mais le désespoir... il le ressentait bel et bien. Il avait toujours eu de la peine pour ceux qui souffraient, même pour Bennett, que son propre père avait battu. Ce que Duncan ne comprenait que trop bien. Ils avaient de nombreux points communs, Richard et lui. Pourtant, ils ne se ressemblaient en rien, car Duncan ne tirait aucun plaisir de la douleur des autres. Il avait toujours fait son possible pour l'éviter. C'était la raison pour laquelle il se battait : pour défendre la liberté et la sécurité de ses compatriotes.

Et pour protéger Amelia. Tout particulièrement.

Mais, ce faisant, il souffrait chaque fois qu'il tuait quelqu'un sur le champ de bataille, même pour sauver sa propre vie. Il aurait bien aimé que la terre soit un lieu plus paisible, plus accueillant, et c'était pour cela qu'il était là, ce soir-là.

Il ôta le bouclier de son dos, s'agenouilla et fouilla dans son sporran, à la recherche de la petite boîte à silex qu'il avait pris soin d'emporter. Bientôt, il s'étendit sur le dos, passant son doigt sur l'agate brillante sertie au centre du bouclier. La pierre scintillait de manière éclatante à la lueur du feu.

Il remettrait ce bouclier à Angus, ce soir-là, car celui-ci voudrait certainement poursuivre la mission du Boucher. Duncan en était convaincu. Il ne s'opposerait pas à sa décision, mais il lui proposerait d'abord une autre possibilité.

Des chevaux approchèrent. Des cavaliers mirent pied à terre, juste devant la caverne. Il ferma les paupières et prit une profonde inspiration purificatrice. Plus rien ne serait pareil, à présent.

Il entendit ses amis s'engouffrer dans la grotte et le rejoindre près du feu. Puis il ouvrit les yeux et les leva. Droit dans ceux d'une tunique rouge, accompagnée de trois de ses acolytes, qui braquaient leurs mousquets vers son visage.

Son cœur se serra, car il reconnut aussitôt leur chef. C'était celui qui avait tenté de violer Amelia sur la plage. Celui que Duncan avait épargné.

— Bon boulot, les gars, déclara le soldat pâle avec un sourire grossier. On dirait bien qu'on a attrapé le Boucher.

Puis l'homme s'empara de son arme par le canon et l'abattit sur la tempe de Duncan.

Fort William, minuit.

Quand on frappa frénétiquement à sa porte, Amelia se réveilla. Le cœur soudain battant, elle se redressa dans son lit et scruta l'obscurité en plissant les yeux.

— Qui est là ?

— C'est votre oncle !

Reconnaissant de l'émoi dans sa voix, elle se laissa glisser du matelas et traversa la pièce en toute hâte, pieds nus. Elle déverrouilla la porte et l'ouvrit.

— Que se passe-t-il ? Sommes-nous attaqués ?

Il se tenait dans l'étroit couloir, uniquement vêtu de sa chemise et de son bonnet de nuit, les doigts serrés sur un bougeoir en laiton. La flamme vacillait et dansait furieusement dans le courant d'air.

— Non, ma chérie, ce n'est pas ça. C'est autre chose. Une bonne nouvelle, en réalité. Le Boucher a été capturé.

On fit sonner une trompe, quelque part dans le fort. Des cris retentirent. Des bruits de pas résonnèrent dans l'escalier. Amelia, sur le seuil, dévisageait son oncle sans dire un mot, pas vraiment certaine de l'avoir bien entendu. Il devait y avoir une erreur. On avait dû arrêter quelqu'un d'autre. *Un imposteur. Pas Duncan.*

— Où est-il ? demanda-t-elle.

— Il est là. On vient juste de l'amener, à l'arrière d'un chariot, à demi mort, apparemment.

— Avez-vous eu l'occasion de le voir ?

— Non, mais j'ai jugé bon de vous l'annoncer au plus vite. Cela vous soulagera sans doute de savoir que votre ravisseur va finalement être traduit en justice, comme il le mérite, pour tout ce qu'il vous a fait subir, ainsi qu'à d'autres.

Elle recula dans la chambre en chancelant.

— À demi mort, avez-vous dit ? Que lui est-il arrivé ? Comment est-on parvenus à le capturer ?

Et s'agissait-il véritablement de lui ? Dans cette éventualité, les Anglais savaient-ils que c'était le comte de Moncrieffe ? Était-il revêtu de ses habits de soie et de ses plus beaux atours, quand ils l'avaient pris ? Mais non, c'était impossible, sinon son oncle le lui aurait dit. Une telle nouvelle aurait secoué le fort jusque dans ses fondations, sans parler du reste du pays.

— L'information est parvenue aux oreilles d'un petit détachement anglais, sur les rives du loch Fannich, expliqua-t-il. Les soldats ont appris où il se trouverait à une certaine heure, et ça n'a pas manqué, il était au rendez-vous. Il vivait dans une grotte, comme le sauvage qu'il est.

— Oui…, fit-elle. (Sa tête lui tournait tant elle était sous le choc.) C'est là qu'il m'a emmenée, le matin de mon enlèvement.

Le duc pénétra dans la pièce, posa le bougeoir et la prit dans ses bras.

— Je suis désolé, Amelia, que vous ayez eu à endurer une telle torture. Mais vous êtes en sécurité, à présent. On va enfermer cet horrible barbare dans une cellule et l'enchaîner à un mur. Il ne pourra plus jamais vous faire de mal.

Elle cligna des yeux à plusieurs reprises et s'efforça de garder son calme. *L'enfermer ? L'enchaîner à un mur ?* Son esprit se mit à donner de la bande de manière vertigineuse. Cette idée lui était insupportable. Même si elle s'était sentie contrainte de décliner la proposition de mariage de Duncan, elle n'avait jamais souhaité qu'on le jette en prison ni qu'on le fasse souffrir. Elle n'avait aucune envie qu'on lui inflige le moindre mal.

Et qu'est-ce que son oncle entendait, par « à demi mort » ? Qu'avaient-ils fait à Duncan ?

—Ça va, Amelia ? Vous êtes pâle comme un linge. Asseyez-vous. Je vais faire apporter un peu d'eau-de-vie.

—Non, mon oncle. Je n'ai pas besoin de m'asseoir. Il faut que je le voie.

—Que vous le voyiez ? Mais vous n'avez certainement pas envie de voir celui qui…

—Si, insista-t-elle. Si vous voulez bien m'attendre dehors, je vais vite m'habiller.

—Mais pourquoi, Amelia ? Vous ne croyez pas que ce serait mieux si…

—Je vous en prie, cessez de me contredire, mon oncle. Il faut que je sache si c'est vraiment lui.

Winslowe recula d'un pas en soupirant.

—Oh, bien sûr que c'est le Boucher, sans aucun doute. Non seulement il était en possession du fameux bouclier serti de l'agate de Mull, mais l'officier qui l'a arrêté a déjà eu affaire à lui, et s'en est tiré de justesse. S'il a survécu, c'est uniquement grâce à ses talents de nageur.

Amelia fit volte-face.

—Ses talents de nageur ? (*Bon Dieu, non…* C'était plus qu'elle ne pouvait en supporter. Quel sort étrange leur était-il réservé ?) Cet officier a-t-il fait mention d'une femme qui aurait été témoin de la scène ?

—Non. Il a raconté que le Boucher avait surgi de nulle part et avait réduit leur tente en pièces pendant que ses compagnons et lui dormaient.

—S'agit-il de Jack Curtis ? Du commandant Jack Curtis ?

Son oncle l'étudia avec curiosité.

— Oui, mais comment le savez-vous ?

Elle commença à sentir bouillonner en elle une colère noire et désira plus que tout s'entretenir avec ce prétendu courageux survivant, qui avait omis de mentionner le rôle qu'elle avait tenu dans sa baignade inattendue dans le lac, cette nuit-là.

— Parce que j'ai eu l'immense déplaisir de faire la connaissance du commandant Curtis. J'étais sur cette plage quand le Boucher a attaqué ces soldats. Je peux témoigner que cet officier anglais est un vaurien et un menteur. (Elle respirait fort, à présent, et parvenait tout juste à contenir sa fureur.) Si vous voulez le savoir, s'il est encore en vie, c'est uniquement parce que j'ai supplié le Boucher de l'épargner.

— Vous y étiez ?

— Oui. Le commandant Curtis était ivre et a tenté de me déshonorer de la pire des manières.

Son oncle hoqueta.

— Seigneur Dieu, Amelia !

— Mais le Boucher est venu à mon secours. C'est pour cette raison qu'il a attaqué le camp. Il est arrivé juste à temps et m'a sauvée d'un péril assuré.

Le regard du duc s'emplit de tristesse et de regret. Il s'approcha d'elle et lui prit les mains.

— Si seulement je m'étais mieux occupé de vous. Vous ne m'avez manifestement pas raconté tout ce qui s'est passé quand vous étiez aux mains de ton ravisseur. Vous avez dû subir de nombreuses épreuves…

— Oui, quelques-unes, mais je ne mentirai pas. Même si c'était bien sûr le Boucher mon ravisseur, il n'a jamais fait preuve de la moindre cruauté à mon égard. Il ne m'a jamais fait de mal. (Elle marqua une pause.) Il y a encore tant de choses que je ne vous ai pas racontées.

— Mais finirez-vous par vous ouvrir à moi, un jour ? demanda-t-il. Me confierez-vous tout ce que vous avez dû endurer ?

Elle le regarda un long moment, comprenant qu'elle était en ce moment même en train de vivre sa plus grande souffrance.

— Sans doute. Mais pas ce soir. Parce qu'il faut que j'aille le voir, mon oncle. Je veux le voir seul à seul.

L'identité de Duncan serait bientôt révélée au monde entier, se dit tristement Amelia dans l'escalier, tandis qu'un garde en uniforme rouge l'accompagnait jusqu'à la prison. Dès que son oncle le verrait, il reconnaîtrait son ancien fiancé, le charmant comte de Moncrieffe. Sa double vie serait étalée au grand jour, et le ciel lui tomberait sur la tête. Elle aussi pourrait être accusée de trahison pour avoir tu son secret.

Son estomac se noua. Il était étonnant que personne ne l'ait encore reconnu. Le colonel Worthington le remettrait certainement au premier coup d'œil. Il avait dîné plus d'une fois au château, au cours de l'année qui venait de s'écouler. Des dizaines de soldats affectés au fort avaient déjà trouvé refuge chez lui en de nombreuses occasions. Les tuniques rouges lui avaient encore proposé leur aide cette même semaine pour retrouver Richard. Une chasse à l'homme qui avait été annulée, naturellement. La nouvelle de l'arrivée de sa tête dans un sac à Kinloch Castle était parvenue jusqu'à Fort William, deux jours auparavant, et le Boucher avait alors acquis une notoriété spectaculaire.

Quand ils arrivèrent en vue de la cellule, au fond du couloir, le garde ralentit l'allure. Amelia tremblait légèrement, ne sachant pas vraiment à quoi s'attendre. Son oncle lui avait dit que Duncan était à demi mort. Au fond d'elle, elle espérait qu'il y avait erreur sur la personne, que ce n'était pas Duncan. Mais il lui serait alors impossible de souhaiter qu'un innocent accusé à tort soit châtié. Elle ne le voulait pas. Elle ne pouvait pas.

Ils finirent par atteindre la porte de la cellule, et la jeune femme se hissa sur la pointe des pieds pour regarder par la petite ouverture garnie de barreaux. Là, à plat ventre sur un sol couvert de paille, était étendu un Highlander musclé vêtu d'un kilt. Il avait les poignets enserrés dans des menottes en fer fixées au mur. Sa longue chevelure noire lui couvrait le visage, ce qui rendait toute identification impossible, mais il lui fut inutile de voir ses traits. Amelia connaissait chaque centimètre carré de son corps et reconnut le tartan vert des MacLean. Cela ne faisait aucun doute, c'était bien Duncan. Endormi ou inconscient. Peut-être même mort.

Son cœur s'emballa. Elle se tourna vers le jeune garde, qui cherchait maladroitement la bonne clé au milieu des autres.

— Hâtez-vous, je vous prie.

— Toutes mes excuses.

Il finit par la trouver et déverrouilla la lourde porte de bois. Quand il l'ouvrit, elle grinça sur ses gonds rouillés.

— Ne craignez rien, milady, la rassura le soldat. Il a beau ressembler à un monstre, il est enchaîné, et en aucun cas il ne pourra vous faire le moindre mal. Je suis sûr qu'il ne passera pas la nuit. Et s'il est encore vivant demain matin, il ne le sera plus quand on l'aura pendu !

En s'introduisant dans la cellule, Amelia sentit son cœur battre la chamade, mais fit tout son possible pour conserver une apparence sereine.

— Regardez-le bien, reprit le garde. Ensuite, je vous ferai sortir de là sans encombre.

Elle se tourna vers lui.

— Je vais vous demander de me laisser seule un moment. J'ai deux ou trois choses à lui dire. En privé, si vous voulez bien.

Il eut un mouvement de recul.

— Bien sûr, milady. Je comprends. Je vais vous laisser tranquilles, mais je ne serai pas loin. Je me tiendrai juste là, dans le couloir. Si vous avez besoin d'aide, appelez-moi.

Il referma la porte et la laissa seule dans la cellule.

Ressentant soudain une douleur déchirante, elle manqua de s'étouffer quand elle se tourna vers Duncan, étendu par terre, inconscient. Il avait les cheveux collés par le sang séché. Sa main gauche était si contusionnée qu'elle en était difforme, aussi grosse qu'un navet. Il avait des entailles et des ecchymoses sur les jambes. Elle s'agenouilla et lui effleura délicatement l'épaule.

— C'est moi, chuchota-t-elle. Réponds-moi, s'il te plaît, Duncan. Tu m'entends ? Tu peux ouvrir les yeux ? Tu peux bouger ?

Aucune réponse.

Elle se pencha plus près de lui et écarta ses mèches de cheveux ondulés pour lui chuchoter à l'oreille :

— Réveille-toi, Duncan. Je t'en prie, réveille-toi.

Tout à coup, il tressaillit et tira sur ses chaînes, se tourna sur le dos, donna des coups de pied dans le vide, se débattit quelques secondes, jusqu'à ce qu'il se rende compte de l'étendue de ses blessures, puis poussa un gémissement. Il grimaça et se tordit violemment de douleur.

Le garde surgit aussitôt dans l'embrasure de la porte.

— Tout va bien, milady ?

Il y avait de la panique dans son ton.

— Ça va, lui répondit-elle. Le prisonnier s'est réveillé, voilà tout. Laissez-nous, à présent, je vous prie. Allez !

Le garde recula à contrecœur et referma la porte.

— N'essaie pas de bouger, recommanda-t-elle à Duncan d'une voix aussi basse que possible pour éviter que le soldat puisse percevoir son désespoir. Tu es blessé. Il semblerait que tu aies la main brisée.

Mais ce n'était pas tout, loin de là. Elle pouvait à présent voir dans quel état épouvantable se trouvait son visage, si entaillé et si enflé qu'il était méconnaissable. Il avait le nez cassé, les pommettes lacérées, la lèvre tailladée et boursouflée. Au moins, elle comprenait mieux pourquoi personne ne l'avait reconnu. Même son oncle ne ferait sans doute pas le rapprochement. Pas dans un tel état.

— Mon Dieu, qu'est-ce que ces hommes t'ont fait ?

— Je ne m'en souviens plus. (Il avait du mal à respirer.) Ah, merde, mes côtes.

— Ils t'ont retrouvé dans la grotte, lui expliqua-t-elle. Celui qui t'a capturé, c'est le soldat qui s'en est pris à moi sur la plage. Il t'a reconnu, Duncan. Je suis vraiment désolée. Tout est ma faute. Si je ne m'étais pas enfuie, cette nuit-là…

Il lutta pour recouvrer un souffle régulier et sembla surmonter quelque peu sa douleur.

— Non, ne sois pas désolée. C'est ma faute et celle de personne d'autre. Tu n'as rien à te reprocher, ma belle.

Elle n'en pouvait plus. Elle appuya son front contre son épaule et fondit en larmes.

— Que puis-je faire ? Comment puis-je arranger les choses ?

— Tu m'as déjà donné tout ce que je voulais. Voir ton visage et entendre ta voix me suffit amplement. Je croyais que tu avais déjà regagné ton pays, et que je ne te reverrais plus jamais. Je croyais que tu me haïssais.

Elle se redressa.

— Bien sûr que non.

— Mais il va falloir te faire à l'idée, à présent, que je suis bel et bien un sauvage. Tu voulais un gentilhomme, mais en as-tu déjà vu dans un tel état ?

— Non.

— Accepteras-tu de me pardonner pour tout ce que j'ai fait ?

— Oui, répondit-elle aussitôt, sans hésiter, sans même réfléchir. Je te pardonne, mais je ne supporte pas de te voir comme ça.

Il secoua la tête.

— Si je meurs ici cette nuit, ce ne sera pas une mort pire qu'une autre, puisque je sais que tu ne me détestes pas, que tu ne crains plus rien de la part de Bennett, et que tu es aux bons soins de ton oncle. C'est quelqu'un de bien. Laisse-le te raccompagner chez toi ; tu sais au fond de toi que ma disparition ne changera rien.

— Je t'en prie, ne dis pas des choses pareilles.

— Il faut que je le fasse tant que j'en ai la possibilité, ma belle. Je veux que tu saches que je n'ai pas de regrets et que, grâce à ce que tu m'as dit, il y aura peut-être un espoir pour moi dans l'au-delà. Si tu pouvais faire venir un prêtre…

Elle agita la tête.

— Non !

Elle jeta un coup d'œil par-dessus son épaule, espérant que le garde n'ait pas perçu son désarroi.

— Il est hors de question que je fasse venir un prêtre. Je vais trouver le moyen de te tirer de ce mauvais pas. Personne ne sait qui tu es. Si seulement je pouvais te ramener à Moncrieffe Castle…

Il ferma les yeux et hocha la tête.

— Le Boucher aurait peut-être été capable de venir à bout de vingt hommes et de te sortir d'ici avec une seule main, mais je suis en morceaux, ma belle. Je ne vais plus tuer qui que ce soit, et je ne partirai pas d'ici.

Elle s'accroupit, le regarda d'un air furieux, puis se leva.

— Oh que si, parce que je n'abandonnerai pas. Garde ! s'écria-t-elle. Faites-moi sortir d'ici ! Et, pour l'amour de Dieu, tâchez d'être plus rapide avec vos clés, cette fois !

La porte du quartier des officiers s'ouvrit à la volée, et cinq soldats en uniforme s'y engouffrèrent, leurs mousquets prêts à faire feu.

— Commandant Jack Curtis, vous êtes en état d'arrestation.

Curtis, qui était attablé en compagnie de quatre officiers, se leva aussitôt. Ses compagnons l'imitèrent, tous surpris par ce vacarme.

— Pour quel motif ? demanda Curtis d'un ton incrédule.

— Ébriété et tentative de viol.

Les soldats se pressèrent autour de lui, lui confisquèrent son pistolet et son épée, et le saisirent par les bras.

— J'exige de connaître l'identité de mon accusateur !

— Le duc de Winslowe, au nom de sa nièce, lady Amelia Templeton. Tss, commandant… vous avez essayé de fricoter avec une aristocrate ? Vous devriez avoir honte.

On le traîna hors de la pièce et l'escorta sans ménagement jusqu'à la prison.

Au cours de la soirée, un chirurgien pénétra dans la cellule de Duncan et, après son départ, le Highlander rêva d'anges, des perles de sa mère et des yeux verts d'Amelia. Il sentit ses mains sur ses plaies, lui soignant ses blessures, et fut vaguement conscient du doux baiser qu'elle déposa sur son front tandis qu'elle lui lavait le visage avec de l'eau tiède propre. Il lui sembla qu'elle se levait à l'occasion pour maintenir les tuniques rouges à bonne distance de la porte.

Il était seul, naturellement, enchaîné au mur. Rien de tout cela n'était réel. Amelia n'était pas avec lui dans sa cellule. Elle était ailleurs. Mais il dormit à poings fermés, cette nuit-là. Et il ne ressentit plus aucune douleur.

Chapitre 25

Cette nuit-là, en faisant les cent pas dans sa chambre, Amelia s'efforçait de demeurer calme et concentrée. Elle ne pouvait se permettre de céder à la mélancolie ou à la vulnérabilité. Il ne fallait pas qu'elle tombe dans le piège des larmes ou des lamentations. Si elle perdait son sang-froid, tous ses efforts seraient réduits à néant.

Duncan était blessé et enfermé dans une cellule mais, au moins, il était vivant. C'était déjà un soulagement car, compte tenu des conditions de son arrestation, un tout autre sort aurait pu lui être réservé. Tout n'était pas perdu. Tant qu'il était en vie, il y avait de l'espoir, et tant que l'espoir subsistait, il restait une chance de le sauver.

Peut-être devrait-elle exposer son cas au colonel Worthington, lui expliquer que Duncan l'avait toujours bien traitée et qu'il l'avait arrachée des griffes de l'abominable commandant Curtis, sur la plage. Les juges pourraient alors prendre ces faits en considération et faire preuve d'un peu d'indulgence dans leur sentence. S'ils refusaient de le disculper entièrement, au moins lui laisseraient-ils peut-être la vie sauve. Au lieu de la corde, peut-être serait-il condamné à une peine de prison, et un jour…

Ses idées semblaient tourbillonner dans son esprit comme autant de feuilles mortes un jour de tempête. Elle se laissa tomber sur une chaise, puis se releva aussitôt et se remit à arpenter la pièce.

Peut-être ferait-elle bien de demander de l'aide à son oncle. Elle lui avait déjà dévoilé ce qui s'était produit avec le commandant Curtis au bord du lac, et le duc avait aussitôt pris des mesures très efficaces. L'officier était à présent en détention. Mais pouvait-elle se permettre de tout lui raconter et donc de révéler l'identité de Duncan ?

Non, décida-t-elle aussitôt. C'était une très mauvaise idée. On pourrait accuser son oncle d'être un espion, car il avait passé du temps au château. Certains pourraient même suggérer qu'il avait participé au complot qui avait coûté la vie à Richard. On pourrait elle aussi l'accuser de trahison à cause de tout ce qu'elle savait. En quoi cela serait-il utile à qui que ce soit ? Ça n'aiderait certainement pas Duncan, en tout cas. Iain et Josephine seraient à leur tour inquiétés, et Duncan aurait une mort lamentable, conscient que sa famille devrait souffrir pour ses crimes.

Elle pressa ses doigts contre ses tempes palpitantes et ferma les yeux. S'obligeant à respirer lentement, elle comprit qu'il valait mieux garder le secret sur l'identité de Duncan, même si le Boucher venait à être condamné à mort. Si l'on devait en arriver à de telles extrémités, Iain hériterait du titre, et peut-être pourrait-on simuler la mort du comte de Moncrieffe quelques semaines plus tard…

Arrête, Amelia. Arrête!

Pourquoi ne parvenait-elle pas à s'empêcher de penser à de telles choses?

Elle se dirigea vers le lit et s'y laissa tomber sur le dos. Si seulement elle disposait de plus de temps… Tout ce qu'elle avait pu faire, pour le moment, c'était organiser la visite d'un chirurgien pour qu'il donne à Duncan un peu de laudanum afin d'apaiser sa douleur, et elle se torturait encore l'esprit pour savoir s'il fallait ou non qu'elle lui envoie un prêtre, ce qu'elle avait refusé jusqu'à présent, alors qu'il s'agissait de la seule requête du Highlander. Il ne lui avait demandé que cela, pour pouvoir se repentir de ses péchés avant l'instant du Jugement dernier, se faire pardonner afin de quitter ce monde avec un sentiment de paix.

Elle n'aurait pas dû le lui refuser.

Elle se montrait égoïste et insensible.

Quelques instants plus tard, elle se tenait au pied de son lit, l'air absente, le regard rivé sur le mur. Elle ne se souvenait même plus de s'être levée. Elle se rongeait un ongle.

Iain savait-il que Duncan était là? Le Boucher était-il seul dans la grotte quand il s'était fait capturer? Où étaient Fergus, Gawyn et Angus?

Elle songea de nouveau à l'idée de faire venir un prêtre, alors que tout ce qu'elle voulait, c'était faire sortir Duncan de là. Éviter les longues formalités qui pourraient – ou non – jouer en sa faveur, agir vite et de manière agressive.

Mais comment? C'était un prisonnier dans une garnison anglaise. Il était enfermé dans une cellule et enchaîné à un mur. Contrairement à Duncan, Amelia n'était pas un intrépide guerrier armé d'une hache avec la force et le talent nécessaires pour s'évader d'un tel endroit ou enlever quelqu'un au beau milieu de la nuit.

Il y avait un homme, en revanche, qui avait ces qualités.

Son cœur se mit à battre. Était-ce même possible?

Oui, bien sûr que ça l'était. Il le fallait.

Mais, si elle avait l'intention de venir en aide à Duncan, elle ne devait pas perdre une minute de plus en tergiversations. Il fallait qu'elle détermine son plan et qu'elle le mette en œuvre sans tarder.

Elle se rendrait à Moncrieffe Castle aux premières lueurs de l'aube. Une fois sur place, elle s'assurerait l'aide d'Iain pour mettre la main sur Angus, puis elle dirait et ferait ce qu'il faut pour qu'ils oublient un temps leurs différends et s'unissent avec un seul objectif: sauver Duncan.

Angus MacDonald franchit le pont-levis de la forteresse de Kinloch Castle et mit pied à terre. Il avait quitté cet endroit plein d'entrain peu de temps auparavant, après la réception inattendue de la tête de Richard Bennett dans un sac. Des jours durant, il avait fêté cet événement avec son père, le chef et les guerriers de son clan. Exultant, Angus avait levé son verre et porté un toast en l'honneur du grand Boucher des Highlands, un noble et valeureux Écossais.

Ce qu'Angus ignorait, cependant, c'était que, quelques jours plus tard, Duncan le décevrait au plus haut point et préférerait une femme – une Anglaise ! – à son désir de lutter pour la liberté de l'Écosse.

Il ne s'était pas imaginé non plus que lui, Angus Bradach MacDonald, serait un jour capable de tant de malveillance et de perfidie.

Il porta la main à son ventre, qui lui faisait mal depuis le lever du soleil. Il avait l'impression d'avoir mangé une assiette de viande avariée, mais savait que ce n'était pas si simple que cela. Il ne lui servirait à rien de vomir. Cette douleur était due à quelque chose d'horrible qui le suivrait le restant de sa vie, puis au fond de sa tombe.

Il se dirigea vers les écuries, remit sa monture à un palefrenier et s'introduisit dans la grand-salle du château, silencieuse et déserte. Il flottait dans l'air une sorte de morosité sinistre. Les festivités étaient terminées.

Il leva les yeux vers les symboles héraldiques des MacDonald, suspendus aux murs de pierre : les armoiries, les étendards et les tapisseries. Il était fier de ses ancêtres, dévoué à son clan, et s'était fait une promesse, deux jours auparavant : une femme n'exercerait jamais autant d'influence sur lui que sur Duncan.

Angus était un guerrier. Fidèle à son clan et à son pays. Ce serait lui le chef, un jour. Pour cette raison, une telle passion, à ce point aveuglante, ne saurait avoir de place dans son existence. Il se marierait, naturellement, ne serait-ce que pour avoir un héritier mais, Dieu lui en soit témoin, il saurait faire comprendre à son épouse où était sa place. Et, sans l'ombre d'un doute, il s'agirait d'une Écossaise.

Il se retourna, observa le crucifix, profondément gravé dans la pierre de l'âtre, et demeura un long moment immobile, jusqu'à ce qu'un bruit lui fasse lever les yeux. Un petit oiseau s'était fait prendre au piège dans la salle. Il voletait désespérément entre les chevrons, le plus haut possible sous le plafond.

Angus regarda par terre et eut soudain l'impression de s'enfoncer dans le sol. Duncan l'avait tellement mis hors de lui. Mais qu'avait-il fait ?

Il se laissa tomber à genoux, joignit les mains et inclina la tête.

— Dieu miséricordieux, chuchota-t-il. J'implore ton pardon et prie pour avoir la force de supporter la honte de mes péchés.

Puis il entendit le raclement métallique d'une épée que l'on dégaine, au fond de la pièce. Quand il se retourna, il aperçut la lueur de rage dans le regard de son père. Son père, son chef, l'homme qu'il révérait plus que n'importe quel autre…

Il savait.

Et lui, contrairement à Dieu, ne ferait preuve d'aucune miséricorde.

Amelia descendit du carrosse de son oncle et leva les yeux sur l'imposante façade de pierre de Moncrieffe. Le vent soufflait par rafales et s'engouffrait dans les pans de sa jupe. Les rubans de son chapeau claquaient violemment devant son visage. Elle leva la main pour maintenir sa coiffe en place, tentant d'éviter de penser à la cellule dans laquelle Duncan était enfermé et de se demander quelle torture on allait lui infliger, puis se hâta de gagner l'entrée du château. Elle se concentra plutôt sur le discours qu'elle avait prévu de prononcer. Elle avait beaucoup à faire, ce jour-là, et elle ne pouvait se permettre de fondre en larmes ni même d'envisager une éventuelle catastrophe. Il fallait qu'elle résiste à toute tentative de diversion.

La gouvernante vint à sa rencontre dans le hall. Elle prit un ton embarrassé.

— On ne s'attendait pas à votre venue, lady Amelia. Le comte s'est absenté. Sa Seigneurie est partie hier pour Édimbourg.

Amelia parvint à lui adresser un sourire courtois.

— Édimbourg ? Une affaire importante, sans nul doute. Dans ce cas, veuillez, je vous prie, informer son frère de mon arrivée.

La gouvernante la salua d'une révérence et quitta le vestibule à la hâte.

Peu de temps après, on conduisit Amelia dans la galerie. Elle franchit la porte, s'attendant à être reçue par Iain et Josephine, mais se retrouva également face à Fergus et Gawyn. Ils se tenaient devant la cheminée, les yeux écarquillés, surpris de la voir.

— Messieurs… (Elle ôta ses gants.) Je suis ravie que vous soyez là, tous les deux. Quelque chose de terrible s'est produit. Je suis venue aussi vite que j'ai pu.

— Oui, on est au courant, déclara Fergus avec une pointe de mépris.

Elle se tourna vers Iain avec curiosité.

— Vous savez ?

Il acquiesça, et Gawyn s'approcha d'elle.

— Lady Amelia, je suis moi aussi ravi de votre visite. Venez-vous directement du fort ? Avez-vous vu Duncan ? Est-il vivant ?

— Oui, il est encore en vie.

Tous ceux qui étaient présents dans la pièce poussèrent un soupir de soulagement. Josephine se leva de son siège, s'approcha d'elle et la serra dans ses bras, tandis qu'Amelia était encore en train de tenter de comprendre ce que tout cela signifiait. Ils savaient. Étaient-ils déjà en train d'échafauder un plan pour extraire Duncan de sa prison ?

— Je vous croyais en route pour l'Angleterre, reconnut Josephine.

Amelia la serra contre elle.

— Non, je n'ai pas trouvé le courage de partir. (Elle recula sans lui lâcher les mains.) Voilà quatre jours que je suis au fort, à me demander si j'ai bien fait ou non de quitter Moncrieffe. Puis, hier soir, il y a eu un vacarme incroyable dans l'enceinte du fort, et mon oncle m'a annoncé que les soldats avaient capturé le Boucher. J'étais hors de moi et désespérée. Ne sachant plus quoi faire, je suis venue directement ici.

— Comment va-t-il ? demanda Iain d'un ton inquiet. Que lui ont-ils fait ?

— L'ont-ils reconnu ? s'enquit Fergus.

Amelia secoua la tête.

— Personne ne sait de qui il s'agit. Du moins, pas pour le moment. Mais il n'est pas en grande forme, Iain. Il est salement amoché, ce qui est une bénédiction en soi, j'imagine, puisque c'est la raison pour laquelle personne ne l'a reconnu.

Josephine eut un mouvement de recul et porta la main à ses lèvres.

— Pauvre Duncan.

— Je suppose que les Anglais vont le pendre, présuma Iain.

— Oui, lui répondit Amelia. C'est dans leurs intentions. C'est pourquoi je suis venue au plus vite. Il faut qu'on le sorte de là, d'une manière ou d'une autre, et le plus tôt sera le mieux.

Fergus fit le tour de la table.

— Vous croyez que c'est aussi facile que ça en a l'air, ma belle ? Extraire un rebelle écossais d'une geôle anglaise ?

Elle le regarda droit dans les yeux.

— Duncan a réussi à s'introduire dans le fort et à m'en sortir sur son dos. On pourra peut-être faire la même chose pour lui.

Fergus gloussa.

— Vous êtes plus légère qu'une plume, et il est plus lourd qu'un bœuf. Sans parler des chaînes.

— Il est peut-être capable de marcher tout seul, insista-t-elle, refusant de se laisser intimider. Ses blessures les plus graves sont sur ses mains et son visage.

— Il reste un petit problème : comment va-t-on le faire évader de prison ? fit remarquer Fergus. Les lieux grouillent de tuniques rouges, et avec un prisonnier aussi notoire que le Boucher, il y a fort à parier que la garde a été doublée ou triplée.

Amelia prit une profonde inspiration.

— Oui. Je suis consciente que ça va être difficile. Mais, comme je vous l'ai dit, Duncan est déjà parvenu à s'introduire dans le fort en douceur.

En réalité, il avait dû trancher quelques gorges pour y pénétrer. Il s'était montré sans pitié. Il n'avait fait aucun quartier. Avait-elle l'intention d'employer de telles méthodes pour lui sauver la vie ?

— Où est Angus ? demanda-t-elle. Accepterait-il de courir un tel risque ? Je pourrais le renseigner et lui indiquer avec précision où Duncan est retenu. Et je dispose, dans mes coffres, de trois uniformes rouges qui pourraient se révéler très utiles. Je les ai pris à la blanchisserie, avant de partir, ce matin. Je doute que l'on ait rapporté leur absence.

Un lourd silence s'abattit sur la pièce. Ils échangèrent tous des regards embarrassés.

— Que se passe-t-il ? s'enquit-elle. Qu'est-ce qui ne va pas ? Est-il arrivé quelque chose à Angus ? Ne me dites pas que… S'est-il lui aussi fait arrêter ?

— Non, ma belle, il ne s'est pas fait prendre, mais il lui est effectivement arrivé quelque chose, commença Gawyn. Et nous sommes encore tous sous le choc.

Elle fronça les sourcils.

— Dites-moi.

— Il nous a trahis, ma belle. C'est lui qui a prévenu les soldats anglais de la présence de Duncan dans cette grotte.

Elle se sentit pâlir.

— Pardon ? Vous en êtes certains ? Non, ce n'est pas possible. Angus hait les Anglais. Pourquoi ferait-il une chose pareille ?

— C'est impardonnable, poursuivit Gawyn.

— Il rôtira en enfer, ajouta Iain.

— Mais êtes-vous sûrs que c'était lui ? insista Amelia. Vous vous êtes peut-être trompés…

— Vous accordez toujours le bénéfice du doute à tout le monde, lui fit remarquer Iain. C'est une qualité que j'admire, chez vous, Amelia, mais, dans le cas présent, aucune hésitation n'est permise. Nous étions les deux seuls à savoir où Duncan se trouverait, cette nuit-là. Angus était censé dire à Fergus et à Gawyn de le retrouver dans la grotte afin de discuter de l'avenir de la mission du Boucher, mais il a préféré aller trouver les soldats anglais. Un garçon qui espionne pour notre compte l'a vu là-bas. Il s'est rendu au galop chez son père pour le prévenir, mais il était trop tard.

— Mais pourquoi Angus ferait-il ça ?

— Il en voulait à Duncan. Il considérait qu'il trahissait l'Écosse.

— Parce qu'il m'a demandée en mariage, acheva pour lui Amelia, ayant à nouveau l'impression que tout était sa faute. Mais j'ai rompu nos fiançailles, leur expliqua-t-elle. Je l'avais déjà quitté. C'était terminé. Et il a tué Richard, ce qui était précisément ce qu'Angus voulait.

— Oui, mais Duncan était sur le point d'abandonner le rôle du Boucher, lui apprit Iain. Il avait décidé de cesser de se battre. Du moins, avec sa hache.

Elle prit un moment pour réfléchir à cette nouvelle.

— Il allait vraiment abandonner ?

Josephine acquiesça.

— Oui, Amelia. Il ne pouvait plus vivre avec du sang sur les mains. Il a annoncé à Angus que le Boucher allait prendre sa retraite pour de bon.

Amelia pencha la tête, triste de savoir toutes les souffrances que Duncan devait endurer à cause d'elle, surtout maintenant, alors qu'il était prisonnier des Anglais et qu'il allait être torturé et condamné à mort. Elle se laissa tomber sur une chaise puis leva les yeux et lança à Iain un regard implorant.

— Il faut qu'on le sorte de là. Tout ce qu'il a fait, c'était pour protéger les siens, et s'il s'est battu, c'était pour leur sécurité et leur liberté. Il ne doit pas mourir. Il mérite d'avoir une chance de vivre.

— Mais comment, Amelia ? Comment va-t-on réussir à le faire évader ?

Elle repensa à la seule chose qu'il lui avait demandée.

— Tout ce qu'il voulait, répondit-elle, c'était parler à un prêtre. Il souhaitait confesser ses péchés avant de mourir. Je le lui ai refusé parce que je ne supportais pas l'idée de devoir abandonner l'espoir de le sauver. Mais je crois qu'il est temps de respecter ses dernières volontés.

— C'est très gentil de votre part, lady Amelia, dit Gawyn, mais ça ne nous le ramènera pas.

— Non, dut-elle admettre, mais je suis persuadée que si l'on parvient à faire entrer un prêtre dans sa cellule, nous serons en mesure de l'amener en lieu sûr, sans même causer le moindre mal à qui que ce soit.

Chapitre 26

Le père Douglas arriva à Fort William un mercredi. Son coche, tiré par trois impressionnants hongres alezans, traversa le village de Maryburgh et franchit les portes de la forteresse à midi. Il fut accueilli par une jeune sentinelle, puis on l'accompagna au mess des officiers, où on lui offrit un ragoût de porc bien chaud et du pain de seigle, puis un gâteau aux fruits couvert de crème en dessert.

Après ce repas, il eut le plaisir de faire la connaissance du colonel Worthington dans ses appartements privés. Le militaire lui proposa un verre de bordeaux et l'informa que le Boucher des Highlands avait été jugé pour trahison le matin même, et qu'il avait été reconnu coupable.

Sa peine était la suivante : il quitterait Fort William cinq jours plus tard. On l'acheminerait à la prison d'Édimbourg, où il serait incarcéré pendant vingt-sept jours. Le vingt-huitième, on le pendrait.

Le colonel Worthington était contre une telle démonstration publique. Il était persuadé qu'il y aurait une émeute, sans parler du fait que le risque d'évasion pendant le transfert était très important.

Il était convaincu qu'il fallait en terminer avec le Boucher le plus tôt possible, à Fort William. Mais, malheureusement, la politique l'avait encore emporté, et les conseillers du roi en avaient décidé autrement. Cela faisait déjà six mois qu'ils avaient transmis leurs instructions à propos de la capture imminente du Boucher et de sa mise à mort.

— C'est la raison pour laquelle je suis un soldat et non un politicien, admit le colonel en poussant un soupir, entre deux gorgées de bordeaux. L'art du spectacle ne m'intéresse nullement. Je préfère avoir des résultats, sans toute cette fanfare.

Plus tard dans la soirée, deux gardes lourdement armés accompagnèrent le père Douglas à la prison. Ils déverrouillèrent la porte de la cellule et attendirent à l'extérieur pendant la confession du Boucher.

Le matin suivant, un coup de sifflet retentit. Deux gardes se réveillèrent dans une cellule de prison, enchaînés à un mur. Ils avaient mal à la tête, et leurs armes avaient disparu. Un troisième geôlier traversa le couloir en courant, en direction du cachot du Boucher.

— Debout, bande d'imbéciles heureux !

Tandis que les deux soldats se redressaient avec difficulté, celui qui se trouvait à l'extérieur laissa tomber son trousseau en cherchant la bonne clé, se pencha pour le ramasser, puis déverrouilla la porte de la cellule du Boucher et l'ouvrit.

Les yeux écarquillés, il vit le prêtre, le père Douglas, enchaîné au mur et bâillonné avec un morceau de tartan vert. Il dormait à poings fermés et était uniquement revêtu de sa chemise de lin. Sa soutane avait disparu.

Le garde se hâta de le libérer. Il le débarrassa de ses menottes et de son bâillon.

— Ça va, père Douglas ?

Le prêtre porta une main à sa nuque et poussa un gémissement.

— Ma parole, on dirait que quelqu'un m'a assommé. (Puis il remarqua sa tenue.) Comment se fait-il que je sois à demi nu ? Où est ma soutane ?

Le garde regarda autour de lui d'un air consterné.

— Il semblerait qu'on vous l'ait volée, mon père.

— Qui ça ?

— Sans doute le Boucher.

Le père Douglas regarda le soldat en fronçant les sourcils.

— Mais je suis venu l'écouter se confesser. Il était attaché à ce mur et était censé être à l'article de la mort. Comment aurait-il pu accomplir une telle prouesse ? Et où est-il, à présent ?

Le garde aida le prêtre à se relever.

— À mon avis, il ne doit plus être très loin de l'Irlande.

— Je suppose que je dois être soulagé qu'il ne m'ait pris que ma soutane, et rien d'autre. Je suis heureux de constater que j'ai encore la tête sur mes épaules.

— Le Tout-Puissant doit certainement veiller sur vous, supposa le soldat.

— Même s'il semblerait qu'Il veille également sur quelqu'un d'autre : le prisonnier qui vient de s'échapper.

Le garde aida le curé à sortir de la cellule.

— Ne vous inquiétez pas, mon père. La justice finira par triompher. C'est toujours le cas, avec ces vauriens.

Ils gravirent péniblement l'escalier.

— Mais nous sommes sur le sol écossais, jeune homme. Certains pourraient ne pas être de votre avis et considérer le Boucher comme un héros.

— Et vous, mon père ? Comment le voyez-vous ?

Il réfléchit un long moment à la question, puis gloussa.

— Même si je suis dans une prison anglaise, je suis de sang écossais. Disons simplement que je le considère comme… chanceux.

À la lisière de la clairière, non loin de la chaumière des MacKenzie, assise sur la berge d'un petit ruisseau au doux murmure, Amelia tentait de remettre de l'ordre dans les événements extraordinaires qui avaient récemment ponctué son existence. Quelques jours auparavant, elle s'était enfuie d'une garnison anglaise où Duncan était incarcéré, l'abandonnant à son sort – seul –, espérant pendant tout ce temps qu'elle parviendrait à trouver l'aide dont elle avait besoin pour le libérer.

Et voilà qu'elle était assise au bord de ce cours d'eau, en terre écossaise, priant pour que son plan se soit bien déroulé et pour que Duncan reste en vie.

Elle leva les yeux et regarda autour d'elle. C'était l'endroit où ils avaient fait une halte, après avoir échappé aux soldats anglais, au loch Fannich. C'était là que, pour la première fois, elle avait vu Duncan sous un nouveau jour, juste avant qu'il s'écroule à ses pieds, des suites de sa blessure à la tête – qu'elle lui avait elle-même infligée. Cette nuit-là aussi, elle avait pris ses jambes à son cou et l'avait laissé seul, pour aller chercher de l'aide.

À cet instant, quelque chose attira son regard. Un reflet gris, de l'autre côté du ruisseau. *Duncan?* Elle tressaillit, cependant, en reconnaissant l'intrus.

N'éprouvant curieusement aucune peur, Amelia demeura immobile. La louve huma l'air et croisa bientôt le regard d'Amelia.

Comme il lui sembla étrange et incroyable de se retrouver une fois encore si près d'un animal sauvage. Amelia regretta de ne rien avoir à lui offrir, mais elle savait que ça aurait été une erreur, parce que cela n'aurait fait que l'encourager à revenir, et la louve aurait peut-être fini par découvrir que les MacKenzie avaient une étable pleine de bovins bien dodus.

Mais il n'y avait rien de mal à profiter de la compagnie de la louve, considéra Amelia, en s'étonnant de se sentir à ce point en sécurité en sa présence.

Soudain, pourtant, la bête leva la tête et dressa les oreilles, avant de filer dans la direction opposée.

Elle disparut dans les fourrés, aussi vite qu'elle était apparue. Amelia se demanda alors si elle n'avait pas imaginé toute la scène.

La forêt recouvra son calme, jusqu'à ce que la jeune femme perçoive un bruissement distinct, derrière elle, suivi d'un bruit de sabots sur la mousse. Elle se retourna vivement et se leva.

Était-elle en train de rêver ? Ses yeux lui joueraient-ils encore un tour, quelques instants après le premier ?

Non, c'était bien réel. Il s'agissait vraiment de Duncan, féroce sur son hongre alezan, revêtu de son traditionnel tartan vert. Son épaisse chevelure noire en désordre, il avait la main gauche emprisonnée dans une éclisse. Son œil était encore poché, mais celui-ci avait considérablement diminué de volume. Il avait presque repris son apparence habituelle, et il était en vie. Il était libre.

— Tu es là, dit-il l'air grave, avec l'accent rocailleux qu'elle connaissait à présent si bien.

Elle fut incapable de proférer un son. Son cœur s'était emballé car, malgré tous les bons moments qu'ils avaient partagés, et même si elle savait qu'il s'agissait d'un riche aristocrate, il était encore parfaitement capable de se faire passer pour une brute épaisse, quand il le voulait.

Elle déglutit avec peine et s'obligea à lui répondre, car elle n'avait pas l'intention de se laisser intimider. Il n'y était jamais parvenu, et ce n'était pas maintenant qu'il allait commencer.

— Oui. Et tu t'es échappé.

— Des geôles anglaises, oui. (Il passa une jambe par-dessus la croupe de son cheval et se laissa glisser par terre.) J'ai cru comprendre que tu avais joué un rôle dans l'élaboration du plan qui m'a permis de sortir de là. Que c'était ton idée de faire venir le père Douglas dans ma cellule pour qu'il me prête sa soutane.

Elle s'humecta les lèvres.

— Oui. Et il était ravi de pouvoir te rendre ce service.

— Mais tu n'aurais pas dû courir ce risque, ma belle. Si quelqu'un le découvre, ta tête sera mise à prix. On pourrait t'accuser de trahison. (Une lueur de colère apparut dans son regard.) Qu'est-ce qui t'est passé par l'esprit ? Tu t'es mise en danger, et ça me donne envie de te ligoter à nouveau, ma belle, juste pour pouvoir te garder à l'œil.

Amelia lui lança un regard noir.

— Me garder à l'œil ? Franchement, Duncan, tu me prends toujours pour cette captive effrayée et naïve qui a besoin de ton immense sagesse et de ta protection ? Que va-t-il falloir pour te convaincre que je ne suis plus cette femme-là ? J'ai appris énormément de choses, et je suis à présent complètement autonome. Je t'ai quitté, non ? Je n'ai pas eu peur de partir et de mener ma vie selon mes propres règles. Alors, tu n'as pas intérêt à me dire que je n'ai rien dans la tête. Je suis parfaitement capable de prendre mes décisions toute seule et d'agir au mieux.

Un muscle de sa mâchoire se crispa, et il plissa les yeux.

— Tu me rends dingue. Tu le sais, ça, non ?

— Oui, et ça ne me fait ni chaud ni froid. Tu peux être aussi dingue que tu le souhaites, tu ne me fais pas peur.

Il la dévisagea un long moment, comme s'il se demandait s'il valait mieux lui répondre ou non, puis se dirigea vers l'autre bout de la clairière.

— Ton plan a parfaitement fonctionné, déclara-t-il d'un ton mal assuré. (Elle poussa un soupir de soulagement, car il s'agissait manifestement d'un signe de reddition.) Le père Douglas s'est révélé très utile, et les menottes ne semblent pas l'avoir dérangé plus que ça.

— Et Fergus et Gawyn ? demanda-t-elle, préférant éviter de jubiler, car elle savait pertinemment à quel point il était difficile pour Duncan de lui accorder cette victoire. Sont-ils eux aussi en lieu sûr ?

— Oui. Ils m'ont fait sortir par la porte principale et, une fois à bonne distance du fort, nous avons abandonné le coche et pris chacun un cheval. Nous avons jugé qu'il valait mieux se séparer.

— Pour qu'il soit plus difficile de suivre ta piste.

— Oui. Mais si qui que ce soit découvre ce qui s'est passé, ma belle…

Il se tourna vers elle, un avertissement dans le regard.

Elle esquissa un sourire.

— Je sais, je sais. Ma tête sera mise à prix. Fais comme tu l'entends, alors. Si ça se produit, j'aurai besoin de protection.

— De la part d'un homme très puissant.

Amelia éclata de rire.

— Oui.

Enfin, il s'approcha d'elle et la saisit par les bras.

— J'ai une énorme dette envers toi, ma belle. Tu as fait preuve de beaucoup de courage, et tu m'as sauvé la vie.

Incrédule, elle en rit tellement que les larmes lui montèrent aux yeux.

— Et tu as sauvé la mienne.

Extatique, enthousiaste, trop heureuse pour réfléchir, elle se jeta dans ses bras et manqua de le faire tomber dans l'herbe.

— J'ai cru que je t'avais perdu.

Il recouvra l'équilibre et la serra contre lui.

— Et moi, j'ai cru que je ne te reverrais plus jamais, mais vas-y doucement avec mes côtes, ma belle.

Elle recula, et ils demeurèrent au milieu de la clairière ensoleillée, se regardant fixement l'un et l'autre pendant un très long moment. Puis, le Highlander trouva ses lèvres et l'embrassa fougueusement. Il fit glisser ses mains le long de son corps, ce qui déclencha en elle un violent désir.

— Je ne veux plus jamais être séparée de toi, lui avoua-t-elle en lui tenant le visage à deux mains. J'étais malheureuse, sans toi. C'est pour ça que je n'ai pas pu partir d'Écosse, et que j'ai demandé à mon oncle de rester au fort. J'ai rêvé de toi toutes les nuits, et je n'étais vraiment pas certaine d'avoir pris la bonne décision, en te quittant. Je voulais revenir et te demander si tu accepterais qu'on recommence à zéro. Je voulais qu'on discute plus en détail de ce qui s'était passé avec Richard, mais alors que la nouvelle de sa décapitation est parvenue au fort, et tout le monde ne parlait plus que du féroce Boucher des Highlands. Je ne savais plus quoi faire. Et puis, mon oncle a frappé à ma porte, et…

Elle fut incapable de terminer sa phrase.

Duncan lui embrassa les lèvres, les joues et le front.

— Il faut que tu saches, lui expliqua-t-il, que si je me trouvais dans cette grotte, ce soir-là, c'était pour remettre mon bouclier. J'ai annoncé à Angus que je ne pouvais plus continuer, que je ne tuerais plus jamais qui que ce soit. La dernière phrase que tu m'as dite, c'était que tu ne pouvais pas aimer quelqu'un qui ne ressentait rien après avoir tué. Je voulais te dire que je ressentais énormément de choses. Trop, en fait. Tout ce que j'ai fait me suivra jusqu'à la tombe. Je me suis longtemps senti minable, mais j'ignorais comment faire pour que ça change.

Elle lui effleura la joue.

— Quand je suis allée chercher de l'aide à Moncrieffe, Iain et Josephine m'ont raconté ce qui s'était passé entre Angus et toi, et j'ai aussitôt su qu'il fallait que je te fasse sortir de là. (Elle pencha la tête.) Je suis désolée pour tout. Sans moi, on ne t'aurait jamais capturé.

Il secoua la tête.

— Non, ma belle. Je ne regrette rien. Si ça ne s'était pas produit de cette façon, je ne serais pas là avec toi, avec l'impression de mériter ton amour.

Elle se hissa sur la pointe des pieds et l'embrassa.

— Mais est-ce que je le mérite vraiment, ma belle ? s'enquit-il après son baiser. Je n'ai pas tenu la promesse que je t'avais faite. J'ai tué Richard Bennett.

Elle le regarda avec une pointe d'angoisse dans le ventre.

— Je suis persuadée que tu avais tes raisons, Duncan, et il va falloir, d'une manière ou d'une autre, que tu parviennes à te le pardonner.

Elle s'était exprimée avec conviction, même si, au fond d'elle, elle se méfiait encore de lui, et si ce serait probablement longtemps le cas. Il avait perdu la tête et tué un homme. Il en avait massacré beaucoup.

— J'avais effectivement mes raisons, mais je voudrais que tu comprennes quelque chose, si tu veux encore de moi. (Il lui effleura la joue avec le revers de son doigt, puis s'approcha du cours d'eau.) J'ai appris quelque chose sur Richard Bennett, le jour où je l'ai tué, poursuivit-il en s'agenouillant au bord du lac et en y trempant les mains.

— Quoi donc ?

Il hésita.

— J'ai appris que lui et moi étions très semblables, comme le reflet l'un de l'autre. Les mêmes, mais à l'opposé.

— Comment ça ?

— Nous étions tous les deux des guerriers, avons été éduqués pour nous battre, survivre et supporter la douleur.

Elle fronça les sourcils.

— Mais tu n'as rien à voir avec lui, Duncan. Parce que cet homme que j'ai failli épouser se souvenait de la souffrance qu'on lui avait infligée et voulait à son tour l'imposer aux autres pour compenser. Ou pour satisfaire quelque sinistre désir de vengeance contre le monde entier.

Duncan se releva et se tourna vers elle.

Elle poursuivit :

— Mais je sais à présent que tu n'avais envie que d'une chose : éviter que les autres souffrent. Tu croyais vouloir te venger, mais ce que tu souhaitais par-dessus tout, c'était empêcher Bennett de sévir contre tous ces innocents.

— Semblables, répéta Duncan, mais différents. (Il s'approcha d'elle.) Avant tout, je ne pouvais pas le laisser te faire du mal, ma belle. Je ne te répéterai jamais ce qu'il m'a dit avant que j'en termine avec lui, mais si j'ai agi ainsi, c'était pour te protéger.

— Tu l'as fait pour moi ? voulut-elle comprendre, éprouvant encore un soupçon de doute au fond d'elle.

— Oui.

— Et Muira ?

Il s'immobilisa devant Amelia et fronça les sourcils.

— Quoi, Muira ?

Amelia détourna le regard vers un saule pleureur dont les branches baignaient dans l'eau. Puis elle posa de nouveau ses yeux sur Duncan, dont le visage était couvert d'entailles et d'ecchymoses.

— Quand on était ensemble, un soir, tu m'as dit que tu ne voulais plus que je prononce le nom de Muira. Je sais que tu l'aimes encore, Duncan, mais je refuse que cet amour soit un obstacle entre nous. Il faut que je comprenne ce que tu ressens pour elle, et pour moi.

— Il n'y a rien à comprendre, répondit-il d'un ton perplexe. Je l'ai aimée, autrefois, mais elle n'est plus là. Et j'en suis parfaitement conscient.

— Mais l'aimes-tu encore ? voulut savoir Amelia. Et m'aimeras-tu un jour autant qu'elle ? Parce que je ne pourrai jamais rivaliser avec un fantôme.

— « Rivaliser » ? (Il la regarda comme s'il venait de lui pousser des moustaches et une barbe.) Je ne veux pas que tu rivalises avec qui que ce soit, ma belle. C'est toi que je veux, purement et simplement.

Elle soupira.

— Mais c'est précisément le problème, Duncan. Tu me « veux ». Tu me désires. Je l'ai toujours su, et j'ai eu beaucoup de plaisir avec toi. Je n'ai jamais douté qu'il y avait de l'attirance entre nous. Mais...

— Mais quoi, ma belle ?

Il semblait véritablement troublé.

Elle ne savait pas comment le dire, comment s'expliquer, comment lui faire comprendre, et comment exiger de lui ce qu'elle souhaitait vraiment.

Puis Duncan fit la grimace, lui prit le menton dans sa grosse main et secoua la tête, comme si la jeune femme était complètement idiote.

— Si je ne voulais pas parler de Muira, ce soir-là, lui expliqua-t-il, c'était parce que je refusais d'envisager que je puisse te perdre de la même manière que je l'ai perdue. Cette idée m'était insupportable. C'est la raison pour laquelle je ne voulais pas penser à elle. Mais c'est toi que j'aime, à présent, ma belle. De tout mon cœur. Et, sans toi, je ne serais plus rien. Au moins, maintenant, mon cœur s'est remis à battre. J'ai l'impression que je vais enfin pouvoir avoir ce que je désirais jadis : une femme qui soit à la fois une épouse paisible et une amante impudique.

— Tu m'aimes ? demanda-t-elle, se rendant compte qu'elle n'avait plus écouté une seule de ses paroles après qu'il eut fait cette courte déclaration.

— Oui, bien sûr que je t'aime, idiote. Tu n'as donc rien dans la tête ?

Elle éclata de rire, mais il ne l'écoutait déjà plus. Il la prit dans ses bras, pressa ses lèvres contre les siennes, l'embrassant si violemment qu'elle en eut le souffle coupé.

— Bien sûr que je t'aime, répéta-t-il. Et j'ai l'intention de te garder, aussi. Acceptes-tu de m'épouser et de ne plus jamais t'enfuir ?

Elle se sentit follement éprise.

— Je te le promets. Quelle imbécile j'ai pu être !

Il la serra tendrement dans ses bras.

— Et je te promets d'être le gentilhomme dont tu as toujours rêvé. Je t'en fais le serment, à partir de ce jour.

Elle secoua la tête avec un petit sourire satisfait.

— Je n'ai aucune envie d'épouser un gentilhomme, lui rétorqua-t-elle. C'est avec un guerrier des Highlands que je veux me marier. J'en ai toujours rêvé. Je ne m'en étais simplement pas rendu compte.

— Eh bien, je peux peut-être essayer d'être les deux, juste pour être sûr.

— Tu es déjà les deux, le rassura-t-elle. Et quel sacrifice souhaites-tu que je fasse, Duncan MacLean ? Pourrai-je être ton épouse anglaise ? Ou devrai-je prendre un accent écossais ?

Il sourit.

— Comme tu voudras, ma belle, tant que tu restes dévergondée.

— Alors, tu crois que je peux être heureuse, à présent ?

Il fit mine de réfléchir.

— Euh… pas encore, mais très bientôt.

— Dans combien de temps ?

Il l'embrassa tout en dégrafant son corsage.

— Dès que tu seras nue, que tu te seras allongée, là, dans l'herbe, et que tu crieras mon nom pour que je continue.

Elle éclata de rire.

— Je suppose que ce n'est qu'une question de quelques petites minutes, alors.

Il pencha la tête.

— Tu me connais mieux que ça, ma belle. Ça va prendre bien plus que « quelques petites minutes ».

Elle glissa la main sous son kilt et fut enchantée de découvrir à quel point son beau Highlander l'aimait. Et, fidèle à sa parole, au bout d'un moment – plus que quelques minutes –, il la pénétra avec fougue, et elle frémit d'extase.

Note de l'auteur

En 1715, l'Écosse se retrouve au beau milieu d'une crise de succession pour le trône d'Angleterre. La reine Anne venant de mourir sans laisser d'héritier, la couronne revient à un prince allemand, George de Hanovre. Pour les jacobites écossais (« Jacob » étant l'équivalent latin de « Jacques »), le roi légitime n'est autre que le prince Jacques Édouard Stuart, dont le père, Jacques II, a été destitué en 1688 en raison de son catholicisme.

Dans les livres d'histoire, on peut lire que les MacLean, sous sir John MacLean du château de Duart, font partie de ceux qui se rallient, en 1715, à l'insurrection jacobite. Rapidement imités par les MacDonald, ainsi que les MacGregor, les Cameron et les MacLachlan, entre autres. Sous sa bannière, le comte de Mar parvient à lever une armée de douze mille hommes pour aller défendre leur cause. En septembre, Mar prend Perth, mais la place forte anglaise de Stirling, sous le commandement du second duc d'Argyll, se dresse encore entre les jacobites et la frontière anglaise. L'expérience militaire de Mar n'est en rien comparable à celle d'Argyll, et ses hésitations coûteront la victoire aux Écossais.

Pendant ce temps, les MacLean, Cameron et MacDonald marchent en vain sur Inveraray et, en novembre, se joignent aux forces de Mar pour la bataille de Sheriffmuir, où ils subissent de terribles pertes et se révèlent incapables de rétablir un Stuart sur le trône.

Ce sont ces batailles qui servent de toile de fond mouvementée à ce roman, et c'est dans ce contexte politique qu'évoluent les personnages, les Highlanders et les Anglais se mesurant les uns aux autres à coups d'acte de vengeance et de quête de justice.

Tous les personnages principaux de ce roman, y compris Duncan MacLean, le « Boucher des Highlands », sont fictifs, même si nombre des événements évoqués sont véridiques, y compris les mesures drastiques prises par le gouvernement anglais contre les Écossais participant à la rébellion. Certains sont épargnés lorsqu'ils jurent fidélité à l'Angleterre, mais d'autres sont exécutés ou envoyés en Amérique, et de nombreuses terres sont confisquées par la Couronne.

Il est également vrai que des individus esseulés se vengent les uns des autres. Un Écossais, un Campbell d'Ardkinglas, a même pourchassé un MacLachlan pendant cinq ans avant de parvenir à l'abattre en 1720.

L'ancêtre de mon héros est également inspiré d'un personnage réel : Gilleain na Tuaighe, Gillean à la Hache d'armes, qui s'est battu avec férocité à la bataille de Largs, en 1263, et qui est parvenu à repousser une flotte d'envahisseurs vikings. C'est son histoire qui m'a inspirée, ainsi que le surnom dont on affublait parfois les MacLean : les Spartiates du Nord. C'est ce qui m'a permis d'imaginer l'enfance de Duncan, et l'éducation qu'il a reçue.

Quant à mon méchant à la tunique rouge, lui aussi est tout droit issu de mon imagination, même si je me suis librement inspirée d'un véritable soldat britannique, le lieutenant-colonel Banastre Tarleton, qui – fait intéressant – portait aussi le sobriquet de « Boucher ». Il était connu pour sa violence et sa brutalité au cours de la Révolution américaine.

Moncrieffe Castle est un château fictif, mais ressemble un peu à celui de Leeds, en Angleterre – après les agrandissements de 1822 et quelques aménagements du XXe siècle –, même si j'ai pris quelques libertés artistiques avec les détails architecturaux et décoratifs.

Le véritable château des MacLean est celui de Duart. Il est encore debout aujourd'hui et se dresse sur l'île de Mull. De même, Fort William est une véritable garnison anglaise, et on peut en contempler les ruines non loin du château d'Inverlochy, dans les Highlands.

Si vous avez aimé l'histoire de Duncan, j'espère que vous lirez celle d'Angus MacDonald, *Conquise par le Highlander*.

Je vous invite également sur mon site Web, www.juliannemaclean.com (site en anglais), si vous voulez en savoir plus sur mes livres et ma vie d'écrivain. J'adore avoir des nouvelles de mes lecteurs, alors n'hésitez pas à m'envoyer des messages.

EN AVANT-PREMIÈRE

Découvrez la suite de la série
Le Highlander dans :

CONQUISE PAR LE HIGHLANDER
(version non corrigée)

Bientôt disponible chez Milady Romance

Traduit de l'anglais (États-Unis) par Pascal Tilche

Chapitre premier

Kinloch Castle
Highlands, juillet 1718

Le rêve la réveilla en sursaut quelques minutes à peine avant le début du siège.

Le souffle coupé, Gwendolen MacEwen se redressa dans son lit et tourna le regard vers la fenêtre à meneaux. Ce n'était qu'un rêve, se dit-elle en s'efforçant de calmer sa respiration. Plus tard, elle appellerait ça une prémonition, mais, pour l'instant, elle était certaine que la terreur qui lui avait empli le cœur n'était qu'un artifice du sommeil.

Renonçant complètement à dormir, elle rejeta les couvertures, s'assit sur le bord du lit et tendit la main vers sa robe de chambre. Elle se leva et l'enfila pour se protéger de la fraîcheur de l'aube, avant de se glisser jusqu'à la fenêtre, attirée par une vague lueur à l'horizon.

Une nouvelle journée commençait. Enfin. Fermant les yeux, Gwendolen pria pour que ce soit celle du retour de son frère Murdoch, depuis longtemps en voyage. Les MacEwen avaient besoin de leur chef et elle craignait que, s'il ne rentrait pas bientôt pour réclamer la place qui lui revenait de droit, quelqu'un d'autre ne tente de s'en emparer – car certains villageois semblaient mécontents. C'était ce que lui avait raconté sa femme de chambre, dont la sœur était mariée à l'aubergiste. Et après le rêve qu'elle venait de faire…

Soudain, le cor sonna du côté de la cour intérieure.

Peu habituée à entendre une telle clameur alors que le château dormait encore, Gwendolen se détourna de la fenêtre. Mais, bon Dieu, qu'est-ce que… ?

Le cor sonna une deuxième fois… puis une troisième.

Son sang ne fit qu'un tour car elle connaissait la signification de ce signal. Il venait du toit et annonçait le danger.

Gwendolen se précipita à la porte, l'ouvrit à la volée et monta quatre à quatre l'escalier de la tour.

— Qu'est-ce qui se passe ? demanda-t-elle au garde qui marchait là de long en large. La fraîcheur matinale transformait son souffle haletant en vapeur.

Il pointa du doigt.

— Regardez par là, Miss MacEwen !

Elle se hissa sur la pointe des pieds pour se pencher par-dessus un créneau, plissant les yeux pour distinguer les ombres qui se déplaçaient dans le champ à la faible lumière de l'aube. C'était une armée en marche, qui s'approchait rapidement depuis l'orée de la forêt. Certains de ses membres étaient à pied, d'autres à cheval.

— Combien d'hommes ? interrogea-t-elle.

— Au moins deux cents, répondit le garde. Peut-être plus.

Elle s'écarta du rempart et le regarda d'un air calme.

— Combien de temps avons-nous ?

— Tout au plus cinq minutes.

Elle se retourna et se trouva nez à nez avec un autre des hommes du clan, qui surgissait de l'escalier de la tour, un mousquet à la main. En la voyant, il s'arrêta net, pris de panique.

— Ils sont apparus comme par enchantement, expliqua-t-il. Nous sommes faits, aucun doute là-dessus. Vous devriez fuir, Miss MacEwen, avant qu'il soit trop tard.

Instantanément révoltée, Gwendolen fit un pas en avant, attrapa l'homme par sa chemise et le secoua sans ménagement.

— Ne vous avisez pas de répéter ces mots, monsieur, ou votre tête en répondra ! (Elle se retourna pour faire face au garde.) Va prévenir l'intendant.

— Mais…

— Fais ce que je te dis !

Ils n'avaient pas de chef. Son père était mort et le chef de guerre actuel était un ivrogne qui ne se trouvait même pas dans l'enceinte du château car il passait ses nuits au village depuis cette disparition. Quant à son frère, il n'était pas encore revenu du continent. Il ne restait plus que l'intendant, Gordon MacEwen, qui était certes un excellent comptable, mais pas un guerrier.

— Est-ce que ton arme est chargée ? demanda-t-elle à l'homme au mousquet. As-tu assez de poudre ?

— Oui.

— Alors vise l'ennemi et défends les portes.

Il fila se mettre en position, tandis que Gwendolen regardait dans la cour, où les hommes du clan, répondant enfin à l'appel du cor, se rassemblaient. On avait allumé des torches, mais la confusion régnait, tout le monde criait et les questions inutiles fusaient.

— Hé, les MacEwen ! Écoutez-moi, maintenant ! lança-t-elle. Une armée approche par l'est ! Nous allons être attaqués dans très peu de temps ! Armez-vous et prenez vos postes aux créneaux.

Ce n'est que lorsque le brouhaha se calma, tous les regards tournés vers elle, qu'elle se rendit compte qu'elle portait toujours sa robe de chambre.

— Toi, là ! appela-t-elle en montrant un adolescent. Prends une épée, puis rassemble toutes les femmes et tous les enfants, amène-les à la chapelle, verrouille les portes de l'intérieur et reste avec eux jusqu'à la fin des combats.

Le garçon hocha bravement la tête et fonça vers l'armurerie.

— Ce sont des MacDonald ! cria un garde depuis la tour d'angle opposée.

C'était Douglas MacEwen, ami fidèle, habile à l'épée.

Relevant les plis de son vêtement, Gwendolen courut à sa rencontre.

— Tu es sûr ?

— Oui, regarde de ce côté. (Il pointa du doigt le champ, où brillaient à présent la brume et la rosée.) Ils portent la bannière d'Angus le Lion.

Gwendolen avait beaucoup entendu parler d'Angus MacDonald, fils banni du chef du clan MacDonald, l'ancien seigneur de Kinloch. Celui-ci était mort lors de la prise du château par les MacEwen. C'était un traître jacobite, raison pour laquelle le roi avait accordé au père de Gwendolen le droit de prendre Kinloch au nom de la Couronne.

Certaines rumeurs disaient qu'Angus était le Boucher des Highlands, un renégat jacobite de sinistre réputation censé avoir taillé en pièces des armées anglaises complètes avec sa hache légendaire.

Selon d'autres, il n'était qu'un traître que son propre père avait banni dans le nord suite à un crime inavouable.

Mais toutes en faisaient un guerrier féroce et sans pitié, plus rapide et plus sanguinaire qu'un monstre de légende sur le champ de bataille. Certains le disaient même invincible.

Il y avait au moins une chose qui ne faisait aucun doute : c'était un expert à l'épée et il ne faisait pas de quartier, qu'il s'agisse de guerriers ou de femmes.

— Bon Dieu, mais qu'est-ce que c'est que ça ?

Elle se pencha en avant et plissa les yeux. Un pressentiment terrible la parcourut.

S'efforçant d'y voir clair à travers la brume, Douglas pâlit d'un coup.

— C'est une catapulte, et leurs chevaux tirent un bélier.

Elle entendait le bruit sourd mais puissant de leur approche et eut soudain l'impression que son cœur était pris dans un étau.

— Tu prends le commandement ici jusqu'à ce que je revienne, déclara-t-elle. Tu dois défendre les portes à tout prix, Douglas.

Il acquiesça en silence. Elle lui tapota le bras en signe d'encouragement, puis se hâta vers l'escalier de la tour. Quelques secondes plus tard, elle poussait la porte de sa chambre. Sa servante attendait près du lit. L'inquiétude se lisait sur son visage.

Gwendolen parla sans se démonter.

— On nous attaque, dit-elle. Nous avons peu de temps. Tu dois aider à rassembler les femmes et les enfants, rejoindre directement la chapelle, et rester là-bas jusqu'à ce que tout soit terminé.

— Bien, Miss MacEwen !

La femme de chambre sortit de la pièce sans traîner.

Après avoir fermé la porte derrière elle, Gwendolen enleva rapidement sa robe de chambre, qu'elle laissa tomber sans s'en soucier sur le tapis tressé. Puis elle alla à son armoire pour y prendre des vêtements.

C'est alors qu'elle entendit tambouriner vivement à sa porte, comme si un animal venait ruer contre elle.

— Gwendolen ! Gwendolen ! Tu es réveillée ?

La jeune femme s'arrêta net. Ah ! Si seulement elle avait été encore endormie et que tout ça n'avait été qu'un rêve se jouant d'elle ! Mais l'inquiétude qu'elle percevait dans la voix de sa mère lui prouvait bien qu'il n'en était rien. Elle se dépêcha d'aller ouvrir.

— Entrez, mère. Nous sommes attaqués.

— Tu es sûre ?

Onora semblait avoir déjà pris le temps de s'habiller pour l'événement. Ses longs cheveux bouclés étaient rassemblés en une tresse qui, bien que réalisée à la hâte, n'en était pas moins élégante, et elle portait une nouvelle robe de soie bleue et blanche impeccable.

— J'ai entendu le cor, mais je me suis dit que ça ne pouvait être qu'une fausse alerte.

— Et bien non ! (Gwendolen retourna à l'armoire et enfila une jupe par-dessus sa chemise.) Les MacDonald sont en train de s'attaquer aux portes en ce moment même. Le temps nous est compté. Ils ont apporté une catapulte et un bélier avec eux.

Onora entra et ferma la porte derrière elle.

— Mon Dieu, comme c'est moyenâgeux !

— C'est le mot ! Ils ont à leur tête Angus le Lion.

Jetant un bref coup d'œil inquiet à sa mère, Gwendolen se mit à chercher ses chaussures partout.

— Angus le Lion ? Le fils banni du chef du clan MacDonald ? Que Dieu nous vienne en aide ! S'il triomphe, ce sera notre fin à toutes les deux.

— Ne parlez pas comme ça en ma présence, mère, la tança Gwendolen. Ils ne sont pas encore dans les murs. Nous pouvons les maintenir à distance.

Après tout, il s'agissait du puissant Kinloch Castle. Ses remparts étaient épais de deux mètres et hauts de vingt. Seul un oiseau pouvait atteindre les tours et les créneaux. Et ils étaient entourés d'eau, protégés par un pont-levis et une herse de fer. Comment les MacDonald pourraient-ils s'emparer d'une telle place forte ?

Elle ressentit soudain vivement l'absence de son frère, Murdoch. Pourquoi n'était-il pas là ? Il aurait dû rentrer dès qu'il avait appris la mort de leur père. Pourquoi était-il resté au loin si longtemps, les laissant sans chef ?

Sa mère se mit à faire les cent pas dans la pièce.

— J'ai toujours dit à ton père qu'il aurait dû bannir tous les membres de ce clan jacobite sans exception quand il a revendiqué son droit sur ce château, mais crois-tu qu'il m'aurait écoutée ? Non ! Il a tenu à se montrer miséricordieux, et regarde où ça nous a menés !

Gwendolen enfila son corset et sa mère en noua les lacets.

— Je ne suis pas d'accord avec vous. Les MacDonald qui ont choisi de rester ici sous la protection de père se sont montrés paisibles et loyaux envers nous pendant les deux ans qui se sont écoulés depuis. Ils vénéraient père. Ce qui arrive ne peut être de leur fait.

— Mais tu n'as pas entendu les vilains bruits qui circulent au village et les récriminations sur les loyers ?

— Si, répondit Gwendolen en rassemblant ses cheveux pour les nouer avec un simple lacet de cuir. Mais ces sentiments ne sont partagés que par un petit nombre de villageois. Et ça uniquement parce qu'il n'y a pas de chef pour résoudre les conflits. Je suis sûre que, quand Murdoch sera de retour, tout ira bien. Et puis, tous ceux qui ont choisi de rester n'étaient pas des partisans des Stuart au départ. Ils ne veulent pas prendre part à une nouvelle rébellion. Kinloch est désormais acquis à la maison de Hanovre.

Elle se mit à genoux pour attraper sous le lit sa malle, qui crissa sur le sol quand elle la tira vers elle.

— Non, j'imagine bien qu'ils n'y sont pour rien, reconnut Onora. Ce sont des fermiers et des paysans. Et ce à quoi nous avons à faire face maintenant, c'est la vengeance de guerriers qui ont refusé de prêter serment d'allégeance à ton père quand il s'est proclamé seigneur de Kinloch il y a deux ans. Nous aurions dû nous douter qu'ils reviendraient reprendre ce qui leur appartient.

Gwendolen ouvrit la malle et en sortit un petit sabre, avant de se relever et de se l'attacher à la ceinture.

— Mais Kinloch ne leur appartient plus désormais, rappela-t-elle à sa mère. Il est aux MacEwen par ordre du roi. Quiconque prétend le contraire est traître à l'Angleterre et hors-la-loi. Et je suis certaine que le roi ne permettra pas que ce puissant bastion écossais tombe dans les mains de ses ennemis jacobites. Nous recevrons bientôt des renforts, j'en suis sûre.

Sa mère secoua la tête.

— Tu es bien naïve, Gwendolen. Personne ne viendra à notre aide, en tout cas pas à temps pour nous éviter d'avoir la gorge tranchée par ce rebelle sanguinaire d'Angus MacDonald.

— Kinloch ne tombera pas entre leurs mains, insista Gwendolen. Nous combattrons et, si Dieu le veut, nous aurons le dessus.

Onora ricana tristement en la suivant jusqu'à la porte.

— Ne sois pas idiote ! Ils sont plus nombreux et nous n'avons pas de chef ! Il va nous falloir nous rendre et demander grâce. Même si je ne vois pas bien en quoi cela nous sera utile. Nous sommes respectivement la femme et la fille du chef de clan qui a tué le leur et conquis son château. Crois-moi, la première chose que fera le Lion, c'est de se venger sur nous !

Gwendolen n'avait aucune intention d'en entendre plus. Elle sortit rapidement de la pièce et s'arrêta un instant dans le couloir pour ajuster son épée.

— Je vais à l'armurerie pour prendre un mousquet et de la poudre, expliqua-t-elle. Puis je rejoins les remparts afin de me battre au nom du roi pour ce qui nous appartient. Je ne laisserai pas détruire l'œuvre majeure de père.

— Es-tu devenue folle ? (Onora la suivit jusqu'à l'escalier.) Tu es une femme ! Tu ne peux pas les combattre ! Tu dois rester ici, en sécurité. Nous prierons pour nos vies et réfléchirons à un moyen de nous tirer d'affaire avec ces porcs de MacDonald quand ils enfonceront la porte de ta chambre.

Gwendolen se retourna.

— Vous, vous pouvez rester ici et prier, mère, mais il est hors de question que je reste assise là à attendre qu'ils viennent me trancher la gorge. Si je dois mourir aujourd'hui, qu'il en soit ainsi, mais je ne quitterai pas cette vie sans avoir combattu. (Elle s'engagea dans l'escalier en colimaçon.) Et avec un peu de chance, je vivrai assez longtemps pour tirer une balle de mousquet droit dans le cœur maléfique d'Angus MacDonald lui-même. Et ça, c'est une chose pour laquelle vous pouvez prier !